역주 행명재시집 3

譯註 涬溟齋詩集

역주 행명재시집 3

譯註 涬溟齋詩集

尹順之 저
독서당고전교육원 역

머리말

이 번역본은 초역의 주석 작업에만 일 년여를 들였을 만큼 유불도의 방대한 독서에 바탕한 언어취사의 폭이 넓은 원본을 대상으로 한 것이다. 2014년 초 완료된 초역의 교감 작업 과정에서 초역자와 교감자들 간의 알력이 번역진 이산의 불화를 초래함을 당시에는 비통한 심정으로 받아들였었지만, 지나고 나니 원본의 내용이 본디 지녔던 진폭의 파장에서 말미암았던 당연한 사실로 회상되고 만다. 최종적으로 남게 된 두 사람의 교열자는 원저자의 친족 후손이라는 조건 외에도 성격상의 소음성(少陰性) 침잠, 사색, 겸양 등등의 수동적 자세를 공유하는 처지인 바, 이는 다름 아닌 원작자 행명재께서 지니셨던 생애와 성격의 전승이라는 감격적인 자각에 귀납하는 체험이 두 사람의 교열자에게 남게 되었다. 행명재 어르신 생애의 부침까지 두 사람에게 이어질까는 아직 남겨진 생애 때문에 단언할 수 없지만, 이 역주본의 출간이 미칠 영향은 교감 교열 작업에 참여하는 동안의 체험을 바탕으로 충분히 예감되는 바이며, 또한 그 결과의 포폄 상황에 따른 두 사람에 대한 여망 여부도 그대로 받아들여야 함을 심중하게 예견하는 바이다.

이런 여러 가지 사실에 대한 회상을 기조로 하는 경위 보고를 시작하고자 한다. 2012년 유도회에서 주최한 서포 모친 "윤씨부인 선양회" 세미나에서 던져진 질문– "이렇게 훌륭한 문재를 지닌 여성 출현을 뒷받침한 가학의 전승이 있지 않겠는가"에 답하는 길로 찾아진 2013년 초 사단법인 유도회 부설 한문연수원과 해평윤문 사이에 맺어진 해평

윤씨 문중 주요문집 번역 계약은 해평윤문 주요 문집의 번역을 기약하는 장대한 기획의 일환으로 출발했지만 일차 번역 대상인『행명재시집』에 소요된 시간에 기획 예정된 거의 전시기가 소요되고 말았다. 이 결과는 초역에 일년 여를 소비하면서부터 예상된 것이지만, 교감 과정이 늘어나면서 부터는 거의 확정적인 사실로 인지되었다. 여기에 초역에 가담한 출자-주석-정리 과정을 부연하고자 한다. 출자는 돌아가신 필자의 선친 남계(南溪) 윤 지(支)자 노(老)자 어르신의 헌신적인 지원금 일 억원이었다. 이 출자는 당시 한문연수원 원장이셨던 고 지산(地山) 장 재(在)자 한(釬)자 어른께 보고되었지만, 실제 운영은 초역 주도자 조기영씨에게 맡겨졌는데 조씨가 한문번역원 설립을 기도하면서 지산 선생님께 저지른 불충을 영전에 참회하는 심경을 지금도 지니고 있다.

이 책을 독서당고전교육원 명의로 출간하지만 모태는 유도회 부설 한문연수원에 있었음을 고백하면서 필자가 유도회 이사장인 한문연수원 제 일기 동료인 앙지(仰之) 정후수씨에게 약속한 특별지원금은 다름 아닌 필자도 가담한 스승님들께 대한 불충 사태에 대한 작은 보상임을 밝히고자 한다. 필자 선친께서 보여주신 신묘한 지감(知感) 덕분에 필자로서는 거액의 수용보상금을 받아서 독서당고전교육원의 운영 경비로 사용하고 있음을 이 기회에 함께 밝힌다. 그 단초가 된 81년의 3,000 여평 전답 매입 시 선친께서 들려주신 “이 땅을 네가 운영할 한문서당에 쓰거라” 하신 성음을 회억할 때 마다 필자는 가없으신 은혜에 체읍을 지난 통곡을 금할 수 없는 불효자임도 만천하에 알리고자 한다.

교감 과정에 적극 참여하셨던 김영봉씨는 자신 때문에 빚어진 번역진 이산에 부담을 가지고 교감자 명단에서 빠지셨지만, 그가 해평 윤문의『月汀集』번역에 가담한 것을 흡족해 하던 모습을 회상할 때마다 부끄러움을 금할 수밖에 없고, 김씨가 칭송해 마지 않던 해평윤문 월정공파 후손들께 이 책의 출간을 통보해야 한다는 책무감도 거기서 비롯되었음을 밝힌다.

이 책의 출간 이후 가질 출간기념식에서 최후의 교열자 두 사람이 소개겸 펼칠 발표에서 윤호진 교수는 행명재 시집의 서지 사항을 점검하고 필자는 시조 시인의 명분에 맞추어진 작품론을 마련하고자 한다. 삼가, 행명재 어르신과 돌아가신 유도회의 선생님들, 그리고 필자가 기휘하여 왔던 선친에 대한 사적인 추숭까지도 허락 받는 중요한 자리가 되기를 기원한다.

2020년 9월 말

독서당고전교육원장 윤덕진 삼가 아룀

추기 : 4권으로 분권된 이 책 각권마다 머리말이 들어가야 한다는 편집자의 조언을 따르면서 편차에 대한 설명을 덧붙이고자 한다.

1권 : 화보와 전체 차례의 뒤에 머리말. 뒤따라 『행명재시집』 제 1권 주역과 원문
2권 : 『행명재시집』 제2권과 제3권(「동사록」 머리말 새로 작성해 붙임)
3권 : 『행명재시집』 제4권과 제5권
4권 : 『행명재시집』 제6권(속집 1권)과 부록

이 책의 편차는 대체로 연대별로 배열되어 있어서 제 1권과 제 2권 수록작은 대참화(백사공의 참형사건) 이후 파주 별업에 묻혀있을 때와 병

자호란 호종의 공으로 다시 환로에 오른 초기의 작이며 제 3권은 제 5차 일본 통신사 정사로 봉공했을 때의 작이다. 제4권과 제5권 수록작은 관직 봉행의 여가나 치사 후 주로 파주 전원생활을 배경으로 하였는데 이 시집에서 가장 한일한 정서를 토로한 수작들이 다대히 배열되어 있다. 시인으로서의 자각과 책무까지를 인식하는 행명재의 자세에서 근대시 선도자의 면모를 감지할 수도 있다. 제 6권은 문집 편차 뒤의 여적인 듯한데 이미 5권으로 분찬된 체제에 보태기에는 부족하여 속집 1권으로 묶인 듯하다.

차례

행명재시집 권5

행명재시집 권 4

涬溟齋詩集 卷四

12월 13일 모진 추위[1]에 되는대로 읊조리다 두 수

臘月十三日苦寒謾占 二首

깊은 밤 일어나서 환히[2] 등불 밝혔는데	起向深更費點燈,
근심 걱정[3] 두근대고 밤이 몹시 춥구나.	睡蛇驚走夜嚴凝.
밀납 봉한 술항아리 한기에 산초 향[4] 없고	寒侵蠟甕椒香少,
홀아비 이불 냉기 드니 비단 홑청 빳빳하네.	冷透鰥衾錦幅稜.
산눈 창에 비쳐 새벽달이 비췬 듯하고	山雪映窓疑曉月,
들안개 계곡에 잠겨 온통 층진 얼음이라.	野煙沉壑渾層冰.
다만 오랜 업장[5]으로 숭고 의기 풀죽어도	秖殘宿障凌雲氣,
추위[6] 맞는 일은 늙은이가 또한 능하도다.	拉得窮陰老亦能.

1) 모진 추위: '고한(苦寒)'은 모진 추위[嚴寒]를 말한다.

2) 환히: '비(費)'는 빛 또는 빛을 낸다는 뜻이니, 왕일(王逸)은 "빛나는 모양[光貌也.]"이라고 했다.

3) 근심 걱정: '수사(睡蛇)'는 번뇌에 휩싸여 불안한 마음을 비유하는 말이다. 《유교경론(遺教經論)》에 "번뇌는 독사이니 너의 마음에 잠자고 있도다. 비유컨대 검은 살무사가 너의 집에서 자고 있는 것과 같으니, 마땅히 지계(持戒)의 갈고리로 일찌감치 제거해야 하리라. 잠자던 뱀이 나가고 나면 이에 편히 잠잘 수 있으리라.[煩惱毒蛇, 睡在汝心. 譬如黑蚖, 在汝室睡, 當以持戒之鉤, 早摒除之. 睡蛇既出, 乃可安眠.]"라고 하였다.

4) 산초 향: 초백주(椒柏酒)는 초주(椒酒)와 백주(柏酒)를 가리키는데, 옛날에 음력 초하룻날에 조상에게 제사를 지내거나 웃어른에게 드려서 장수를 기원하고 하례를 드리는 뜻으로 사용한 술이다. 특히 산초[椒]는 옥형(玉衡)이라는 별의 정기로 이것을 먹으면 오래 살게 한다고 하여 선약(仙藥)으로 여겼다.

5) 오랜 업장: '숙장(宿障)'은 전생에 지은 죄악으로 인해 자기의 인생길에 장애가 있는 것을 말한다.

6) 추위: '궁음(窮陰)'은 겨울이 다하고 한해가 끝나는 시기를 가리키거나, 매우 음침하고 추운 날씨를 가리킨다.

어슴푸레 지는 해 겹친 구름에 숨어있고	退殘衰日隱重雲,
온 세상이 무척 춥고[7] 저녁 눈발 날린다.	六合淩兢暮雪紛.
바람 신[8] 칼부림 비수보다 날카롭고	風后鋒鋩尖匕首,
겨울 신[9] 가혹함 상군[10]보다 독하네.	玄冥苛刻劇商君.
수염 어니 깊은 술잔 기울일 수 없고	鬚冰偏礙傾深酌,
손 곱아 옛글 책장 넘기기 어렵구나.	指直還難檢古文.
혹한도 애써 웃고 달게 받으니	剛笑酸寒甘自守,
세상에 독불장군[11] 따로 없구나.	世間無慕党將軍.

---

7) 무척 춥고: ‘능경(淩兢)’은 날씨가 춥고 싸늘하거나, 벌벌 떨고 두려워하는 모양을 형용한 말이다.

8) 바람 신: ‘풍후(風后)’는 중국 고대 황제(黃帝)의 신하 가운데 한 사람으로서, 바람을 관장하며 백성을 다스리는 일을 맡았다고 한다.

9) 겨울 신: ‘현명(玄冥)’은 겨울 신[冬神]을 말하니, 《예기》〈월령(月令)〉에서 “겨울철에 그 임금을 전욱으로 하고, 그 신을 현명으로 한다.[孟冬仲冬季冬之月, 其帝顓頊, 其神玄冥.]”고 하였다.

10) 상군: ‘상군(商君)’은 전국시대 진(秦)나라 효공(孝公) 때 엄한 법을 제정하여 혹형(酷刑)을 시행한 상앙(商鞅)을 말하니, 상(商) 땅에 봉하여 상군(商君)이라 하였다.

11) 독불장군: ‘당(黨)’은 공평하지 못한 편사(偏私)나 그러한 부류 패거리를 말하니 독불장군과 같은 것이다. 독불장군은 무슨 일이든지 제 생각대로 혼자 처리하는 사람이나, 따돌림을 받는 외로운 사람을 말한다.

스스로 비웃다

自嘲

머리 세도록 나의 삶 어리석음 못 면하고	頭白吾生未免癡,
지난 시절 나태 방종 여러 사람 거슬렀구나.	向來慵放忤羣兒.
버거운 중임 오래 맡으면[1] 거꾸러지기 마련	蚊山久負身宜躓,
두 가지 일 겹쳐 함에[2] 경솔함이 후회막급.	舁轂輕游悔莫追.
협소한 길[3]을 이미 피하여 일찌감치 나왔으며	狹路已回曾出足,
외톨이라[4] 입방아에 화 냄도[5] 옛 일.	索居重炙舊揚眉.
요의 방울[6] 추의 바둑[7] 병통 고치기 어려우니	遼丸秋奕難醫病,

---

1) 버거운 중임 오래 지면 : '문산구부(蚊山久負)'은 모기가 오랫동안 산을 짊어졌다는 말이니, 힘이 아주 약해서 중임(重任)을 감당하기 어려움을 비유하는 말이다. 《장자》 〈응제왕(應帝王)〉에서 "그렇게 천하를 다스리는 것은 마치 바다를 건너뛰고 강을 뚫고 모기로 하여금 산을 짊어지게 하는 것과 같다.[其於治天下也, 猶涉海鑿河, 而使蚊負山也.]"라고 하였다.

2) 두 가지 일 겹쳐함에: '여구(舁轂)'는 조정에 올라 벼슬을 하는 것을 말한다. '여(舁)'는 가마를 드는 일이니 윗사람을 모신다는 뜻이고, '구(轂)'는 활을 당기는 것으로 화살이 도달할 수 있는 거리 안을 구중(轂中)이라고 하니, 바로 조정에서 생활하는 것을 말한다.

3) 협소한 길: '협로(狹路)'는 세상의 좁은 길을 말하니, 벼슬살이를 하는 환로(宦路)를 가리키는 말이다.

4) 외톨이라: '삭거(索居)'는 《예기》 〈단궁(檀弓)〉에 나오는 말로 '이군삭거(離群索居)'의 준말이니, 친구나 친지와 헤어져서 쓸쓸하게 혼자 사는 것을 말한다.

5) 화 냄도: '양미(揚眉)'는 눈을 치켜뜨는 것으로, 시름하거나 화를 내는 모습을 나타낸 말이다.

6) 요의 방울: '요환(遼丸)'은 초(楚)나라 장수 웅의료(熊宜僚)가 방울[丸] 놀리는 솜씨를 말한다. 웅의료(熊宜僚)는 방울놀이의 고수로 한꺼번에 방울 9개를 가지고 노는데 8개는 공중에서 각각 빙빙 돌리며 차례로 받고 한 개는 언제나 손 안에 있게 하는 기묘한 솜씨를 가지고 있어, 초(楚)나라와 송(宋)나라의 싸움에서 방울놀이 솜씨로 적진을 혼란시켜 싸움에서 이겼다고 한다. 《천자문(千字文)》에 "여포(呂布)는 활을 잘 쏘았고, 웅의료(熊宜僚)는 방울을 가지고 잘 놀았다.[布射遼丸]"고 하였다.

7) 추의 바둑: '추혁(秋奕)'은 전국시대에 바둑을 매우 잘 두었던 혁추(奕秋)라는 사람의 바둑을

글 짓는 모임 나가 좋은 글[8]이나 사랑하리라. 猶向詞壇愛色絲.

말한다. 《맹자(孟子)》 〈고자상(告子上)〉에 "바둑 두는 것이 작은 기술이지만 전심하지 않으면 성공할 수 없다. 바둑의 명수인 혁추(奕秋)에게 두 사람이 배울 적에 한 사람은 진심으로 가르침을 받고, 또 한 사람은 듣기는 하지만 마음속으로 기러기가 날아오면 주살로 쏠 것을 생각한다."고 하였는데, 바둑이 비록 작은 기예이지만 온 마음을 기울이지 않으면 이룰 수 없음을 뜻한다.

8) 좋은 글: '색사(色絲)'는 절묘하고 좋은 글을 가리키는 말로, 묘문(妙文)과 같은 말이다. 유의경(劉義慶)의 《세설신어(世說新語)》 〈첩오(捷悟)〉에서 "누런 명주는 색실이니 글자에 있어 절(絶)자가 되고, 어린 부인은 소녀이니 글자에 있어 묘(妙)자가 되고, 외손녀는 여자이니 글자에 있어 호(好)자가 되고, 제구는 매운 맛을 찧는 그릇이니 글자에 있어 사(辭)자가 되니 이른바 절(絶)·묘(妙)·호(好)·사(辭)자인 것이다.[黃絹, 色絲也, 於字爲絶, 幼婦, 少女也, 於字爲妙, 外孫, 女子也, 於字爲好, 虀臼, 受辛也, 於字爲辭, 所謂絶妙好辭也.]"라고 하였는데, 뒤에 색사(色絲)가 절묘하고 좋은 시문을 가리키는 말이 되었다.

안석에 기대어

憑几

잠시 안석에 기대어 한번 길게 노래하니	乍憑烏几一長歌,
세상의 많은 일이 모두 마귀 헤살이로다.[1]	萬事人間捴是魔.
시의 풍격 무척이나 비릿함을 싫어하고	詩骨苦嫌葷血重,
벼슬살이 갈림길이 많았던 게 괴롭구나.	宦蹤偏惱路歧多.
포정의 칼[2] 먼지 끼여 이제는 쓸모없고	庖刀塵蝕今無用,
가는 세월[3] 베틀 북 날 듯[4] 어쩔거나?	羲馭梭飛可奈何?
오직 반평생 대담하게[5] 지냈으니	惟有半生如斗膽,
그저 늙어가면서 허송하진 않으리라.	尙從耄老未消磨.

1) 마귀 헤살이로다: '마(魔)'는 일이 잘 풀리지 않을 때 흔히 헤살을 놓는 방해 요소를 이르는 말이다. 헤살은 남의 일이 잘 안 되도록 짓궂게 방해하는 것을 말한다.

2) 포정의 칼: '포도(庖刀)'는 능수능란한 포정의 칼로 포정해우(庖丁解牛)의 뜻이니, 기예가 숙련되어 득심응수(得心應手)의 높은 경지에 이른 것을 비유한 말이다.

3) 가는 세월: '희어(羲馭)'는 고대 전설에 희화(羲和)가 해를 수레에 싣고 몰았다는 말로, 하루의 해가 지나가는 것을 말하니 곧 가는 세월을 가리키는 말이다.

4) 베틀 북 날 듯: '사(梭)'는 천사(穿梭)의 뜻으로, 베틀의 북처럼 세월이 빨리 지나감을 비유한 말이다.

5) 대담하게: '두담(斗膽)'은 대담함을 말하니, 담력과 기백이 씩씩함을 형용한 말이다.

윤천여[1] 영공[2]이 홍양[3] 원님으로 나가기에 전별하다 두 수

贐別尹天與令公出牧洪陽 二首

공명에 어찌 금오랑[4]만 손꼽으랴?	功名寧數執金吾?
때마침 홍양 자사 부절 잡았구나.	坐挈洪陽刺史符.
먼 곳으로 용을 타고[5] 으쓱으쓱 가나니	天外乘龍堪得得,
세상에는 학을 타는[6] 장부들도 있으리라.	世間跨鶴有夫夫.
초선[7]을 주반룡[8]의 살쩍인양 윤택케 하고	貂蟬借潤周郎鬢,

1) 윤천여: 윤득열(尹得說)은 자가 천여(天與), 본관이 파평(坡平)이다. 1624년 진사에 합격하고, 1635년 문과에서 병과로 급제하였다. 1637년 지평(持平), 1640년 정언(正言)이 된 뒤 서장관(書狀官)에 임명되어 중국에 다녀왔다. 1641년 동부승지(同副承旨)에 임명되고, 그 뒤에 홍청감사(洪淸監司)에 임명되었다.

2) 영공: 정삼품(正三品)과 종이품(從二品)의 관리를 높여 이르던 말로, 영감(令監) 또는 대감(大監)이라고도 한다.

3) 홍양: 충청남도 홍주(洪州)로, 지금 홍성(洪城)의 옛 이름이다.

4) 금오랑: '집금오(執金吾)'는 중국 한나라 때 대궐 문을 지켜서 비상사태를 막는 일을 맡아보던 벼슬로, 조선시대 의금부(義禁府)에 속하는 벼슬인 금오랑(金吾郎)을 말한다.

5) 용을 타고: '승룡(乘龍)'은 임금이 하사한 수레를 타고 부임하는 것을 말한다.

6) 학을 타는: '과학(跨鶴)'은 과학양주(跨鶴揚州)의 준말로, 호걸들이 번화한 곳에서 즐겁게 노니는 것을 말한다. 옛날에 어떤 나그네들이 서로의 뜻을 말하기를, 어떤 이는 양주자사가 되길 원하고, 어떤 이는 재물이 많기를 원하고, 어떤 이는 학을 타고 하늘로 올라가길 원한다고 했는데, 다른 한 사람이 말하기를, "허리에는 십만 관의 금은보화를 두르고, 학을 타고 올라가 양주로 가련다.[腰纏十萬貫, 騎鶴上揚州.]"라고 하여 세 가지를 겸하고자 하였다는 것에 유래한 말이라고 한다. 한편 한나라 때 요동 사람 정영위(丁令威)가 영허산(靈虛山)에 들어가서 도를 배워 깨우친 뒤에 신선이 되어 학을 타고 돌아왔다는 고사도 있다.

7) 초선: '초선(貂蟬)'은 임금을 가까이 모시는 신하들이 갓에 다는 장식으로, 담비 꼬리와 매미 날개 모양의 갓끈을 말한다.

8) 주반룡: 남북조 때 주반룡(周盤龍)이 변방에서 대장(大將)으로 있다가 조정으로 들어와서 중상시(中常侍)의 벼슬을 받았는데, 임금이 "초선(貂蟬)이 투구보다 어떤가?"라고 묻자, "초

해물을 완적의 주방[9]에 진미로 보내리라.	魚蝌輸珍阮氏廚.
도착한 날 사냥 가서[10] 박수 받고[11]	到日如皐應撫掌,
술집 봉로 고달픔을 면하게 되리라.	免敎辛苦酒家罏.

마을사람 환호소리 바다가에 울리겠지만	邑子歡聲動海隈,
의정부[12]에는 모시는 신하 새로 채우리라.	鳳池新輟侍臣才.
동쪽 평상에 편히 눕던 왕희지[13] 떠나가더니	東床坦腹王郎去,
남쪽 고을에서 사또 하던[14] 윤탁[15]이 돌아오네.	南國遨頭尹鐸來.

선은 투구에서 나왔습니다."라고 대답하였다 한다. 초관(貂冠)은 고대의 시중(侍中)이나 상시(常侍)의 벼슬이 쓰는 갓으로 담비꼬리로 장식하기 때문에 칭한 것이다.

9) 완적의 주방: '완씨주(阮氏廚)'는 완적(阮籍)의 병주(兵廚)이다. 삼국시대 위(魏)나라 완적(阮籍)이 보병(步兵) 교위(校尉)의 주방에 좋은 술을 수천 말이나 저장하고 있다는 소문을 듣고 교위에게 술을 달라고 청하여 병주에 저장했다는 고사로, 좋은 술을 저장한 곳을 말한다.

10) 사냥 가서: '여고(如皐)'는 언덕으로 가서 사냥을 하는데 훌륭하게 사냥함을 말한다. 옛날 중국 가국(賈國)에 생김새가 몹시 추악해 보이는 대부가 미녀를 아내로 맞아들였는데 아내가 시집온 지 3년이 지나도록 한마디 말도 하지 않고 얼굴을 마주 보고 웃는 일도 없었다. 하루는 아내를 데리고 강기슭 언덕으로 올라가서 활을 쏘아 꿩을 맞혀 잡으니 아내가 감탄하고 웃으면서 말을 하기 시작하였다는 고사로, 훌륭한 무예를 지녔음을 말한다.

11) 박수 받고 '무장(撫掌)'은 고을 아전이나 백성들이 사냥 솜씨에 박수를 치거나 웃으면서 얘기하는 것을 말한다.

12) 의정부: '봉지(鳳池)'는 의정부(議政府)를 말한다. 당나라의 중서성(中書省)에 봉황지(鳳凰池)가 있었으므로 별칭으로 쓰였다.

13) 동쪽 평상 …… 왕희지: '탄복(坦腹)'은 몸을 펴고 누워서 편안하게 가슴과 배를 드러내는 것을 말한다. 동진(東晋) 때 치람(郗鑒)이라는 사람이 사위를 구하고자 하여 동쪽 방안에 자제들을 들어가게 하고 자제들을 살펴보았는데, 방안에 있는 모든 자제들이 스스로 의젓하게 뽐을 내고 앉아있었으나 왕희지는 배를 드러내고 누워서 개의치 아니하자 치람이 전해 듣고 그를 사위로 삼았다고 한다. 왕희지가 매사에 의연한 기개를 지녔음을 말한다.

14) 사또 하던: '오두(遨頭)'는 송나라 때 성도(成都)에서 옛날부터 내려오는 풍속에 매년 4월 19일이면 완화계(浣花溪) 옆에서 잔치하고 놀았는데 이를 완화일(浣花日)이라고 했으며, 4월 19일을 성도에서 완화라고 하여 고을 태수가 두보의 초당 창랑정(滄浪亭)에서 잔치하고 놀았다고 한다. 이때 고을 태수가 나들이하면서 꽃구경하는 것을 사람들이 가리켜서 오두(遨頭)라 불렀다고 한다.

15) 윤탁: 춘추시대 진(晉)나라 조간자(趙簡子)의 가신(家臣)으로 진양(晉陽)의 수령이 되어 징수하는 세금을 줄여서 민심을 얻게 되었는데, 그 뒤에 진양이 한(韓)나라와 위(魏)나라의

골방에서 단 꿈 취해 일찍 일어나길 싫어하고	酣夢洞房嫌早起,
화려한 관사의 축수 잔치 봄빛 좇아 열리겠구나.	壽樽華館趁春開.
경기도 금천[16] 충청도 속리산[17] 거쳐 가는 곳에	金川月岳經行地,
주옥 보석 모두 돌려주고[18] 말 타고 돌아오리라.	珠翠還應擁馬廻.

군사에게 포위되었어도 백성들이 윤탁을 배반할 뜻이 없었다고 한다.

16) 경기도 금천: 경기도 용인(龍人) 수여면(水餘面) 금천리(金川里)를 가리키는 듯하다.

17) 충청도 속리산: 월악은 월악산·구월산·속리산 등을 가리키는데, 여기서는 속리산을 가리킨다.

18) 주옥 보석 모두 돌려주고: '주취환응(珠翠還應)'은 환주(還珠)라는 뜻으로, 지방 관리가 청렴하고 정치를 잘하는 것을 형용한 말이다. 《후한서(後漢書)》〈순리전(循吏傳)·맹상(孟嘗)〉에 의하면, 맹상이 합포(合浦) 태수가 되었는데, 그 고을에는 곡물이 생산되지 않고 바다에서 주옥 보물이 나와 이전의 수령들이 이 보물을 가지려고 마구 채취하여 보물이 거의 사라져 갔으나, 맹상이 부임한 뒤로 보물이 다시 나오게 되었다는 고사로, 잃어버린 물건이 다시 돌아온 것을 비유하여 합포환주(合浦還珠)라고 한다.

백운루[1]

白雲樓

자연 경관 따진다면 황학루[2]에 속할 텐데	物色分留黃鶴樓,
어느 누가 가져다가 이 강가에 두었는지.	何人持贈此江頭?
무심하게 갓길 가며 산속에 우뚝하니	無心解傍山中起,
매임 없이 올라가서 누워서 노니네.	不繫堪從卧後遊.
붉은 단풍 떨어질 때 마루 나무 기대이고	紅葉下時依嶺樹,
푸른 마름 번성한 곳 갈매기떼 날아드네.	綠蘋多處浣沙鷗.
그대들 오가면서 부를 곳을 알지마는	知君來往招呼地,
삶이 너희처럼 떠도는 거라 하지 마오.	閒說生涯似爾浮.

1) 백운루: 소재지가 자세하지 않다.

2) 황학루: 호북성(湖北省) 무한시(武漢市) 사산(蛇山)에 있는 누각으로 양자강 강가에 있다. 당나라 최호(崔顥)의 〈황학루(黃鶴樓)〉에 "옛사람이 이미 누런 학을 타고 떠나가서, 이곳에는 부질없이 황학루만 남았도다.[昔人已乘黃鶴去, 此地空餘黃鶴樓.]"라고 하였다.

청음 선생[1]이 만상[2]으로 돌아왔다는 소식을 듣고 기뻐하다 두 수

喜聞清陰先生得還灣上 二首

지난해 중국 변방에서 칼머리[3]를 꿈꾸셨고	隔年燕塞夢刀頭,
돌아와서 압록강[4] 옛날 역정에 누우셨도다.	歸卧龍灣古驛樓.
고향땅 못 미쳐서 한번 웃으셨을 터이니	未及故鄉應一笑,
장강 한수 동쪽으로 흐르는 걸 보셨으리라.	眼中江漢學東流.

온 세상이 병란으로 오랑캐[5]에 시달리니	宇內兵塵苦未開,
옷과 갓 못 갖춘 채 용퇴[6]로 달려갔었네.	衣冠顚倒走龍堆.
떳떳하게 만세토록 높여 나갈 대의명분[7]	堂堂萬世尊周義,

1) 청음선생: 김상헌(金尙憲, 1570~1652)은 자가 숙도(叔度), 호가 청음(淸陰)·석실산인(石室山人), 본관이 안동이다. 어려서 윤근수(尹根壽)에게서 배웠으며 1590년에 진사시에 합격하고 1596년 문과에 급제하여 통례원 인의(引儀)가 된 다음 예조좌랑·시강원사서(司書)·이조좌랑·홍문관수찬 등을 역임하였다. 1611년 승지로 이언적(李彦迪)·이황(李滉)의 문묘 종사를 반대하는 정인홍(鄭仁弘)을 탄핵했다가 좌천되었고, 1623년 인조반정 뒤에 대사간으로 공서파(功西派)의 전횡에 맞서 〈간원팔점차자(諫院八漸箚子)〉의 글을 올려 비판하면서 청서파(淸西派)의 영수가 되었다. 1636년 병자호란 때 주전론(主戰論)을 주장하다가 청나라에 항복하자 고향으로 내려갔다. 1639년 청나라의 출병 요구에 반대하는 상소를 하여 1640년 11월에 김상헌은 심양으로 압송되었다. 1644년 명나라가 멸망하고 1645년 2월에 소현세자(昭顯世子)를 수행하여 돌아왔다. 효종이 즉위한 뒤에 좌의정·영돈령부사를 지냈다.

2) 만상: 평안북도 의주의 압록강 가를 말하며, 만부(灣府)라고도 한다.

3) 칼머리: '도두(刀頭)'는 도환(刀環)과 같은 뜻으로, 칼자루의 둥근 고리 부분을 말한다. 환(環)은 '환(還)'의 은어로서 환귀(還歸)를 뜻하며, 고향으로 돌아가고픈 마음을 나타낸 것이다.

4) 의주: '용만(龍灣)'은 의주에 있는 압록강(鴨綠江)의 다른 이름이다.

5) 오랑캐: '미개(未開)'는 청나라를 얕잡아 이르는 말이다.

6) 용퇴: 백용퇴(白龍堆)를 말하며, 옛날 서역 지방의 모래언덕 이름이다.

지금 기쁘게도 선생께서 해내고 오셨도다. 今喜先生辦得來.

7) 대의명분: '존주(尊周)'는 존주실(尊周室)의 뜻으로, 존왕양이(尊王攘夷)에서 온 말이다. 주나라가 번성기를 지나 그 지위가 쇠락해졌으나 여전히 제후국들이 높이 받들었으며, 제(齊)나라와 진(晉)나라 등이 제후들의 맹주가 되고자 회맹(會盟)할 때마다 존왕실(尊王室)·양이적(攘夷狄)의 명분을 내세워 권력을 잡고자 하였다. 《논어》 〈헌문(憲問)〉에 "진문공이 남을 속이면서 바르지 못하나 제환공은 바르고 남을 속이지 않았다.[晉文公譎而不正, 齊桓公正而不譎.]"라고 하였는데, 주희(朱熹)는 "두 사람이 모두 제후의 맹주가 되고자 오랑캐를 물리치고 주나라 왕실을 높이 받든 사람이다.[二公皆諸侯盟主, 攘夷狄以尊周室者也.]"라고 하였다. 여기서는 주나라를 존숭하는 사대주의에 의거하여 명나라를 존봉(尊奉)하는 조선시대의 보편적인 사유를 말한다.

거원[1]의 생일날에 간지체[2]로 부치다

巨源初度日寄干支體

내 동생이 지금에야 7척의 몸 되었으니	吾季今成七尺身,
장수함을 스스로 타고났단[3] 말 듣고파라.	願聞眉壽自天申.
생일은 바로 도령[4]이 사천에서 노닌 해요[5]	生貞陶令斜川歲,
생월은 바로 주나라의 곡수하던 날[6]이라.	月直周家曲水辰.
무척 한스러운 재난 갑자년[7]에 다하였고	深恨泥塗銷甲子,
다시 큰 뜻[8] 전한 일이 경인년[9]에 있었네.	更傳蓬矢屬庚寅.

---

1) 거원: 윤순지의 동생 윤징지(尹澄之, 1601~1663)의 자이다.

2) 간지체: '간지체(干支體)'는 간지(干支)인 십간(十干)과 십이지지(地支)의 글자로 운을 삼은 시이다.

3) 타고났단: '천신(天申)'은 하늘이 수명을 연장해주어 장수함을 말한다. 신(申)은 신연(申延)의 뜻이다.

4) 도령: '도령(陶令)'은 진(晉)나라의 도잠(陶潛)이 팽택령(彭澤令)으로 있었기에 불리는 말이다.

5) 사천에서 노닌 해요: 강서성(江西省) 성자현(星子縣)과 도창현(都昌縣) 사이에 있던 고을 이름으로 풍경이 아름다운 곳이다. 진(晉)나라 안제(安帝) 융안(隆安) 5년(401) 신축(辛丑)년 정월 5일에 도연명이 몇몇 친구들과 함께 사천(斜川)에서 노닐고 〈유사천(遊斜川)〉이라는 시를 지었다고 한다. 윤징지가 신축년인 1601년에 태어났기에 이렇게 말한 것이다.

6) 곡수하던 날: '곡수(曲水)'는 옛날 주나라 풍속에 음력 3월 상사일(上巳日)에 물가로 나아가 술을 마시며 좋지 못한 것들을 씻어 없애는 놀이가 있었는데, 진(晉)나라 왕희지(王羲之)의 〈난정집서(蘭亭集序)〉에 보면 후세 사람들이 물을 끌어들여 굽어 흐르게 도랑을 만들어 거기에 술잔을 띄워 술을 마시며 즐겁게 노는 것을 곡수연(曲水宴)이라고 하였다고 한다.

7) 갑자년: 인조 2년(1624)에 이괄(李适)의 반란이 일어나서 임금이 남쪽으로 피란한 일을 말한다. 또한 이 해에 일본에 사신을 보내어 도꾸가와의 장군 취임을 축하한 일이 있었다.

8) 큰 뜻: '봉시(蓬矢)'는 봉경(蓬梗)으로 만든 화살로, 옛날에 남자 아이가 태어나면 뽕나무로 활을 만들고 봉경(蓬梗)으로 화살을 만들어 사방으로 쏘았는데, 이는 남아의 뜻이 천지 사방에 있어야 함을 나타낸 것이다. 훗날 봉시(蓬矢)는 사람이 응당 큰 뜻을 지녀야 한다고 격려하는 말로 사용되었다.

9) 경인년: '경인(庚寅)'은 선조 23년(1590)으로 윤순지가 태어난 해를 말한다. 조경의 《동사록》

남아의 가난 부귀 끝내 천명에 달렸으니	男兒窮達終須命,
술동이 앞에 놓고 고달픔을 말하지 말라.	莫向樽前話苦辛.

〈신율교도중시일정사초도수부일율이위(新栗橋途中 是日正使初度 遂賦一律以慰)〉에 의하면, "경인년 태어난 날에 나그네 되어 지나가네.[庚寅降日客中過.]"라고 하여 윤순지가 경인(庚寅)년에 태어났음을 밝힌 바 있다. 또한 효종 1년(1650)도 경인년으로 윤순지가 61세 되는 해가 된다.

한을 적다

紀恨

늘그막에 세속 따름 문득 바보 같으니	暮年隨世便如愚,
입 다물고[1] 큰 뜻[2] 욕됨 다 잊었네.	韜舌渾忘辱壯圖.
이 몸에 쓸데없이 붙은 팔이 우스워라	堪笑此身虛有臂,
몸놀림[3]도 요즘엔 내 맘대로 되잖아.	屈伸今日不由吾.

1) 입 다물고: '도설(韜舌)'은 함구불언(緘口不言) 하는 것이다.
2) 큰 뜻: '장도(壯圖)'는 장한 뜻이나, 크고 위대한 의도를 말한다.
3) 몸놀림: '굴신(屈伸)'은 몸을 굽히는 것과 쭉 펴는 것을 말하거나, 나가고 물러나는 출처를 말한다.

박석현[1]을 지나며 감회를 적다

過撲石峴紀感

새 무덤 옛 무덤 물고기 비늘 짝 나니	新墳古塚侶魚鱗,
귀천을 뉘 분별하리 한 더미 티끌인데.	貴賤誰分一聚塵.
명성 이익 추구하는 장안의 나그네여!	報與長安名利客,
부유타고 제멋대로 교만하지 말지어다.	莫將豪富謾驕人.

1) 박석현: 서울 은평구 갈현동과 불광동·구파동 사이에 있는 고개로 박석현(礡石峴)이라고도 하며, 박석고개로도 불린다.

지난날을 생각하며 느끼는 회포

感懷

관자에 인끈, 몸이 묶인 듯하고	簪紱身如縛,
온갖 궁리[1]로 얼굴빛 불콰해져.	機關面發紅.
지난날 물고기, 새와 함께 즐기더니[2]	向來魚鳥樂,
지금은 마소바람으로 상관도 하지 않네[3]	今似馬牛風.
세상 형편 바야흐로 끝도 없이 변화하고	世態方千變,
친구 사이 우정이란 한결 같이 헛되구나.	朋情併一空.
남은 삶은 자기 몸을 보존하길 추구하며	餘生貪自保,
험한 세상 공손하고 양보하며 살리로다.[4]	濡忍畏途中.

1) 온갖 궁리 : '기관(機關)'은 무언가 움직이게 하는 장치라는 뜻으로, 여기서는 마음속으로 여러 가지 생각을 도모하는 것을 말한다.

2) 물고기, 새와 …… 즐기더니: '어조(魚鳥)'는 항상 은일(隱逸)의 경물이 된다. 삼국시대 위(魏)나라 혜강(嵇康)의 〈여산거원절교서(與山巨源絶交書)〉에 "산과 연못에서 노닐고, 물고기와 새를 보면서 마음이 무척 즐거웠다.[遊山澤, 觀魚鳥, 心甚樂之.]"라는 글귀가 있다.

3) 마소바람으로 상관도 하지 않네: '마우풍(馬牛風)'은 풍마우불상급(風馬牛不相及)의 준말로, 《좌전》 〈희공4년〉에 보면, "그대는 북해에 있고 과인은 남해에 있으니 오직 바람과 마소가 서로 미치지 못하는 것이로다.[君處北海, 寡人處南海, 唯是風馬牛不相及也.]"라고 하여 사물 사이에 추호도 상관하지 않음을 비유하였다.

4) 공손하고 양보하며 살리로다: '유인(濡忍)'은 부드럽고 공순하며 참고 사양하며 사는 것을 말한다.

또

又

세상 일 모두 어그러지니	錯做人間事,
꿈결에 놀라 깸을 어찌해?	寧禁夢裏驚?
이름 냄은 곧 굴욕 참는 것,	成名真耐辱,
세속 따라야 천성도 보전해[1]	隨俗亦全生.
살다 보면[2] 천성 따르기 어려워	去就難從性,
궁하든 통하든 연연치 말아야 해.	窮通不繫情.
마음은 오히려 달과 같은지라	寸心猶似月,
오직 어둠 속에 밝게만 빛나네.	偏向暗中明.

1) 천성도 보전해: '전성(全生)'은 천성을 보존하여 자연에 순응하는 삶을 말하니, 천성을 보전하는 도를 가리킨다. 또는 생명을 보전하는 것을 말한다.

2) 살다 보면: '거취(去就)'는 출처(出處)와 같은 말로, 세상이나 벼슬에 나아가고 물러나 사는 것을 말한다.

숙향[1]에게 부치다

寄叔向

위급하고 어려워도 나라 선비[2] 풍도 깊으니	急難深知國士風,
공정함을 구하는 일 옛사람 중에 있기 마련.[3]	求公當在古人中.
한 쌍 새 삼년 동안 이별[4] 한다 하지 말지니	休論雙鳥三年別,
코뿔소 한 구멍으로 통함[5]이 절로 있기 때문.	自有靈犀一點通.
계절은 부질없이 동쪽으로 가는 물과 같고	時序謾同東逝水,
하늘엔 이제 북녘 돌아가는 기러기 그쳤네.	雲天今斷北歸鴻.
편지통[6]에 안부 문자 부치려고 했으나	郵筒欲寄平安字,

1) 숙향: 이갱생(李更生)은 자가 숙향(叔向), 본관이 전주(全州)이며, 김장생(金長生)의 문인이다.

2) 나라 선비: '국사(國士)'는 한 나라 안에서 재능이 우수한 인물을 말한다.

3) 공정함을 …… 있기 마련: 여기서 말하는 고인(古人)은 공자의 제자 담대멸명(澹臺滅明)을 가리키는 듯하다. 《공자가어(孔子家語)》에 의하면, "담대멸명은 그 재주가 공자의 바람에 충분하지 않았으나 그 사람됨은 공정하여 사사로움이 없었다.[澹臺滅明其才不充孔子之望, 然其爲人公正無私.]"고 하였다. 담대멸명은 춘추시대 말기 노(魯)나라 사람으로 성이 담대(澹臺)이고, 이름이 멸명(滅明)이다. 공자의 제자로 공자보다 39살이나 연하였다. 자유(子游)의 추천으로 문하에 들어왔는데, 용모가 추해서 공자가 마음에 두지 않았는데, 뒷날 그가 무성(武城)에서 오(吳)나라로 옮겨가서 학문을 가르치자 300여명의 제자들이 모여 세상에 이름을 떨쳤다. 이에 공자가 말하기를, "내가 말로써 사람을 취했다가 재여(宰予)에게서 실수를 했고, 용모로써 사람을 취했다가 자우에게서 실수를 했구나."라고 하였다.

4) 한 쌍 새는 삼년 동안 이별: 당나라 한유(韓愈)의 〈쌍조(雙鳥)〉에서 "두 마리가 새가 이미 떨어져서 살면, 소리를 내지 않고 자기 허물을 살피네.[兩鳥旣別處, 閉聲省愆尤.]"라 하고, 다시 "도리어 삼천년을 마주할 것인데, 다시 일어나 울면서 서로 화답하네.[還當三千秋, 更起鳴相酬.]"라고 하여 오랜 시간 서로 떨어지지 않고 영원히 함께 할 것임을 노래하였다.

5) 코뿔소는 한 구멍으로 통함: '영서(靈犀)'는 무소의 뿔에 있는 흰 줄무늬 선의 두 끝이 직통되어 감응이 영민하다고 했는데, 여기서는 두 사람의 마음이 서로 통함을 비유한 것이다.

6) 편지통: '우통(郵筒)'은 옛날에 편지를 보낼 때 넣어서 부치는 대나무 통이다.

온통 마음 쏠려서 글귀 다듬지 못했도다. 　　　　摠爲情多句未工.

임재숙[1] 영공[2]이 안동 사또로 나가기에 전별하다 담

贐別林載叔令公出宰安東 墰

다섯 말이 훨훨 나니 노정이 멀지 않아	五馬翩翩路不賒,
갈홍[3]이 남쪽 가서 단사를 찾으리라.	葛洪南去覓丹砂.
지금껏 시와 예[4]는 동방 노나라[5] 받들고	秪今詩禮推東魯,
옛날부터 강산이라면 영가[6]를 말하였도다.	終古江山說永嘉.
가을 든 뒤 술 재료론 잣나무잎[7]이 좋고	秋後酒材供栢葉,

1) 임재숙: 임담(林墰, 1596~1652)은 자가 재숙(載叔), 호가 청구(淸癯), 나주(羅州) 회진(會津) 사람이다. 1616년에 생원이 되고 1635년에 증광문과 병과로 급제하였다. 병자호란 때 사헌부 지평으로 남한산성에 들어가 총융사의 종사관이 되어 남격대(南格臺)를 수비하고, 화의가 성립된 뒤 진휼어사(賑恤御史)로 호남지방에 내려갔다. 1639년 좌승지로 사은부사(謝恩副使)가 되어 청나라에 다녀왔고, 1650년에 다시 사은부사로 청나라에 다녀와서 지경연사(知經筵事)를 겸하였다. 1652년 청나라 사신의 반송사(伴送使)로 다녀오다가 가산에서 죽었다. 시호는 충익(忠翼)이다.

2) 영공: 정삼품(正三品)과 종이품(從二品)의 관리를 높여 이르던 말로, 영감(令監) 또는 대감(大監)이라고도 한다.

3) 갈홍: 갈홍(葛洪, 283~363)은 동진(東晉) 사람으로 연단가(煉丹家)이니, 자가 아천(雅川)이고 호가 포박자(抱朴子)이다. 책을 두루 읽었는데 특히 신선도양(神仙導養)의 술법을 좋아하여 정은(鄭隱)과 포현(鮑玄)에게 배워 그 법을 얻었다. 저서로는 《포박자(抱朴子)》·《신선전(神仙傳)》·《금궤약방(金匱藥方)》·《집이전(集異傳)》 등이 있다.

4) 시와 예: 《시경》과 《예기》를 말한다.

5) 동방 노나라: 여기서는 안동 지역을 가리킨다.

6) 영가: '영가(永嘉)'는 중국 절강성(浙江省)에 있는 고을로 산수가 아름답고, 특히 서예가 왕희지(王羲之)와 산수 시인 사령운(謝靈運)이 태수로 있었다. 여기서는 안동의 옛 이름으로 사용되었다.

7) 잣나무잎: '백엽(栢葉)'은 백주(柏酒)를 만드는 재료이니 잣나무 잎을 담가서 우려낸 백주는 초주(椒酒)와 마찬가지로 설날에 조상에 올리거나 어른에게 세배를 드리며 사악한 기운을 쫓아내기 위해 가족들이 돌려가며 마셨다고 한다.

누각 가엔 시의 밑천 매화꽃이 흔들리네. 閣邊詩用動梅花.

노쇠하여 돌아다닐 힘없는 게 한스러운데 龍鍾恨乏扶搖力,

이날 따라 고달프니 살쩍 금방 세겠구나. 此日泥塗鬢易華.

봄날의 한
春恨

조물주[1] 조화도 봄 돌이킴 게을러서	化工調物懶回春,
3월의 장안에 비와 눈 자주 오네.	三月長安雨雪頻.
꽃소식에 수풀 동산 온통 고요하지만	花事林園渾寂寞,
새벽 창 꾀꼬리소리 홀로 정신 차렸네.[2]	曉窓鸎語獨精神.

1) 조물주: '화공(化工)'은 자연의 묘한 재주를 말하니, 조물주를 가리킨다.
2) 정신 차렸네: '정신(精神)'은 사람이나 사물이 생기 있음을 형용한 말로, 아침에 홀로 깨서 운다는 말이다.

자다가 일어나서 되는대로 읊다

睡起謾吟

초라한 집[1] 쓸쓸한데 이끼 덮히고	蓬門寥落閉蒼苔.
노쇠하여 비실비실 늘그막이 닥쳐오네.	衰疾惛惛暮景催.
모자라서[2] 세속 얼림 전혀 못하고	濩落少無諧俗韻,
어두워서[3] 원래 세상 구할 재주 없네.	迂踈元乏濟時才.
어찌 논밭도 없으면서 돌아가려 하는가?	郍無田畝堪歸去?
무슨 공명이 혹시라도 찾아오길 바라는가?	何事功名復儻來.
평상에 가벼운 바람, 꾀꼬리소리 드문드문	一榻輕風鸎語澁,
물과 구름[4] 많은 곳 꿈에 처음 돌아왔네.	水雲多處夢初廻.

1) 초라한 집: '봉문(蓬門)'은 쑥대로 문을 삼은 것이니, 빈한(貧寒)한 사람의 집이나 자기 집을 겸손하게 이르는 말이다.

2) 모자라서: '확락(濩落)'은 텅 비어 있거나, 마음먹은 뜻을 펴지 못하거나, 쓸모없이 됨을 말한다.

3) 어두워서: '우소(迂踈)'는 세상 물정에 어둡고 민첩(敏捷)하지 못함을 말한다.

4) 물과 구름: '수운(水雲)'은 물과 구름이 서로 만나는 경치를 말한다.

〈흰 제비[1]〉에 화운하듯 시를 짓다

擬和白燕

조나라 미녀[2] 새 단장 석양에 비추이고	趙女新粧映夕曛,
제나라 비단옷[3] 반첩여 아릿다히 춤 추네.	齊紈裁作舞衣裙.
밝은 달빛 주렴에 비쳐 눈앞이 아롱아롱	月明珠箔看難定,
배나무 동산에 꽃 피어 그리매 가물가물.	花發梨園影不分.
물 차니 잠깐 조각구름 날리는 듯	掠水乍疑雲片片,
처마에 드니 문득 눈 펄펄 오는 듯.	入簷翻似雪紛紛.
하얀 옥빛[4] 부끄러이 물가 새와 섞이고	瑤光羞混沙邊鳥,
옥예화[5] 핀 궁 안에서 옛 어울림 그리네.	玉蘂宮中戀舊羣.

---

1) 흰 제비: 원나라 말과 명나라 초의 원개(袁凱)는 송강부(松江府) 화정(華亭) 사람으로 자가 경문(景文), 호가 해수(海叟)인데, 시에 뛰어나 일찍이 〈백연(白燕)〉을 지어 이름을 날렸기에 원백연(袁白燕)이라고도 불렀다. 원개(袁凱)의 〈백연(白燕)〉은 다음과 같다. "故國飄零事已非, 舊時王謝見應稀. 月明湘水初無影, 雪滿梁園尙未歸. 柳絮池塘香入夢, 梨花庭院冷侵衣. 趙家姊妹多相忌, 莫向昭陽殿裏飛."

2) 조나라 미녀: '조녀(趙女)'는 조나라의 미녀로, 보통 미녀를 지칭하는 말이다. 한나라 무제(武帝)가 신녀(神女)에게 받은 옥비녀를 조첩여(趙婕妤)에게 주었는데, 소제(昭帝) 때 이르러 그 상자를 열어 보니 흰 제비가 나와서 하늘로 날아갔다는 고사에서 유래하였다. 조첩여(趙婕妤)는 이름이 비연(飛燕)이니, 조비연은 가난한 신분으로 양아공주부(陽阿公主府)의 가기(歌妓)가 되었는데, 비연(飛燕)은 춤추는 자태가 나는 제비와 같다고 하여 붙여진 이름이다.

3) 제나라 비단옷: '제환(齊紈)'은 제나라에서 생산되는 비단을 뜻하는데, 이는 하얀 제비를 제나라 비단으로 만든 옷을 입고 춤을 추는 반첩여에 비긴 것이다. 한나라 성제(成帝)의 궁녀 반첩여(班婕妤)가 시가(詩歌)에 능하여 총애를 받다가 뒤에 허태후(許太后)와 함께 조비연(趙飛燕)의 참소를 받고 물러나 장신궁(長信宮)에서 폐위된 태후를 모시고 시부(詩賦)를 읊으며 슬픈 날을 보냈다고 한다.

4) 하얀 옥빛: '요광(瑤光)'은 하얀 옥빛 또는 북두칠성의 일곱째별을 가리키지만, 여기서는 흰 제비를 가리키는 말이다.

5) 옥예화: 당나라 현종이 여산(驪山)에 별궁(別宮)을 짓고 양귀비를 데리고 온천(溫泉)에 가서

향락하였는데, 양귀비는 술이 얼근히 취하면 연꽃보다 더 고와서 옥예화에 비유하곤 하였다. 또는 당나라 때 장안의 안업방(安業坊) 남쪽에 있던 집으로 당창관이 있었는데, 현종의 딸 당창공주(唐昌公主)가 심은 옥예화(玉蕊花)라는 꽃이 있었다고 한다. 백거이(白居易)의 〈백모란(白牡丹)〉에 "당창관에 핀 옥예화를, 뭇사람들이 다투어 구경하누나.[唐昌玉蕊花, 樊翫衆所爭.]"라고 하였다. 여기서는 흰 제비를 가리키는 말이다.

관아로 부임하여 되는대로 쓰다

赴衙謾筆

험난한 벼슬길[1] 지리함이 부끄러운데	畏塗遊宦愧支離,
남쪽 땅 부임하여[2] 봄기약[3] 저버리네.[4]	南畝巾車又負期.
박봉으로 까마귀 봉양 하지 못하고[5]	三釜未酬烏鳥養,
봄 되면 공연히 할미새 시[6] 생각하네.	一春空憶鶺鴒詩.
매실 익는 좋은 철 온 마을에 비 오고	黃梅佳節千家雨,

---

1) 벼슬길: '유환(遊宦)'은 먼 지방으로 벼슬하러 가는 것을 말한다.

2) 부임하여: '건개(巾車)'는 장막을 장식한 수레를 정비하여 출행(出行)하는 것을 말한다. 또는 도잠(陶潛)의 〈귀거래사(歸去來辭)〉에서 "때로는 수레를 몰고, 때로는 외론 배를 노 젓도다. [或命巾車, 或棹孤舟.]"라고 하였듯이 소박한 전원생활을 의미한다.

3) 봄기약: 아름다운 봄날의 경치를 같이 구경하자는 기약을 말한다. 송나라 구양수(歐陽修)의 〈정풍파사(定風波詞)〉에 "술잔 마주하여 기쁜 일 좇으며 봄 기약 저버리지 말지니, 봄빛에 돌아가면 사람이 넉넉해지지 않겠는가?[對酒追歡莫負春, 春光歸去可饒人]"라고 하였다.

4) 남쪽 땅에 …… 저버리네: 《행명재시집》 권3에 보면, 부사 조경(趙絅)의 시운에 차운한 〈차부사운(次副使韻)〉이 있는데, "남쪽 땅에 사행 와서 또 봄빛을 저버리고[南畝巾車又負春]"라고 하였다.

5) 박봉으로 …… 못하고: '삼부(三釜)'는 삼부지양(三釜之養)의 준말로, 부모님을 봉양하기 위하여 적은 봉록이라도 싫다 하지 않고 벼슬살이하는 것을 말한다. 《장자(莊子)》 〈우언(寓言)〉에서 증자는 두 번 벼슬을 하면서 마음이 두 번 변했는데, "내가 부모님을 위해 세 솥의 박봉 벼슬을 해도 마음이 즐거웠는데, 그 뒤에 삼천종의 녹봉 벼슬을 했을 때는 이미 부모님이 돌아가셔서 내 마음이 슬펐습니다.[吾及親仕三釜而心樂, 後仕三千鍾不洎, 吾心悲.]"라고 말한 것에서 나온 말이다. 일부(一釜)는 6말 4되의 단위이다. '오조양(烏鳥養)'은 춘추전국시대 진(晉)나라 이밀(李密)이 〈진정표(陳情表)〉의 "烏鳥私情, 願乞終養."에서 나온 말로, 까마귀가 자라서 어미에게 먹이를 물어다 먹이듯이 부모님에게 봉양하길 바랐으나 그러지 못함을 말한 것이다.

6) 할미새 시: '척령시(鶺鴒詩)'는 《시경》 〈소아(小雅)·상체(常棣)〉에서, 할미새가 날 때에는 울고 걸을 때에는 몸을 자주 흔들어서 위급함을 형제들에게 알렸다고 하여 형제간의 돈독한 우애를 나타낸 것을 말한다.

거울 보니 세월 속에 살쩍이 세었구나.	靑鏡流年兩鬢絲.
나 스스로 천벌[7] 범해 무척 한스럽건만	深恨天黥吾自取,
도리어 벼슬[8] 좇아 관아로 나가는구나.	却隨簪笏赴官墀.

7) 천벌: '경(黥)'은 고대 형벌 가운데 하나로, 먹물로 이마나 뺨, 팔뚝 등에 글자를 새겨 넣는 형벌이다. 천경(天黥)은 하늘이 내린 큰 벌처럼 잊히지 않는 큰 과오를 가리키는 듯하다.

8) 벼슬길: '잠홀(簪笏)'은 벼슬아치가 관(冠)에 꽂던 잠(簪)과 손에 쥐던 홀(笏)이나 수판(手版)을 말하는데, 관리나 관직을 비유하는 말이다.

태학사[1]에게 지어주다

酬大學士

나 조·회[2] 같아 큰 나라 못 이루는데	我如曹鄶不成邦,
오늘 공 만나보니 붓놀림이 깃대 같군요	今日看公筆佀杠.
근력은 한유 비문과 유종원 기문 좇고[3]	筋力從韓碑柳記,
문장은 육기 바다와 반악 강물[4]에 견주네.	詞華較陸海潘江.
초연히 밝은 달이 빈 골짜기[5] 비추니	翛然明月投虛牝,
괴이한 등불[6]이 한밤 창문 꿰뚫네.	怪底晴虹貫夜窓.
노쇠하고 머리 세어 선두[7] 다툼 사양하고	衰白敢辭爭觜距,
다만 굳은 성벽[8] 지켜 순행 깃발[9] 거두네.	秖堪堅壁歛麾幢.

1) 태학사: 대제학(大提學)을 말한다. 조선시대 초기 예문춘추관(藝文春秋館)의 정이품(正二品) 벼슬로 태종(太宗) 원년[1401]에 대제학(大提學)으로 고쳤다.

2) 조·회: '조회(曹鄶)'는 춘추시대의 작은 나라로, 보잘것없이 작은 나라를 가리키는 말이다. 자신의 재주가 대학사만 못하다고 겸양하여 비유한 말이다. 기대승(奇大升)의 시에 "조와 회가 나라 되지 못하다[曹鄶不成邦]"라는 글귀가 있다.

3) 근력은 …… 좇고: '한비(韓碑)'는 당나라 한유(韓愈)의 비문(碑文)으로, 특히 〈평회서비(平淮西碑)〉를 지어 당나라 헌종에게 인정을 받았으며, '유기(柳記)'는 송나라 유종원(柳宗元)의 기문(記文)을 말한다.

4) 육기 바다와 반악 강물: '육해반강(陸海潘江)'은 진(晉)나라 문장가 육기(陸機)와 반악(潘岳)을 가리킨다. 양(梁)나라 종영(鍾嶸)이 《시품(詩品)》에서 "육기의 재질은 바다와 같고, 반악의 재질은 강과 같다.[陸才如海, 潘才如江.]"고 평한 데에서 비롯된 말이다.

5) 빈 골짜기: '허빈(虛牝)'은 물이 낮은 곳으로 흘러 모이는 구렁 또는 바다를 말한다.

6) 등불: '청홍(晴虹)'은 등불의 별칭이다.

7) 선두: '취거(觜距)'는 날카로운 부리와 발톱으로, 각각 역량을 뽐내며 선두를 다투는 인재를 말한다.

8) 굳은 성벽: '견벽(堅壁)'은 자기 자신을 은장(隱藏)하는 것을 말한다.

9) 순행 깃발: '휘당(麾幢)'은 관리가 지방 부임지로 나갈 때 가지고 가는 깃발을 말한다.

조용히 앉아서 써보다

默坐試筆

게으른 몸 어찌 오래 조정 출입[1] 하는 건가?	懶慢寧堪久曳裾?
집 처마에 비 들으니 외로운 삶[2] 한스러워.	一簷踈雨恨離居.
어두운 길에 파초 덮은 사슴 이미 잃었고[3]	冥行已失藏蕉鹿,
초라한 벼슬조차 대에 오르는 물고기[4] 같네.	拙宦迨同上竹魚.
젊어선 남만 못하고 이젠 늙어버려서	少不如人今老矣,
알아주는 이 없으니 어찌 아니 돌아가리?	世無知我盍歸歟?
정원 회나무며 냇가 버들 그늘 짙은 곳에서	庭槐磵柳濃陰地,

---

1) 조정 출입: '예거(曳裾)'는 긴 옷자락을 끌며 대궐을 출입함을 말한다.

2) 외론 삶: '이거(離居)'는 이군삭거(離群索居)의 준말로, 《예기》〈단궁상(檀弓上)〉에 나오며, 친지나 벗들과 헤어져서 혼자 외로이 사는 것을 말한다.

3) 파초 덮은 사슴 이미 잃었고: '녹부초(鹿覆蕉)'는 부록심초(覆鹿尋蕉)의 준말로, 흐리멍덩하게 대충 얼버무리거나, 또는 득실의 무상(無常)함을 비유한다. 《열자(列子)》〈주목왕(周穆王)〉에 의하면, 옛날 정(鄭)나라 사람이 땔나무를 하러 갔다가 사슴을 잡았는데 남이 볼까봐 구덩이에 숨기고 파초 잎으로 덮고는 좋아서 어쩔 줄을 모르다가, 이윽고 사슴 감춰 둔 곳을 잊어버리고 마침내 꿈을 꾼 것이라 여기고 길을 가면서 계속 그 일을 혼자 중얼거리자, 옆에서 그 말을 들은 사람이 그의 말대로 찾아가서 사슴을 가지고 집으로 가서는 아내에게 말하기를 "아까 나무하던 사람은 꿈에 사슴을 얻고도 그곳을 알지 못했고, 내가 지금 그 사슴을 얻었으니, 저 사람은 참으로 꿈을 꾼 사람일 뿐이다.[向薪者, 夢得鹿而不知其處, 吾今得之, 彼直眞夢者矣.]"라고 하였다.

4) 대에 오르는 물고기: 상죽어(上竹魚)는 점어상죽(鮎魚上竹)·점어상죽간(鮎魚上竹竿)·점류(鮎溜)·점연죽(鮎緣竹)이라고도 하며, 메기가 어렵게 대나무에 오르듯이 어려운 역경을 극복하고 목적을 이루려고 한다는 말이다. 《이아익(爾雅翼)》〈석어(釋魚)〉에 의하면, 이어(鮧魚)는 메기[鮎魚]를 이르는데 대나무에 잘 올라가 입에 댓잎을 물고 대나무 위로 뛰어오르며 높은 데까지 올라갈 수 있다고 하였다. 그러나 메기는 그 몸이 매끄럽고 비늘이 없어서 대나무에 오른다는 것은 무척 어려운 일이므로, 이에 점어상죽간(鮎魚上竹竿)은 높은 벼슬에 오르기 어려움을 비유하는 말이 되었다.

남산을 생각하니 허름한 오두막집이 있구나.　　坐想南山有弊廬.

늦은 봄에 되는대로 읊조리다[1]

暮春謾占

예순 살 슬금슬금 이르니　　六十垂垂至,
봄 경치[2] 퍼뜩퍼뜩 오네.　　煙花袞袞來.
사귐[3]은 오직 좋은 달　　素交唯好月,
반기느니[4] 깊은 술잔뿐.　　青眼只深盃.
곤한 잠 뉘 불러 깨우는가?　　倦枕誰呼起?
시 마음 다시 불러 오누나.　　詩情更喚回.
지팡이 짚고 가는 향긋한 풀길　　一筇芳草路,
단비 내려 날리는 먼지 씻겼네　　時雨洗輕埃.

---

1) 읊조리다: '점(占)'은 구점(口占)을 가리키니 즉흥적으로 입으로 읊조려서 시를 짓는 것을 말한다. 구호(口號)'라고도 한다.

2) 봄 경치: '연화(煙花)'는 연화(烟花) 또는 연화(煙華)와 같은 말로 남기와 안개가 자욱한 것과 같은 번화한 꽃을 가리키거나, 안개 속에 핀 봄꽃을 가리키니 아름다운 봄날 경치를 말한다. 남조 양(梁)나라 심약(沈約)의 〈상춘(傷春)〉에 "아름다운 봄빛이 금원에 들었고, 안개 봄꽃 켜켜 굽이를 둘렀도다.[年芳被禁籞, 煙花繞層曲.]"라고 하였다. 이백의 〈황학루송맹호연지광릉(黃鶴樓送孟浩然之廣陵)〉에 "옛 친구가 서쪽으로 황학루를 떠나가니, 아름다운 봄날 삼월에 양주로 내려가도다.[故人西辭黃鶴樓, 煙花三月下揚州.]"라고 하였다. 또는 아름답고 고운 기녀(妓女)를 가리키기도 한다.

3) 사귐: '소교(素交)'는 평소에 진실하고 정성된 사귐, 또는 오랜 사귐을 말한다.

4) 반기느니: '청안(青眼)'은 진(晉)나라 죽림칠현(竹林七賢) 가운데 완적(阮籍)이 예교에 얽매인 속된 선비가 찾아오면 백안(白眼)을 뜨고, 고사(高士)가 찾아오면 청안(青眼)을 뜨고 대했다고 한다.

부질없이 흥이 나서

謾興

문득 〈한거부[1]〉 초하고 乍草閒居賦,
잇달아 〈만흥시〉 이루다. 仍成謾興詩.
버들 못 새 비 내린 뒤 柳塘新雨後,
꽃길 저녁 해 비친 때. 花徑夕陽時.
손님 붙잡고 바둑 수[2] 논하며 留客論棋品,
아이 불러 낚싯줄 손보게 하네. 呼兒理釣絲.
제호새[3] 호로록호로록 우니 提壺呼款款,
문득 마음 맞아 서로 허여하다.[4] 還合托心期.

---

1) 한거부: 옛 사람들이 세상에 숨어 한가롭게 살기를 좋아한다는 뜻에서 〈한거부(閒居賦)〉를 지은 사람들이 많았다. 진(晉)나라 때 반악(潘岳)과 조식(曹植)이 지은 〈한거부(閒居賦)〉가 특히 유명하다.

2) 바둑수: 남조시대 양(梁)나라의 심약(沈約)이 바둑에 관한 《기품》이라는 책을 저술했고, 양(梁)나라의 무제(武帝)는 오늘날의 단에 해당하는 바둑에 대한 기품(棋品)을 만들었는데, 그가 만든 기품은 많은 종목에서 오늘날까지 널리 사용되는 치수의 개념이 되었다. 여기서는 바둑의 수를 말하는 것으로 보인다.

3) 제호새: '제호(提壺)'는 제호로(提壺蘆)라는 새인데, 울음소리가 술병을 들라는 말처럼 들린다. 사다샛과에 속하는 큰 물새로 중국 북부나 몽골 등지에서 번식하며, 중국 남부나 인도 등지에서 겨울을 지낸다. 주로 해안이나 호숫가에 서식하며, 날개 길이가 65~80cm이고, 몸빛은 흰색이며 날개 끝만 흑갈색이다. 아래 주둥이에 수축할 수 있는 턱 주머니가 있어 먹이를 넣어 둔다. 백거이(白居易)의 〈조춘문제호조인제인가(早春聞提壺鳥因題鄰家)〉에 "가을 원숭이 눈물 재촉하는 소리 듣기 싫고, 봄새의 술병 들라 권하는 소리는 듣기 반갑네.[厭聽秋猿催下淚, 喜聞春鳥勸提壺.]"라고 하였으며, 구양수(歐陽修)의 〈제조(啼鳥)〉에 "꽃 위에 홀로 제호로가 있어서, 술을 사서 꽃그늘 앞에 취하라고 권하누나.[獨有花上提壺蘆, 勸我沽酒花前醉.]"라고 하였다.

4) 서로 허여하다: '심기(心期)'는 마음속으로 서로 허여하는 것을 말한다. 도잠의 시 〈수정시상(酬丁柴桑)〉에서 "실로 마음속으로 허여함을 기뻐하더니, 바야흐로 나의 유람을 좇는구나.

[實欣心期, 方從我遊.]"라고 하였다.

관동으로 가는 박도사[1]를 전송하다

送關東朴都事

아스라이 봉래산[2] 주변에라도 있는 듯	縹緲蓬壺若箇邊,
가을 되자 파발[3] 들고 훨훨 떠나가네.	一秋飛傳去翩翩.
서릿발 위세 잠시 사헌부[4] 흔들었고	霜稜乍拂臺中栢,
멋진 풍모 이제부터 막부 연꽃[5] 되네.	風裁今爲幕裏蓮.
하늘마다 신세계 열려 있다 들었더니	聞說諸天開世界,
평지에서 신선 경계 오른 그대 부럽네.	羨君平地躡神仙.
방회[6]가 만약 도사 임무[7] 이루려면	方回若遂分符願,

1) 도사: '도사(都事)'는 팔도(八道) 감영(監營)의 종5품 관직으로 감사(監司) 곧 관찰사 다음 관직으로, 지방 관리의 불법을 규찰하고 과시를 맡아보았다.

2) 봉래산: '봉호(蓬壺)'는 동해 바다 가운데 삼신산(三神山), 영주산·봉래산·방장산(方丈山) 가운데 하나로 신선이 산다는 전설 속의 산이다.

3) 파발: '비전(飛傳)'은 다급한 일을 맡아 처리하는 파발이다.

4) 사헌부: '대중백(臺中栢)'은 대중(臺中) 또는 대관(臺官)이라고 하며, 조선시대 사헌부(司憲府)의 대사헌(大司憲)으로부터 지평(持平)까지의 관리들을 지칭하는 말이다. 중국에서 관리들의 비리를 조사하는 어사대(御史臺)를 측백나무의 푸른 기상에 빗대어 백대(柏臺)·백서(柏署)·백부(柏府) 등으로 불렀고, 조선시대 사헌부의 별칭도 '백부(柏府)'였다.

5) 막부 연꽃: '막리연(幕裏蓮)'은 푸른 깃발과 붉은 연꽃무늬로 이루어진 군막이니, 부임하는 행렬의 화려함을 비유하는 말이다. 유고지(庾杲之)의 자는 경행(景行)이며 신야(新野) 사람으로, 왕검의 위군장사(衛將軍長史)로 있었다. 《남사(南史)》 〈유고지전(庾杲之傳)〉에 "왕검이 유고지를 위군장사(衛將軍長史)로 임명하였다. 안육후(安陸侯) 소면(蕭緬)이 왕검에게 보낸 편지에서, '귀하의 막부에 관료를 뽑기가 참으로 어려운 일인데, 유경행은 푸른 물에 연꽃처럼 어찌 그리도 빛납니까?'라고 하였다. 그때의 사람들은 왕검의 막부를 연화지(蓮花池)로 일컬었기에 소면이 이와 같이 말한 것이다."라고 하였는데, 이에 막부에 등용되는 것을 가리키게 되었다.

6) 방회: '방회(方回)'는 요임금 때 도를 깨달아 신선이 되었다는 인물을 가리키거나, 산림에 숨어사는 선비를 가리키는 말이다. 관동 도사로서 한무제 때 회양 태수 급장유와 같은 무위의

긴 허리 굽혀 아이 향해야[8] 하리. 擬折長腰向少年.

정치를 베풀기를 바라는 뜻이 들어 있다.

7) 도사 임무: 관장으로서의 책무를 가리킨다. 관찰사가 상관이니 그를 따라야하는 직책을 암시하고 있다.

8) 긴 허리 굽혀 아이 향해야: '절요(折腰)'는 몸을 굽혀서 적은 봉록을 받으며 관리를 섬기는 것을 말한다. 진(晉)나라 도잠(陶潛)이 팽택(彭澤) 현령으로 있을 때 군(郡)에서 파견한 감독관인 독우(督郵)의 시찰을 받게 되었는데, 아전이 도잠에게 의관(衣冠)을 갖추고 머리 숙여 독우에게 인사를 해야 한다고 말하자 도잠이 탄식하면서 "내가 다섯 말의 쌀 때문에 허리를 굽혀서 향리의 어린아이를 대할 수 없다.[我不能爲五斗米, 折腰向鄕里小兒.]" 하고는 곧장 현령의 인끈을 풀어 놓고 고향으로 돌아갔다는 고사에 의거한다.

우연히 흥이 나다

偶興

지팡이 짚고 집밖에 나가선	偶把一笻出,
세 오솔길[1] 따라 돌아오네.	時從三徑還.
향긋한 풀밭 너머 마을 연기	村煙芳草外,
흰 구름 사이로 나무꾼 길.	樵路白雲間.
비 기운[2] 이내 빗물 되더니	雨氣偏生水,
가을 풍광 반나마 산속에 드네.	秋容半入山.
마음대로 빼어난 시구 읊는	任情吟秀句,
시 짓는 마음이 너무 편하네.	詩意十分閒.

1) 세 오솔길: '삼경(三徑)'은 한나라 때 은사 장후(蔣詡)가 일찍이 자기 문정(門庭)에 세 오솔길을 내놓고 구중(求仲)과 양중(羊仲) 두 사람하고만 종유했던 데서 전하여 은자의 집이나 동산이라는 뜻으로 쓰인다.

2) 비 기운: '우기(雨氣)'는 비가 올 듯한 기미나 기운을 말한다.

되는대로 쓰다

謾筆

벼슬살이 일찍이 왠만큼 하고	軒冕曾知足,
명예에는 진작에 관심 없었네.	勳名久掉頭.
세상이 몽당비[1] 가벼이 여기니	世情輕弊箒,
나의 도 뗏목 타고 떠남[2]에 맞네.	吾道合乘桴.
산이 어두움은 저녁 구름 생긴 탓	山暗雲生夕,
숲이 소란함은 가을비 내린 탓.	林喧雨送秋.
세상 근심 잠시 놓아두고	暫休天下念,
물가 누대에 편안히 눕네.	閒卧水邊樓.

1) 몽당비: '폐추(弊箒)'는 끝이 닳아 모지라져서 자루만 남은 몽당비를 말하는데, 자기 물건이면 아무리 하찮은 것이라도 소중하게 여긴다는 뜻으로, 자기 분수를 모름을 말한다. 여기서는 보잘것없는 자신의 처지를 말한 것이다. 위 문제(魏文帝) 조비(曹丕)가 지은 〈전론(典論)〉에서 '집에서 쓰던 몽당비를 천금의 가치가 있는 것처럼 애지중지한다.[家有弊帚, 享之千金.]'라는 속담이 있는데, 이는 자기 분수를 모르는 데에서 나온 것이라고 하였다.

2) 뗏목 타고 떠남: '승부(乘桴)'는 《논어》 〈공야장(公冶長)〉에서 공자가 천하의 어지러움을 탄식하여, "도가 행해지지 않으니 뗏목을 타고 바다에 뜨리라.[道不行, 乘桴浮于海.]"라고 한 것처럼 어지러운 세상을 버리고 차라리 바다에 뗏목을 띄우고 멀리 떠나고 싶다는 말이다.

세상사에 대한 감회 세 수

感遇 三首

말 몰아[1] 높은 벼슬[2] 오른 지 몇 해인가? 　躍馬鳴珂已幾年,
예전에 공신 업적 능연각[3]에 걸릴 뿐인 걸. 　向來勳業畫凌煙.
인간세상 부귀공명 만족할 줄 안다면야 　人間富貴堪知足,
마을 근처 밭[4]도 경작할 필요 없으리. 　不必經營負郭田.

저물녘에 거리에서 길 비키라[5] 재촉하고 　落晩街頭喝道催,
간쟁 신하 잔뜩 취해 사헌부[6]를 나왔었네. 　諍臣扶醉出霜臺.
평상시 얘기하던 혀가 석자 넘었건만[7] 　平時談喙逾三尺,

---

1) 말을 몰아: '약마(躍馬)'는 말을 몰아서 달려 나가는 것으로, 높은 벼슬에 올라 뜻을 이루는 것을 말한다. 또는 부귀공명을 취하는 것이나 종군(從軍)하는 것이나 과거에 응시하는 것을 가리키기도 한다.

2) 높은 벼슬: '명가(鳴珂)'는 지위가 높고 귀한 사람이 타는 말의 옥 장식으로, 말이 달리면 소리가 난다고 하여 붙여진 이름이다. 곧 벼슬이 높은 사람을 가리킨다.

3) 능연각: 조정에서 공신들의 화상(畫像)을 보관하던 곳이다. 당나라 태종(太宗)이 천하를 통일한 뒤인 정관(貞觀) 17년(643)에 장손무기(長孫無忌) 등 24명의 공신을 그린 화상을 이곳에 보관하였다.

4) 마을 근처 밭: '부곽전(負郭田)'은 성곽을 등진 마을 근처의 좋은 밭이라는 뜻으로, 전국시대 소진(蘇秦)이 합종책(合從策)으로 육국(六國)의 재상이 되어 고향으로 돌아와서 탄식하며 말하기를, "이 사람이 부귀하면 친척들이 두려워하고 빈천하면 가벼이 여기나니 다른 사람들이야. 장차 나에게 낙양(雒陽)의 좋은 밭 두 이랑만 있었다면 내가 어찌 여섯 나라 재상의 관인(官印)을 찰 수 있었겠는가?[且使我有雒陽負郭田二頃, 吾豈能佩六國相印乎?]"라고 하였다.

5) 길 비키라: '갈도(喝道)'는 조선시대 고위에 있는 관원들이 행차 할 때 선두에서 소리를 질러 행인들이 비키게 하는 것을 말한다.

6) 사헌부: '상대(霜臺)'는 사헌부(司憲府)의 별칭이다.

7) 얘기하던 혀가 석자 넘었건만: '장훼(長喙)'는 주절주절 잘 떠드는 긴 혀를 말하며, 빈말이거

대전 앞 엎드려서는[8] 입 다물고 있네.	今伏青蒲噤不開.
나라 산하 분할하여 차지한 이 많다마는	宰割山河占得多,
삼십년 고고하게 숨어산 이[9] 누구신가?	卅年高枕更誰何.
사람 사는 세상에는 한적한 곳 없어서	人間世界無閒地,
맑은 바람 타고 산림[10]으로 간다네.	惟有清風度碧蘿.

나 시비를 조장함을 비유하는 말이기도 하다.

8) 대전 앞에 엎드려서는: '복청포(伏青蒲)'는 복청포간(伏青蒲諫)이며, 청포는 임금의 좌석에 까는 청록의 부들방석을 말한다.

9) 고고하게 숨어산 이: '고침(高枕)'은 고와(高臥)와 같은 말로, 벼슬을 그만두고 물러나서 고고하게 숨어사는 것을 말한다.

10) 산림: '벽라(碧蘿)'는 푸른 여라(女蘿), 곧 소나무 겨우살이 넝쿨풀로 산림에 은둔하여 사는 세계를 가리키는 말이다. 따라서 벽라의(碧蘿衣)는 푸른 칡넝쿨로 만든 신선의 옷을 가리키는데, 산속에 숨어 사는 처사(處士)의 옷을 말한다. 상촌 신흠의 시에 "벽라면 어느 곳이든 선인이 사는 곳이라.[碧蘿何處是禪居.]"라고 하였다.

가을날의 일상[1] 두 수

秋日端居 二首

세상살이 점점 소원해짐 알고 나서	處世方知與世疎,
늘그막에 한가한 삶 지키기를 원했네.	暮年惟願鎭閒居.
등불심지 돋구며 사람 만나 이야기하고	挑燈不厭逢人話,
붓을 적실 때마다 좋은 구절 쓰는구나.	泚筆時多得句書,
오동잎 빗소리에 가을 온 줄 알며	梧葉雨聲秋到後,
풀꽃 사이 벌레 우니 초승달 밝네.	草花蟲韻月生初.
하룻밤 지리한 꿈 우습기만 하니	笑他一夜支離夢,
높은 벼슬[2]로 석거각[3] 갔었네.	復逐簪裾到石渠.
질항아리 맑은 술에 밭에서 딴 채소 안주	瓦盆白酒小園蔬,
사는 재미 솔솔하여 혼자 살기[4] 제격이라.	風味多多稱索居.
가난이란 선비 일상 마음 또한 편안하고	貧固士常心亦泰,
귀한 자린 원치 않아 꿈에서도 서먹하네.	貴非吾願夢還疎.
타는 대로 관솔 밝혀 옛 책을 읽네.	謾爇松明讀古書.

---

1) 일상: '단거(端居)'는 평소에 사는 곳인, 일상생활을 말한다.

2) 높은 벼슬: '잠거(簪裾)'는 옛날 높은 벼슬아치의 복식으로 높은 벼슬아치를 가리킨다.

3) 석거각: 서한(西漢) 때 황실에서 도서를 소장하던 장서각(藏書閣)으로, 조선시대 창덕궁에 있던 규장각을 가리킨다.

4) 혼자 살기: '삭거(索居)'는《예기》〈단궁(檀弓)〉에 나오는 말로 '이군삭거(離群索居)'의 준말이니, 친구나 친지와 헤어져서 쓸쓸하게 혼자 사는 것을 말한다.

울타리 밖 맑은 연못 가을물 얕아
종놈 되불러 물고기 잡으라 하네.

籬外清潭秋水淺,
更呼僮僕去叉魚.

간원을 떠나며[1] 감회를 적다

移諫院紀懷

십팔 년 전[2] 헌납[3] 맡았던 신하	十八年前獻納臣,
세상에 나와 이제는 그저 평민 신세.	世間今日尙爲人.
궁궐[4] 뒤돌아 볼수록 마음이 꿈만 같고	重瞻紫闥心如夢,
산림[5]에 다시 드니 눈물이 수건 적시네.	再入玄都淚滿巾.
노쇠하고 머리 세어 정말 힘쓰기 어려우니	衰白極知難强力,
일편단심으로도 스스로 몸 꾀하지 못하네.	片丹猶自不謀身.
수레방석[6] 공충 글자[7] 대하니 부끄럽고	鋪茵愧對公忠字,
늘그막에 미추 구별 못한지 오래 되었네.	末路娟媸久混眞.

---

1) 간원을 떠나며: 간원은 사간원(司諫院)으로 국왕에 대한 간쟁(諫諍)과 논박(論駁)을 담당한 관청이다. 간원(諫院)·미원(薇院)이라고도 한다. 사헌부와 함께 대간(臺諫)이라 불렀고, 홍문관(弘文館)·사헌부와 함께 삼사(三司)라 하였고, 형조(刑曹)·사헌부와 함께 삼성(三省)이라 하였다. 윤순지가 55세 때인 인조 22년(1644)에 대사간을 맡았다.

2) 18년 전: 윤순지가 36세 때인 인조 3년(1625)에 사간원 헌납을 지낸 적이 있다.

3) 헌납 : '헌납(獻納)'은 조선시대 사간원(司諫院)의 정오품(正五品) 간관으로 국왕에 대한 간쟁(諫諍)과 봉박(封駁)을 담당하였다. 위로는 정삼품 대사간(大司諫)과 종삼품 사간(司諫)이 있고, 아래로 정육품 정언(正言)이 있다. 실제 임무는 사간원의 다른 관료 및 사헌부(司憲府)·홍문관(弘文館)의 관료와 함께 간쟁·탄핵·시정(時政)·인사 등에 대한 언론과 경연(經筵)·서연(書筵)의 참여 및 인사 문제와 법률 제정에 대한 서경권(署經權), 국문(鞫問) 및 결송(決訟) 등에 참여하였다.

4) 궁궐: '자달(紫闥)'은 자주색의 문이란 뜻으로 임금이 거처하는 궁궐을 가리킨다. 자(紫)는 하늘의 자미성(紫微星)을 상징하는 자주색으로서 임금만이 사용할 수 있어 그 자체가 임금을 상징하였으며, 달(闥)은 궁중의 문을 지칭한다.

5) 산림: '현도(玄都)'는 전설속의 신선이 거처하는 곳으로, 처사들이 은거하는 산림을 말한다.

6) 수레방석: '인(茵)'은 수레 방석이나, 수레꾼을 말한다.

7) 공충 글자: '공충(公忠)'은 공평하고 충실(忠實)함을 말한다. 충을 다하는 것이 공(公)이 된다.

저물녘에 일어나 써보다

晩起試筆

작은 창에 붉은 해 벌써 뉘엿뉘엿[1]	小窓紅日已高舂,
띳집 정자 취해 누워 곤히 잠들다.	醉卧茅亭睡味濃.
평소 아무 일 없음이 차츰 기쁘니	稍喜端居無一事,
한적한 흥취가 천종 녹봉[2]이라네.	可知閒趣敵千鍾.
산사에 비 개니 구름 안개[3] 아름답고	山門雨霽煙霞爛,
강길에 가을 드니 울긋불긋 짙어지네.	江路秋生紫翠重.
세 오솔길 반드시 친구만 다니겠는가[4]?	三徑不須容二仲,
다만 물새 불러 서로 좇음 허여하네.	只呼沙鳥許相從.

1) 뉘엿뉘엿: '고용(高舂)'은 해 그림자가 서쪽으로 기울어 황혼이 가까운 무렵을 말한다. 《회남자(淮南子)》 〈천문훈(天文訓)〉의 고유(高誘)의 주석에 '고용(高舂)'은 술시를 지나면서 백성들이 절구질을 할 때임을 의미한다고 하였다.

2) 천종 녹봉: '천종(千鍾)'은 녹봉이 아주 많은 것을 말한다.

3) 구름 안개: '연하(煙霞)'는 구름 노을이나, 물안개나, 산수 또는 산림이나 홍진(紅塵)의 속세를 가리키는 말이다.

4) 세 오솔길 반드시 친구만 다니겠는가?: '삼경(三徑)'은 은자의 집 뜰 대나무 아래에 난 세 갈래 길이다. 한나라의 은자 장후(蔣詡)가 뜰에 작은 길 세 갈래를 내고 양중(羊仲)·구중(裘仲)과 교유하였다고 전한다. 여기서 '이중(二仲)'은 양중(羊仲)과 구중(裘仲)을 가리킨다.

벽 사이에 되는대로 짓다

偶題壁間

이 빠져[1] 허전함 한비자[2] 같고　齒豁同韓子,
귀 먹어 먹먹함 허승[3]과 같네.　耳聾似許丞.
살쩍엔 천길 눈발 머무르고　鬢留千丈雪,
관대엔 얼음 띠 죽 둘렀네.　官帶一條冰.
근력이 쇠하여 버팅기기 어려워도　筋力衰難强,
술잔은 아픈대도 또한 잘 잡네.　盃觴病亦能.
술 취해도 자꾸 시구를 찾다보니　醉中仍覓句,
시 짓는 뜻 문득 높이 날아오르네.[4]　詩意却飛騰.

---

1) 이가 빠져: 치활(齒豁)은 이가 빠져서 허전한 것을 말하는데 연로함을 가리킨다.

2) 한비자: 전국시대 말기 한(韓)나라 사람으로 법가를 대표하는 사상가이다. 한비자는 이사(李斯)와 함께 순자(荀子)에게서 동문수학하였는데, 한비자는 재주와 생각이 남다르고 글을 잘 쓰는 반면에 말을 더듬고 잘하지 못했다고 한다.

3) 허승: 한나라 때 귀가 어두운 하급 아전이니, 정승 병길(丙吉)은 허승이 아무리 귀가 어두워도 관청 안의 일을 잘 알고 있었기 때문에 면직시키지 않았다 한다.

4) 날아오르네: '비등(飛騰)'은 비황등달(飛黃騰達)의 준말로, 말이 날듯이 달리는 것을 말하니 관직의 지위가 상승하는 것이 무척 빠른 것을 비유하는 말이다. 여기서는 스스로 속세를 초탈한다는 뜻을 나타낸 말이다.

간액[1]이 되어 우연히 짓다

諫掖偶題

산림 향한 첫 마음 끝내 멀리 어긋나더니	丘壑初心竟謬悠,
임금님 은혜 입어 영재들과 가까이 사귀네.	聖恩今許厠英游.
아픈 팔 세 번 부러짐[2] 모두 잊으며	渾忘病臂經三折,
여윈 얼굴로 한번 수치 참으려 애쓰네.	且强衰顔忍一羞.
벼슬 맛 물맛이라고 부인이 투덜대고	宦味婦嗔淸似水,
간한 글 갈고리 건다고[3] 다들 비웃네.	諫書人笑曲如鉤.
궁궐[4] 꽃나무 아래 분주하게 달리다가도	紫薇花下奔趨地,
푸른 강에 잠기는 흰 갈매기 기억해 내네.	猶記滄浪沒白鷗.

1) 간액: 사간원의 대간(臺諫)을 말한다.

2) 세 번 부러짐: '삼절(三折)'은 《춘추》의 팔이 세 번 부러져봐야 훌륭한 의사가 되는 방도를 알 수 있다고[三折肱, 知爲良醫.] 말한 데서 나온 말로, 세 번 팔이 부러졌다는 것은 여러 차례 팔이 부러지는 부상을 당해 보아야 팔을 제대로 치료할 수 있는 방도를 알게 된다는 뜻으로 세상일을 많이 경험해보는 것을 비유한다.

3) 갈고리 건다고: '곡여구(曲如鉤)'는 곡구(曲鉤)의 뜻으로, 바르지 못하고 사특함을 비유한 말이다.

4) 중서성: '자미(紫微)'는 당나라의 중서성이나, 궁궐을 가리킨다.

종남산에서[1] 기우제를 지내고[2] 비가 내려 기쁨을 적다

禱雨終南得雨志喜

은하수[3] 보며 근심하는 용안[4]이라	雲漢深憂軫彩眉,
단번에 모든 신료[5] 사방에서 달려오네.	一時圭璧四奔馳.
미천한 신하 쏟아지는 비[6] 빌어	微臣幸借天瓢瀝,
궁궐[7] 올라가 단비하은 시 짓네.	青瑣今騰賀雨詩.

1) 종남산: 남산은 일명 종남산, 또는 목멱산(木覓山)이라고 한다.

2) 기우제를 지내고: 조경남(趙慶男)의 《속잡록(續雜錄)》 〈무진년 상〉에 "인조 6년(1628) 5월 4일 삼각산(三角山)·목멱산(木覓山 남산)·한강(漢江)에 승지를 보내 기우제(祈雨祭)를 지내게 하고, 이어 향(香)과 축(祝)을 각 도 명산대천에 보내어 기우제를 지내게 했다."는 기록이 보인다.

3) 은하수: '운한(雲漢)'은 《시경》 〈대아(大雅)·운한(雲漢)〉에 "倬彼雲漢, 昭回於天."에서 온 말인데, 정현(鄭玄)이 "이때 가뭄 들고 비가 말라 선왕이 밤하늘의 은하수를 바라보며 날씨를 소망하였다.[時旱渴雨, 故宣王夜仰視天河, 望其候焉.]"라고 하여 '운한(雲漢)'이 무더위와 가뭄에 비가 내리기를 소망하는 말이 되었다.

4) 용안: '채미(彩眉)'는 팔채미(八彩眉), 팔채(八采)라고도 하며, 제왕의 눈썹이나 제왕의 용안을 가리키는 말이다. 옛날 요임금의 눈썹에 팔채가 있었다고 한다.

5) 모든 신료: '규벽(圭璧)'은 모든 신료를 이른다. 서옥과 둥근 옥인데 천자가 봉작의 증거로 제후에게 주는 것으로, 천자를 알현할 때 보이거나 제사 지낼 때 규벽을 바치고 소원을 빌었다고 한다.

6) 쏟아지는 비: '표력(瓢瀝)'은 바가지로 퍼붓는 듯이 억수로 쏟아지는 비를 형용한 말이다.

7) 궁궐: '청쇄(青瑣)'는 한나라 궁궐의 문 이름이니, 곧 궁궐을 말한다.

여만[1]이 보내준 시에 화답하다

奉酬汝萬寄詩

귀한 옥 손에 넣어도[2] 도리어 걱정인데[3]	到手和珠却睡蛇,
펼쳐보니 어둔 눈에 화려한 글 눈부셔라.	展來昏膜炫光華.
대력시인[4] 근원 찾아 진정 삼매 들어갔고	源流大曆眞三昧,
황초체[5] 넓혀나가 스스로 일가 이루었네.	恢拓黃初自一家.
사안 집안 자제들 옥 같음을 일찍 보고[6]	曾見謝庭人似玉,

1) 여만: 신익전(申翊全, 1605~1660)은 본관이 평산(平山), 자가 여만(汝萬), 호는 동강(東江)이다. 아버지는 영의정 흠(欽)이며, 어머니는 전의이씨(全義李氏)로 절도사 제신(濟臣)의 딸이다. 김상헌(金尙憲)의 문하에서 수학하여 1628년에 학행으로 천거되어 재랑(齋郞)이 되고, 이어 검열·정언·지평 등을 지냈다. 1636년 별시문과에 병과로 급제했는데, 병자호란이 일어나 청나라에 볼모로 잡혀갔다가 돌아와 부응교·사인(舍人)·사간을 거쳐 광주목사(光州牧使)를 지냈다. 1639년에는 서장관으로 연경을 다녀오기도 하였다. 효종 때 호조·예조·병조의 참판 등을 지내면서 동지춘추관사(同知春秋館事)로 《인조실록》 편찬에 참여하고, 그 뒤에 한성부 우윤과 좌윤을 거쳐 도승지에 이르렀다.

2) 귀한 옥 손에 넣어도: '화주(和珠)'는 화씨벽(和氏璧)과 수주(隋珠)를 가리킨다. 화씨벽은 초나라 변화(卞和)가 형산(荊山)에서 주었다는 보배로 왕이라면 누구나 갖고 싶은 것이고, 수주(隋珠)는 수나라 제후가 지닌 구슬을 말한다. 화주(和珠)는 큰 뱀이 은덕을 갚기 위해 바쳤다고 하여 영사주(靈蛇珠)라고도 하며, 구슬이 밝게 빛난다고 하여 명월주(明月珠)라고도 한다. 화씨벽(和氏璧)과 마찬가지로 수후주(隋侯珠)는 천하에 으뜸가는 보배를 말한다.

3) 걱정인데: '수사(睡蛇)'는 근심 걱정으로 정신과 마음이 편안하지 않은 상태를 비유한 말이다.

4) 대력시인: 당나라 대종(代宗)의 연호인 대력(766~779) 연간에 활동한 시인을 주로 대력십재자(大曆十才子)라고 하는데, 은둔적인 색채에 자연경물과 마을의 정취, 나그네의 향수 등을 묘사하는 솜씨가 남달랐다. 주요하게 자구의 공교함을 다투었기에 시가의 형식적 기교에 큰 관심을 가진 것으로 평가되며 그들은 시의 체제에 통달한 데다 시어가 우아하고 아름답고 온화하고 순수해서 사람들이 읊조리기에 적절했다고 평가된다. 이단(李端)·노륜(盧綸)·길중부(吉中孚)·한익(韓翊)·전기(錢起)·사공서(司空曙)·묘발(苗發)·최동(崔洞)·경위(耿湋)·하후심(夏侯審) 등이 있다.

5) 황초체: '황초(黃初)'는 위문제(魏文帝) 조비(曹丕)의 연호로 황초체는 황초(黃初, 220~226) 연간의 시체(詩體)이니 건안풍(建安風)을 말한다.

강령[7] 붓에 꽃 핀 것을 비로소 알았도다.	始知江令筆生花.
늙은 몸이 억지로 훌륭한 시[8] 답하느라	龍鍾强力酬高唱,
하루 종일 애쓰며 온통 시간 허비하네.[9]	盡日勞神劇筭沙.

---

6) 사안 집안 …… 일찍 보고: '사정(謝庭)'은 진(晉)나라 사안(謝安)의 집안 정원으로, 사정난옥(謝庭蘭玉)이라는 뜻이다. 사안이 자질(子姪)들에게 "어찌하여 사람들은 자기 자제가 출중하기를 바라는가?"라고 묻자, 조카 사현(謝玄)이 "비유하자면 마치 지란(芝蘭)과 옥수(玉樹)가 자기 집 정원에서 자라기를 바라는 것과 같습니다."라고 한 데서 유래한 말로, 가문을 빛내는 자질(子姪)들을 비유한 말이다.

7) 강령(江令): 육조(六朝) 양(梁)나라의 문인(文人) 강엄(江淹)이다. 자는 문통(文通)이고 제양(濟陽) 고성(考城) 사람이다. 어려서 가난했는데 배우기를 좋아했다. 늘 사마상여(司馬相如)와 양백란(梁伯鸞)을 부러워하여 장구지학(章句之學)을 일삼지 않고 문장에 애착하였다. 일찍이 남연주(南兗州)의 광릉령(廣陵令)으로 있었으므로 강령(江令)이라 한다. 고향에 못 돌아감을 슬퍼하는 시를 많이 읊었다고 전한다.

8) 훌륭한 시: '고창(高唱)'은 격조가 높은 시가를 말한다.

9) 시간 허비하네: 산사(筭沙)는 산사단공(筭沙摶空)의 뜻으로, 쓸데없는 일에 정력과 시간을 허비하는 것이다.

은거생활

幽棲

벼슬은 귀한 것[1] 아니야	軒冕非良貴,
강호에서 한적하게 살리라[2]	江湖作散人.
산수[3]에 해묵은 글빚 있고	煙霞元宿債,
갈매기 해오라긴 정든[4] 이웃.	鷗鷺是芳隣.
물 부니 복사꽃잎 떠오고	沙漲桃花浪,
술통엔 죽엽주[5] 익었네.	樽開竹葉春.
평소 쓰던 흰 깃털 부채[6]	平生白羽扇,
유공 놀던 먼지[7] 가리네.	不受庾公塵.

1) 귀한 것: '양귀(良貴)'는 가장 귀하다는 뜻이나, 여기서는 본디 진정으로 귀하다는 뜻으로 쓰였다. 《맹자(孟子)》〈고자상(告子上)〉에 "人之所貴者, 非良貴也."라고 하였다.

2) 한적하게 살리라: 산인(散人)은 세상에 쓰이지 않은 사람으로 한산(閑散)하게 자유로운 사람을 말한다.

3) 산수: '연하(煙霞)'는 구름 노을이나, 물안개나, 산수 또는 산림이나, 홍진(紅塵)의 속세를 가리키는 말이다.

4) 정든: '방(芳)'은 아름다운 덕과 아름다운 칭송을 가리키니, 현명하고 덕이 있는 사람으로 정감 가는 이웃이라는 뜻이다.

5) 죽엽주: 죽엽(竹葉)은 죽엽청주(竹葉靑酒)를 말하니, 댓잎을 삶은 물로 담근 술로 푸른빛이 나는 맛좋은 술을 말한다. 당나라 사람들은 술을 부를 때 '춘(春)'이라고 하였는데 여기서도 술을 의미한다.

6) 흰 깃털 부채: '백우선(白羽扇)'은 흰 색의 깃털로 만든 부채로서, 은자가 사용하였다.

7) 유공 놀던 먼지: 유공(庾公)은 진(晉)나라 유량(庾亮)으로, 무창(武昌)의 총독이 되어 항상 남루(南樓)에 올라가서 놀기를 좋아하였다. 이때 왕도(王導)는 유량의 권세가 너무 막중한 것을 미워하여 항상 서쪽 바람이 불 때면 부채로 얼굴을 가리며 유량의 먼지가 사람들을 더럽힌다며 싫어하였다.

민삼척 인보[1]를 전별하다

贐別閔三陟 仁甫

신선은 분수에 없고 기약한 듯 늙으며	神仙無分老如期,
허다한 명승지 얼마나 꿈꾸어 왔던가?	幾向名區費夢思.
오늘 다시 궁귀 놀림 만나고 있는데[2]	今日更遭窮鬼笑,
옛 친구 찾아 와서 전별시[3] 구하네.	故人來索贐行詩.
인간 세상에선 진주가 최고라지만	人間地說眞珠勝,
바닷가 산에서는 태백성[4]이 제일.	海上山唯太白奇.
젊어서는 벼슬살이 무척 쾌활했나니	年少宦蹤殊快活,
구름 위 올라[5] 다투기도[6]했네.	不關雲翮鬪差池.

1) 민삼척 인보: 민응협(閔應協, 1597~1663)은 자가 인보(寅甫), 호가 명고(鳴皐)이다. 1633년 병과로 급제하여 이듬해 지평, 1635년 홍문록에 올랐다. 1646년 동래부사가 되어 정치를 잘하여 크게 명성을 얻었다. 1655년 도승지, 다음해 함경감사, 1657년 강화유수를 역임하였다. 그 뒤 대사성·대사헌·병조참판 등을 두루 역임하였다.

2) 궁귀 놀림 만나 있는데: '궁귀(窮鬼)'는 가난한 사람이 굶어 죽어 된 귀신으로, 사람을 곤궁하게 만드는 귀신이다. 육조(六朝) 이후의 민간풍속에 음력 정월 모일이 되면 시문을 지어 궁귀(窮鬼)에게 제사하고 보내주었으니, 이를 송궁(送窮)이라고 한다. 당나라 한유(韓愈)는 〈송궁문(送窮文)〉에서 자신을 곤궁하게 하는 귀신을 다섯으로 나누었으니, 지궁(智窮)·학궁(學窮)·문궁(文窮)·명궁(命窮)·교궁(交窮)이 그것이다.

3) 전별시: '신행(贐行)'은 송별할 때 시나 물건을 주는 것을 말한다.

4) 태백성: 동래부사로 가는 민응협을 전별하면서 지은 시로 보인다. 태백성은 금성(金星), 또는 계명, 장경(長庚)이라고 한다. 태백성은 새벽에 동쪽에 나오기 때문에 계명(啓明)이라고 하며, 고대 성상가(星象家)는 태백성이 살벌(殺伐)을 주관한다고 여겨서 병융(兵戎)에 많이 비유되었다.

5) 구름 위 올라: '운핵(雲翮)'은 구름 위로 높이 나는 새를 가리키니, 높은 벼슬에 오른 것을 말한다.

6) 다투어도: '차지(差池)'는 참치(參差)와 같은 말로, 가지런하지 못한 모양을 가리키는 말인데 여기서는 앞뒤나 우열을 다투는 것을 말한다.

감회를 적다

紀感

일찌감치 은거하여 논과 밭 다스리며 曾卜幽居理稻畦,
때때로 흥겨워 강가 둑에 나갔었네. 有時牽興出沙堤.
냇가에서 도롱이[1] 입고 고기잡이 구경하고[2] 溪邊襏襫陳魚立,
허리춤의 대바구니[3]에 약초 캐서 담았었네. 腰裏笭箵採藥携.
바라매 멀고 가까운 산 거의 다 보고 望眼幾窮山遠近,
지팡이 짚고 강 이쪽저쪽 길게 돌았네. 瘦筇長繞水東西.
신선바둑 늘그막에 끝내 판을 뒤집고 仙碁到老終翻局,
들새들 오래 둥지 잃은 것 시름하네. 野鳥今愁久失棲.

---

1) 도롱이: '발석(襏襫)'은 도롱이 종류의 비옷이다.

2) 고기잡이 구경하고: '진어(陳魚)'는 물고기 잡는 사람으로 하여금 물고기 잡는 도구를 설치하게 하여 물고기 잡는 것을 보면서 좋아하고 즐거워하는 것을 말한다.

3) 대바구니: '영성(笭箵)'은 물고기를 담는 대나무 그릇이다.

봄날에 되는대로 읊조리다

春日謾占

휴가 받은 열흘 내내 줄곧 문 닫고 지내니	恩暇彌旬久掩柴,
뜰 안 경물 비 걷히니 도리어 아름답구나.	一庭雲物霽還佳.
복사꽃은 가지 떠나 때때로 난간에 날리고	緗桃辭樹時飄檻,
함박꽃은 활짝 피어 이미 섬돌을 덮었구나.	紅藥披房已覆階.
숨어 살며[1] 깊은 잠 못 이루는데	高枕未容尋睡理,
막걸리 마시고 시 생각 요동치누나.	濁醪剛得動詩懷.
대나무 발 난간 모서리까지 걷지 말지니	鈎簾且莫褰欄角,
수레 먼지 큰 길에서 날려 올까 두렵구나.	怕看車塵漲九街.

1) 숨어 살며: '고침(高枕)'은 고와(高臥)와 같은 말로, 벼슬살이 그만두고 물러나서 은거하는 것을 말한다.

김무장[1]을 송별하다

送別金茂長

남쪽 지방 교홧길이 몹시나 멀어	王化南鄕路苦遐,
관복[2] 주어 장사[3] 다스리라네.	假君長袖理長沙.
맑은 서리 잠깐 내려 사헌부 풀 죽더니	清霜乍輟臺中草,
은혜로운 비 고을 꽃[4] 새로 적시리.	惠雨新霑縣裏花.
베어내고 자른들 참새 쥐[5] 사라지며	剸割豈消空雀鼠,
도와준들[6] 행실이 용과 뱀[7] 되리오?	呴濡行復變龍蛇?
고상하게 지내도[8] 이내 최고 대접 받으리니	知君高卧仍收冣,

---

1) 김무장: 김지남(金地南, 1600~1650)은 자가 대뢰(大賚), 호가 구봉(九峯), 본관이 의성(義城), 고부(古阜) 출신이다. 인조 25년(1646)에 무장현감(茂長縣監)으로 재임한 적이 있다.

2) 관복: '장수(長袖)'는 긴 소매의 옷으로, 벼슬아치들이 입는 옷을 가리킨다.

3) 장사: '장사현(長沙縣)'은 지금의 전라북도 고창군(高敞郡) 무장면(茂長面) 지역에 있었다. 백제의 상로현(上老縣)이 신라 경덕왕(景德王) 때에 장사현으로 고쳐서 무령군(武靈郡)의 영현으로 하였고, 고려 때에 감무(監務)를 두어 무송현(茂松縣)을 겸임하게 하였다가, 조선 태종(太宗) 17년(1417)에 무송현과 합하여 무장현(茂長縣)이라 하였다.

4) 고을 꽃: '현리화(縣裏花)'는 현중화(縣中花)와 같은 말로, 진(晉)나라 반악이 하양(河陽)현 현령으로 있을 때 온통 도리(桃李)를 심었다는 고사가 있다.

5) 참새 쥐: '작서(雀鼠)'는 작서모(雀鼠耗)의 뜻으로, 나라의 쌀을 축내는 탐관오리 소인배들을 가리킨 말이다.

6) 도와준들: '구유(呴濡)'는 구습유말(呴濕濡沫)의 준말이며, 같은 처지에 있는 사람들끼리 서로 도와준다는 말이다. 《장자(莊子)》 〈대종사(大宗師)〉에 "물이 바짝 마르게 되면 물고기들이 서로 입김을 불어 축축하게 해 주고 거품으로 적셔 주곤 한다.[泉涸, 魚相與處於陸, 相呴以濕, 相濡以沫.]"고 하였다.

7) 용과 뱀: 걸출한 인물을 비유하는 말이다. 또는 현명하고 불초한 두 사람을 비유하거나, 성공한 사람과 실패한 사람을 비유한다.

8) 고상하게 지내도: '고침(高枕)'은 고와(高臥)와 같은 말로, 벼슬을 그만두고 물러나서 은거하는 것을 말한다. 여기서는 평소에 고상하게 생활하는 삶을 가리키는 듯하다.

얼마 안 가 부르는 조서[9] 내려지리로다.　　不日徵招降紫麻.

9) 조서: '자마(紫麻)'는 임금의 조서(詔書)를 황마지(黃麻紙)에 쓴 뒤 자니(紫泥)로 봉함(封緘)하는 데서 온 말로, 전하여 조서를 가리키게 되었다.

산림에 살며 되는대로 쓰다 두 수

林居謾筆 二首

한번 벼슬[1] 내던지니 몸 가뿐해지고	一投簪紱覺身輕,
강호에서 방랑하며 마음대로 다닌다네.	放浪江湖只任情.
갈매기와 자주 짝해 막역지교[2] 말하고	頻伴沙鷗論莫逆,
다시 스님[3] 초대하여 무생[4] 얘기하네.	復招雲衲話無生.

가려해도 말이 없고 낚시에 바늘 없어[5]	意行無馬釣無鉤,
물은 북쪽 산은 남쪽 가고 머묾 맡기네.[6]	水北山南任去留.
번화한 곳 두렵지만 훌륭한 흥취 얻으려	戰向紛華收一勝,
노을 밖[7] 바라보며 이리저리 찾아다니네.[8]	眼從霞表恣冥搜.

1) 벼슬: '잠불(簪紱)'은 벼슬아치가 쓰는 관(冠)에 꽂는 비녀와 인끈으로, 벼슬을 가리키는 말이다.

2) 막역지교: '막역(莫逆)'은 막역지교(莫逆之交)의 준말로, 서로 뜻이 잘 맞아 허물없이 친하게 사귀는 것을 말한다.

3) 스님: '운납(雲衲)'은 운수납자(雲水衲子)의 뜻으로 도를 찾아 돌아다니는 승려를 구름과 물에 비유한 것이다.

4) 무생: '무생(無生)'은 불생불멸(不生不滅)의 이치를 말한다. 존재하는 모든 것은 자성으로 생멸이 없고 인연법에 의거하고 생멸한다는 이치를 말한다. 또는 무생법(無生法)으로 모든 현상은 본래 실체가 없이 공하여 무(無)한 것이므로 생멸의 변화가 없다는 가르침을 말한다.

5) 낚시에 바늘 없어: '조무구(釣無鉤)'는 강태공(姜太公)이 주(周)나라에 가서 위수(渭水)에서 낚시질을 할 때 곧은 낚시인 갈고랑이 없는 낚시를 쓴 것에 비유한 말이다.

6) 가고 머묾 맡기도다: '임거류(任去留)'는 가고 머묾이나, 살고 죽음 등을 내맡기는 것을 말한다.

7) 노을 밖: '하표(霞表)'는 구름과 노을 밖의 높은 허공으로, 속세와 멀리 떨어진 곳을 비유한 말이다.

8) 찾아다니네: '명수(冥搜)'는 힘을 다하여 찾는 것이다.

초가을 부질없는 한

初秋謾恨

세상살이 늙어서도 조정 반열 묶인 신세	世緣投老縛朝班,
달라붙는 일로[1] 하루도 한가치 못해.	膠擾都無一日閒.
무척 빠른 세월이라 흘러가는 강물 같고	捷疾歲華如轉水,
시들한 시 짓는 힘 산 오르듯 벅차네.	退殘詩力若登山.
구름 갈고 달 낚는 일[2] 시름 속에 꿈꾸고	耕雲釣月愁中夢,
검던 터럭 세어가는 얼굴 거울 속에 보누나.	點雪斑霜鏡裏顔.
전원[3]으로 날아감[4]이 오랜 소원 아니던가?	奮翼桑榆非宿願?
나는 새를 즐겨 보니 돌아올 줄 아는구나.	愛看飛鳥亦知還.

1) 달라붙는 일로: '교(膠)'는 어떤 상황이나 현상이 굳어짐이고, '요(擾)'는 어지럽고 흐려짐을 말하는데 여기서 '교요(膠擾)'는 어지러운 세상에 머물러있음을 가리킨다.

2) 구름 갈고 달 낚는 일: '경운조월(耕雲釣月)'은 달빛 아래서 낚시하는 것으로 은거생활을 말한다.

3) 전원: '상유(桑榆)'는 해질 때의 뽕나무와 느릅나무를 말하니, 석양을 가리키거나 늘그막을 가리키거나 전원에 은거함을 가리킨다.

4) 날아감: '분익(奮翼)'은 분시(奮翅)와 같은 말로 힘껏 날갯짓함이니, 사람이 분발하여 일어남을 비유한 말이다.

청심루[1)]

淸心樓

주렴 발 높이 걷은 해 질 무렵에	簾箔高褰落照時,
난간에서 새론 시 흐뭇이 즐기네[2)]	曲欄淸賞愜新詩.
강물이 서시[3)] 찡그린 얼굴처럼 일렁이고	江披西子殘粧面,
산세가 탁문군[4)] 엷은 눈썹인양 흐릿하네.	山抹文君淡掃眉.
외론 오리 저 멀리 노을 밖에 날아가고	孤鶩遠從霞外去,
돛단배 자꾸 강물 가운데로 옮겨가누나.	片帆頻向鏡中移.
푸른 깃발[5)] 복사꽃 마을에 다시 나부끼니	靑帘更颺桃花洞,
바라보다 기발한 시 한 구절 더하는구나.	望眼句添一段奇.

---

1) 청심루: 경기도 여주군 여주읍의 여주초등학교 자리에 있었던 누정으로 일찍이 소실되었다. 성종 21년(1490)에 청심루에서 주연을 베풀면서 관리들에게 말하기를, "이곳 강산이 가장 좋으니 만약 어진 수령이 아니라면 반드시 산수 유람에 빠져서 백성 돌보는 일에 마음을 두지 않을 것이니, 잘 선택하여 제수하지 않으면 안 되겠다."라고 하였을 정도로 청심루에서 바라본 여주의 풍광이 아름다웠다고 한다.

2) 즐기네: '청상(淸賞)'은 맑은 경물을 구경하면서 생기는 즐겁고 기쁜 마음을 말한다.

3) 서시: '서자(西子)'는 춘추시대 월(越)나라의 절세미인으로 소문난 서시(西施)를 말한다. 월나라의 왕 구천(句踐)과 신하 범려(范蠡)가 적국인 오(吳)나라 부차(夫差)에게 서시를 바치니, 부차가 서시에게 빠져 국정을 돌보지 않아 마침내 패망하였다.

4) 탁문군: '문군(文君)'은 전한 촉군(蜀郡) 임공(臨邛) 사람으로 탁왕손(卓王孫)의 딸인데 거문고를 잘 연주했고 음률(音律)에도 정통했다. 한(漢)나라 문장가 사마상여(司馬相如)가 아버지 탁왕손과 술을 마실 때에 탁문군은 과부가 되어 집에 있었는데 마침 사마상여가 연주하는 〈봉구황(鳳求凰)〉이라는 거문고 소리를 듣고 마음이 동요되어 마침내 사마상여와 함께 달아나 성도(成都)로 갔다가 임공으로 돌아와서 술집을 열어 술을 팔자 아버지가 부끄럽게 여겨 재물을 준 덕분에 부자가 되었다. 사마상여가 나중에 새 부인을 들이려고 하자 〈백두음(白頭吟)〉을 노래한 뒤 절교를 선언하니 사마상여가 자기 뜻을 포기했다고 한다.

5) 푸른 깃발: '청렴(靑帘)'은 주점(酒店)을 가리키는 말로, 보통 청렴(靑帘)은 술, 홍탄(紅炭)은 차(茶)를 파는 곳을 말한다.

하얀 연꽃

白蓮

얼음 자태 고운 단장 물에 사는 신선께서	冰姿粧點水仙家,
속기 씻은 비단으로 새 옷 지어 입었구나.	衣被新裁浣俗紗.
모든 이욕[1] 씻어 버려 볼수록 말끔하고	洗去何顏看轉瑩,
형산옥[2]을 쪼갠 듯 깨끗하게 잡티 없네.	劈來荊玉淨無瑕.
가을에 물굽이 나선 봄눈을 돌이키고	秋生曲漵回春雪,
밤 찬 못 오래 비춘 달빛[3]에 섞이네.	夜久寒塘混桂華.
다시 꽃다운 향기 안석에까지 풍기고	更有天香薰几席,
고운 모습 그대로 아침노을에 빛나네.	不消穠艷絢晨霞.

1) 모든 이욕: '하안(何顏)'은 양명학자(陽明學者) 중에서 이단으로 지칭되는 하심은(何心隱)과 안산농(顏山農)을 가리키는 말로, 이욕(利欲)을 추구하는 교학으로 그 명분을 잃어 위학(僞學)으로 취급되었다고 한다. 여기서는 이욕(利慾)을 비유하는 말로 사용된 듯하다.

2) 형산옥: '형정(荊玉)'은 형산에서 나는 아름다운 옥으로, 일찍이 초(楚)나라 사람 변화(卞和)가 형산의 박옥(璞玉)을 얻어 초나라 문왕(文王)에게 바칠 만큼 곱다고 하였다.

3) 달빛: '계화(桂華)'는 달이나 달빛을 가리킨다.

예전에 유람했던 일[1]을 적다

舊遊記事

열 길 구름 돛 만석 배[2]에 달고	十丈雲帆萬斛舟,
지난해에 명 받아 봉래산을 향했네.	昔年將命向蓬丘.
붕새 하늘[3] 자라 바다[4] 잠깐새 지나고	鵬霄鼇極斯須過,
해 뜨는 양곡[5] 부상[6] 차례로 거쳤네.	暘谷扶桑次第收.
고운 빛 신기루 대낮 강호[7] 저자 두르고	彩蜃晝籠江戶市,
새벽 해[8] 섭진[9] 누각에 떠오르도다.	金烏曉翥攝津樓.
대장부 한번 인간 세상 태어나	男兒一出人間世,
여기 이르러야 장유[10]라 하리.	到此方堪說壯遊.

---

1) 예전에 유람하던 일: 1643년 일본통신사의 정사로 일본에 다녀온 일을 말하는 듯하다.

2) 만석 배: 만곡주(萬斛舟)는 만 석의 곡식을 실을 만한 큰 배를 말한다.

3) 붕새 하늘: '붕소(鵬霄)'는 붕소만리(鵬霄萬里)의 준말로, 앞길이 멀고 큼을 비유하는데 여기서는 하늘 먼 곳을 말한다.

4) 자라 바다: '오극(鼇極)'은 옛날에 여와(女媧)가 자라의 다리를 잘라서 네 개의 하늘 기둥을 세웠다는 전설에서 유래한 말로, 여기서는 바다 먼 곳까지 이르렀음을 가리킨다. 금오(金鰲) 또는 금오(金鼇)라고도 한다.

5) 양곡: 전설 속에 해 뜨는 곳으로, 우이(嵎夷)라고도 한다.

6) 부상: 전설 속에 나무 이름으로 해가 뜨는 동쪽을 가리킨다.

7) 강호: 동경의 옛 이름이다.

8) 해: '금오(金烏)'는 해의 이칭이니, 해 속에는 삼족오(三足烏)라는 까마귀가 산다고 여긴 것이다.

9) 섭진: 옛날 섭진국(攝津國) 지역으로 일본의 지방행정구인 영제국(令制國) 중 하나이며, 지금의 대판(大阪)를 포함하여 계시(堺市)의 북쪽과 북섭(北攝) 지역, 신호(神戶)의 수마구(須磨區) 동쪽이 모두 이에 속한다. 일본통신사는 섭진의 서원사에서 주로 숙박하였다.

10) 장유: '장유(壯遊)'는 큰 뜻을 품고 멀리 떠도는 것을 말하니, 다른 나라로 사신 가는 사행(使行)을 가리키는 말이다.

나무 아래에서 되는대로 읊조리다

樹下謾占

시대 바룰 방도 없이 사직 청함[1] 더디었고	匡時無術乞歸遲,
높은 벼슬[2] 좇아가다 기력 또한 지쳤도다.	趨走朱門氣亦疲.
모든 일을 망설이다[3] 노인 신세 되었으며	萬事依違供晚景,
한 평생을 오고가다 좋은 시기[4] 어겼구나.	百年行止負休期.
벼슬이 높아짐에 재주 모자라 부끄러웠고	官高每愧才還拙,
성품이 게으르니 알아주지 않아도 달갑네	性懶唯甘世不知.
우스워라, 집에서도 그림자 두려워 해서[5]	堪笑家居猶畏影,
지팡이 짚고 나무그늘 밑으로 자주 옮기었네.	一笻頻向樹陰移.

---

1) 사직 청함: '걸귀(乞歸)'는 걸해골(乞骸骨) 또는 원사해골(願賜骸骨)이라고도 하며 늙은 신하가 노쇠하여 고향으로 돌아가기를 구걸한다는 뜻에서 왕에게 사직(辭職)을 주청(奏請)하는 것을 말한다.

2) 높은 벼슬: '주문(朱門)'은 붉은 칠을 한 대문으로, 지위가 높은 벼슬아치의 집을 비유해서 이르는 말이다.

3) 망설이다: '의위(依違)'는 결정하지 못하고 우물쭈물 망설이고 주저하는 모양이다.

4) 좋은 시기: '휴기(休期)'는 아름답고 좋은 시기를 말한다.

5) 그림자 두려워 해서: '외영(畏影)'은 외영피적(畏影避蹟)의 준말로, 자신의 그림자를 두려워하고 발자취를 피한다는 뜻으로, 《장자》〈어부(漁父)〉에 보면, "사람 중에 자기 그림자를 두려워하고 발자국을 싫어하여 떨어지려고 달려가는 이가 있었는데, 발을 들면 들수록 더욱 잦아지고 많아지니 더욱 빨리 달려도 그림자가 자신을 떠나지 않아 스스로 느리다고 여겨 달리기를 그치지 않다가 힘이 다해 죽고 말았다. 그늘에 있으면 그림자가 사라지고 가만히 있으면 발자취가 없어진다는 것을 몰랐으니 어리석음이 심한 것이다."라고 하여 그 뒤로 사리에 밝지 못한 용렬한 사람이 스스로 동요하고 불안한 것을 비유하였다.

함경도 관찰사[1] 이자선[2]에게 부치다 기조

寄北伯李子善令案 基祚

옛 친구의 벼슬살이[3] 요즘 와서 어떠한지	故人官況近如何,
천리 길을 헤어진 채 해가 다시 가는구나.	千里分離歲再過.
알아주는 벗[4]들 모두 지금 세상에 없고	揔爲知音今世少,
늘그막에 못 보는 적 많으니 감당치 못하네.	不堪垂老別時多.
가을바람 불어와도 산음 배[5] 젓지 않고	秋風未鼓山陰柁,
달밤에 부질없이 〈수조가[6]〉만 들리네.	夜月空傳水調歌.

1) 함경도 관찰사: '북백(北伯)'은 북쪽의 방백(方伯)이란 뜻으로, 조선시대 함경도 관찰사를 이르던 말이다.

2) 이자선: 이기조(李基祚, 1595~1653)는 자가 자선(子善), 호가 호암(浩菴), 시호가 충간(忠簡), 본관이 한산(韓山)이다. 이괄(李适)의 난 때 한남도원수(漢南都元帥)의 종사관으로 가서 평정하는 데 공을 세웠다. 예조판서가 되었으나 종묘 수리에 태만했다는 김육 등의 탄핵으로 함경감사로 갔다가 병으로 사직하고 물러났다.

3) 벼슬살이: '관황(官況)'은 조선시대 관리들의 녹봉으로 관록(官祿)·관름(官廩)·늠봉(廩俸)·늠황(廩況)이라고도 한다. 관직의 품계(品階)에 따라서 18등급으로 구분하여 쌀·콩·베·돈 등으로 지급한 것을 말한다.

4) 알아주는 벗: '지음(知音)'은 소리를 알아듣는다는 뜻으로 자기의 속마음을 알아주는 친구를 이르는 말이다. 춘추시대 거문고를 잘 연주하는 백아(伯牙)와 친구 종자기(鍾子期)의 고사(故事)에서 비롯된 말이다.

5) 산음 배: '산음타(山陰柁)'는 진(晉)나라 왕휘지(王徽之)가 눈 내린 달밤에 산음에서 홀로 술을 마시다가 갑자기 섬계(剡溪)에 사는 친구 대규(戴逵)가 보고 싶어 밤새도록 배를 타고 가서 그 집 앞에 이르렀다가 대규를 만나지 않고 그냥 돌아와서 하는 말이, 흥이 나서 찾아갔다가 흥이 다해서 그냥 돌아왔다는 고사를 말한다. 명나라 이몽양의 〈설간정생(雪柬鄭生)〉에서도 "乘興一鼓山陰柁"라고 하였다.

6) 수조가: '수조가(水調歌)'는 송나라 소식(蘇軾)이 멀리 북쪽으로 귀양 가서 지은 것으로, "내가 바람 타고 돌아가려고 하지만, 또 경루와 옥우가 높아서 추위를 견딜 수 없을까 염려되도다.[我欲乘風歸去, 又恐瓊樓玉宇高處不勝寒]"고 하였다. 송나라 신종(神宗)이 소식(蘇軾)을 멀리 귀양 보냈다가 그가 지은 〈수조가(水調歌)〉를 전해 듣고는 곧바로 돌아오라는 명영을

우리 우정 한단에서 제 걸음 잃었지만[7]	吾道邯鄲俱失步,
오호 물결[8] 위를 함께 떠갈 수 있으리.	可能同泛五湖波.

내렸다고 한다.

7) 한단에서 …… 잃었지만: '한단(邯鄲)'은 조(趙)나라의 서울로서, 연(燕)나라 사람이 한단에 와서 사람들의 한아(寒雅)한 걸음걸이를 배우다가 익숙해지기도 전에 연나라로 돌아가 한단에서 배운 걸음걸이대로 걷지 못하고, 본래의 걸음걸이조차 잊어버렸다는 한단지보(邯鄲之步)라는 고사인데, 줏대 없이 남의 행동을 따라 하다가 자기 본연의 모습마저 잃어버리는 것을 말한다.

8) 오호 물결: '오호(五湖)'는 오나라가 멸망한 뒤에 월나라 미녀 서시(西施)가 범여(范蠡)와 함께 오호(五湖)의 물결을 타고 떠나갔다는 고사로, 여기서는 경치 좋은 오호에서 만나 함께 유람하고 싶음을 나타낸 말이다.

초가을 밤비에 입으로 읊조리다

新秋夜雨口占

우물가 오동잎 뜨락 이끼에 져	井梧一葉落庭苔,
세월이 빠른 것을 문득 깨닫네.	坐覺年華日日催.
삼복 찌는 더위 어디에 가버렸나?	三伏炎蒸何處去?
새벽녘에 비바람 강을 건너오네.	五更風雨渡江來.
귀뚜리 슬피 울어 시름 어린 꿈 깨니	蛩聲悽切摇愁夢,
산기운 스산히 술잔 속에 드는구나.	山意蕭騷入酒盃.
아이에게 분부하여 묵은 관사 청소시키고	分付兒童修舊社,
버들 못가에 자릉대[1]부터 쌓게 하였네.	柳邊先築子陵臺.

1) 자릉대: 자릉의 조대(釣臺)이다. 자릉은 후한 광무제(光武帝) 때 고사(高士)인 엄광(嚴光)의 자(字)로, 엄광은 광무제와 어린 시절의 친구였는데, 광무제가 즉위하고 간의대부(諫議大夫)에 제수했으나 사양하고 부춘산(富春山)에 은거하여 칠리탄(七里灘)에서 낚시하면서 세상에 나오지 않았다. 부춘산에서 엄광이 낚시하던 조대(釣臺)가 있다고 하는데 이를 자릉대라고 한다.

말끔한 방[1]에서

清齋

말끔한 방 자리 누워 낮에도 문을 닫고	伏枕清齋晝掩扉,
문밖에 오는 손님 드물어도 싫지 않네.	不嫌門外客來稀.
수풀동산 어스름 빛 가을 만나 여위고	林園暮色逢秋瘦,
약초밭에 새 뿌리 비를 맞아 살져 있네.	藥圃新根帶雨肥.
대나무 쳐내서 먼 골짝을 가리어 보고	閒斫竹竿分遠磵,
칡넝쿨 마름질 해 베 옷[2]을 지었네.	靜裁蘿碧作初衣.
아이들 웃음소리 어촌 재미 알려주니	兒童笑報漁村味,
수도 없이 물고기 낚시터에 오른단다.	無數銀鱗上釣磯.

1) 말끔한 방: 제사를 거행하기 전에 몸을 깨끗이 하고 마음을 고요히 하여 정성과 공경을 보이는 일이나, 여기서는 깨끗하고 고요한 방을 가리킨다.

2) 베 옷: '초의(初衣)'는 벼슬길에 나가기 전에 입는 옷을 말하니 거친 칡 베옷을 가리킨다.

자고 일어나서 되는대로 짓다

睡起謾題

지팡이 짚고 이리저리 도잠 전원[1] 건나니	瘦笻無意涉陶園,
남 따라 헛 지위 좇다가[2] 발길 뚝 끊겼네[3].	車轍從他斷翟門.
한가해 지자 시 지으려 타박타박 거니는데[4]	詩意到閒偏得得,
낮 졸음 닥치니 정신 또한 흐리멍덩하네.	睡魔當晝亦昏昏.
정원 가 새소리 깊은 숲에서 들려오고	庭邊鳥語來深樹,
성곽 밖 굴뚝연기 먼 마을에서 오르네.	郭外炊煙起遠村.
못난이[5] 불러본들 무슨 일 하겠는가?	癡腹喚回郍有事?
이 늙은이 세상 잊고 다시 할 말 잊네.[6]	此翁忘世復忘言.

---

1) 도잠 전원: '도원(陶園)'은 진(晉)나라 도잠(陶潛)의 전원(田園)을 가리킨다. 〈귀거래사(歸去來辭)〉에서 "돌아가리라, 전원에 장차 풀이 우거지리니 어찌 집으로 돌아가지 않겠는가? [歸去來兮, 田園將蕪胡不歸?]"라고 하였다.

2) 헛 지위 좇다가: '거철(車轍)'은 당랑당거철(螳螂當車轍)의 준말로, 사마귀가 앞발을 들고 수레바퀴 앞에서 멈추게 하려고 덤볐다는 《장자》 〈인간세편(人間世篇)〉에 나오는 고사로, 자기 능력이나 분수도 모르고 무모하게 덤비는 것을 비유한다.

3) 발길 뚝 끊겼네: '적문(翟門)'은 새그물을 칠 수 있을 정도로 문 앞에 인적이 없어 적막한 것을 말한다. 한나라 적공(翟公)이 처음 정위(廷尉)가 되었을 때 손님들이 문 앞을 가득 찾아왔는데, 벼슬을 그만두자 문 앞에 새그물을 칠 정도로 인적이 없어 조용했다는 고사를 말한다.

4) 타박타박 거니는데: '득득(得得)'은 답답(答答)과 같은 말로, 쓸쓸하게 걷는 소리를 말한다.

5) 못난이: '치복(癡腹)'은 스스로 비꼬는 말로, 재주나 능력이 없으면서 세상을 제대로 따르지 못하는 것을 말한다.

6) 할 말 잊네: '망언(忘言)'은 《장자(莊子)》 〈외물(外物)〉에서 '득의망언(得意忘言)'이라 하여, 마음속으로 뜻을 알 뿐이고 말로 설명할 필요가 없음을 말한다.

청음 상국[1]에게 받들어 올리다

奉呈淸陰相國

삼년을 연경 옥[2]에 난초 그리셨지만[3]	三霜燕獄畫蘭身,
오랑캐들[4] 오히려 조선 인물 알아보았네.	羌虜猶知國有人.
노련[5]만한 열사라면 옳게 일컬은 게요	可但魯連稱烈士,
소무[6]같은 공신이라 한다면 맞으리라.	合將蘇武第功臣.
뛰어난 실력[7]으로 동서[8]에 있지 못하고	黃鍾未許居東序,

1) 상국: 영의정(領議政)·좌의정(左議政)·우의정(右議政)을 말한다.

2) 삼년을 연경 옥: 1639년 청나라가 명나라를 공격하기 위해 요구한 출병에 반대하는 상소를 올렸다가 청나라에 압송되어 1641년부터 1644년까지 구류되었다가 1645년 2월에 귀국하였다. 당시 김상헌의 나이는 75세였다.

3) 난초 그리셨지만: 송나라 말에 정사초(鄭思肖, 1241~1318)는 자가 소남(所南)이고, 호가 억옹(憶翁) 또는 삼외야인(三外野人)으로 원나라에 의해 나라가 망하자 은거하여 뿌리가 뽑힌 난초를 그리면서 나라 잃은 백성들의 한을 표현하였는데, 김상헌의 강직한 절개를 의미한다.

4) 오랑캐들: '강(羌)'은 중국 북서부 청해성(青海省) 부근에 살던 티베트계 유목민에 대한 호칭이다. 역사가 유구하고 분포 지역이 광범위하며 많은 영향을 미친 중국 서부의 고대 소수민족이다. 여기서는 '강로(羌虜)'는 청(靑)나라를 가리킨다.

5) 노련: '노련(魯連)'은 전국시대 제(齊)나라 사람 노중련(魯仲連)으로, 뜻이 크고 기개가 있어 남의 환난을 도와주기를 좋아하였다. 한번은 조(趙)나라에 있으면서 제진론(帝秦論)을 반대하며 차라리 동해에 빠져 죽겠다고 하여 제진론이 실패로 돌아가자, 진(秦)나라 소양왕(昭襄王)이 소식을 듣고 조나라 이 성 안에 큰 인물이 있다 하고 50리나 물러갔다고 하였다. 그리고 평생 동안 벼슬을 하지 않았는데 "부귀하고자 남에게 굽힐 거라면 차라리 세상을 가벼이 보고 내 뜻을 펼치며 살겠다.[與其富貴而屈於人, 寧輕世肆志.]"라고 하였다.

6) 소무: '소무(蘇武)'는 자가 자경(子卿)으로 한나라 천한(天漢) 원년에 흉노 땅으로 사신 가서 선우(單于)에게 항복할 것을 강요당했으나 굴복하지 않아 북해(北海) 부근에서 19년 동안 유폐되었는데, 식음을 전폐한 채 눈을 먹고 가죽을 씹으면서도 흉노에게 이미 항복한 동료 이릉(李陵)의 설득에도 끝까지 지조를 지키다가 소제(昭帝) 시원(始元) 6년에 흉노와 화친을 맺은 다음에 석방되어 돌아온 인물이다.

7) 실력: '황종(黃鍾)'은 12율려(律呂) 가운데 양률(陽律)의 첫 번째 자리에 있는 음률로서, 매우 뛰어난 시문이나 실력을 칭송하여 이르는 말이다.

백사[9]에서 북극성 향한다[10]고 들을 따름.	白社徒聞拱北辰.
머지않아 백성들 응당 정승[11] 추천하리니	早晩蒼生應副望,
팔순 나이에도 정력이 아직 신선 같다오.	八旬精力尙如神.

---

8) 동서: '동서(東序)'는 하나라 때 태학으로 국로(國老)를 봉양하던 곳이다. 유우씨(有虞氏)는 국로를 상상(上庠)에서 봉양했고, 하후씨(夏后氏)는 국로를 동서(東序)에서 봉양했으며, 주나라는 국로를 동교(東膠)에서 봉양했다. 나라에 공훈이나 덕망이 높은 인물을 숭앙하고 우대하는 것을 말한다.

9) 백사: '백사(白社)'는 산림에 은거하여 지내는 곳을 말한다. 본래 백사(白社)는 낙양 동쪽에 있던 도사 동위련(董威輦)이 은거하던 곳이다.

10) 북극성 향한다고: '공북진(拱北辰)'은 《논어》 〈위정(爲政)〉에 "정사를 덕으로 하는 것은 비유하면 북극성이 자리를 잡고 있으면 여러 별들이 그곳을 향하는 것과 같다.[爲政以德, 譬如北辰居其所, 而衆星共之.]"라고 한 데서 나왔다.

11) 정승: '부망(副望)'은 임금 다음으로 두 번째 가는 사람이라는 뜻으로, 정승이라는 뜻이다. 조선시대 인사 추천제도의 하나인 삼망(三望)에서 첫 번째를 수망(首望), 두 번째를 부망(副望), 세 번째를 말망(末望)이라 하였다.

청음 상국을 애도하다[1] 두 수

悼清陰相國 二首

포위 속[2] 통곡하며 항복서신 찢으라 하니[3]	重圍哭裂帝秦書,
바른 말한 문장은 남아도는 재주였을 뿐이라.[4]	直道文章是緒餘.
한나라 사신 담요 씹으며[5] 끝내 절개 지켰고	漢使嚙氈終保節,
초나라 신하 재상 마다하고[6] 마침내 돌아왔네.	楚臣辭相遂移居.

---

1) 청음 상국을 애도하다: 청음(清陰) 김상헌(金尙憲)은 1652년 82세에 사망하였는데 이를 애도한 시이다.

2) 포위 속: 병자호란 당시 청나라 군대가 남한산성을 포위하고 항복을 요구한 사실을 말한다.

3) 찢으라 하니: 1636년 병자호란 때 청나라 태종이 조선 인조에게 항복을 요구하며 서신을 보냈다. 청음 김상헌(金尙憲)은 청나라에 항복하는 문서를 찢어야 한다고 통곡하였으며, 항복한 이후에는 식음을 전폐하고 자결을 기도하기도 하였다.

4) 재주였을 뿐이라: '서여(緖餘)'는 전체 가운데 무엇에 쓰이거나 해당하는 것을 빼고 남은 부분으로, 본업 이외의 나머지 재주를 말한다.

5) 한나라 사신 담요 씹으며: '한사교전(漢使嚙氈)'은 한나라 사신 소무(蘇武)가 흉노에게 사절로 갔다가 강제 억류되어 항복하길 강요받자 거절하여 북쪽 사막가의 호수 곁으로 귀양 가서 19년 동안 살았는데, 겨울에 먹을 것이 없어서 깔고 있던 담요를 뜯어서 눈과 싸서 먹기도 하였다는 고사를 말한다.

6) 초나라 신하: '초신사상(楚臣辭相)'은 《사기》에 춘추시대 초(楚)나라 재상 손숙오(孫叔敖)는 장왕(莊王)을 도와 패업(霸業)을 차지하게 한 인물이다. 평소에 청렴결백하였으며 영윤(令尹)이 되어서도 득실을 똑같이 보아 영예롭게 여기지 않았다. 처음 손숙오가 영윤(令尹)이 되었을 때 사람들이 모두 축하하는데 한 노인이 걱정하고 경계하자 손숙오가 절을 하고 가르침을 청하였더니, "지위가 높아지면 뜻은 더욱 낮추고, 관직이 커지면 마음은 더욱 작게 갖고, 녹봉이 후해지면 삼가 물질을 취하지 말아야 하니, 당신이 이 세 가지를 잘 지킨다면, 초나라를 다스릴 수 있을 것이오.[位已高而意益下, 官已大而心益小, 祿已厚而愼不取, 君謹守此三者, 足以治楚.]"라고 하였다. 장왕이 그의 공적을 가상히 여겨 부유하고 넓은 고을을 하사했으나 사양하고 아무도 탐내지 않는 척박한 침읍(寢邑)으로 옮겨가서 살았다고 한다. 이규경의 《오주연문장전산고》에 의하면, 《사기》의 오류를 지적하면서 "손숙오(孫叔敖)가 세 번 정승이 되었어도 기뻐하지 않았고, 세 번 정승을 내놨어도 서운해 하지 않았다."고 하였는데 손숙오가 정승을 내놨다는 말은 듣지 못하였으니 아마도 영윤자문(令尹子文)의 기록이 잘못된 것 같다고 하였다. 영윤 자문은 춘추시대 초(楚)나라 사람으로 이름이 투누오도(鬪穀於菟)이며, 《논

동산 구름에 누우니[7] 사람들 서로 슬퍼하고	東山雲卧人爭惜,
남극성 깊이 잠겨[8] 나라 온통 빈 것 같네.	南極星沉國便虛.
옛부터 삼강오상[9] 역사 대대로 전해오지만	他日綱常傳信史,
두 형제[10] 충성 정열 다시 누가 같을 것인가?	二難忠烈更誰如?

깊은 골짝에서 차가운 재[11] 불 지피던 적에	憶曾窮谷作寒灰,
자주 산공[12] 은덕 입어 말을 타고[13] 나왔었네.	頻荷山公命駕來.

어》 〈공야장(公冶長)〉에 의하면, "자장이 공자에게 묻기를, '영윤 자문이 세 번 벼슬하여 영윤(令尹)이 되어도 기뻐하는 빛이 없었고, 세 번 그만두어도 성내는 빛이 없었으며, 옛 영윤의 정사를 반드시 새 영윤에게 일러주었으니 어떻습니까?' 하고 묻자, 공자가 '충직하다.' 하였다."는 내용이 있다.

7) 동산 구름에 누우니: '동산운와(東山雲臥)'는 진(晉)나라 사안(謝安)이 회계(會稽) 동산(東山)에 은거하면서 조정의 부름에도 응하지 않고 유유자적하면서 살았다는 '고와동산(高臥東山)'의 고사를 말한다. 사안(謝安)은 일찍이 벼슬을 그만두고 회계의 동산에 은거하다가 조정의 부름을 받고 나아가 벼슬이 요직에 이르고 중신이 되었다. 임안(臨安)과 금릉(金陵)에도 동산이 있었으니 또한 사안의 유게지(游憩地)였으며, 그 뒤로 동산(東山)은 은거하여 편히 노닐고 쉬는 곳을 가리키게 되었다.

8) 남극성 깊이 잠겨: '남극성(南極星)'은 남극노인성(南極老人星)으로, 남극에 있는 별로 인간의 수명(壽命)을 맡아보는 별인데 이 별이 천하에 비치면 임금이나 그 별을 보는 사람들이 오래 산다고 하였다. 남극성과 같이 훌륭한 인물이 죽은 것을 말한다.

9) 삼강오상: '강상(綱常)'은 삼강(三綱)과 오상(五常)이다.

10) 두 형제: '이난(二難)'은 난형난제(難兄難弟)의 준말로, 형제가 모두 훌륭한 것을 가리킨다. 여기서는 형인 선원(仙源) 김상용(金尙容)과 아우인 청음(淸陰) 김상헌(金尙憲)이 모두 뛰어난 인물임을 말한 것이다. 김상용은 병자호란이 일어나자 조정의 묘사(廟社)를 받들고 왕자 및 비빈과 함께 강화도에 내려와 있었으나, 이듬해 1월 강화성이 함락되자 강화성 남문에서 화약에 불을 지르고 자결하였다.

11) 차가운 재: '한회(寒灰)'는 한회갱연(寒灰更然)의 준말로, 불기운이 사그라진 차가운 재를 지펴서 다시 불붙이듯이 기회를 다시 얻는 것을 말한다.

12) 산공: '산공(山公)'은 서진(西晉) 무제(武帝) 때 이부상서(吏部尙書)를 지낸 산도(山濤)로, 산도가 조정에 인재를 등용하는 일이 있을 때마다 먼저 밀계를 올려 황제의 의중을 살핀 뒤에 아뢰어서 인재를 천거함에 실수한 적이 없었는데, 그 뒤로 산도가 인물을 천거하는 일을 사람들이 '산공계사(山公啓事)'라고 하였다.

13) 말을 타고: '명가(命駕)'는 사람에게 명하여 말이나 수레를 타도록 하는 것이니, 곧장 서서 몸을 움직이는 것을 말한다.

잠시 헤어져도 서신 계속 이어졌으니[14]	乍別音書猶陸續,
늘 안 되게도 발자취 온통 티끌먼지.	每憐踪跡渾塵埃.
준마 주인 잘 따라[15] 죽으면 뼈 거두어주지만[16]	馬因顧眄仍收骨,
물고기는 보살펴도[17] 멋대로 아가미 쬐누나.[18]	魚爲呴濡謾曝顋.
오늘까지 보살핌에[19] 되려 지위 잃었으니	今日帲幪還失地,
이런 사람 속마음을 어느 뉘게 열 것인고?	此生懷抱向誰開?

14) 계속 이어졌으니: '육속(陸續)'은 앞뒤가 서로 이어져서 끊어지지 않음을 말한다.

15) 주인 잘 따라: '고면(顧眄)'은 좌우고면(左右顧眄)의 준말로 왼쪽을 돌아보고 오른쪽을 곁눈질한다는 뜻이다. 여기서는 주인의 뜻을 잘 살펴서 행동하는 것을 말한다.

16) 뼈 거두어주지만: '수골(收骨)'은 죽은 말의 뼈를 거두어 땅 속에 묻어주고 표석을 세워 기린다는 뜻이다.

17) 보살펴도: '구유(呴濡)'는 입김으로 따뜻하게 해주고 촉촉이 적셔준다는 뜻으로, 보살펴주고 도와주는 것을 말한다.

18) 아가미 쬐누나: '폭시(曝顋)'는 아가미를 햇볕에 쬔다는 뜻으로, 물고기는 아가미로 호흡을 하는데 아가미를 햇볕에 쬐면 금방 죽게 된다는 말이다. 소인들은 윗사람의 보살핌을 받아 등용되어도 스스로 버려지게 됨을 말하는 것이다.

19) 보살핌에: '병몽(帲幪)'은 장막(帳幕)이니 덮어주는 덮개를 가리키거나 비호(庇護)함을 말한다.

고고하게 지내다[1]

高枕

늙은이 사는 재미 시시하고 따분해도	老人滋味是踈慵,
골방[2]에 누우니 만종봉록[3] 맞먹네.	高枕風軒敵萬鍾.
세 번 쫓겨나도[4] 말 잃은 게[5] 슬프잖고	三黜不曾悲失馬,
천금으로 용 잡는 법[6] 배운 게 후회로다.	千金惟悔學屠龍.
흙먼지 털어내고 조서 쓰던[7] 손이건만	紅塵已袖絲綸手,
술 마시며 참참이 울렁이는 가슴 씻네.	白酒時澆磈礧胸.
이곳에선 아무 일 없다는 걸 알아서	是處可知無一事,
창문 가득 환하도록[8] 잠 한창 자네.	滿窓晴旭睡猶濃.

1) 고고하게 지내다: '고침(高枕)'은 고와(高臥)와 같으며, 고고하고 한가롭게 지낸다는 뜻으로 벼슬살이 그만두고 물러나서 은거하는 것을 말한다.

2) 골방: '풍헌(風軒)'은 창이나 난간이 있는 장랑(長廊)이나 소옥(小室)을 말한다.

3) 만종봉록: '만종(萬鍾)'은 높은 벼슬의 많은 봉록을 가리키는 말이다.

4) 세 번 쫓겨나도: '삼출(三黜)'은 세 차례 관직을 그만둔 것을 말한다. 《논어》 〈미자(微子)〉에서 "도에 입각해서 사람을 섬긴다면 어디를 간들 세 번 쫓겨나지 않겠는가? 만약 도를 굽혀서 사람을 섬긴다면 어찌 반드시 부모의 나라를 떠나겠는가?[直道而事人, 焉往而不三黜? 枉道而事人, 何必去父母之邦?]"라고 하여 유하혜(柳下惠)의 고사를 말하였다.

5) 말 잃은 게: '실마(失馬)'는 새옹실마(塞翁失馬)의 준말이니 인간사의 길흉화복을 예측할 수 없으며 좋고 나쁜 일이 항상 서로 바뀐다는 뜻이다.

6) 용 잡는 법: '도룡(屠龍)'은 배워도 실제로는 쓸모없는 기술을 말하며, 여기서는 온갖 공을 들여 벼슬살이했던 일을 가리키는 듯하다.

7) 조서 쓰던: '사륜(絲綸)'은 임금의 조서를 가리키니, 《예기》 〈치의(緇衣)〉에 "왕의 말이 실과 같으나, 말이 나오면 낚싯줄과 같다.[王言如絲, 其出如綸.]"고 하였는데, 공영달이 "왕의 말이 처음 나올 때 실과 같이 미세하나 밖으로 나와 널리 미치면 말이 다시 점점 커져서 낚싯줄과 같아진다.[王言初出, 微細如絲, 及其出行於外, 言更漸大, 如似綸也.]"고 하여 임금의 조서를 가리키게 되었다.

8) 환하도록: '청욱(晴旭)'은 햇빛을 가리킨다.

시끄러운 까치소리를 듣고

聞鵲噪

창문 너머 아침 까치 깍깍[1] 울어대니	隔窓朝鵲語査査,
동쪽 울 활짝 핀 꽃 알려주려는 듯하네.	似報東籬爛熳花.
일어나 침상머리 좋은 물건[2] 뒤지니	起向床頭尋長物,
비단 도포 술집에다 잡힐 만하더라.	錦袍堪典酒人家.

1) 깍깍: '사사(査査)'는 까치 우는 소리를 나타낸 것이다.

2) 좋은 물건: '장물(長物)'은 좋은 물건을 말하거나, 무용장물(無用長物), 곧 불필요하거나 남는 물건을 말한다.

달밤에 되는대로 읊다

月夜謾吟

반평생 벼슬살이[1] 갖은 고생 시달리다	半生簪弁困風霜,
오늘에야 그만두니 기분 너무 좋은지고.	此日休官興甚長.
가난일랑 정 있는 양 머물러서 가지 않고	貧似有情留不去,
마음이 맨송맨송하여 늙어 되레 환장하네.	心因無事老猶狂.
동쪽 울에 국화꽃[2]이 한가롭게 피었으며	東籬物色閒中是,
남곽자기 모든 형체 앉은 뒤에 잊었구려.[3]	南郭形骸坐後忘.
구름 걷힌 푸른 하늘 산에 달이 밝으니	雲捲碧空山月白,
급히 새 술 걸러서 맑은 달빛 화답하네.	急篘新酒答淸光.

1) 벼슬살이: '잠변(簪弁)'은 관리들이 착용하는 머리장식으로 관직생활, 벼슬살이를 말한다.

2) 동쪽 울에 국화꽃: '동리물색(東籬物色)'은 동쪽 울타리 아래의 국화꽃을 말한다. 도잠의 〈음주(飮酒)〉에 "동쪽 울타리 밑에서 국화를 따면서, 가만히 멀리 남산을 바라보노라.[採菊東籬下, 悠然見南山.]"라고 하였다.

3) 남곽자기 …… 잊었구려: '남곽자기(南郭子綦)'는 초나라 소왕(昭王)의 서제(庶弟)로 자가 자기(子綦), 남곽(南郭)에 살아서 호를 남곽이라 하였다. 초나라 장왕(莊王) 때 사마(司馬)를 지냈으며, 도를 품고 마음을 비워 청백하니 평소에 장자(莊子)가 존경하였다. 《장자》〈제물론(齊物論)〉에 보면, "남곽자기가 은거하여 앉았다가 하늘을 우러러 노래하며 마치 모든 사물을 잊은 듯이 앉았더니, 안성자유(顔成子游)가 옆에 있다가 형상을 마른 나무와 같이 할 수 있고 마음을 식은 재처럼 할 수 있다고 하였다는 고사이다. 여기서는 물아(物我)를 모두 잊어버리는 초월적 경계에 들어감을 말하니, 속세를 떠나 산림에 은거하는 것을 가리킨다.

친구 생각

懷友

아득히 먼지 모래 덮인 데에	漠漠塵沙合,
하염없이 장강 한수 흐르네.	茫茫江漢流.
옛 친구는 짝지어 날아간 철새	古人雙過鳥,
지금 나는 떠도는 갈매기로다.	今世一浮鷗.
부질없이 산 남쪽의 피리소리 듣고[1]	謾聽山陽笛,
허망하게 섬계 굽이 배 타고 가네.[2]	虛移剡曲舟.
거문고[3] 있다한들 연주할 곳 없으니[4]	瑤徽無處奏,
외진 시골 저물녘 매미소리 시름 겹네.	窮巷暮蟬愁.

1) 산 남쪽의 피리소리 들었으며: '산양적(山陽笛)'은 옛 친구를 그리워하는 것을 말한다. 진(晉)나라의 향수(向秀)가 산 남쪽 기슭을 지나다가 들려오는 피리소리를 듣고 저 세상으로 떠난 친구 혜강(嵇康)과 여안(呂安)을 그리워하며 〈사구부(思舊賦)〉를 지었다고 한다.

2) 섬계 굽이 배 타고 가네: '섬곡(剡曲)'은 섬계(剡溪)의 물굽이라는 뜻으로, 친구 생각에 친구 집을 찾아가는 것을 말한다. 진(晉)나라 왕휘지(王徽之)가 눈 오는 밤에 스스로 흥에 겨워서 친구 대규(戴逵)를 만나러 섬계까지 배를 타고 갔다가 만나지 않고 그냥 되돌아온 고사를 말한다.

3) 거문고: '요휘(瑤徽)'는 옥으로 만든 좋은 거문고를 말한다. 휘(徽)는 금현(琴弦)의 음위(音位)의 징표인데 일반적으로 금(金)이나 옥(玉), 혹은 조개껍질로 만든다.

4) 연주할 곳 없으니: 백아(伯牙)는 거문고를 잘 연주하였고, 종자기(鍾子期)는 연주하는 곡조를 잘 알아들었는데, 종자기가 죽은 뒤로 백아가 절음(絶音)하였다는 고사에 의거한 표현이다.

스스로 비웃다 두 수

自嘲 二首

모습은 고목 같고 귀밑머리 실가닥	形如枯木鬢成絲,
가는 곳마다 일할 줄 모른다고 하네.	到處堪稱事不知.
눈 아픈데 책 보니 참으로 망령된 일	病眼看書眞是妄,
시골사람 세상 근심 바보짓 아니겠나?	野人憂世豈非癡?
가난해도 오히려 전원 와서 좋다 하고	家貧尙說歸田好,
재주 없어도 더딘 시작[1]은 피하네.	才退猶嫌覓句遲.
노쇠하여 다리통에 힘없는 걸 곧 잊고	衰白更忘無脚力,
억지로 지팡이 짚고 스님 보러 가누나.	强携藜杖赴僧期.

늙은이가 무슨 일로 심심함을 싫어하랴?	老人何事厭無聊?
땅을 가려 오직 아주 고요한 곳 좇누나.	區晝偏從靜處饒.
가시 울타리 뜯어내어 거기에 나무 심고	補去棘籬仍種樹,
푸섶길 베어내어 나무꾼 길 작게 내네.	斫來蘿徑細通樵.
꽃 앞에서 달을 맞아 술잔 들고 물으며[2]	花前待月停盃問,
대숲에서 벗 생각에 죽간 보내[3] 부르네.	竹裏思朋折簡招.

---

1) 시작: '멱구(覓句)'는 시인이 시를 구사(構思)하고 시구를 찾는 것을 가리키니 시작(詩作)을 말한다.

2) 술잔 들고 물으며: '정배문(停盃問)'은 이백의 〈파주문월(把酒問月)〉에 "푸른 하늘 달 있으니 어느 때에 왔는가? 내가 지금 잔을 들고 물어보노라.[靑天有月來幾時, 我今停杯一問之.]"라고 한 데서 나온 말이다.

3) 죽간 보내: '절간(折簡)'은 절간(折柬)으로도 쓰며 죽간(竹簡)에다 글을 쓰는 것이니, 편지

산골아이 다시 불러 옥수수 따오라 하여	更喚山僮收野秫,
새로 거른 술 마시며 좋은 밤을 보내려네.	欲將新釀度良宵.

등을 보내는 것을 말한다.

밤에 수레와 말소리를 듣고 되는대로 짓다

夜聞車馬聲謾題

비바람이 후둑후둑 한밤중에 몰아치니 風雨膠膠夜正中,
다리 지나는 수레 말이 제절로 바쁘네. 過橋車馬自忽忽.
진흙탕에 드러내어 몸 적신 곳 우스우니 笑他泥露沾身處,
청춘 영화[1] 지나간 것 뻔뻔이도[2] 모르네. 不識繁華過眼空.

1) 청춘 영화: '번화(繁華)'는 청춘의 나이나 영화(榮華)를 가리킨다.
2) 뻔뻔이도: '안공(眼空)'은 목공일세(目空一世)와 같은 말로 어떤 것도 눈 안에 두지 않는 것이니, 건방지고 잘난 체함을 형용하는 말이다.

따분한 밤에 심덕조[1]에게 지어주다

倦夜贈沈德祖

내 본성이 근래 들어 세상 분란 싫어하여	野性年來厭世紛,
늘그막에 삼경[2] 와서 혼자 삶[3]을 배우네.	晚歸三徑學離羣.
가을 경치 술에 취한 듯한 붉은 나무 있고	秋容似酒酣紅樹,
시의 격조 스님 좋아하는 흰 구름 같아라.	詩骨如僧愛白雲.
이미 무능 기뻐하여 남다른 취미 지녔거늘	已喜無能偏有味,
하물며 이제 달을 좇으며 그대를 만남에랴.	況今乘月更逢君.
훌훌히 온갖 생각 모두 사라져서 없는데	翛然萬念都消盡,
마침 동쪽 울타리에 국화 향기 풍기도다.	政是東籬菊吐芬.

1) 심덕조: 심장세(沈長世, 1594~1660)이니, 자는 덕조(德祖)이고, 호는 각금당(覺今堂)이며, 시호는 정민(貞敏)이다. 1624년 이괄(李适)의 난이 일어나자 공주로 왕을 호종(扈從)하여 금부도사(禁府都事)에 임명되었고, 1627년 정묘호란이 일어나자 다시 왕을 강화(江華)로 호종(扈從)하여 부사(府使)가 되었다. 《행명재시집》 권2에 〈증별덕조부안음(贈別德祖赴安陰)〉이 있다.

2) 삼경: 한나라 때 은자 장후(蔣詡)가 시골 전원에 세 개의 작은 오솔길을 내고 양중(羊仲)·구중(裘仲) 등의 친구들과 교유하며 살았다는 고사로서, 전원에 은거하여 사는 것을 말한다.

3) 혼자 삶: '이군(離群)'은 '이군삭거(離群索居)'의 준말이니, 《예기》 〈단궁(檀弓)〉에 나오는 말로 친구나 친지와 헤어져서 쓸쓸하게 혼자 사는 것을 말한다.

스스로 비웃다

自嘲

늙다보니 호기 부려 높은 벼슬 숭상하고	老來豪習尙崢嶸,
인간세상 온갖 생각 경솔하다 떠들도다.	浪說人間萬念輕.
달이 보이면 술내기[1]를 그만두지 못하고	見月不禁賭酒飮,
산이 좋아 이따금 지팡이 짚고 다니도다.	愛山時復杖藜行.
환장 하듯 시구 다듬되 생각이 정밀하고	狂心煉句猶思密,
나태해도 바둑 두면 되레 내기하듯 하네.	懶性臨棋反類爭.
손이 아파 다시금 도와줄 힘이 없지마는	病手更無拯濟力,
쇠퇴 풍속 바로잡아 시대 태평 높이도다.	欲扶衰俗奠時平.

1) 술내기: '도주(賭酒)'는 술내기를 말하는데, 어떤 방식으로 내기를 하여 지는 사람이 벌주를 마시거나, 또는 주량을 시합하는 것을 말한다.

간성[1] 수령 조흡여[2] 영공[3]을 전송하다 수익

送杆城守趙翕予令公 受益

거문고와 학[4] 훨훨 날아 봉래 영주[5] 향하니	翩然琴鶴向蓬瀛,
양곡[6]과 부상[7]이 눈앞 수평선에 보이네.	暘谷扶桑眼底平.
옥밭[8]에는 달이 밝고 큰 파도가 잠잠하며	瑤圃月明鯨浪靜,
옥 모래에 봄 따뜻해 말발굽이 가벼워라.	玉沙春暖馬蹄輕.
신선 경계에서조차 생선 소금굴 얘기하니	仙區更說魚塩窟,
공훈 있는 사또 아전[9] 이은[10] 명성 겸하였네.	勳宰都兼吏隱名.
산간처럼[11] 반평생을 원래 술을 좋아했나니	山簡半生元愛酒,
술잔 채워[12] 응당 다시 누각 기대 마시리라.	深盃應復倚樓傾.

1) 간성: 오늘날 강원도 고성(高城) 지역이다.

2) 조흡여: 조수익(趙受益)이라 했으나 생몰 등이 자세하지 않다.

3) 영공: 정삼품(正三品)과 종이품(從二品)의 관리를 높여 이르던 말로, 영감(令監) 또는 대감(大監)이라고도 한다.

4) 거문고와 학: '금학(琴鶴)'은 신선이 연주하는 거문고와 신선이 타고 다니는 학으로, 뜻이 고고하고 청정함을 말하는데, 여기서는 간성 태수 조흡여의 인품을 가리킨다.

5) 봉래 영주: '봉영(蓬瀛)'은 봉래(蓬萊)와 영주(瀛洲)로, 신선이 사는 곳인 선경을 가리킨다.

6) 양곡: '양곡(暘谷)'은 옛날부터 해가 뜨는 곳을 가리켜 왔다. 《서전》 〈요전(堯典)〉에 나오는 말로, 양(暘)은 밝음이니 계곡에서 해가 떠서 세상이 밝아지므로 칭한 것이다.

7) 부상: '부상(扶桑)'은 해가 부상나무 아래서 떠오른다고 하여 해가 뜨는 곳을 가리킨다.

8) 옥밭: '요포(瑤圃)'는 옥이 생산되는 밭으로, 선경을 가리킨다.

9) 아전: '도(都)'는 지방 관리의 속칭으로 도두(都頭) 또는 두목(頭目)이라고 한다.

10) 이은: 이은(吏隱)은 이익과 봉록을 마음에 두지 않고 낮은 관직에 있으면서 은자 같은 생활을 하는 사람을 말한다.

11) 산간처럼: '산간(山簡)'은 동진(東晉) 때 죽림칠현 가운데 한 사람인 산도(山濤)의 아들로, 산간(山簡)이 평소에 술을 매우 좋아하듯이 호탕하게 술을 마시고 노는 고아한 흥취를 말한다.

12) 술잔 채워: '심배(深盃)'는 술잔에 술을 가득 채우는 것으로, 술 마시는 것을 말한다.

박[1] 고성[2] 현감에게 부치다

寄朴高城

바닷가 산 뼈대로만[3]	海上山皆骨,
하늘 동쪽 땅 맨 끝[4]	天東地盡頭.
글하는 신하 면류관 우뚝[5]	詞臣峩露冕,
관리 길 좇으며 풍류 다하네.	吏道極風流.
풀과 나무에 신선 약초 많고	草樹多仙藥,
구름 안개[6] 속 선경[7] 가깝네.	煙霞近十洲.

1) 박: 박일성(朴日省, 1599~1671)은 자가 학로(學魯), 본관이 상주이다. 1617년 사마시에 합격하고, 1625년 별시문과에 병과로 급제하여 성균관에 보직되고, 뒤에 승정원 주서(注書)와 성균관 전적 등을 거쳐 함평 현감으로 나아가 선정을 베풀어 백성들이 송덕비를 세워주었다. 1646년 강빈옥사(姜嬪獄事)에 연루되어 파직된 뒤 고향으로 내려가 후진 양성에 힘쓰다가 효종이 즉위하자 등용되어 고성 현감으로 부임하였다.

2) 고성: 강원도 고성(高城) 지역을 말한다.

3) 뼈대로만: '개골(皆骨)'은 금강산을 달리 이르는 개골산(皆骨山)을 가리키니, 기암괴석의 산모양이 뼈대를 드러낸 것 같다는 뜻이다.

4) 맨 끝: '진두(盡頭)'는 말단(末端)의 뜻으로 가장 끝부분을 가리킨다. 강원도 고성(高城)이 가장 동쪽 끝에 위치한 것을 말한다.

5) 면류관 우뚝: '노면(露冕)'은 후한 때 곽하(郭賀)가 형주자사(荊州刺史)가 되어 잘 다스리자 한나라 명제(明帝)가 순수하다가 남양(南陽)에 이르러 그 말을 듣고 감탄하여 삼공(三公)의 의복과 보불(黼黻) 문양이 있는 면류관을 내려준 뒤에 수레 타고 다닐 때 휘장을 걷고 면류관을 드러내어 백성들에게 의복을 보여주어 그의 치덕을 널리 나타내도록 허락한 이래로, 지방 관리가 정치를 잘 하거나, 임금의 은총이 관리에게 내려지는 일을 가리키게 되었다. 물론 '노면(露冕)'은 산림에 은둔한 사람이 쓰는 모자를 가리키기도 한다.

6) 구름 안개: '연하(煙霞)'는 구름 노을이나, 물안개나, 산수 또는 산림이나, 홍진(紅塵)의 속세를 가리키는 말이다.

7) 선경: '십주(十洲)'는 도교에서 말하는 바다에 신선이 사는 열 곳의 명승지를 말한다. 무릇 선경(仙境)을 가리킨다. 조주(祖洲)·영주(瀛洲)·현주(玄洲)·염주(炎洲)·장주(長洲)·원주(元洲)·유주(流洲)·생주(生洲)·봉린주(鳳麟洲)·취굴주(聚窟洲)이다.

수조 나리[8] 지금 세상 살아있다면	水曹今在世,
양주 자사[9] 응당 구걸치 않으리라.	應不乞楊州.

8) 수조 나리: '수조(水曹)'는 관직 이름으로 수부(水部)의 별칭이다. 수조는 일찍이 수부랑(水部郎)을 지낸 당나라 문장가 원결(元結)을 가리키는 말이다.

9) 양주 자사: '양주(揚州)'는 중국에서 내륙 교통의 중심 수단이었던 운하(運河)의 남북을 연결하는 요충지라는 특성 때문에 교역의 중심지로서 경제가 크게 발달하였다. 옛날에 어떤 사람이 양주 자사가 되고 싶다 하며, 어떤 사람은 재물을 많이 갖고 싶다 하며, 또 어떤 사람은 학을 타고 올라가고 싶다 하니, 다른 한 사람이 있다가 "십만 관의 금을 허리에 두른 다음, 학을 타고 양주로 올라가리라.[腰纏十萬貫, 騎鶴上揚州.]" 하여 실현하기 어려운 욕망을 말했다는 '양주학(楊州鶴)'의 고사를 말한다.

강가를 가다

江行

강 언덕에서 눈물 닦으며[1] 말 더디 몰고	拭淚江皐策馬遲,
흰머리로 옛날 생각에 슬픔 이기지 못하네.	白頭懷舊不勝悲.
서쪽 뜰에 공자[2]는 사람 놀래는 글 짓고	西園公子驚人句,
동쪽 문에 낭군[3]은 속기 벗은 자태 보였네.	東閤郎君拔俗姿.
고개 마루 바라보니 오랜 잡초[4] 얽혀있고	已看丘原縈宿草,
누정에 일없이 올라 거친 언덕[5] 바라보네.	謾留亭榭寄荒陂.
거문고 줄[6] 시들먹하여 지금 쓸모없어지니	金徽冷落今無用,
둥당둥당[7] 연주하며 다시 누굴 향하겠나?	縱有峩洋更向誰.

1) 눈물 닦으며: '식루(拭淚)'는 부고 문장에 쓰는 용어로서, 친속(親屬)에게는 '문혈(抆血)'이라고 쓰고, 소원한 사람에게는 '식루(拭淚)'라고 쓴다. 여기서는 눈물을 닦는 슬픔을 말한다.

2) 서쪽 뜰에 공자: '서원공자(西園公子)'에서 서원은 궁궐의 원림을 가리키는 상림원(上林苑)으로, 궁궐을 가리키는 말이다. 여기서는 궁궐의 조정에서 친구가 활약한 일을 말한다.

3) 동쪽 문에 낭군: '동합낭군(東閤郎君)'은 재상의 부름에 응한 빈객들을 환대하는 곳으로, 재상의 부름을 받은 친구의 자품을 말한 것이다.

4) 오랜 잡초: '숙초(宿草)'는 한해 건너의 풀이라는 뜻으로, 분묘(墳墓)를 가리키기도 한다.

5) 거친 언덕: '황피(荒陂)'는 옛 친구들이 고이 잠든 황량한 언덕을 가리킨다.

6) 거문고 줄: '금휘(金徽)'는 거문고의 줄인데, 무릇 거문고를 가리킨다.

7) 둥당둥당: '아양(峩洋)'은 아아양양(峩峩洋洋)의 뜻으로, 거문고 연주하는 소리를 형용한 말이다. 아아양양(峩峩洋洋)은 《열자(列子)》 〈탕문(湯問)〉에 "백아가 거문고를 타면서 뜻을 높은 산에 두었더니 종자기가 '훌륭하도다! 높고 높아 태산 같구나.'라 말했고 뜻을 흐르는 물에 두었더니 종자기가 '훌륭하도다! 출렁이는 양자강 황하 같구나.'라고 말했다."는 데서 연유하는 말이다.

영통사[1]

靈通寺

한 뙈기의 난야[2] 가파른 산에 갇혔는데	一區蘭若鎻崔嵬,
늙은 스님 불경 강하는 사리대가 있구나.	老釋談經舍利臺.
나그네 길에서 이미 향긋한 풀을 만나고	客路已教芳草合,
노는 사람 오히려 지는 꽃 좇아 왔도다.	遊人猶逐落花來.
대나무 숲 바람소리 도리어 빗소리 같고	叢篁風韻翻疑雨,
급한 골짝 샘물소리 천둥인 줄 알았도다.	急峽泉聲半是雷.
잠시 부들자리에 앉아 무량겁[3] 강론하니	蹔借蒲團論浩刼,
인간세상 백팔번뇌 모두 재가 되는구나.	世間煩惱揔成灰.

1) 영통사: 경기도 개풍군 영남면 용흥리 오관산 기슭의 영통동(靈通洞)에 있었던 절로 현존하지 않는다.

2) 난야: '난야(蘭若)'는 아난야(阿蘭若)의 준말로, 한적한 수행 장소인 절이나 암자 따위를 이른다.

3) 무량겁: '호겁(浩刼)'은 매우 긴 세월로 무량억겁(無量億刼)을 말한다. 불경에서 천지가 생겨나서 멸망하기까지를 일대겁(一大刼)이라 한다.

머물러 살다
寓居

말 부르고 소 부르듯 부림대로 하였으니 　 呼馬呼牛任爾爲，
세상에서 반평생 멍청히 산 게 우습구나. 　 世間深笑半生癡.
수레에 율무 없어도 많은 이 비방하고[1] 　 車無薏苡還多謗，
뱃속에 책 들었어도 주림 구하지 못하네. 　 腹有詩書不救飢.
감히 소금수레에 천리마 발을 적셨다[2] 하랴? 　 敢道塩車淹驥足?
다만 장차 거울 보며 아미반[3] 업신여기네. 　 秖將鸞鏡侮蛾眉.
푸른 사초 흰 돌 깔린 강마을 길 가며 　 青莎白石江村路，
짚신에 베옷 입고[4] 이 한 때 누리네. 　 芒屩麻衣此一時.

---

1) 수레에 율무 …… 비방하고: 의이지방(薏苡之謗)은 억울하게 비방 당함을 가리킨다. 의이(薏苡)는 율무로서, 《후한서(後漢書)》〈마원전(馬援傳)〉에 의하면, 마원이 교지(交阯)에 있으면서 늘 율무를 먹어 몸이 가볍고 장기를 이겨내서 남방의 큰 율무 씨앗을 수레 가득 싣고 돌아왔는데, 대신들이 율무 씨앗을 명주(明珠)로 알고 은근히 주기를 바랐으며 마침내 임금의 총애를 받다가 죽자 상소하여 비방하기를, 마원이 싣고 온 율무 씨앗을 주옥 구슬로 알았던 것이다. 또는 의이명주(薏苡明珠)라고도 한다.

2) 소금수레에 천리마 발을 적셨다: 천리마가 소금 실은 수레를 끌고 태항산을 오르다가 발굽이 벗겨지고 무릎이 부러지며 소금이 녹고 땀이 범벅되어 더 이상 올라가지 못함을 백락이 보고 통곡하고 모시옷을 벗어서 덮어주었다는 고사로, 현명한 재주를 가진 이가 세상살이에 최선을 다하는 것을 비유한다.

3) 아미반: 아미(蛾眉)는 아미반(蛾眉班)의 준말로, 당나라 때 중서(中書)·문하(門下)·어사대(御史台) 관원들이 아침에 임금을 조회할 적에 좌우로 나뉘어 마주하고 선 모양이 나방눈썹 같다고 하여 벼슬하는 관리를 가리키는 말이다. 송나라 심괄(沈括)의 《몽계필담(夢溪筆談)》〈고사일(故事一)〉에 "唐制, 兩省供奉官東西對立, 謂之蛾眉班."이라고 하였다.

4) 짚신에 베옷 입고: '망교마의(芒屩麻衣)'는 망교포의(芒屩布衣)의 뜻으로, 옷차림이 소박하고 간소한 생활을 형용한 말이다.

밤에 앉아서

夜坐

북에서 온 부평초[1] 이리저리 떠다니다	北來萍梗任飄搖,
바로 앞에 봄 밝아 길이 되레 멀구나.	咫尺春明路却遙.
흰 눈이 짧은 머리카락 덮음을 보았거늘	白雪已看蒙短髮,
황금을 어찌 긴 허리에 두를 수 있으랴?[2]	黃金寧合束長腰?
봉황 난새[3] 한밤 꿈에 내려앉지 아니하고	鵷鸞不落中宵夢,
갈매기와 해오라기[4] 자꾸 이곳에 오라하네.	鷗鷺偏多是處招.
청운의 꿈[5] 품은 어린 손님에게 알리나니	與報青雲年少客,
버려진 이[6] 어부와 나무꾼 뫼해야 하리라.	肯令樗散混魚樵.

1) 부평초: '평경(萍梗)'은 부평초의 끊어진 가지로 물에 떠다닌다고 하여 사람들이 행방을 정하지 못하고 떠돎을 비유한다.

2) 황금을 …… 두를 수 있으랴?: 옛날에 어떤 사람은 양주 자사가 되고 싶다 하고, 어떤 사람은 재물을 많이 갖고 싶다 하고, 또 어떤 사람은 학을 타고 올라가고 싶다 했는데, 다른 한 사람이 있다가 "십만 관의 금을 허리에 두른 다음, 학을 타고 양주로 올라가리라.[腰纒十萬貫, 騎鶴上揚州.]"라고 하여 실현하기 어려운 욕망을 말했다는 '양주학(楊州鶴)'의 고사를 말한다.

3) 봉황 난새: '원란(鵷鸞)은' 원추와 난새로 조정의 관리나 현자를 비유하는 말이다.

4) 갈매기와 해오라기: '구로(鷗鷺)'는 구로망기(鷗鷺忘機)를 뜻하니, 갈매기와 해오라기가 사람들과 교사(巧詐)하는 마음이 없이 사귀기를 원한다는 말로, 담박(淡泊)하게 은거하여 세상 일을 마음에 두지 않음을 의미한다.

5) 청운의 꿈: '청운(青雲)'은 고관현작(高官顯爵)의 원대한 포부를 말하기도 하고, 은거하여 사는 삶을 말하기도 한다.

6) 버려진 이: '저산(樗散)'은 가죽나무는 재질이 모자라서 대부분 버려지는 것처럼 세상에 쓰이지 못하고 버려진 것을 비유하는 말이다.

파주 시골집으로 돌아와서 손 가는대로 쓰다

歸<u>坡</u>庄信筆

짧은 베옷 긴 보습에 적막한 물가 서서	短褐長鑱寂寞濱,
어쩌다가 풍월[1] 좇는 한산한 이 되었구나.	偶隨風月作閒人.
붉은 마음 대궐 연모[2] 자꾸 머리 돌리고	丹心戀闕頻回首,
붉은 혀가 성 태워도[3] 아직 몸은 지녔네.	赤舌燒城尙有身.
오솔길 대숲에 내니 송아지 뿔[4] 튼튼하고	徑造竹林黃犢健,
개구리밥 물가로 오니 갈매기가 반기도다.	揭來蘋浦白鷗親.
송사리와 붉은 게가 가을 상에 올라오니	纖鱗紫蟹秋登案,
배 주리는 타향살이[5] 가난 두렵지 않네.	饞口僑居不怕貧.

---

1) 풍월: 청풍명월(淸風明月)의 준말로, 맑은 바람과 밝은 달은 아름다운 자연 경치를 말한다.

2) 대궐 연모: '연궐(戀闕)'은 임금이 있는 대궐을 그리워하는 것이다.

3) 붉은 혀가 성 태워도: '적설(赤舌)'은 참소하고 비방하는 사람의 입을 비유한 말이다. 이익의 《성호사설》에 보면, 한나라 양웅(揚雄)의 《태현경(太玄經)》에 "붉은 혀가 성을 불태울 수 있는데, 물이 병에서 쏟아진다.[赤舌燒城, 吐水于甁.]"라고 하였으니, 이는 일어난 재앙을 해소시킨다는 뜻이라고 하였다.

4) 송아지 뿔: '황독(黃犢)'은 황독각(黃犢角)의 준말로, 누런 송아지의 뿔처럼 생긴 대나무 순을 말한다. 송나라 황정견(黃庭堅)의 시에 "竹笋初生黃犢角, 蕨芽已作小兒拳."이라고 하였으며, 조선시대 김인후의 《백련초해》에 "대나무 순이 처음 나니 누런 송아지 뿔이고, 고사리 싹이 이미 나니 어린 아이의 주먹이다."라고 하였다.

5) 타향살이: '교거(僑居)'는 타향에 사는 것을 말한다.

이절도사의 강가 관사로 부치다

寄題李節度江舍

신임 받는[1] 정승 자리[2] 마다하고[3]	齊鉞師垣已掉頭,
물과 구름 많은 곳 은거지[4] 삼았네.	水雲多處作菟裘.
금빛 술잔 가득 담은 고아주[5] 들이키고	金盃滿引羔兒酒,
멋진 휘장 높이 드린 연자루[6] 올랐네.	繡幌高垂燕子樓.
말에 기댄[7] 문신 일찍이 적 물리쳤고	倚馬詞臣曾退敵,
수리 쏘던 날랜 장수 제후 되지 못했네.[8]	射鵰飛將未封侯.

---

1) 신임 받는: '제월(齊鉞)'은 임금 권력을 상징하는 누런 도끼로, 임금의 신임을 받는 관직을 말한다.

2) 정승 자리: '사원(師垣)'은 임금의 울타리가 되는 삼공 재상 및 종실의 귀한 사람을 말한다.

3) 마다하고: '도두(掉頭)'는 머리를 흔듦이니, 어떤 일을 부정하는 것을 이르는 말이다.

4) 은거지: '토구(菟裘)'는 산동성 사수현(泗水縣)의 지명으로, 늙음을 칭하고 물러나서 숨어사는 거처를 말한다. 춘추시대 노(魯)나라 우보(羽父)가 은공(隱公)에게 그 아우 환공(桓公)을 죽이기를 청하고 재상 자리를 구하자 은공이 거절하고 제후 자리에서 물러나서 토구에 은거하려 했던 고사에서 유래하였다.

5) 고아주: '고아주(羔兒酒)'는 송나라 때 찹쌀과 양고기 등으로 빚은 맛좋은 술을 말하는데, 양고주(羊羔酒)라고도 부른다.

6) 연자루: '연자루(燕子樓)'는 경상남도 김해의 호계(虎溪)와, 순천부(順天府)의 남쪽 옥천(玉川)에 있던 누각 이름이다. 순천의 연자루는 태수 손억(孫億)이 관기 호호(好好)와 이곳에 연회(宴會)를 벌이며 서로 사랑했다가 훗날 관찰사가 되어 가보니 호호는 이미 늙어버렸다는 고사가 있다. 본래 연자루(燕子樓)는 중국 서주(徐州)에 있던 것으로, 원래 당나라 정원(貞元) 연간에 서주자사(徐州刺史) 장음(張愔)이 애첩 관반반(關盼盼)을 위해 지은 누각이다. 백거이(白居易)의 〈연자루〉 시서에 의하면, 장음에게 반반(盼盼)이라는 미모에 가무를 잘하는 애기(愛妓)가 있었는데, 장음이 죽은 뒤에도 옛 정을 잊지 못하여 시집을 가지 않고 그의 집에 있는 작은 누각 연자루에서 홀로 살았다는 고사가 있다.

7) 말에 기댄: 말 위에 기댄 채로 글을 써낸다는 뜻으로, 재주가 민첩함을 형용하는 말이다. 진(晉)나라 원굉(袁宏)이 대사마(大司馬) 환온(桓溫)의 기실참군(記室參軍)이 되어 포고문 작성의 지시를 받고 곧장 말에 기대어[倚馬] 민첩하게 지어내어 칭찬을 받았다는 고사가 있다.

평소 도량 큼직함[9] 우리 친구 의지이니	平生磊落伊吾志,
산과 강을 골라잡아 거기 누워 노니누나.	攬取山河卧裏遊.

8) 수리 쏘던 …… 못했네: '비장(飛將)'은 한나라의 명장 이광(李廣)을 말한다. 한나라 무제(武帝)가 그를 우북평태수(右北平太守)로 임명하여 흉노의 침입을 막게 하자 흉노가 '한나라의 비장군(飛將軍)'이라고 무서워하며 감히 소란을 일으키지 못했다고 한다. 무제가 흉노와의 싸움에서 혁혁한 공을 세운 이광의 부하들에게 상을 내리고 관작을 봉해주면서 이광에게 높은 관작을 봉해주지 않자 자기 자신의 탓으로 돌리며 탄식을 금하지 못하였다는 '이광미봉(李廣未封)'의 고사를 말한다.

9) 도량 큼직함: '뇌락(磊落)'은 뇌락불기(磊落不羈)의 준말로, 도량이 크고 넓으며 행동이 자유로운 것을 말한다.

백운암[1]에 오르다

登白雲菴

지팡이 짚고 더운 여름 높은 산[2] 밟아서	瘦筇凌夏踏崚嶒,
스님[3] 있는 백운암자[4] 저물녘에 올랐네.	開士蘭房薄暮登.
푸른 이내[5] 숲에 날려 간 곳마다 축축한데	嵐翠林霏行處濕,
탑머리가 봉 이마에 웅크린 채 기댔구나.	塔頭峯頂倦來凭.
하늘 꽃[6] 마구 날려 법당 자리 펄럭이고	天花亂覆翻經席,
바다에 달[7] 기리 매달려 불등을 받드네.	海月長懸奉佛燈.
밤이 깊어 푸섶길에 희미하게 소리 나니	夜久藤蘿微有響,
호계[8]의 동쪽 물가 돌아오는[9] 스님.	虎溪東畔一歸僧.

---

1) 백운암: 어디에 있는지 자세하지 않다. 전라북도 익산 도솔산과, 경상남도 김해 무척산 등지에 있던 사찰이다.

2) 높은 산: '능증(崚嶒)'은 높은 산을 말한다.

3) 스님: '개사(開士)'는 보살의 다른 이름으로 능히 스스로 개각(開覺)하고 다른 사람을 열어주어 신심을 갖도록 하기 때문에 부르는 것이니, 스님에 대한 경칭(敬稱)으로 사용하였다.

4) 암자: '난방(蘭房)'은 고아(高雅)한 거실을 말하며, 여기서는 백운암을 가리킨다.

5) 푸른 이내: 남기(嵐氣). 산 속에 생기는 아지랑이 같은 기운이다.

6) 하늘 꽃: '천화(天花)'는 하늘세계의 선화(仙花)로 부처가 설법을 하거나 어떤 상서로운 조짐이 일어날 때 하늘에서 뿌려진다고 한다. 또는 눈을 가리키기도 한다.

7) 바다에 달: '해월(海月)'은 바다 위에 떠있는 달을 말한다.

8) 호계: '호계(虎溪)'는 시내 이름으로 강서성 구강시(九江市) 남쪽 여산(廬山) 동림사(東林寺) 앞에 있다. 진(晉)나라 혜원이 이곳에 살며 손님을 전송하다가 시내를 건너자 호랑이가 갑자기 울어 호계라고 하였는데, 이는 속세와 발길을 끊고 삶을 의미한다. 그 뒤에 혜원(慧遠)이 동림사(東林寺)에 살면서 한번도 호계를 건너가지 않았는데, 도연명(陶淵明)과 육수정(陸修靜)을 전송하면서 자신도 모르게 호계를 건너가서 다시 돌아가는 것을 깨닫고 세 사람이 모두 큰 소리로 웃었다는 일화가 있다.

9) 돌아오는: '일귀(一歸)'는 '귀(歸)'와 같은 말로, 모든 사물은 반드시 한군데로 돌아온다고

하는 일귀하처(一歸何處), 곧 '하나는 어디로 가는고?'라는 공안이 있다. 공(空)이다.

가을날 서쪽 마을의 눈앞 광경

秋日西村卽事

마음대로 좋은 데 좇고	放浪從吾好,
공명일랑 저들에게 맡겨.	功名任爾曹.
느긋하게 세상 일 잊으니	悠然忘世事,
어떤 이 그야말로 호걸인가?	何者是人豪?
들판 강물 속에 교룡[1]이 눕고	野水蛟龍偃,
구름 하늘에 제비 참새 높이 나네.	雲霄燕雀高
한 뙈기 편안하고 고요한 땅[2]	一區乾淨地,
마음 가는대로 수풀 언덕 걷네.	隨意步林皐.

1) 교룡: 뿔이 없고 비늘이 있는 용으로 때를 못 만나 뜻을 이루지 못한 영웅호걸을 의미한다.
2) 편안하고 고요한 땅: '건정지(乾淨地)'는 편안하고 고요한 땅을 말한다.

가을에 슬퍼하다

悲秋

열두 날[1] 시골구석 머물러 지내면서	浹辰鄕曲費遲留,
여관에서 시름겨운 채 또 가을을 맞네.	旅店窮愁又是秋.
재주 부족하여 이미 강령[2] 붓을 잃고	才退已亡江令筆,
맑은 날에 공연히 중선 누대[3] 기대네.	時淸空倚仲宣樓.
높은 관직 나아감[4]은 모두 새 귀인이고	靑雲布武皆新貴,
무덤[5]에는 글공부하던 친구가 태반이라.	玄壤修文半舊遊.
호방한 두 선비[6]여, 성난 눈을 그치시오	報與二豪休怒目,
이 몸은 원래부터 하나의 빈 배[7]였다오.	此身元是一虛舟.

---

1) 열두 날: '협진(浹辰)'은 옛날 간지 일자에 자일(子日)부터 해일(亥日)까지 일주하는 12일을 협진이라고 하였다.

2) 강령: 육조시대 양(梁)나라 문인 강엄(江淹)으로 자가 문통(文通), 제양(濟陽) 고성(考城) 사람으로 어려서부터 가난해도 배우기를 좋아했다. 사마상여(司馬相如)와 양백란(梁伯鸞)을 우러르며 문장을 즐겼다. 남연주(南兗州)의 광릉령(廣陵令)을 지내서 강령이라고 불렀으며, 고향으로 돌아가지 못하는 시름을 노래한 시가 많다.

3) 중선 누대: 한나라 말기에 왕찬(王粲)은 자가 중선(仲宣)으로 동탁(董卓)의 난리를 피하여 형주(荊州)에서 형주자사 유표의 식객의 있으면서 누대에 올라가 고향 생각을 하며 지은 〈등루부(登樓賦)〉에서, "비록 참으로 아름다우나 나의 땅이 아니니, 어찌 잠시인들 머물 수 있으리오?[雖信美而非吾土兮, 曾何足以少留?]"라고 하였다. 여기서 중선루(仲宣樓)는 타향에 있는 누대에 올라 고향 생각을 하는 것을 말한다.

4) 나아감: '포무(布武)'는 어느 곳을 향하여 질주하거나 행진하는 것을 말한다.

5) 무덤: '현양(玄壤)'은 무덤 속을 말한다.

6) 호방한 두 선비: '이호(二豪)'는 두 호걸지사(豪傑之士)로 재능과 덕망이 뛰어난 사람을 말하는데, 송나라 왕우칭(王禹偁)과 소식(蘇軾)을 가리킨다.

7) 빈 배: '허주(虛舟)'는 가슴속이 깨끗하고 너른 것을 비유하거나, 표류하는 대로 내맡긴 배를 이르니 사람이 정처 없이 옮겨 다니는 비유한다.

감로사[1]에서

甘露寺

해 받드는 누각 저 멀리 있고	捧日樓居逈,
하늘 받치는 지세 높기만 하네.	擎天地勢高.
가지런한 땅 장기판 같고	齊州如博局,
우뚝한 산 가을 털[2] 비슷.	岱岳似秋毫.
시계 열려 널찍하고 시원한 데	世界開張濶,
안팎으로 얽어 불당 무었네.	陰陽結構牢.
뜰 아래 바위가 유난히 맘 쓰임은	偏憐庭下石,
여태까지 큰 물결 막아냈기 때문에.	猶自捍洪濤.

1) 감로사: 어느 절을 가리키는지 자세하지 않다. 경기도 개풍군 중서면 전보 오봉봉(五鳳峰)과, 경상남도 김해시 상동면 감로리 신어산(神魚山) 등지에 있던 절이다.

2) 가을 털: '추호(秋毫)'는 가을철에 털갈이를 하여 가늘어진 짐승의 털이란 뜻으로, 몹시 작은 것을 비유하거나, 붓에 사용하는 붓털을 가리키기도 한다.

가을날 시골에서 되는대로 짓다

秋村謾題

세상길 이리저리 막혔는데	世路千般窄,
산골에서 사방으로 통하네.	林居四望通.
뜬 구름 잠깐 새 햇빛 가리더니	浮雲纔蔽日,
가랑비 다시금 바람 따라 내리네.	微雨更隨風.
밭이랑에 옥수수 새 이삭 늘고	壠秫滋新穗,
가을 국화 옛떨기에 피는구나.	寒花綴舊叢.
남은 삶 여유롭고 고상하게[1] 보내리니	餘生堪寄傲,
어찌 다시 잃어버린 활[2] 생각하리오?	那復念亡弓?

1) 여유롭고 고상하게: '기오(寄傲)'는 자유롭고 고상한 정회를 맡기는 것을 말한다.

2) 잃어버린 활: 《공자가어》에 보면, 초나라 왕이 사냥을 나갔다가 활을 잃어버려 좌우 신하들이 활을 찾으려고 하자 왕이 그만 두라고 하면서 잃어버린 활은 초나라 백성이 주워 가질 것이니 상심할 필요가 없다고 하였는데, 이 말을 들은 공자가 초나라 왕의 좁은 도량을 안타깝게 여기면서 잃어버린 활을 세상의 모든 백성들이 주워 가질 것이라 말하지 않음을 질책한 고사를 말한다.

어사 이석이[1]가 탐라로 가기에 전송하다

送李御史錫爾赴耽羅

바다 건너 염주[2] 멀다 하지 말라	莫道炎洲遠,
오히려 배 하나로도 이를 수 있도다.	猶堪一棹通.
자라 등 바다 산[3]에 장마 걷히니	鰲岑收積雨,
붕새 날개[4] 멀리 가는 바람 만나네.	鵬翼會長風.
세상 경계 요복 황복[5] 밖에 있고	世界要荒外,
인가 연기 귤과 유자 가운데 보이네.	人煙橘柚中.
비단 주머니 좋은 시구[6] 담아 와	懸知錦囊句,

---

1) 이석이: 이경억(李慶億)을 말한다. 1620(광해군12)~1673(현종14). 자가 석이(錫爾)이고, 호가 화곡(華谷)이며, 시호가 문익(文翼)이다. 시발(時發)의 아들로 1644년에 정시(庭試) 문과에 장원급제하여 1653년에 순안어사가 되어 영남지방 등을 순찰했다. 1659년에 대사간이 되었고, 1664년에 부제학, 이듬해 다시 대사간, 한성부우윤 도승지 등을 역임하였으며, 1668년 대사헌으로 동지사(冬至使)가 되어 청나라에 다녀와 육조 판서를 지내다가 1672년에 우의정을 거쳐 좌의정에 이르렀다.

2) 염주(炎洲): 신선이 산다고 하는 십주 조주(祖洲)·영주(瀛洲)·현주(玄洲)·염주(炎洲)·장주(長洲)·원주(元洲)·유주(流洲)·생주(生洲)·봉린주(鳳麟洲)·취굴주(聚窟洲) 가운데 하나이다.

3) 자라 등 바다 산: '오잠(鰲岑)'은 큰 자라가 등지고 있는 바다 가운데 있는 신령한 산으로, 오봉(鼇峯)이라고도 한다. 발해(渤海)의 동쪽에 자라가 머리에 이고 있다는 대여(岱輿), 원교(員嶠), 방호(方壺), 영주(瀛洲), 봉래(蓬萊) 다섯 신산(神山)을 말하며 동해(東海)의 신산이라고도 한다. 이 산들이 조수(潮水)에 표류하지 않도록 천제의 명에 따라 금색자라 15마리가 이 산들을 머리에 이고 있다는 데서 온 말이다.

4) 붕새 날개: 바다 멀리 가는 배를 가리킨다.

5) 요복 황복: 요순(堯舜) 시대에 왕기(王畿)를 중심으로 매복(每服) 5백 리씩 순차적으로 멀어지면서 다섯 구역으로 나누었는데, 전복(甸服)·후복(侯服)·수복(綏服)·요복(要服)·황복(荒服)을 오복이라 하였다. 여기서 요복과 황복은 도성에서 가장 멀리 떨어진 변방 지역을 말한다.

돌아오는 날 하늘 동쪽 가득 채우리.　　歸日滿天東.

6) 비단 주머니 좋은 시구: '금낭구(錦囊句)'는 매우 절묘한 시구를 비유하는 말로, 고심하면서 창작하는 것을 가리킨다. 당나라 시인 이하(李賀)가 매일 친구들과 노닐 적에 시종에게 해진 비단 주머니를 등에 메고 따라오게 하면서 시상이 떠오르는 대로 시구를 써서 그 주머니 속에 넣었다는 고사에서 온 말이다.

승지 신군보[1] 만시

申承旨君輔輓

세상 마다한 소보[2] 떠돌아 다니며	掉頭巢父任浮萍,
숨어살 곳 두루 점쳐 세월[3] 보냈네.	遍卜幽居屢變蓂.
구름 속 봉황 난새[4] 이내 날개 거두고	雲裏鵷鸞仍歛翮,
골짜기 원숭이 학[5] 제 모습 잊어가네.	峽中猿鶴許忘形.
가을 되어 팽택 선생[6] 버들에 잎 나고	秋生彭澤先生柳,
달 떠서 동주 처사[7] 별자리 침범했네.[8]	月犯東州處士星.

1) 신군보: 신익량(申翊亮, 1590~1650)은 자가 군보(君輔), 호가 상봉(象峯), 본관이 평산(平山)이다. 1634년 증광문과에 병과로 급제하여 1639년부터 여러 관직을 거쳐 1640년 승지에 이르렀으나 1644년 명나라가 망하자 벼슬을 그만두고 은거하였다.

2) 소보: '소보(巢父)'는 요(堯)임금 때 은자(隱者)로, 속세를 떠나 산속 나무 위에서 살았기 때문에 붙여진 이름이다. 요임금이 천하를 맡기고자 했지만 사양하고 떠났는데, 허유(許由)가 영천에서 귀를 씻고 있는 것을 소를 몰고 가던 소부가 그것을 보고 더러운 물을 소에게 마시게 할 수 없다며 되돌아갔다는 이야기가 있다.

3) 세월: '명협(蓂莢)'은 중국 요(堯)임금 때에 났었다는 전설상의 풀로서, 초하루부터 보름까지 하루에 한 잎씩 나고, 열엿새부터 그믐까지는 하루에 한 잎씩 떨어지며, 작은달에는 마지막 한 잎이 시들기만 하고 떨어지지 않았다 하여 달력 풀 또는 책력 풀이라고 하였다.

4) 봉황 난새: '원난(鵷鸞)'은 조정의 관리나, 또는 현자를 가리키는 말이다.

5) 원숭이와 학: 은일한 선비를 가리킨다.

6) 팽택 선생: 진나라 도잠은 자가 연명(淵明) 또는 원량(元亮)으로 팽택(彭澤) 현령을 사직하고 고향에 돌아와 다시는 벼슬길에 나가지 않으며 시서(詩書)를 즐기며 자연을 벗 삼아 유유자적한 생활을 하였는데 집 앞에 다섯 그루의 버드나무를 심고 버드나무를 사랑하여 스스로 오류선생(五柳先生)이라고 하였다.

7) 동주 처사: '동주(東州)'는 송나라 휘종(徽宗) 때 처사 강지(江贄)가 살던 곳을 가리키는 듯하다. 강지는 일찍이 조정의 부름에 응하지 않고 은거하였는데, 한번은 태사(太史)가 소미성이 나타났다고 아뢴 뒤에 조서(詔書)를 내려 특별히 강지를 유일(遺逸)로 천거하였으나 끝내 응하지 않았으므로 그를 소미선생(少微先生)이라 사호(賜號)하였다. 여기서 동주는 강원도 철원, 동주도는 강원도를 가리키는데 강원도 어딘가에 은거하여 자취를 감춰버린 신익량

사람들 큰 임무 기대했건만	人望世間期大耐,
가엾다, 긴 잠 언제나 깰고?	可憐長寐幾時醒.

을 빗대어 표현한 듯하다.

8) 별자리 침범했네: 하늘의 소미성(少微星)은 사람으로 말하면 처사의 위치에 있으므로 소미성을 처사성(處士星)이라고 한다. 《진서(晉書)》 〈은일열전·사부(謝敷)〉에 보면, "처음에 달이 소미성을 침범하였는데, 소미성은 일명 처사성이라고도 하여 점치는 사람들이 은사(隱士)를 거기에 해당시켰다. …… 조금 있다가 사부가 죽었다.[初, 月犯少微, 少微一名處士星, 占者以隱士當之. …… 俄而敷死.]"라고 하였다. 점성가들은 별자리의 모양이 사람의 생사나 영욕과 관련이 있다고 하여 소미성이 달에 가려서 희미하거나 떨어지면 처사(處士)가 죽는다고 여겼는데, 이것을 응성(應星)이라고 하였다. 여기서는 사부(謝敷)가 죽은 것처럼 신익량이 죽은 것을 비유하였다.

정기옹[1] 홍명 만시

鄭畸翁弘溟輓

늙어서는 문단에서 북과 깃발 세웠으며[2]	老將騷壇建皷旗,
한 때 재주 걸출하여 어린애들 모여들었네.	一時才傑揔嬰兒.
주고 은반 문자[3] 거슬러 올라가서	沿洄周誥殷盤字,
개원 대력 연간 시인[4] 압도했도다.	壓倒開元大曆詩.
노쇠하여 임천[5]에서 붕새 쉼 쉬고[6]	衰白林泉鵬就息,

1) 정기옹: 정홍명(鄭弘溟, 1582~1650)은 자가 자용(子容), 호가 기암(畸庵) 또는 삼치(三癡), 본관이 연일, 시호가 문정(文貞)이다. 송강(松江) 정철(鄭澈)의 넷째 아들로 송익필(宋翼弼)과 김장생(金長生)에게 학문을 배웠다. 1616년에 문과에 급제하여 승문원에 들어갔으나 북인들이 반대하자 귀향하였다. 인조반정 뒤에 예문관 검열로 등용되어 삼사와 이조(吏曹)의 여러 관직을 역임하였다. 병자호란 뒤에 척화파를 두둔하고, 문장은 장유(張維)와 더불어 윤근수(尹根壽)의 고문풍(古文風)을 이었다고 평가받았다.

2) 북과 깃발 세웠으며: '고기(皷旗)'는 군대에서 전투를 지휘하는 데 사용하는 물건으로, 문단을 주도하여 이끌었음을 말한다.

3) 주고 은반 문자: '주고(周誥)'는 《서경》 〈주서(周書)〉에 있는 대고(大誥)·강고(康誥)·주고(酒誥)·소고(召誥)·낙고(洛誥)를 말하며, '은반(殷盤)'은 〈상서(商書)〉에 있는 〈반경〉을 말한다. 한유(韓愈)의 〈진학해(進學解)〉에 "주고와 은반은 굴곡 있고 난삽하다.[周誥殷盤, 佶屈聱牙.]"고 하여 문장이 매우 어려움을 말한 바 있듯이 그의 문장이 고문에 연원했음을 말한다.

4) 개원 대력 연간 시인: '개원(開元)'은 당나라 현종 전반기(713~741)의 연호로, 당나라 시의 품격이 최고조에 이른 시기이며, 이백(李白)·두보(杜甫)·고적(高適)·잠삼(岑參)·왕유(王維)·맹호연(孟浩然) 등이 있다. '대력(大曆)'은 당나라 대종(代宗) 연호로, 대력(766~779) 연간에 활동한 시인을 대력십재자(大曆十才子)라고 하는데, 이백과 두보의 성당 시체를 이어받아 한유와 백거이 등의 원화 시체에 전해주는 가교 역할을 한 시인으로 이단(李端)·노륜(盧綸)·길중부(吉中孚)·한익(韓翃)·전기(錢起)·사공서(司空曙)·묘발(苗發)·최동(崔洞)·경위(耿湋)·하후심(夏侯審) 등이 있다.

5) 임천: 산림과 천석(泉石)으로, 산수자연을 의미하거나, 은거하는 곳을 말한다.

6) 붕새 쉼 쉬고: 《장자(莊子)》 〈소요유편〉에 의하면 붕새는 상상 속의 새로, 한번 호흡하면 6개월을 한 호흡으로 하고, 한번에 9만 리를 날아오르며 날개는 구름처럼 하늘을 뒤덮고 파도가 3천 리에 이를 정도로 큰 바람을 일으킨다고 한다. 붕새는 세속에 얽매이지 않고 자유로운

역사 저술 소임[7])으로 죽어 이름 남겼네. 汗靑詞命豹留皮.

남쪽 하늘 깜깜한데 뛰어난 이 데려가니 南天錯莫收英爽,

다른 날에 세상 경영 다시 누가 이을꼬? 異日經綸更屬誰.

정신세계를 추구하는 초월적 의미를 지닌다. 여기서 붕새처럼 호흡한다는 것은 붕새가 9만리를 날아올라 6개월을 난 뒤에 한번 숨을 쉬듯이 관직에서 물러나 쉬는 것을 말한다.

7) 역사 저술 소임: '한청(汗靑)'은 옛날 죽간(竹簡)에 문자를 기록할 때 대나무의 진을 빼서 좀을 방지했는데 이를 살청(殺靑) 또는 한청(汗靑)이라 하였다. 국가의 역사를 기록하는 대쪽이 푸른색을 띠고 있다고 하여 역사책을 청사(靑史)라고 하게 되었다. '사명(詞命)'은 문신(文臣)이 왕을 대신하여 교서(敎書) 및 외교 문장을 제술(製述)하는 것을 말한다.

저물어 돌아가다

暮歸

네거리 길 말을 몰아 돌아오는데	十字街頭策馬歸,
눈 가에 뵈는 경치 휙휙 지나가네.	眼邊光景過依依.
부잣집[1] 참새는 상물림[2] 다투고	朱門鳥雀爭遺啄,
들길[3] 봄 경치[4] 지는 놀에 고웁네.	紫陌煙花媚落暉.
세상 이미 안정되고 사람이 만족하되	天下已安人自得,
장부 헛되이 늙어 일이 벌써 글렀네.	丈夫虛老事仍非.
평생토록 한결같이 울적한 내 뜻이여!	平生壹欝伊吾志!
우습고나! 모나고 둥금[5] 세상과 엇남.	可笑方圓與世違.

1) 부잣집: '주문(朱門)'은 붉게 옻칠한 대문으로 귀족이나 큰 부자의 집을 가리킨다.

2) 상물임: '유탁(遺啄)'은 남은 음식물을 말한다.

3) 들길: '자맥(紫陌)'은 서울 교외의 들판 도로를 말한다.

4) 봄 경치: '연화(煙花)'는 연화(烟花) 또는 연화(煙華)와 같은 말로 남기와 안개가 자욱한 것과 같은 번화한 꽃을 가리키거나, 안개 속에 핀 봄꽃을 가리키니 아름다운 봄날 경치를 말한다. 남조 양(梁)나라 심약(沈約)의 〈상춘(傷春)〉에 "아름다운 봄빛이 금원에 들었고, 안개 봄꽃 켜켜 굽이를 둘렀도다.[年芳被禁籞, 煙花繞層曲.]"라고 하였다. 이백의 〈황학루송맹호연지광릉(黃鶴樓送孟浩然之廣陵)〉에 "옛 친구가 서쪽으로 황학루를 떠나가니, 아름다운 봄날 삼월에 양주로 내려가도다.[故人西辭黃鶴樓, 煙花三月下揚州.]"라고 하였다. 또는 아름답고 고운 기녀(妓女)를 가리키기도 한다.

5) 모나고 둥금: '방원(方圓)'은 모진 것과 둥근 것으로, 사물의 형체나 성상(性狀)응 가리키는 말이다.

양양으로 가는 이사군[1]을 전송하다

送襄陽李使君

바닷가 땡볕 모랫길에	傍海鳴沙路,
소금 나잖고 게 잡는 골.	無塩有蠏州.
양반[2] 중 출중한 인재[3]	淸班分逸足,
착한 고을 원님[4] 삼았네.	善地作遨頭.
술잔 들면 온 고을 꽃이 피고	對酒花成縣,
거문고 울리면 루에 달빛 가득.	鳴琴月滿樓.
공무 외에 따로 일 없으면	公餘無別事,
습가 연못 가서 노니네.[5]	應向習池遊.

1) 사군: 임금의 명을 받들어 가거나 임금의 명을 받들어 온 사신(使臣)을 높여 이르는 말이다.

2) 양반: '청반(淸班)'은 청귀(淸貴)한 관반(官班)을 말한다.

3) 출중한 인재: '일족(逸足)'은 빠른 발이나 준마를 가리키니, 출중한 재능이나 인재를 비유한다.

4) 고을 원님: '오두(遨頭)'는 송나라 때 성도(成都)에서 정월부터 4월까지 완화(浣花)를 하는데, 고을 태수가 나들이감에 사람들이 따라가면서 태수를 오두(遨頭)라고 불렀다고 한다.

5) 습가 연못 가서 노니네: '습지(習池)'는 습가(習家)의 연못이라는 뜻으로, 고양지(高陽池)라고도 한다. 연못은 호북성 양양(襄陽) 현산(峴山) 남쪽에 습울어(習鬱於)라는 사람이 물고기를 기르던 것인데, 산간(山簡)이 형주(荊州)에서 벼슬할 때 항상 이곳 연못으로 와서 같이 술을 마시면서 놀았다고 한다.

박덕우[1] 영공[2]의 편지를 보고 감회가 있어

見朴德雨令公書有感

세상일 원래 짐작키 어려워	世事元難料,
이별 회포 절로 그치질 않네.	離懷自不窮.
옛 친구 천 리밖에 떨어져 있으니	故人千里隔,
어느 날 한 동이 술 같이 하려나?	何日一樽同.
세상이 어렵고 위급한 즈음이라	天地艱危際,
사는 게 모두 마음에 느껍고나.	生涯感慨中.
그대도 오늘밤에 저 달 아래	知君今夜月,
북쪽 기러기를 기다리겠지.	應望北來鴻.

1) 박덕우: 박황(朴潢, 1597~1648)은 자가 덕우(德雨), 호가 나옹(懦翁) 또는 나헌(懦軒), 본관이 반남(潘南)이고, 관찰사 동열(東說)의 아들로 사복시정(司僕寺正) 동언(東彦)에게 입양되었다. 1621년 정시에 병과로 급제하여 1624년 예문관 검열을 시작으로 세자시강원 설서 등을 거쳐 대사간·이조참의를 지냈다. 병자호란이 일어나자 왕을 따라 남한산성으로 갔으며, 이듬해 청나라가 화의에 반대한 척화신(斥和臣) 17인의 압송을 요구하자 보낼 수 없다 주장하고, 소현세자를 좇아서 심양으로 갔다가 돌아와 1638년 병조판서·대사헌이 되었다.

2) 영공: 정삼품(正三品)과 종이품(從二品)의 관리를 높여 이르던 말로, 영감(令監) 또는 대감(大監)이라고도 한다.

또

又

팔월이라 초사흗날	八月初三日,
편지통에 편지 한편.	郵筒書一篇.
수로국[1]에서 온지라	來從首露國,
머리 아픈 병 낫겠구나.	使我頭風痊.
비괘[2]에 양구[3] 만나	否運逢陽九,
먼 길 몇 천리 떨어졌네.	長程隔幾千.
그리운 마음 한없이 일어나	相思無限意,
붓 잡고는 다시 멍하니 있네.	把筆更茫然.

1) 수로국: 경상남도 김해를 가리키니, 《삼국유사》 〈가락국기〉에 나오는 수로왕(首露王)이 다스리던 나라로 금관가야(金官伽倻)라고도 하였다.

2) 비괘 : 《주역》의 천지비괘(天地否卦)의 운세이니, 모든 일이 통하지 않고 막히는 운세를 말한다.

3) 양구: '양구(陽九)'는 재난이나 액운이 든 것을 가리키는 말이다. 도가(道家)에서는 천액(天厄)을 양구(陽九)라 하고, 지휴(地虧)를 백륙(百六)이라고 한다.

군택[1] 영공[2]의 시운에 차운하다 신유 공

次君澤令公韻 申公濡

작게나마 남 쫓는 일 번거로와 못 하거늘	薄稍驅人不耐忙,
예사 벼슬[3] 지금 문득 덥추위[4] 겪네.	一官今遽閱炎凉.
평소 뜻 따시고 배부름[5] 아니라고 하랴?	郍論素志非溫飽?
조정 관리[6] 눈 서리[7] 비추기 창피하네.	深愧朝簪映雪霜.
대신[8] 철면피[9]로 팔 부러진 일[10] 잊고	華貫强顔忘折臂,
늘그막에 혀 간혀[11] 강골 기질[12] 잃었구나.	晩途囚舌失剛腸.

---

1) 군택: 신유(申濡)를 말하니, 1643년 통신사의 종사관으로 윤순지와 함께 일본을 다녀왔다.

2) 영공: 정삼품(正三品)과 종이품(從二品)의 관리를 높여 이르던 말로, 영감(令監) 또는 대감(大監)이라고도 한다.

3) 예사 벼슬: '일관(一官)'은 일관반직(一官半職)의 준말로, 보통의 관직을 가리킨다.

4) 덥추위: '염량(炎凉)'은 더위와 추위, 또는 사람의 마음과 권세와 이익을 가리키는 말이다.

5) 따시고 배부름: 송나라 장재(張載)의 시에 "세상만사 따시고 배부름 생각하지 아니하고, 내 멋대로 맑은 세상 한가롭게 살리라.[萬事不思溫飽外, 漫然清世一閑人.]"라는 말이 나온다.

6) 조정 관리: '조잠(朝簪)'은 조정 관리들이 쓰는 관복의 장식으로, 조정의 벼슬아치를 가리키는 말이다.

7) 눈 서리: '설상(雪霜)'은 먼지 하나 없이 때 묻지 않은 고결하고 청렴함을 비유하는 말이다.

8) 대신: '화관(華貫)'은 두드러지게 중요한 지위나 항렬을 가리키는 말이다.

9) 철면피: '강안(强顔)'은 염치를 모르는 뻔뻔스러운 얼굴이니, 곧 후안무치(厚顔無恥)를 말한다.

10) 팔 부러진 일: 처음으로 고관 대신이 되는 일을 말한다. 《세설신어(世說新語)》에 의하면, 진(晉)나라 양호(羊祜)가 아버지 묘소를 보고 운세를 말해주는 사람이 응당 군왕의 명을 받을 것이라고 하자 그 말이 싫어서 아버지 묘소를 파서 옮겼더니 그 운세가 없어졌다고 하면서 대신에 팔이 부러진 삼공이 나올 것이라 하였는데 과연 양호가 말에서 떨어져서 팔이 부러지면서 삼공에 오르게 되었다는 고사를 말한다.

11) 혀 간혀: 설변(舌辨)으로 인해 죄인이 되는 것을 말하니, 신유가 효종 8년(1657)에 대사간으로 국왕을 능멸했다는 이유로 인하여 강계로 유배된 일을 말하는 듯하다.

12) 강골 기질: '강장(剛腸)'은 강직(剛直)한 기질을 가리키는 말이다.

한밤중에 골똘히 한 몸의 일 꾀하나니	中宵區畫謀身事,
성도에서 뽕 심는 일[13] 배우려고 하네.	擬向成都學種桑.

13) 성도에서 뽕 심는 일: 《삼국지》 〈촉지(蜀志)·제갈량(諸葛亮)〉에 의하면, 제갈량이 후주(後主)에게 표(表)를 써서 올리면서 성도에 뽕나무 8백 그루가 있고 척박한 땅 15경이 있으니 자제들의 의식주는 절로 여유가 있을 것이라고 하였는데, 곧 고향으로 돌아가서 집안 살림을 잘 꾸리며 사는 것을 말한다.

은대[1]에서 신군택의 시운에 차운하다

銀臺次申君澤韻

가는 세월 늘그막 재촉하니 歲序催遲暮,
몸뚱이 점점 더 늙어가네. 形骸漸老成.
외로운 등불 밤경치 흔들고 孤燈搖夜色,
나뭇잎 하나에 가을이 울리네. 一葉撼秋聲.
많은 일 어찌 다 했는지 多難身何補?
뜬 이름 꿈결에도 놀라워. 浮名夢亦驚.
시름 속에 이내 찾는 시구 愁邊仍覓句,
호기 부려 고상함 잃고 마네. 豪氣失崢嶸.

1) 은대: '은대(銀臺)'는 송나라 때 문하성(門下省)에서 관장하던 부서로, 조선시대 임금의 명령을 전달하고 여러 가지 사항들을 임금에게 보고하는 일을 맡아보던 승정원을 말한다.

김회이[1] 영공[2]이 보여준 시운에 차운하다

次<u>金晦而</u>令公示韻

눈 안에 먼지 끼여 꺼끌꺼끌 벌게지고	眯眼輕塵撲撲紅,
반생 경세제민에 활계[3] 모두 공쳤네.	半生經濟計還空.
오래 살며 고난위기로 고달파도	長身汩沒艱危際,
귀전 꿈 물과 돌 가운데 드날려.[4]	歸夢揄揚水石中.
거울 보니 이미 머리 눈처럼 세고	攬鏡已知頭似雪,
잡담[5] 하며 말 새는 게[6] 야릇해.	談天猶恠舌生風.
어쩌다 인간세상 벗어났던지	何緣脫得人間世?
이내 시골 선비[7] 되었네.	便向田園作社翁.

---

1) 김회이: 김광욱(金光煜, 1580~1656)은 자가 회이(晦而), 호가 죽소(竹所), 시호가 문정(文貞)이다. 형조판서·한성부판윤 등을 거쳐 경기감사로 있으면서 수원부사 변사기의 역모사건을 밝혀냈다. 그 뒤에 개성유수·돈령부지사를 지냈고, 형조판서·우참찬을 거쳐서 좌참찬에 이르렀다.

2) 영공: '영공(令公)'은 정삼품(正三品)과 종이품(從二品)의 관리를 높여 이르던 말로, 영감(令監) 또는 대감(大監)이라고도 한다.

3) 활계: 고향으로 돌아가서 전원생활의 즐거움을 만끽하려는 계획을 말한다.

4) 드날려: '유양(揄揚)'은 높이 드날리거나, 널리 떨치거나, 찬양하는 것을 말한다.

5) 잡담: '담천(談天)'은 담천설지(談天說地)의 준말로, 잡담이나 한담(閑談)을 하는 것을 말한다.

6) 말 새는 게: '설생풍(舌生風)'은 나이를 먹거나 고생스런 일로 이가 빠져 헛말이 나오는 것을 말한다.

7) 시골 선비: '사옹(社翁)'은 옛날에 문학에 뛰어난 이름난 선비에 대한 존칭이다.

한평군[1] 이경전 공 만시

韓平君 李公慶全輓

건안 시인 품격[2]에다 이적선[3] 재주로	建安標格謫仙才,
가정 목은[4] 집안 풍기[5] 시구에 펼쳤네.	稼牧宗風句裏開.
먼 길 안거[6] 타고 아홉 굽이[7] 거쳐 가고	長路安車經九折,
높은 반열 맹부[8]에서 삼공[9] 일 수행했네.	峻班盟府切三台.

1) 한평군: 이경전(李慶全, 1567~1644)은 자가 중집(仲集), 호가 석루(石樓), 본관이 한산(韓山)이다. 1596년 예조좌랑과 병조좌랑을 지내고, 1608년 영창대군을 옹립하려는 유영경을 탄핵하다가 강계에 안치되었다가 광해군이 즉위하자 풀려나와 관직에 올랐다. 1623년 인조반정이 일어나자 서인들에게 아첨하여 생명을 보전하고 주청사로 명나라에 가서 인조의 책봉을 요청하고 온 뒤에 한평부원군(韓平府院君)의 작호(爵號)를 받았다.

2) 건안 시인 품격: 건안 연간(196~220) 문인들의 문풍을 말한다. 조조(曹操)의 두 아들 조비(曹丕)와 조식(曹植)을 비롯하여 공융(孔融)·왕찬(王粲)·유정(劉楨)·진림(陳琳)·완우(阮瑀)·서간(徐幹) 등이 활동하였다. 오언시를 주로 지었는데 감정의 진술이나 문채가 능란하고 변화가 다양해서 오언시를 예술적 면에서 정미(精美)한 경지에 오르게 했다고 평가하였다.

3) 이적선: '적선(謫仙)'은 당나라 이백(李白)을 가리킨다.

4) 가정 목은: '가목(稼牧)'은 고려시대 가정(稼亭) 이곡(李穀)과 목은 (牧隱) 이색(李穡)을 가리키는 말이다.

5) 집안 풍기: '종풍(宗風)'은 종상(宗尙)과 같은 말로, 추숭(推崇)하고 존중하는 것을 말한다.

6) 안거: '안거(安車)'는 옛날에 앉아서 탈 수 있도록 만든 작은 수레로, 나이 많은 대신이나 귀족 부인이 탔으며, 때때로 고관이 늙어서 고향으로 내려갈 때나 중망(重望)이 있는 대신을 불러들일 때 안거를 하사하였다.

7) 아홉 굽이: 구절양장(九折羊腸)이 있는 험한 길로, 아홉 구비가 양(羊)의 창자처럼 구불구불 험하다는 뜻이다. 여기서는 '구절판(九折阪)'의 준말로, 어떠한 어려움이 있어도 피하지 않고 충성을 다하는 것을 말한다. 한나라 때 왕양(王陽)이 익주(益州) 자사가 되어 부임하여 가는 길에 공래산(邛郲山)의 험준한 아홉 구비 비탈[九折阪]에 이르러 "부모님이 주신 몸을 아껴야 하니 어찌 이렇게 험한 길을 갈 수 있는가?[奉先人遺體, 奈何數乘此險!]"라고 하며 관직을 그만두고 돌아갔다. 그 뒤에 왕존(王尊)이 익주 자사가 되어 그 구절판에 이르러서는 마부를 꾸짖으며, "어서 말을 몰아라! 왕양은 효자가 되었지만 왕존은 충신이 될 것이다.[驅之! 王陽爲孝子, 王尊爲忠臣.]"라고 하였다. 또는 질어(叱馭)라고도 한다.

8) 맹부: '맹부(盟府)'는 옛날에 맹약한 문서를 관장하던 관부로, 《춘추좌전》 희공(僖公) 5년에

번영 쇠락 장주 꿈[10]을 일찍이 깨닫고 榮枯早悟莊周夢,
평생토록 완적 술잔[11]으로 도망 다녔네. 身世恒逃阮籍盃.
평소에 달인은 죽음을 두려워하지 않나니[12] 常日達人無怛化,
응당 웃음 머금고 저 세상[13] 내려가리라. 定應含笑下泉臺.

"공훈은 왕실(王室)에 있으되 맹부에 소장된다."하였는데, 그 주에 "공훈에 의해 봉작(封爵)을 받을 때에는 반드시 맹사(盟辭)가 있고, 그 맹사는 반드시 사맹부(司盟府)에 소장된다."고 하였다. 나라에 공훈이 있는 사람의 공적을 기록하여 두는 충훈부(忠勳府)이니, 조선시대 공신과 그 자손을 대우하기 위하여 설치한 관청이다.

9) 삼공: '삼태(三台)'는 삼공(三公)을 가리키며, 삼태팔좌(三台八座)는 고관중신(高官重臣)을 가리키는 말이다.

10) 장주 꿈: '장주몽(莊周夢)'은 《장자》 〈제물론(齊物論)〉에 나오는 장주(莊周)가 나비 되는 호접몽(胡蝶夢)을 말한다. 자기가 나비의 꿈을 꾸었는지 나비가 자기의 꿈을 꾸는 것인지 알기 어렵다고 한 고사로, 자아와 외물은 본래 하나라는 이치를 나타낸 것이다.

11) 완적 술잔: '완적(阮籍)'은 중국 위(魏)나라 때 죽림칠현(竹林七賢) 가운데 한 사람으로 보병교위(步兵校尉)의 벼슬을 했으나 일찌감치 그만두고 자유롭게 유람하며 살았다. 집이 가난했으나 성격이 호탕하여 얽매이지 아니하고 술과 가야금을 좋아하였으며, 마음에 드는 사람을 만나면 청안(青眼)으로, 싫은 사람을 만나면 백안(白眼)으로 대하였다. 《진서(晉書)》 〈열전(列傳)·완적(阮籍)〉에 보면, "완적은 본래 세상을 구제하고 권속을 돌보는 데 뜻을 두고 있었는데, 위진(魏晉) 시기에 천하에 변란이 많아 유명한 선비들이 목숨을 보존하는 이가 적자 완적은 이에 말미암아 세상일에 참여하지 않고 마침내 술을 진탕 마심은 일상으로 삼았다.[籍本有濟世志屬, 魏晉之際, 天下多故, 名士少有全者, 籍由是不與世事, 遂酣飲爲常.]"라고 하였으며, 《세설신어(世說新語)》 〈임탄(任誕)〉에서는 "가슴속에 불덩어리가 있기 때문에 술을 부어야 한다.[阮籍胸中壘塊, 故須酒澆之.]"고 하였다.

12) 죽음을 두려워하지 않나니: '달화(怛化)'는 사람이 죽는 것을 말하는데, 여기서는 죽음을 두려워하지 않는 달인의 경지를 의미한다.

13) 저 세상: '천대(泉臺)'는 무덤, 곧 어두운 저 세상을 말한다.

번민을 다스리다

撥悶

한바탕 우레 비[1]에 궁한 물고기[2] 살아나	一番雷雨起窮鱗,
벼슬자리[3] 다시 좇아 궁궐[4]로 들어가도다.	復逐簪裾入紫宸.
조정[5]에서 지혜 씀에 늙어 어찌 못해	用智廟堂無郝耄,
몸에 금옥 둘러본들 가난함만 못하도다.	繞身金玉不如貧.
동쪽 언덕 고운 경치[6] 부질없이 꿈꾸었고	東岡花月空輸夢,
남쪽 두렁 농사 양잠 또 봄이 가는구나.	南陌農桑又過春.
인생살이 늘그막에 오랜 계획[7] 어긋나니	行止暮年違宿計,
세상에선 살아가는 내 모습[8] 비웃으리라.	世間堪笑我爲人.

---

1) 우레 비: '뇌우(雷雨)'는 뇌우작해(雷雨作解)의 준말로, 뇌수해괘(雷水解卦)에서 천지가 풀리고 우레와 비가 일어나니 온갖 과실과 초목이 껍질이 터지고 새싹이 돋아나는 것처럼, 우레와 비가 해(解)가 되는 것은 임금이 허물 있는 신하를 사면하고 죄 있는 신하를 너그럽게 용서함을 의미하는 것이라고 하였다.

2) 궁한 물고기: '궁린(窮鱗)'은 물을 잃은 물고기를 말하니, 곤경에 처한 사람을 비유한다.

3) 벼슬자리: '잠거(簪裾)'는 현달(顯達)하고 존귀한 사람의 장식이니 벼슬아치를 말한다.

4) 궁궐: '자신(紫宸)'은 당나라 때 궁전 가운데 하나인 자신전으로, 상합(上閤) 또는 내아(內衙)라고도 불렸다. 궁궐 안에 첫 번째 궁전은 함원전(含元殿)이니 대조회(大朝會)를 보았고, 두 번째는 선정전(宣政殿)이니 정아(正衙)라고 했으며, 세 번째 궁전은 자신전(紫宸殿)이니 내아(內衙)라고 했다. 자신전의 대문 옆의 쪽문 앞에서 신하들이 엎드려 임금에게 상소를 올린다고 하여 복합(伏閤)이라고도 하였다.

5) 조정: '묘당(廟堂)'은 신하들이 정사를 보는 의정부를 말한다.

6) 고운 경치: '화월(花月)'은 아름다운 경치를 말한다.

7) 오랜 계획: '숙계(宿計)'는 오래 전부터 한결같이 마음속에 품었던 고향 전원으로 돌아가서 살겠다는 계획이자 소박한 뜻을 말한다.

8) 살아가는 내 모습: '위인(爲人)'은 사람을 만나고 세상에 처하고 사물을 대하는 일을 말한다.

참판 이도장[1] 소한 만시

李叅判道章 昭漢輓

한 때 함께 손 잡고 한림원[2]을 걸으며	一時聯袂步鑾坡,
꽃무늬 벽돌 길[3] 드나든 세월 얼마던가?	出入花甎歲幾何?
늙어 친구 떠나감 자식 줄어듦 같으니	老去親朋如子少,
지난날 우리 동방[4] 인재[5] 많았네.	向來吾榜得人多.
아름다운 명예[6] 밖에 떨쳐 티 없으며	英華朗外無瑕點,
충성 신의 우러나와[7] 꾸미지 않았네.	忠信由中不琢磨.
단명 장수 인간세상 모두가 꿈이어니	夭壽世間都是夢,

1) 이도장: 이소한(李昭漢, 1598~1645)은 자가 도장(道章), 호가 현주(玄州), 본관이 연안(延安)이다. 아버지는 이정구(李廷龜)이고, 형은 이명한(李明漢)이다. 15세 때 진사과에 합격하고, 1627년 정시(庭試)에 급제하여 괴원(槐院)에 있다가 인조반정 뒤에 한림원에 있었다. 중시(重試)에 합격하여 승지(承旨)가 되고 형조참판(刑曹叅判)에 이르렀다.

2) 한림원: '난파(鑾坡)'는 당나라 덕종 때 금란전 옆에 금란 언덕으로 학사원(學士院)을 옮겼는데 이후로 난파가 한림원으로 별칭이 되었다.

3) 꽃무늬 벽돌 길: '화전(花甎)'은 당나라 때 한림원 뜰에 깔았던 꽃무늬 벽돌을 말한다.

4) 우리 동방: '동방(同榜)'은 같은 시기에 과거에 급제하여 방목(榜目)에 함께 적히는 일이나 그런 사람을 이르는 말이다.

5) 인재: '득인(得人)'은 덕과 재주를 모두 겸비한 사람을 얻는 것을 말한다. 《논어》 〈옹야(雍也)〉에 자유(子游)가 무성(武城)의 읍재(邑宰)가 되자 공자가 "너는 인재를 얻었느냐?[女得人焉耳乎?]"라고 물은 데서 연유한 말이다. 형병(邢昺)은 소(疏)에서 공자가 자유에게 덕이 있는 인재를 얻었는가 물은 것이라고 하였다.

6) 아름다운 명예: '영화(英華)'는 아름다운 명예를 말한다. 《한서(漢書)》 〈서전상(敍傳上)〉에 "浮英華, 湛道德."이라 했는데, 안사고(顔師古)가 주석에서 "영화는 명예를 이르니, 밖으로 아름다운 명성과 좋은 명예가 있고, 안으로 도를 실천하고 덕을 높임을 말하는 것이다.[英華, 謂名譽也, 言外則有美名善譽, 內則履道崇德也.]"라고 하였다.

7) 우러나와: '유중(由中)'은 유중(由衷)과 같으니, 《좌전(左傳)》 은공(隱公) 3년에 "신의가 마음속에서 나오지 않으면 본질적으로 무익하다.[信不由中, 質無益也.]"라고 하였다.

아름다운 시구[8]만이 강물로 흐르리. 最傳詩句似江河.

8) 아름다운 시구: '최전시구(最傳詩句)'는 가장 아름다운 시구가 오래도록 전해짐을 말한다.

판서 이천장[1] 만시

李判書天章輓

영가 말엽 시풍[2] 아니라면	不謂永嘉末,
도리어 정시 소리[3]라 하네.	還聞正始聲.
삼소[4] 재주 세상에 빼어나고	三蘇才拔俗,
쌍벽 값 여러 성에 맞먹네.[5]	雙璧價連城.
훌륭한 인품 여러 선비 모범이오	卓犖羣公表,
뛰어난 풍채[6] 한 시대 영웅이라.	魁梧一代英.

---

1) 이천장: 이명한(李明漢, 1595~1645)은 자가 천장(天章), 호가 백주(白洲), 본관이 연안(延安)이다. 1616년 문과에 급제하여 정자(正子)·전적(典籍)·공조 좌랑을 지내다가 인조반정 뒤에 경연시독관(經筵侍讀官)에 임명되었다. 그 뒤에 강원감사(江原監司)·한성우윤(漢城右尹)·대사헌(大司憲)을 거쳐 도승지(都承旨)로서 대제학(大提學)을 겸직하고, 1642년 이조판서에 올랐으며 1645년 예조판서로 있다가 죽었다.

2) 영가 말엽 시풍: '영가(永嘉)'는 중국 진(晋)나라 회제(懷帝)가 사용한 연호(307~313)로 이때 흉노의 반란이 일어나 은일(隱逸)하는 풍조가 유행하였는데, 특히 곽박(郭璞)은 유곤(劉琨)과 더불어 당대의 시풍을 대표하였으니 은일의 정취에 노장(老莊) 사상이 들어있다.

3) 정시 소리: '정시(正始)'는 삼국시대 위나라 제왕(齊王)의 연호로, 당시 현담(玄談) 풍조가 점차 흥기하여 사대부가 오직 노장(老莊) 사상을 받들고 청담(淸談)을 숭상하여 세상에서 '정시지풍(正始之風)'이라 일컬었다. 또한 당시 시인 혜강(嵇康)·완적(阮籍) 등의 시를 '정시체(正始體)'라고 하였다.

4) 삼소: '삼소(三蘇)'는 송나라의 소순(蘇洵)과 두 아들 소식(蘇軾)과 소철(蘇轍)을 말하는데, 이명한(李明漢)의 아버지 이정구(李廷龜)와 동생 이소한(李昭漢)을 이에 견주어 말한 것이다.

5) 쌍벽 값 여러 성에 맞먹네: '쌍벽(雙璧)'은 우열을 가릴 수 없이 뛰어난 두 형제 이명한(李明漢)과 이소한(李昭漢)을 가리키며, '가연성(價連城)'은 진(秦)나라의 소양왕(昭襄王)이 15개의 성(城)을 조(趙)나라의 화씨벽(和氏璧)과 바꾸자고 청한 고사를 말한 것으로, 두 형제의 재능과 실력이 탁월함을 말한 것이다.

6) 커다란 풍채: '괴오(魁梧)'는 커다란 오동나무로, 체구가 크고 훤칠함을 말하며, 고대장실(高大壯實)을 의미하기도 한다.

가슴속 포부 큰 바다로 드넓고　襟期滄海濶,
풍도 운치 대현[7]으로 맑구나　風韻大絃清.
천리마라 일찍이 높이 오르고　逸驥騰空早,
붕새[8]라 트인 길 얻었도다.[9]　搏鵬得路亨.
영주 오르자[10] 예우 남달랐으며　登瀛殊禮遇,
앞자리 앉아 은총 영예 지극했도다.　前席極恩榮.
부지런히 임금 뫼심 힘쓰고[11]　密勿君臣際,
찬란하게 효자 이름 났도다.　輝煌父子名.
집안에 전해온 봉황 붓[12]에　家傳雕鳳筆,
대대로 이어진 회맹주[13]로다.　世繼執牛盟.
대전[14]에서 사명 수행했으며[15]　珍舘摛詞命,

---

7) 대현으로: '대현(大絃)'은 거문고의 넷째 줄의 이름으로 가장 굵다. 또는 향비파(鄕琵琶)의 셋째 줄의 이름이거나, 당비파(唐琵琶)의 둘째 줄의 이름이다.

8) 치솟은 봉새: '박(搏)'은 단(摶)의 오자인 듯하다. '단붕(摶鵬)'은 높은 하늘에서 빙빙 돌며 나는 봉새인데, 큰 뜻을 품은 사람을 비유한다.

9) 탄탄대로 얻었도다: '득로(得路)'는 벼슬하여 자신의 뜻을 펼치는 것을 말한다.

10) 영주 오르자: '등영(登瀛)'은 등영주(登瀛洲)의 뜻이다. 선비가 은총의 영광을 받아 신선 같은 경지에 이름을 비유한 말이다. 《자치통감(資治通鑑)》에 의하면, 당나라 태종(太宗)이 문학관(文學館)을 열어 방현령(房玄齡)·두여회(杜如晦) 등 18명을 뽑아 특별한 대우를 해주고 경전을 토론하게 하였는데, 사람들이 신선이 사는 영주(瀛洲)에 오르는 것에 비기고 영광으로 여겨 등영주(登瀛洲)라고 하였다.

11) 부지런히 …… 힘쓰고: '밀물(密勿)'은 부지런히 노력함을 말한다. 《시경》 〈소아· 시월지교(十月之交)〉에 "힘써 종사하고, 수고로움을 고하지 말지어다.[黽勉從事, 不敢告勞.]"라고 하였는데, 청나라 왕선겸(王先謙)은 《시삼가의집소(詩三家義集疏)》에서 노시(魯詩)에서 '민면(黽勉)'을 '밀물(密勿)'로 썼다고 하였다.

12) 봉황 붓: '조봉필(雕鳳筆)'은 글 쓰는 재주가 뛰어남을 뜻한다. 한나라 양웅(揚雄)이 《태현경(太玄經)》을 저술하고 나서 봉황(鳳凰)을 입으로 토해 내는 꿈을 꾸었다는 데서 유래한 말이다.

13) 회맹주: '집우이(執牛耳)'의 뜻으로, 회맹(會盟)을 좌우하는 사람을 가리킨다. 회맹(會盟)할 때 소의 귀에서 피를 받아 뿌리는 등 맹주(盟主)의 역할을 수행하는 것으로 도승지(都承旨)가 되어서도 홍문관대제학(弘文館大提學)·예문관 대제학(藝文館大提學)·지성균관사(知成均館事)를 겸한 일을 말한다.

14) 대전: '진관(珍舘)'은 진대한관(珍臺閒館)의 준말로, 화려하고 아름다운 누대와 넓은 관사를

이조[16]에서 사람 뽑는 일 맡았네.[17]	東曹握鑑衡.
문장은 주나라 태사[18] 요	文章周太史,
명망은 노나라 종경[19]이라.	位望魯宗卿.
나무숲 온통 구름 멀리 잇고	樹摠連雲逈,
진주알 몽땅 밝게 수레 비추네.[20]	珠皆照乘明.

말하니 임금과 신하가 조회하는 대전을 말한다. 여기서는 홍문관이나 예문관 등을 말한다.

15) 사명 수행했으며: '사명(詞命)'은 왕명을 받아 적는 것이니, 승지·좌승지·도승지의 관직을 맡은 것을 말한다.

16) 이조: '동조(東曹)'는 동반(東班)의 전조(銓曹)라는 뜻으로 이조를 가리킨다. 이조(吏曹)에서 뛰어난 정치 능력을 발휘했다는 말이다.

17) 사람 뽑는 일 맡았네: '감형(鑑衡)'은 인물을 감별하고 평정(評定)하는 것이니, 인조 20년(1642)에 대사헌에서 이조판서로 임명되어 공도(公道)를 지키고 적체된 인물들을 소통시키는데 힘써 공평무사한 치적이 칭송되었다.

18) 주나라 태사: '주태사(周太史)'는 관직 이름으로, 서주(西周)와 춘추시대 태사(太史)가 역사적인 일을 기록하고 역사책을 편찬하고 문서를 기초하며 국가의 전적(典籍)과 천문 역법 등을 관장하였다. 진(秦)나라와 한(漢)나라 때에는 태사령(太史令)이라 하였고, 수(隋)나라 때에는 태사감(太史監), 당나라 때에는 태사국(太史局), 원나라 때에는 태사원(太史院), 명나라와 청나라 때에는 흠천감(欽天監)이라 하였다. 수사(修史)의 직분이 한림원(翰林院)에 들어가므로 세상 사람들이 한림(翰林)을 태사(太史)라고 불렀다.

19) 종경: '종경(宗卿)'은 나라의 임금과 같이 높이 받드는 대신(大臣)을 가리키거나, 조정의 예의·제사·종묘를 맡은 장관(長官)을 말하니 조정의 높은 벼슬을 가리키는 말이다.

20) 진주알 …… 비추네: '조승주(照乘珠)'는 양주(粱珠)·조승(照乘)·조승보(照乘寶)·위국명주(魏國明珠)라고도 한다. 여기서 '조승주(照乘珠)'는 수레를 밝게 비출 수 있는 진귀한 구슬과 같은 인재가 있음을 말한다. 《자치통감(資治通鑒)》〈주기(周紀)〉에 의하면, 제나라 위왕(威王)과 위나라 혜왕(惠王)이 교외에 나가서 사냥을 하고 있었는데, 위나라 혜왕이 "제나라에는 보배가 있습니까?"라고 묻자, 제나라 위왕이 "없습니다."고 하니 다시 혜왕이 말하기를, "우리 나라는 비록 작지만 지름이 한 치나 되는 구슬이 있는데, 수레 앞뒤를 비춰서 수레 12승을 모두 비출 수 있으니, 어찌 제나라와 같이 큰 나라에 보배가 없겠습니까?"라고 하였는데, 위왕이 말하기를, "제가 생각하는 보배는 왕과 다릅니다. 우리 신하 가운데 단자(檀子)라는 이가 있어 남쪽 성을 지키게 하면 초나라 사람들이 감히 도적질을 못하고 사수 가의 열두 제후들이 모두 와서 조회하며, 우리 신하 가운데 반자(盼子)라는 이가 있어 고당(高唐)을 지키게 하면 조(趙)나라 사람들이 감히 동쪽으로 와서 황하에서 고기를 잡지 못하며, 우리 신하 가운데 검부(黔夫)라는 이가 있어 서주를 지키게 하면 연나라 사람들이 북문에 제사하고 조나라 사람들이 서문에 제사하며 옮겨와서 좇는 이가 7천여 집이나 되며, 우리 신하 가운데 종수(鍾首)라는 이가 있어 도적을 방비하게 하면 길에서 물건을 빼앗지 못하였습니다. 이네 신하들은 장차 천 수레 안을 비추니 어찌 다만 열두 수레뿐이겠습니까?"라고 하니 혜왕에게 부끄러운 기색이 있었다.[齊威王, 魏惠王會田於郊, 惠王曰, "齊亦有寶乎?" 威王曰, "無

험난한 제[21] 항상 스스로 경계하니	滿盈恒自戒,
집안에 다시 누가 이처럼 훌륭하랴?	門戶復誰京?
다만 어진 사람 수 한다[22] 여겼는데	只意仁人壽,
긴 꿈[23] 깰 줄이야 어찌 알았으리?	何知大夢驚.
옥루[24]에서 기문 짓기 재촉하나니	玉樓催作記,
황금 솥[25] 국 끓이기[26] 그만 두네.	金鼎阻調羹.
끔찍한 재앙 진사 해[27]에 닥쳤으니	慘禍當辰巳,

有." 惠王曰, "寡人國雖小, 尙有徑寸之珠, 照車前後, 各十二乘者十枚. 豈以齊大國而無寶乎?" 威王曰, "寡人之所以爲寶者與王異. 吾臣有檀子者, 使守南城, 則楚人不敢爲寇, 泗上十二諸侯皆來朝, 吾臣有盼子者, 使守高唐, 則趙人不敢東漁於河, 吾吏有黔夫者, 使守徐州, 則燕人祭北門, 趙人祭西門, 徙而從者七千餘家, 吾臣有鍾首者, 使備盜賊, 則道不拾遺. 此四臣者, 將照千裏, 豈特十二乘哉!" 惠王有慚色.]"라고 하였다.

21) 험난한 제: '만영(滿盈)'은 험난한 처지에 있음을 의미하니, 《주역》 수뢰둔괘(水雷屯卦)에 "우뢰와 비가 천지 사이에 가득 찼다.[雷雨之動, 滿盈.]"고 하였다.

22) 어진 사람 수 한다: '인인수(仁人壽)'는 《논어》 〈옹야(雍也)〉에서 "지혜로운 사람은 물을 좋아하고, 어진 사람은 산을 좋아하니, 지혜로운 사람은 동적이고, 어진 사람은 정적이다. 지혜로운 사람은 낙천적이고, 어진 사람은 장수한다.[知者樂水, 仁者樂山.知者動, 仁者靜. 知者樂, 仁者壽.]"고 한 것에 의거하는 말이다.

23) 긴 꿈: '대몽(大夢)'은 옛날에 인생을 비유하여 말한 것이다. 《장자》 〈제물론(齊物論)〉에 "바야흐로 꿈꿀 적엔 그 꿈을 모르고, 꿈꾸는 중에 또 그 꿈을 점치다가 깨고 난 뒤에 그 꿈을 말며, 장차 크게 깨고 난 뒤에 이것이 큰 꿈이었음을 알게 된다.[方其夢也, 不知其夢也, 夢之中又占其夢焉, 覺而後知其夢也, 且有大覺而後知此其大夢也.]"라고 하였다.

24) 옥루: '옥루(玉樓)'는 화려한 누대라는 뜻으로 궁궐을 가리킨다. 또는 천제(天帝)나 신선이 사는 곳이라고 한다.

25) 황금 솥: '금정(金鼎)' –황금 솥은 여기서는 옛날 하나라에서 주조한 구정(九鼎)을 말하니, 나라에서 전하는 보물로서 나라의 기틀이나 조정을 말한다.

26) 국 끓이기: '조갱정(調羹鼎)'은 국을 조리하듯이 나라의 정사를 다스리는 것을 말한다. 《서경》 〈열명하(說命下)〉에 은(殷)나라 고종(高宗)이 부열(傅說)을 등용하여 재상의 일을 맡기고 자신을 가르쳐 주기를 당부하면서 "큰 내를 건널 때에는 너를 배로 삼고, 큰 가뭄이 드는 해에는 너를 소낙비로 삼으며, 국을 끓일 때에는 너는 양념이 되어 다오.[若歲大旱, 用汝作霖雨, 若作和羹, 爾惟鹽梅.]"라고 말한 데서 나온 말이다. 여기서 '조조갱(阻調羹)'은 이명한이 죽음으로 인하여 나라를 다스릴 인재가 막혔음을 말한 것이다.

27) 진사 해: '진사(辰巳)'는 진(辰)과 사(巳)의 해에 현인(賢人)이 죽는다는 말로, 현인의 죽음을 이르는 것이다. 《후한서(後漢書)》 〈정현열전(鄭玄列傳)〉에 한나라 정현(鄭玄)이 꿈속에서 "일어나라. 올해는 진(辰)의 해이고, 내년은 사(巳)의 해이다."라는 공자(孔子)의 계시를 받은

구천[28]에 아우와 형 나란히 들었네.	重泉並弟兄.
천지 정기[29] 태을성[30]에 빠져들고	元精淪太乙,
뛰어난 인품[31] 태백성[32]에 돌아갔네.	英爽返長庚.
묘한 글귀에 참된 참언이 남아돌고	妙句餘眞讖,
화려한 직함 명정[33]에만 써있네.	華銜寄粉旌.
강물이 비록 마르지 않는다 해도[34]	江河雖不廢,
천지는 도리어 무정하기만 하구나.	天地却無情.
이른 나이에 벼슬길 오른 나그네[35]	夙齒登龍客,

뒤에 그해 6월에 죽었다는 고사에서 유래되었다. 보통 용사지세(龍蛇之歲)라고도 한다. 이명한이 죽은 1645년은 을유(乙酉)년이다.

28) 구천: '중천(重泉)'은 구천(九泉)이니, 옛날에 죽은 사람들이 돌아가는 곳을 가리키는 말이다.

29) 천지 정기: '원정(元精)'은 천지의 정기, 또는 몸의 정기를 말한다.

30) 태을성: 음양가(陰陽家)들이 일컫는 신령(神靈)한 별로, 하늘 북쪽에 있어 병란(兵亂) 재화(災禍) 생사(生死)를 맡아 다스린다고 한다.

31) 뛰어난 인품: '영상(英爽)'은 영준호상(英俊豪爽), 곧 재주와 지혜가 탁월하며 기개가 호방하고 시원시원한 것을 말한다.

32) 태백성: '장경(長庚)'은 태백성(太白星)·명성(明星)이라고도 하는데 저녁에 서쪽하늘에 보이는 것이 금성이고, 새벽에 동쪽 하늘에 보이는 것을 계명성(啓明星)이라고 한다. 당나라 이백(李白)의 어머니가 이백을 낳았을 때 꿈에 장경성(長庚星)을 삼켜서 이백이 세상에 살아있는 동안에는 천상의 태백성이 광채가 없었다고 한다. 여기서는 뛰어난 인물이 죽음을 말하는 것이다.

33) 명정: '분정(粉旌)'은 붉은 천에 흰 글씨를 말하는데 죽은 사람의 관직이나 성명(姓名) 따위를 적은 명정(銘旌)으로, 장대에 달아 상여 앞에 들고 가서 널 위에 펴고 묻는다.

34) 강물이 …… 해도: '불폐강하(不廢江河)'는 생전에 쓴 글이나 저작이 사라지지 않고 영원히 전해질 것이라는 뜻이다. 《후한서(後漢書)》 〈풍연전(馮衍傳)〉에 "해와 달이 하늘을 지나고, 강물이 땅을 가도다.[日月經天, 江河行地.]"라고 하여 하늘에 해와 달이 뜨고 지며 땅에 강물이 흐르는 것처럼 영원히 오래도록 전해질 것임을 비유한 말이다. 《춘추》 양공(襄公) 24년에 "최상은 덕을 세우는 것에 있고, 그 다음은 공을 세우는 것에 있고, 그 다음은 말을 세우는데 있으니 비록 오래되어도 없어지지 않으니 이를 일러 썩지 않는다고 말한다.[太上有立德, 其次有立功, 其次有立言, 雖久不廢, 此之謂不朽.]"라는 삼불후(三不朽)에 대한 말이 나온다.

35) 벼슬길 오른: '등용(登龍)'은 벼슬길에 오름을 말한다. 등용문은 입신출세를 위한 어려운 관문이나 시험을 비유적으로 이르는 말로, 물고기가 중국 황허 강 상류의 급류를 이루는 용문(龍門)으로 오르면 용이 된다는 고사에서 나온 말이다.

외람되이 선친 발자취 뒤따랐네.[36]	仍叨附驥行.
알고 지내다 이미 백발 되었는데	相知頭已白,
갑자기 떠나가니 자꾸 생각나네.	乍別鄙還萌.
두터운 정의 친척에게 고루 베풀고	厚誼均親戚,
깊은 우정 사생의 벗[37]에게 보였네.	深情見死生.
보살피어[38] 풀죽은 나[39] 점그시fi	吹嘘沾坎壈,
안부 서신[40] 시골집[41]에 보냈도다.	存訊及柴荊.
매양 시와 술 모임 생각나니	每憶詩樽會,
모두 뜻과 기운 기울였었네.	都將意氣傾.
지금 오랜 옛일 되었으니	如今成宿昔,
어디에서 다시 만나 볼까?	何處更逢迎?
걸출한 사람 어디 있는지	豪俊人安在?
공사 간 비통함 실로 같네.	公私慟實幷.

36) 선친 발자취 뒤따랐네: '부기(附驥)'는 부기미(附驥尾)의 준말로, 모기나 파리 따위가 말꼬리에 붙어서 천리 길을 갈 수 있다는 뜻이니, 선조나 선배의 뒤를 이어 이름을 날리는 것을 비유한 말이다. 여기서는 선친인 이정구의 뒤를 이어 문명(文名)을 남김을 말한다.

37) 사생의 벗: '사생(死生)'은 사생지교(死生之交)를 말하니, 생사에도 변하지 않는 우의(友誼)를 말한다.

38) 보살피어: '취허(吹噓)'는 정성껏 보살펴주는 것을 말한다. 《노자(老子)》에서 "噓之吹之."라고 하였는데, 이는 허고취생(噓枯吹生)의 뜻으로 허(噓)는 기운을 불어넣는 것이니, 마른 것은 기운을 불어넣어 살아나게 하며, 살아난 것은 기운을 불어넣어 마르게 하는 것이다.

39) 풀죽은 나: '감람(坎壈)'은 남감(壈坎)과 같은 말로, 너무 피로하여 녹초가 되거나, 뜻을 이루지 못하여 기가 죽은 모양을 이른다. 《초사》 〈구변(九辯)〉에 "녹초가 된 가난한 선비여, 관직을 잃어 뜻이 화평하지 못하구나[坎壈兮貧士, 失職而志不平.]"라고 하였다. 당나라 장표(張彪)의 〈북유환수맹운경(北游還酬孟雲卿)〉에 "가면 갈수록 마음이 안정되지 못하고, 몸은 녹초가 되어 돌아가기 어려워라.[行行無定心, 壈坎難歸來.]"라고 하였다.

40) 안부 서신: '존신(存訊)'은 안부 묻는 서신이니, '신(訊)'은 신(信)과 통하며 서신(書信)을 말한다.

41) 시골집: '시형(柴荊)'은 땔감으로 쓰는 작은 나무를 말하며, 여기서는 윤순지가 사는 시골집을 가리킨다.

산양[42]에서 옛 생각에 우니	山陽懷舊淚,
한밤에 홀로 마음이 싱숭생숭.	中夜獨縱橫.

42) 산양: '산양(山陽)'은 한나라 때 두었던 현명(縣名)으로 하남군(河南郡)에 속하는데 옛 성이 지금 하남성 수무현(修武縣) 경계에 있다. 위진(魏晉) 무렵에 혜강(嵇康)과 상수(向秀) 등이 일찍부터 이곳 대나무 숲에서 노닐었으므로 후세에 고아(高雅)한 사람이나 선비들이 모이는 곳을 가리키게 되었다. 산양루(山陽淚)는 상수(向秀)가 산양현 옛집을 지나다가 이웃 사람이 부는 피리소리를 듣고 죽은 친구 혜강과 여안(呂安) 등을 생각하며 눈물을 흘리고 〈사구부(思舊賦)〉를 지었다는 고사를 말한다.

벽파정[1] 시에 차운하다

次碧波亭韻

수제[2] 어느 해에 이 정자를 세웠는고?	水帝何年架此亭?
풍이 하백[3] 모두 와서 조회하였겠구나.[4]	馮夷河伯揔來庭.
다 함 없는 자연경물 신선 경계 머물렀는데	無邊物色留仙界,
옛날부터 나그네별[5] 몇이나 예 올랐는고?	終古登臨幾客星?
더운 남쪽[6] 접한지라 가을에도 열기 있고	地接炎洲秋尙熱,
용궁[7]에 하늘 닿아 빗물마저 비릿하구나.	天連蛟窟雨偏腥.
돛 날리는 장삿배들 남월[8]까지 맛통하고	揚帆舟舶通南越,
날개 치는 곤새 붕새[9] 북쪽 바다 가누나.	鼓翼鵾鵬徒北溟.
진주조개[10] 뽐내는 걸 허공 속에 구경하고	珠貝巧呈空裏賞,

1) 벽파정: '벽파정(碧波亭)'은 전라남도 진도에 있는 정자 이름으로, 임진왜란 때 이순신이 명량대첩을 거둔 곳으로 유명하다.

2) 수제: '수제(水帝)'는 중국 고대 전설 속에 나오는 오제(五帝) 가운데 한사람인 전욱(顓頊)을 말한다.

3) 풍이 하백: '풍이(馮夷)'는 전설속의 황하의 신이니 곧 하백(河伯)을 가리킨다. 보통 수신(水神)을 가리킨다.

4) 조회하겠구나: '내정(來庭)'은 천자에게 와서 조회함을 이른다.

5) 나그네별: '객성(客星)'은 혜성 따위와 같이 하늘에 일시적으로 나타나는 별을 말하며, 여기서는 다른 나라나 타향을 떠도는 나그네를 가리키는 말이다.

6) 더운 남쪽: '염주(炎洲)'는 남방의 더운 지방을 가리킨다.

7) 용궁: '교굴(蛟窟)'은 용궁을 말하며, 바다를 가리키는 말이다.

8) 남월: '남월(南越)'은 옛 지명으로 지금의 광동(廣東)과 광서(廣西) 지역에 해당한다.

9) 곤새 붕새: '곤붕(鵾鵬)'은 전설에 나오는 큰 새 이름으로, 늘 재능이 뛰어나고 뜻이 높은 사람을 비유하는 말로 쓰인다.

10) 진주조개: '주패(珠貝)'는 바다 위에 보이는 신기루를 말하는데, 옛날 사람들은 신기루를

바람 우레 길게 끓는 소리 귓가에 들려오네.　　風雷長盪耳邊聽.
낮게 도는 해와 달이 두 바퀴통 달려가고　　低回日月跳雙轂,
희미하니[11] 이 세상이 작은 부평 같구나.　　隱約寰區眇一萍.
빼어난 흥취[12]에 넓은 바다 너머 말들하며　　逸興合論超廣莫,
장쾌한 유람[13]에 어찌 다시 떠돎을 한하랴?　　壯遊寧復恨飄零?
저 멀리 고래 거품 어지러이 희끗희끗하고　　望窮鯨沫紛紛白,
앉아서 메기산[14]을 세니 송이송이 푸르네.　　坐數鯷岑朶朶青.
외론 오리 노을 아래 먼 섬으로 날아가고　　孤鶩落霞飛遠嶼,
푸른 등자 붉은 감귤 빈 물가에 널렸도다.　　綠橙朱橘遍空汀.
오래 전에 등각[15] 읊어 시를 새로 구하나니　　遥吟滕閣詩新就,
산과 바다 지금 같으면 산해 속경[16] 있으리.　　山海如今有續經.

진주조개가 뿜어내어 생기는 것이라고 여겼다.

11) 희미하니: '은약(隱約)'은 희미하여 분명하지 않은 모양을 말한다.

12) 빼어난 흥취: '일흥(逸興)'은 초일(超逸)하고 호방(豪放)한 의흥(意興)이다.

13) 장쾌한 유람: '장유(壯遊)'는 큰 뜻을 품고 멀리 떠도는 것을 말하며, 다른 나라로 사신 가는 일을 가리키기도 한다.

14) 메기산: '제잠(鯷岑)'은 제인(鯷人)이 살고 있다는 바다 너머 먼 곳을 뜻하는데, 중국에서 우리나라를 비롯한 동방의 나라들을 이르던 말이다. 제(鯷)는 생김새가 사람과 흡사한 물고기인데 고대 동쪽 바다 가운데 있는 종족의 이름으로 제잠은 동해 즉 발해(渤海)를 가리키며, 제명(鯷溟) 혹은 접해(鰈海)라고도 한다. 《한서(漢書)》에 의하면, 회계산 바다 너머에 동제학(東鯷壑)이라는 땅이 있는데 20여 개의 나라가 있어 해마다 차례대로 와서 조회하였다고 하였다. 여기서는 남쪽 바다의 여러 섬들을 가리킨 듯하다.

15) 등각: '등각(滕閣)'은 당나라 고조(高祖) 이연(李淵)의 막내아들 원영(元嬰)이 홍주자사(洪州刺史)로 있을 때 지은 등왕각(滕王閣)을 말하는데, 원영이 등왕에 봉작(封爵)되었기 때문에 등왕각이라고 한 것이다. 당시 왕발(王勃)이라는 청년이 이곳을 지나다가 즉석에서 〈등왕각서(滕王閣序)〉를 지었는데, "저녁놀은 외로운 따오기와 가지런히 날고, 가을 물은 긴 하늘과 한 빛이로다.[落霞與孤鶩齊飛, 秋水共長天一色.]"라는 구절이 세상에 회자되었다.

16) 속경: '속경(俗經)'은 산해경(山海經)의 속경을 말한다. 산해경은 작자 및 연대 미상인 중국 최고의 지리서로, 주요 내용은 고대 신화, 지리, 동물, 식물, 광물, 무술, 종교, 고사(古史), 의약, 민속, 민족 등으로 이루어졌다. 작가에 대해서는 하(夏)나라 우왕(禹王) 또는 백익(伯益)이라고도 한다.

외사촌 동생 덕휘[1]의 상구를 보내다

送表弟德輝喪柩

세상일은 출렁출렁 가는 물결 쫓아가는데	世事沄沄逐逝波,
석랑[2]은 어려서부터 불치병[3]을 앓았네.	夕郎年少抱沉痾.
구름 끼고 비 내림[4]을 도리어 허여해도	雲翻雨覆還如許,
구슬 깨지고 난초 꺾임[5] 어찌할 것인가?	玉折蘭摧可奈何?
봉혈[6]이 이미 비니 꿈 꾼 것과 같고	鳳穴已空同夢幻,
술동이 있다하여도 산하는 멀리 있네.	酒罏雖在隔山河.
평생을 형제로서 친한 친구 겸했는데	平生兄弟兼知己,
울며 상여 보내니 산림 속[7] 묻히리라.	泣送靈輀葬碧蘿.

1) 덕휘: '덕휘(德輝)'는 윤순지의 외사촌 동생 심희세(沈熙世, 1601~1645)의 자(字)이다. 할아버지가 심의겸(沈義謙)이고, 아버지가 심엄(沈惓)이다. 1643년 사간원 헌납이 된 뒤 홍문관수찬(弘文館修撰)·이조좌랑(吏曹佐郎) 등을 역임하였다. 신면(申冕)의 뜻에 따라 성초객(成楚客)을 임용한 일 때문에 대간의 탄핵을 받고 유형을 받았는데, 1645년 유배를 떠나기 전에 병사하였다.

2) 석랑: '석랑(夕郎)'은 석배(夕拜)라고도 하며, 황문시랑(黃門侍郎)의 별칭이다. 황문은 임금의 시중을 들거나 숙직 등의 일을 맡아보던 관원으로 환관을 말하는데, 여기서는 심희세가 이조좌랑(吏曹佐郎)에 있었던 일을 말한 것 같다. 한나라 응소(應劭)의 〈한관의(漢官儀)〉에 "황문시랑(黃門侍郎)이 매일 저녁 청쇄문(靑瑣門)을 향해 절을 하므로 석랑(夕郎)이라 하였다."는 글귀가 있다.

3) 불치병: '침아(沈痾)'은 중병이나 불치병을 말한다.

4) 구름 끼고 비 내림: '운번우복(雲翻雨覆)'은 먹구름 끼고 비구름이 덮여 비가 내리는 혼란한 정국의 상황을 비유한 말이다.

5) 구슬 깨지고 난초 꺾임: '옥절난최(玉折蘭摧)'는 훌륭한 인재가 젊은 나이에 죽음을 비유한 것으로 심희세의 죽음을 가리킨다.

6) 봉혈: '봉혈(鳳穴)'은 봉황이 사는 곳으로, 시문에 능한 인재들이 모여 있는 곳을 말한다.

7) 산림 속: '벽라(碧蘿)'는 푸른 여라(女蘿) 또는 푸른 벽라(薜蘿)로 소나무겨우살이 넝쿨이나 칡넝쿨이 우거진 산과 들의 나무숲을 말하니 은둔한 선비들이 은거하는 산림을 가리키며, 이에 은사들이 입는 옷을 벽라의(薜蘿衣)라고 한다.

삭녕[1] 역참에서 되는대로 읊조리다

朔寧郵縮謾占

돌 솟아 여울물 울어대고	石出灘偏咽,
가을 깊으니 잎마다 부르짖네.	秋高葉盡呼.
강 안개 오랜 나무 깃들고	江霞棲古木,
산 과실 푸주에 드는구나.	山果入行厨.
풍속 순박하여 아무 일 없고	俗朴仍無事,
관아도 한가하니 놀만 하구나.	官閒合自娛.
벼슬에 나와[2] 옥절 잡았으나[3]	起來持玉節,
사또 자리[4] 바꿔주길 간절하게 원하도다.	深願換銅符.

1) 삭녕: '삭녕(朔寧)'은 경기도 연천군 지역을 말한다.

2) 벼슬에 나와 : '기래(起來);는 기용(起用)과 같은 말이니, 면직되거나 휴직한 사람이 다시 관직에 불리어 쓰이는 것을 말한다.

3) 옥절 잡았으나: '옥절(玉節)'은 옥으로 만든 부절(符節)로 옛날 천자나 임금의 사신이 잡고 의지하였다. 또는 옥절을 잡고 지방 관리로 부임하는 것을 말하니, 1644년과 1653년에 경기감사가 되었는데, 여기서는 1653년의 일을 말하는 것 같다.

4) 사또 자리: '동부(銅符)'는 군현의 장관을 말하니, 여기서는 삭녕 원님이 되었으면 한다는 뜻이다.

안성군 객사에서 되는대로 읊조리다

安城郡舍謾占

거센 물발 안정된 뭍과 다투고	水勢爭平陸,
산 모습 먼 하늘과 한패 되었네.	山容黨遠天.
외딴 성 세 길 눈 쌓이고	孤城三丈雪,
어스름에 두어 마을 굴뚝연기.	殘日數村煙.
시골노인 벼슬아치[1] 맞이하고	野老來迎節,
푸주간 숙수 생선 가를 줄 아네.	廚人解擊鮮.
시국이 위태하여 이제 안찰 도니[2]	時危今按轡,
언덕이든 진펄이든 돌아봐야 하리.[3]	原隰費巡宣.

1) 벼슬아치: '절(節)'은 옥절(玉節)과 부월(斧鉞)을 말한다. 관찰사(觀察使) 유수(留守) 병사(兵使) 수사(水使) 대장(大將) 통제사(統制使) 등이 부임할 때 임금이 내어 주던 절(節)과 부월(斧鉞)이다.

2) 안찰 도니: '안비(按轡)'는 말고삐를 잡아당기는 것으로 안찰사(按察使)를 말한다. 후한(後漢)의 범방(范滂)이 지방의 탐관오리를 적발하라는 명을 받고 수레에 올라 천하를 맑게 하겠다[按轡登車, 有澄清天下之志.]는 말에서 유래했다고 한다.

3) 돌아봐야 하리: '순선(巡宣)'은 지방을 순행하며 임금의 덕화(德化)를 펴는 것이다.

진위현[1] 객사의 벽에 적다

題振威縣舍壁上

오랜 벽 벌레 글자 이루고	古壁蟲成字,
먼 하늘 기러기 글씨 배우네.	遙天雁學書.
푸른 산 시골읍성 둘러있고	靑山環野邑,
높은 나무 교외마을 감싸네.	喬木護郊居.
전쟁에 온 세상 깨어지고	戰伐乾坤破,
허물어진 곳간 비어있네.	瘡痍府庫虛.
백성 가난 이제 뼈에 스미니	民貧方到骨,
어찌 차마 물고기 또 괴롭히랴?[2]	何忍更侵漁?

1) 진위현: 경기도 평택군 진위면 지역으로, 경기도 평택시 진위면 봉남리에 진위현 객사가 남아있다.

2) 물고기 또 괴롭히랴: '침어(侵漁)'는 침탈(侵奪)의 뜻으로, 백성을 괴롭히고 못살게 하는 것이 마치 고기 잡고 사냥하는 것 같다는 말이다.

임동야[1]에게 부치다

寄林東野

한번 임천[2] 누워서 몇 해나 갔던고	一卧林泉歲幾徂,
세상 명망 지니고[3] 시운 기다리누나.	世間人望佇時須.
사방 산수자연[4]이 오래 묵은 주인이니	煙霞四面長爲主,
감귤 유자 천 그루는 모두 종이로구나.[5]	橘柚千頭摠是奴.
누가 조정에 버릴 물건 없다 하는가?	誰說聖朝無棄物?
바다에 버려진 구슬[6]이 있구나!	可憐滄海有遺珠.

---

1) 임동야: 임동(林棟, 1589~1648)이니 자가 동야(東野), 호가 한호(閒好)이다. 1610년 성균관 진사가 되고, 1613년 계축년 증광시 문과의 병과에 합격하였다. 인조의 소명을 받고 1636년 병자호란 때 임금을 모시고 남한산성을 지켰다. 계곡 장유(張維)와 어릴 때 벗으로 금성(錦城)에 만휴당을 짓고 장유에게 글을 청하여 〈만휴당십육영 위림동야부(晩休堂十六詠 爲林東野賦)〉라는 만휴당의 풍경을 노래한 시 16수를 받았다.

2) 임천: '임천(林泉)'은 산림과 천석(泉石)으로 산수자연을 의미하거나, 은거하는 곳을 말한다.

3) 명망 지니고: '인망(人望)'은 세상 사람이 우러러 믿고 따르는 덕성으로 명망을 말한다.

4) 산수자연: '연하(煙霞)'는 구름 노을이나, 물안개나, 산수 또는 산림이나, 홍진(紅塵)의 속세를 가리키는 말이다.

5) 감귤 유자 천 그루는 모두 종이로구나: '귤노(橘奴)'는 감귤(柑橘), 목노(木奴)는 유자(柚子)나 감귤(柑橘)을 가리키며, '천두(千頭)'는 천 그루의 감귤 및 유자나무 열매가 살림의 밑천이나 재원이 된다는 뜻이다. 한나라 양양(襄陽)의 이형(李衡)은 벼슬살이가 청렴했는데, 만년에 무릉(武陵) 용양주(龍陽洲)에 천 그루의 감귤나무를 심어 두었다가 죽을 때가 되어 아들을 불러 말하기를, "너희는 내가 돈을 못 벌어서 가난하다고 탓하지 말라. 용양주 시골에 천 그루의 목노(木奴)를 길러 두었으니 너희들 의식 걱정은 없을 것이며, 매년 비단 한 필씩 올라올 테니 또한 충분히 쓸 수 있을 것이다."라고 하였다 한다.

6) 버려진 구슬: '유주(遺珠)'는 줍지 않은 채 내버려져 있는 구슬로, 초야에 묻혀 있어 알려지지 않은 현인(賢人)을 비유한 말이다. 당나라 적인걸(狄仁傑)이 변주(汴州)의 판좌(判佐)가 되었다가 서리에게 무함을 당했는데, 당시 하남도출척사(河南道黜陟使) 염입본(閻立本)이 그를 보고 "중니(仲尼)는 허물을 보고 그의 인(仁)을 안다고 하였는데, 그대는 바닷가의 명주(明珠)요 동남의 유주(遺珠)라 할 만하다."라고 하였다.

뜬 구름이 잠시 나왔다가 다시 돌아가서	浮雲蹔出還歸去,
공연히 우리가 〈백구편[7]〉 읊게 하누나.	空使吾儕詠白駒.

7) 백구편: 《시경》 〈소아(小雅)·백구(白駒)〉를 말하니, 어진 선비가 흰 망아지를 타고 지나가면서도 세상에 나와 벼슬하지 않음을 안타깝게 여긴 노래이다. 그 내용을 보면 다음과 같다. “희고 흰 망아지가 저 깊은 골짜기에 있도다. 싱싱한 꼴 한 묶음 먹이는데 그 사람이 옥과 같도다. 그대 명성 금옥처럼 여기나니 멀리 하는 마음을 갖지 말지어다.[皎皎白駒, 在彼空谷. 生芻一束, 其人如玉. 毋金玉爾音, 而有遐心.]”

임동야 만시

林東野輓

한 뙈기의 솔밭 대밭 눌러 살기[1] 알맞으니	一區松竹稱棲遲,
언덕 계곡[2] 향한 마음 늙어서도 안 변했네.	丘壑初心老不移.
칠리뢰[3]에 낚싯대 잡은 나그네[4] 머물고	七瀨謾留持釣客,
고산[5]에서 거듭 씨 뿌리며 매화시 읊누나.	孤山重播詠梅詩.
한가로이 스님[6] 좇아 자주 불게[7] 얘기하고	閒從雪衲頻談偈,
조용히 산골 노인과 함께 바둑 복기 하는구나.[8]	靜與溪翁共覆棋.

---

1) 눌러 살기: '서지(棲遲)'는 하는 일 없이 느긋하게 돌아다니거나, 벼슬을 마다하고 세상을 피하여 시골에서 살거나, 한 곳에 머물러 사는 것을 말한다.

2) 언덕 계곡: '구학(丘壑)'은 산언덕과 계곡으로 그윽하고 치우친 시골이나 은거하는 산림을 가리킨다.

3) 칠리뢰: '칠뢰(七瀨)'는 칠리뢰(七里瀨)의 준말로, 절강성 동려현(桐廬縣) 남쪽에 있다. 북쪽 언덕을 부춘산(富春山) 또는 엄릉산(嚴陵山)이라 하며, 동한(東漢) 때 엄광(嚴光)이 밭을 갈고 낚시하던 곳이라서 후세 사람들이 그 낚시터를 엄릉뢰(嚴陵瀨)라고 하였다. 엄광의 자는 자릉(子陵)이다. 남조시대 진(陳)나라 고야왕(顧野王)의 《여지지(輿地志)》에는 칠리뢰(七里瀨)가 동양강(東陽江) 아래에 있어 엄릉뢰(嚴陵瀨)와 서로 붙었으며 엄산(嚴山)에 있다고 하였다.

4) 낚싯대 잡은 나그네: '지조객(持釣客)'은 동한(東漢) 여조(餘姚) 사람인 엄광(嚴光)이 일찍이 한나라 광무제(光武帝) 유수(劉秀)와 함께 공부하였는데 뒤에 유수가 왕위에 오르자 벼슬을 받지 않고 부춘산(富春山)에 은거하여 칠리뢰(七里瀨)에서 낚시하며 살았다고 한다.

5) 고산: '고산(孤山)'은 북송대의 임포(林逋)가 서호(西湖)의 고산(孤山)에 은거하여 20년 동안 성시(城市)에 발을 들여놓지 않고 끝내 혼인하지 않아 처자식이 없이 매양 매화를 심고 학을 길러 당시 사람들이 매처학자(梅妻鶴子)라고 말하였다.

6) 스님: '설납(雪衲)'은 흰 승복으로 스님을 가리킨다.

7) 불게: '게(偈)'는 불경 속에 전하는 송사(頌詞)를 말한다.

8) 바둑 복기 하는구나: '복기(覆棋)'는 한 번 두고 난 바둑의 판국을 다 치운 다음 판국을 외워서 그대로 처음부터 다시 바둑을 두는 것을 말한다.

이 늙은이 갑작스레 황학[9] 타고 떠나가니	此老忽乘黃鶴去,
들꽃이나 우는 새나 모두 마냥 슬퍼하네.	野花啼鳥揔堪悲.

9) 황학: '황학(黃鶴)'은 전설 속에 나오는 누런빛의 학으로, 당나라 최호(崔顥)의 〈황학루(黃鶴樓)〉에서 "옛날 선인이 황학을 타고 떠난 뒤에, 지금 이곳에는 빈 황학루만 남았도다. 황학은 한번 가서 다시 돌아오지 아니하고, 흰 구름만 천년 동안 부질없이 유유하도다.[昔人已乘黃鶴去, 此地空餘黃鶴樓. 黃鶴一去不復返, 白雲千載空悠悠.]"라고 하였다.

당형[1]이 함경도로 안찰하러 나가기에 삼가 전별하다

奉贐堂兄出按北關

요새 번진[2] 서북에 각각 나눠있으니	雄藩西北較相班,
늘그막에 바쁜 일로 한가롭지 못하겠네.	老去忙官不似閒.
성공 실패 내맡기면 되레 절로 즐거우니	得失任他還自適,
공적 명성 뜻대로 잡음 뉘 허여 하리오?	功名如意許誰攀?
화살 군령[3] 청해[4]에서 전함이 없으나	已無飛箭傳青海,

1) 당형: '당형(堂兄)'은 집안의 사촌 형이나 육촌 형이나 팔촌 형 등을 말한다. 여기서는 이종형 심광세(沈光世, 1577~1624)를 가리키는 듯하다. 심광세는 자가 덕현(德顯), 호가 휴옹(休翁), 본관이 청송이다. 1601년 식년문과에 급제하여 승문원에 들어가 검열(檢閱)·감찰(監察) 등을 거쳐 설서(說書)로 있으면서 무설(巫說)을 믿는 광해군을 간언하다가 미움을 받아 사직하고 강화도로 물러났다. 1604년 전적(典籍)에 다시 기용되고 감찰을 거쳐 예조좌랑으로 지제교를 겸했으며 부안현감 등을 지냈다. 1611년 정언·부수찬을 거쳐 수찬·지평·교리를 지냈으며, 1613년 문학을 거쳐 교리가 되어 계축옥사(癸丑獄事)로 고성(固城)에 유배되었다. 1623년 인조반정이 일어나 다시 교리가 되어 〈시무이십조 時務二十條〉·〈안변십책 安邊十策〉 등을 건의하였다. 이괄의 난으로 피난한 인조의 행재소(行在所)로 가던 길에 부여에서 병들어 죽었다.

2) 요새 번진: '웅번(雄藩)'은 위치가 중요하거나 실력이 웅대한 번진(藩鎭)을 말한다. 번진은 변방을 평정하기 위하여 군대를 주둔시키던 곳이다.

3) 화살 군령: '비전(飛箭)'은 영전(令箭)을 날리는 것이니, 군령(軍令)을 전하는 일을 말한다. 옛날에 군사를 일으켜 전투를 할 때 군사의 수가 많으므로 화살을 쏘아 보내는 것으로 신호를 삼았다. 당나라 두보의 〈투증가서개부한(投贈哥舒開府翰)〉에 "청해에서 전해오는 화살이 없으니, 천산에는 일찍이 활을 걸어 두었구나.[青海無傳箭, 天山早掛弓.]"라고 하였다.

4) 청해: '청해(青海)'는 변방의 황막한 땅을 가리킨다. 또는 동쪽 바다를 가리키니 전설에 바다 위에 신선이 사는 산을 가리킨다고 하였다. 본래는 중국의 큰 호수 이름으로 선수(鮮水)·서해(西海)·비화강해(卑禾羌海)라고 하다가 북위(北魏) 때 와서 청해라고 하였다 한다. 당나라 명장(名將) 설인귀(薛仁貴)가 청해의 천산에서 구성(九姓)의 돌궐족(突厥族)을 토벌하면서 화살 세 대로 도전(挑戰)하던 적의 기병 셋을 쏘아 죽이자 적이 겁을 먹고 투항하였다 한다. 두보(杜甫)의 〈투증가서개부한(投贈哥舒開府翰)〉에 "청해에는 화살을 전할 필요가

새로이 봄이 오면 옥문관[5]에 이르리라.	新有陽春到玉關.
낙민루[6] 위 오른 달 아득히 생각나니	遙想樂民樓上月,
풍악소리 강물 구름 사이에 시끄러우리라.	笙歌應沸水雲間.

없고, 천산에는 일찍 활을 걸어 놓았네.[青海無傳箭, 天山早掛弓]"이라고 하였다.

5) 옥관: '옥관(玉關)'은 옥문관의 준말로 대궐문을 가리키거나, 서역으로 통하는 관문으로 변방의 관문을 가리키기도 한다. 여기서는 함경도 변방 지역에 있는 관문을 말한다.

6) 낙민루: '낙민루(樂民樓)'는 함경도 함흥부(咸興府) 성천강(城川江) 가에 있던 정자이다.

김동지[1] 만시

金同知輓

첩첩이 푸른 산에 백 이랑 밭[2]이 있고	數疊青山百畝田,
늘그막에 이 임천에 고고하게 누웠구나.[3]	晩塗高卧此林泉.
연세 팔십에도 병 없었으니	春秋八十猶無恙,
삼천세계에 별난 신선이었네.	世界三千別有仙.
천하에 존경받고[4] 수복부귀 겸하며	天下達尊兼壽富,
눈앞에 자손들이 증현손에 이르렀네	眼前兒少到曾玄.
우쭐우쭐 한단 꿈[5] 한번 꾸었더니	蘧蘧一枕邯鄲夢,
끝내 인간세상 오복[6]이 온전했네.	終是人間五福全.

---

1) 동지: '동지(同知)'는 동지중추부사(同知中樞府事)의 준말이나, 또는 특별하게 직함(職銜)이 없는 노인을 존칭하는 말이다.

2) 백 이랑 밭: '백무전(百畝田)'은 정전법(井田法)을 시행하던 주나라 때 한 농가마다 백 이랑의 밭을 할당하여 농사를 짓게 한 것을 말하니, 백 이랑의 밭을 가진 평범한 농부의 삶을 뜻한다.

3) 고고하게 누웠구나: '고와(高臥)'는 고침(高枕)과 같은 말로, 벼슬살이 그만두고 물러나서 산림 속에 은거하는 것을 말한다.

4) 천하에 존경받고: '달존(達尊)'은 《맹자》 〈공손추(公孫丑)〉에 의하면, 천하 사람들이 함께 존경하는 것으로 작(爵)·치(齒)·덕(德)이 그것이라고 하였다.

5) 한단 꿈: '한단몽(邯鄲夢)'은 인생의 영고성쇠가 모두 꿈같이 부질없음을 의미한다. 당나라 이필(李泌)의 〈황량몽(黃粱夢)〉에 보면, 당나라 개원(開元) 연간에 도사 여옹(呂翁)이 한단(邯鄲)에서 소년 노생(盧生)을 만났는데, 허름한 베옷을 입고 푸른 망아지를 타고 다니는 노생이 자기 신세를 한탄하니, 여옹이 노생에게 베개를 주면서 "이것을 베고 누우면 부귀영화를 뜻대로 누릴 것이다."라고 하여 여옹이 기장밥을 짓는 동안 노생이 그 베개를 베고 잠이 들어 꿈속에서 일생의 부귀영화를 모두 누리고 깨었거늘 아직 기장밥이 익지도 않았다. 이에 여옹이 말하기를 세상일이 모두 이 꿈과 같다고 하였다는 것이다.

6) 오복: '오복(五福)'은 《서경》에 수(壽)·부(富)·강녕(康寧)·유호덕(攸好德)·고종명(考終命)을 말한다. 민간 풍속에는 유호덕과 고종명 대신에 귀(貴)와 자손중다(子孫衆多)를 말하기도 한다.

조첨지[1] 만시

趙僉知輓

뜰아래 아이 울고 노인은 글을 읽고	兒啼庭下老尙書,
증손 현손 거느려서 문안인사 받네.	統領曾玄候起居.
인생백년 두터운 덕 나무 심은 것 같고	厚德百年如種樹,
지금 높은 지체로도 예절[2] 갖추었네.	高車今世遂容閭.
은빛 비단 봉한 직급 삼존[3]과 나란하고	銀緋封級三尊並,
구십 년 세월에서 딱 한 해 모자랐구나.	九十光陰一歲除.
행장을 홀연히 인수[4] 고비에 던지고	杖屨忽抛仁壽塢,
신선 수레 타고서 다시 허공 넘어가네.	仙輧應復跨空虛.

1) 첨지: '첨지(僉知)'는 첨지중추부사(僉知中樞府事)의 준말로, 나이 든 노인을 부르는 말이다.

2) 예절: '용려(容閭)'는 상용(商容)의 식려(式閭)를 말하니, 식려는 현인(賢人)의 마을을 지날 때 존경의 뜻을 표하는 식례(式禮)로 식(式)은 수레 앞에 가로나무로 경의(敬意)를 표할 때 몸을 구부려 기대는 곳이다. 《서경》에 '식상용려(式商容閭)'라는 말이 나오는데, 상용(商容)은 상(商)나라의 현인이고, 여(閭)는 그 일족이 사는 마을을 말한다.

3) 삼존: '삼존(三尊)'은 사람들이 받들어 모셔야 할 세 사람으로, 군(君)·사(師)·부(父)를 말한다.

4) 인수: '인수(仁壽)'는 어진 사람이 오래 산다는 뜻으로, 《논어》 〈옹야(雍也)〉의 "인자는 오래 산다.[仁者壽]"는 내용에서 나온 말이다.

중구[1] 영공[2]이 백주[3] 사또로 나가기에 시를 지어주고 헤어지다 박장원 공

贈別仲久令公出宰白州 朴公長遠

옥절이며 초선관[4]에 색동옷[5] 새로 더하고	玉貂新尙舞衣斑,
사또로 부임하랴[6] 조정 관직[7] 내놓았네.	鳧舃俄辭供奉班.
벼슬살이 싱겁더라도[8] 게장 있으며	宦趣無塩仍有蟹,

1) 중구: 박장원(朴長遠, 1612~1671)은 자가 중구(仲久), 호가 구당(久堂) 또는 습천(隰川), 본관이 고령(高靈)이다. 1627년 생원과에 합격하고, 1636년 별시문과에 을과로 급제했으나, 병자호란이 일어나 외할아버지인 심현(沈誢)을 따라 강화도로 피난하였다. 1653년 승지로 있을 때 남인의 탄핵을 받아 흥해(興海)에 유배되었다가 이듬해 풀려났다. 1658년 상주목사에 이어 강원도 관찰사를 지내고, 1664년 이조판서 공조판서에 이어 이듬해 대사헌이 되었고, 예조판서·한성부판윤 등을 역임한 뒤 개성부유수로 재직하다가 죽었다.

2) 영공: '영공(令公)'은 정삼품(正三品)과 종이품(從二品)의 관리를 높여 이르던 말로, 영감(令監) 또는 대감(大監)이라고도 한다.

3) 백주: '백주(白州)'는 황해도 배천을 말한다.

4) 옥절이며 초선관: '옥절(玉節)'은 옥절을 가지고 지방으로 부임하는 관리를 말하며, '초선관(貂蟬冠)'은 선문(蟬文)과 초미(貂尾)로 장식한 관(冠)이라는 뜻으로, 옛날에 무관(武官)이 쓰고 다녔던 갓이다.

5) 색동옷: '무의반(舞衣斑)'은 중국 초나라의 노래자(老萊子)가 일흔 살에 늙은 부모님 앞에서 색동저고리를 입고 어린이처럼 춤을 추어 부모님을 기쁘게 해드렸다는 고사를 말한다. 반의(班衣)는 색동옷을 말한다.

6) 사또로 부임하랴: '부석(鳧舃)'은 지방 사또로 부임하는 것을 말한다. 후한 명제(明帝) 때 선인(仙人) 왕교(王喬)가 일찍이 섭현령(葉縣令)으로 있으면서 매월 삭망(朔望)마다 수레도 타지 않고 먼 길을 와서 조회에 참석하곤 하자, 임금이 괴이하게 여겨 알아보게 했더니 올 때마다 오리 두 마리가 동남쪽에서 날아왔는데 그 오리가 바로 왕교의 신발이었다는 고사에서 온 말이다.

7) 조정 관직: '공봉반(供奉班)'은 대궐 안에서 임금을 공봉(供奉)하는 관원의 반열이라는 뜻으로 공봉은 왕명이나 외교문서를 작성하던 관직이며, 수찬(修撰), 검열(檢閱) 등과 함께 실무를 담당하였다.

8) 싱겁더라도: '무염(無塩)'은 넉넉하지 못한 형편을 이르는 말이다.

바닷가 지방인데 다시 산에 기댔구나.　　地方濱海更依山.

장안이 머지않아도 풍진 드물며　　長安不遠風塵少,

물산[9] 많지마는 관청[10]이 한가하네.　　物產雖多簿牒閒.

희생[11] 잡아 부모 봉양[12] 당연한 거요　　三牲莫論堪色養,

그른 판결 바로잡아[13] 모친 얼굴 펴드리리.　　平反應復解慈顏.

---

9) 물산: '물산(物産)'은 천연의 산물이나 인공적으로 제조하는 물품을 말한다.

10) 관청 업무: '부첩(簿牒)'은 관청의 부적(簿籍)과 문서를 말한다.

11) 희생: '삼생(三牲)'은 세 가지의 희생으로 소·양·돼지를 말한다.

12) 부모 봉양: '색양(色養)'은 부모님 얼굴빛을 살피면서 불편한 여부를 알아차려 마음에 들도록 효도하고 봉양하는 것을 말한다. 《논어》 〈위정(爲政)〉에 "자유가 효에 대해 묻자 공자가 말하기를, '오늘날 효도하는 이들은 봉양을 잘한다.' …… 자하가 효에 대해 묻자 공자가 말하기를, '얼굴빛이 어렵도다.'라고 하였다.[子游問孝, 子曰, '今之孝者, 是謂能養.' …… 子夏問孝, 子曰, '色難.']" 하였는데 주희(朱熹)가 어비이를 섬길 때 오직 얼굴빛이 어렵다 하였으며, 일설에는 부모님 안색을 받들고 따르는 것이라고 하였다.

13) 그른 판결 바로잡아: '평반(平反)'은 그릇된 판결을 바로잡는 것으로, 《한서(漢書)》 〈준불의전(雋不疑傳)〉에, "매양 지방 죄수(罪囚)를 심리하고 돌아오면 그의 어머니가 묻기를, '평반(平反)하여 살려준 사람이 몇 명이나 되느냐?'고 물어 평반함이 많으면 어머니가 기뻐하며 웃었다는 고사이다.

김우고[1] 영공이 계림[2]으로 가기에 송별하다

送金友古令公赴雞林

금궤[3] 남긴 옛 터에 푸나무 거칠고	金櫃遺基草樹荒,
마경[4]이 일찍이 노래한 〈원유장[5]〉만.	馬卿曾賦遠遊章.
청산에 봉황이 헛되이 나르는 듯	青山似鳳空飛舞,
망국에 기러기 허망함 탄식는 듯.	亡國如鴻歎渺茫.
악보에 아직까지 만파식적[6] 전하고	樂譜尚傳波息笛,
소치는 아이 지금도 상서장[7] 얘기하네.	牧童猶說上書莊.

---

1) 김우고: 김상(金尙, 1582~1653)은 자가 우고(友古), 호가 사은(士隱), 본관이 상주(尙州)이다. 김장생의 문인으로 1610년 별시문과에 병과로 급제하고, 문한관(文翰官)을 거쳐 1623년 정언(正言)으로 강화도에 안치된 폐세자(廢世子)에 대한 일을 건의했다가 은계 찰방으로 좌천되었다. 그 뒤 다시 장령으로 기용되어 병조참지를 거쳐 1625년 강원도관찰사로 나갔으며, 다음 해 동부승지·우승지·6좌승지 등을 번갈아 역임하고 경연 참찬관을 겸임하기도 하였다. 1643년 충청감사가 되기도 하였으나 곧바로 승지로 복귀하여 인조의 신임을 받으면서 무려 25년 동안 후설직(喉舌職)에 머물렀다.

2) 계림: '계림(鷄林)'은 오늘날 경상북도 경주이다.

3) 금궤: '금궤(金櫃)'는 《삼국사기》에 전하는 김알지 탄생설화에, "탈해왕이 시림(始林) 숲에서 닭 울음소리를 듣고 가보니 금색으로 된 작은 궤짝이 나뭇가지에 걸려있고 흰 닭이 그 아래에서 울고 있었는데, 궤짝 안에 작은 사내아이가 있어 용모가 매우 뛰어났다. 왕이 기뻐하며 거두어 길렀는데, 자라면서 총명하고 지략이 뛰어나 이름을 알지(閼智)라 하고, 금독(金櫝)에서 나왔다 하여 김씨(金氏)라 하였으며, 시림(始林)을 고쳐 계림(鷄林)이라 하고 국호로 삼았다."고 하였다.

4) 마경: '마경(馬卿)'은 전한(前漢)의 문장가 사마상여(司馬相如)로 자가 장경(長卿)이다.

5) 원유장: '원유장(遠遊章)'은 《초사》에 나오는 편명으로 초나라 충신 굴원(屈原)이 간신의 참소를 받고 조정에서 쫓겨나 비통함에 젖어 한탄하면서 지은 글인데, 세상은 좁고 수명은 짧은 것이 서글프니 형체와 정신을 단련하여 허공에서 바람을 타고 우주 끝까지 떠돌아다니면서 영원히 살고 싶다는 염원을 담았다.

6) 만파식적: '만파식적(萬波息笛)'이라는 피리를 불면 외국 군사가 물러가고 병이 나으며, 가뭄에 비가 오고 장마가 개며, 바람이 진정되고 물결이 잔잔해지므로 이름 붙였다고 한다.

젊은 처자[8]도 천 년의 일 아는지라	丫鬟亦解千年事,
춤 마친 황랑[9]들 눈물 줄줄 흘리네.	舞罷黃郎淚萬行.

7) 상서장: '상서장(上書莊)'은 경주 금오산 북쪽 문천(蚊川) 가에 있는 집으로, 진성왕 8년(894)에 최치원이 시무(時務) 10여 조를 작성하여 진달한 곳이다.

8) 젊은 처자: '아환(丫鬟)'은 갈래머리로 땋은 머리이니 머리를 땋아 위로 둥글게 둘러 얹은 젊은 여자를 말한다.

9) 황랑: '황랑(黃郎)'은 신라시대 황창랑(黃倡郎)을 가리키니, 전설에 의하면 황창랑이 일곱 살 때 백제의 시내에 들어가서 칼춤을 추자 구경꾼이 구름처럼 모여들었는데, 백제왕이 소문을 듣고 그를 불러 전당(殿堂)에 올라가서 춤을 추게 하자 황창랑이 틈을 타서 백제왕을 칼로 찔러 죽이고 자신도 백제 사람에게 죽임을 당하였으므로 신라 사람들이 슬프게 여기고 그의 모습을 본떠 칼춤 추는 형상의 탈을 만들었다고 한다.

피곤한 밤중에 우연히 읊조리다

倦夜中偶占

오랜 세월[1] 편히 살며 예순 살에 이르렀고	小劫居然迫六旬,
흰머리에 지금까지 못 물러난[2] 게 후회로다.	白頭今悔失收身.
뱀에 일찍이 발을 붙여[3] 웃음꺼리 되더니만	蛇曾着足人爭笑,
학이 우연히 수레 타서[4] 세상사람 성냈도다.	鶴偶乘軒世共嗔.
깊은 골짝[5] 북풍 부니 몹시 나무 흔들리고	陰壑朔風偏撼樹,
험한 뱃길 거센 풍랑에 갑작스레 헤맸도다.[6]	畏途驚浪忽迷津.
깊은 밤에 지팡이 짚고 성긴 숲을 나서서	深更柱杖踈林外,
너른 하늘 한참 보니 달빛 마냥 새로워라.	佇看長天月色新.

1) 오랜 세월: '소겁(小劫)'은 아주 긴 세월을 뜻한다. 사람의 목숨이 8만 살부터 1백년마다 한 살씩 줄어들어 10살에 이르는 동안을 감겁(減劫)이라 하고, 10살부터 1백년마다 1살씩 늘어 8만 살에 이르는 동안을 증겁(增劫)이라 한다. 《아비달마구사론(阿毘達磨俱舍論)》에서는 일증겁(一增劫)과 일감겁(一減劫)을 각각 일소겁(一小劫)이라 하고, 《대지도론(大智度論)》에서는 일증겁과 일감겁을 합하여 일소겁이라 하였다.

2) 물러난: '수신(收身)'은 은퇴하는 것을 말한다.

3) 뱀이 일찍이 발을 붙여: '사증착족(蛇曾着足)'은 화사첨족(畫蛇添足)의 뜻으로, 쓸데없는 일을 행한 자신을 스스로 질책한 것이다.

4) 학이 우연히 수레 타서: '학우승헌(鶴偶乘軒)'은 노학승헌(老鶴乘軒)의 뜻으로, 벼슬과 지위를 사칭함을 비유한 말이다. 《춘추좌씨전》 민공(閔公) 2년에 "겨울 12월에 오랑캐가 위(衛)나라에 쳐들어왔는데, 위나라 의공(懿公)이 학을 좋아하여 대부의 수레에 태우고 다니자 사람들이 말하기를, '학에게도 싸우도록 하십시오. 학이야말로 대부의 녹봉과 지위를 받고 있지 않습니까? 우리만 왜 싸워야 합니까?'라고 하였다."는 것이다. 공을 세운 일도 없이 총애를 받고 대부의 반열에 오르게 되었다는 뜻이다.

5) 깊은 골짝: '음학(陰壑)'은 깊은 산골짜기나, 또는 음지의 산골짜기를 말한다.

6) 헤맸도다: '미진(迷津)'은 나루터를 잃거나 길을 헤매는 것으로 올바른 삶의 방도를 찾지 못한 것을 비유한다.

회포를 풀다

遣懷

반평생 세상살이[1] 초 광인[2] 닮아서	半世行藏類楚狂,
근심과 즐거움 한가함과 바쁨 견줄 수 없네.	不將憂樂較閒忙.
연못 연꽃 비를 맞고 어찌 젖음 시름하랴?	池荷冒雨寧愁濕?
산골 국화 서리 만나 오히려 향기 많아라.	山菊逢霜尚有香.
조복[3] 벗어놓고 편한 옷[4] 찾았으며	新脫朝衫尋野服,
관청 문서 내던지고 시와 문장 구했도다.	却抛公簿覓詩章.
침상 앞에 있었던 반룡거울[5]을	床頭見在盤龍鏡,
이웃집에 다시 보내 술과 바꾸네.	更送隣家換酒觴.

1) 세상살이: '행장(行藏)'은 출처 또는 처세를 말하니, 《논어》〈술이(述而)〉에 보면, "공자가 안연에게 말하기를, '등용되면 도를 행하고, 버려지면 몸을 숨겨야 하니 오직 나와 너만이 이것을 하겠구나!'라고 하였다.[子謂顏淵曰, '用之則行, 舍之則藏, 唯我與爾有是夫!']"는 데서 나온 말이다.

2) 초 광인: '초광(楚狂)'은 광인(狂人) 접여를 가리키니, 천하의 무도함을 한탄하며 초야에 은거하는 것을 말한다. 《논어》〈미자(微子)〉에 "초나라 광인 접여가 노래하며 공자를 지나가며 말하기를, '봉황이여! 봉황이여! 어찌 덕이 쇠하였는가! 지난 일은 탓하지 말고 오는 일은 좇을 수 있나니 그만 두어라. 그만 두어라. 지금 정치를 좇는 이는 위태로울 것이니라.[楚狂接輿, 歌而過孔子曰, '鳳兮鳳兮, 何德之衰!' 往者不可諫, 來者猶可追, 已而已而. 今之從政者殆而.]"라고 하였다.

3) 조복: '조삼(朝衫)'은 조회할 때 입는 옷을 말한다.

4) 평민 복장: '야복(野服)'은 시골 사람들이 옷을 말한다.

5) 반룡 거울: '반룡경(盤龍鏡)'은 용의 무늬가 있는 구리거울을 말한다.

이 나주[1] 목사 부인 만시

李羅州室內輓

이 사또 얼음 옥[2] 가슴속 쌓아두고	李侯氷玉貯襟懷,
집안 법도 전해져 아내 남편 화목했네.	家法人傳內外偕.
소씨 부인[3] 때도 없이 한말 술 따고	蘇婦不時開斗酒,
맹광[4]은 평생 청빈하게[5] 살림했네.	孟光終老理荊釵.
외론 난새[6] 멋진 봉황[7] 긴 밤[8] 도와	孤鸞威鳳催長夜,

1) 이 나주: 나주 목사(牧使)를 지낸 이하악(李河岳)을 가리키는 듯하다 이하악(1608~1677)은 자가 여수(汝壽)이고, 본관이 용인(龍仁)이며, 대사간 사경(士慶)의 손자이다. 1631년에 진사가 되고 1639년에 재랑(齋郎)이 되었으며, 1649년 산릉사(山陵使)로 천거되어 공로로 6품직에 제수되었다. 효종 때 보은현감으로 임명되어 충청도관찰사의 위임을 받아 백성들의 부역 문제를 잘 처리하였다.

2) 얼음 옥: '빙옥(氷玉)'은 항상 고상하고 정결(貞潔)한 인품이나 정결한 사물을 비유한다.

3) 소부: '소부(蘇婦)'는 누구를 가리키는지 자세하지 않다. 일설에 유소소(蘇小小)라고 하는데 남조 제나라 전당(錢塘)의 명기, 또는 남송 전당의 명기로 아름답고 시를 잘 지었다고 한다.

4) 맹광: '맹광(孟光)'은 동한(東漢) 때 은사(隱士) 양홍(梁鴻)의 아내이다. 부부가 패릉산(霸陵山)에 은거하였는데 식사할 때마다 맹광이 밥상을 공손히 눈썹에 밥상을 맞춰서 들여와 가난한 살림 속에서도 서로 공경하며 화목하게 살았다고 한다.

5) 청빈하게: '형차포군(荊釵布裙)'은 가시나무 가지로 만든 비녀를 꽂고, 거친 베로 만든 치마를 입는 것으로 양홍의 아내인 맹광이 처음 양홍에게 출가하였을 때 양홍이 아름다운 옷으로 치장하는 것을 싫어한다는 것을 알고 베옷을 입고 가시나무 비녀를 꽂았더니 양홍이 기뻐하였다는 고사를 말한다.

6) 외론 난새: '고난(孤鸞)'은 외로운 난새로, 배우자를 떠나 먼저 죽은 아내를 비유한 말이다.

7) 멋진 봉황: '위봉(威鳳)'은 옛날에 봉황은 상서로운 새로 위의(威儀)가 있다고 하여 일컬어진 말이다. 여기서는 만나보기가 어렵게 됨을 말한 것이다. 《관윤자(關尹子)》 〈구약(九藥)〉에 "위의 있는 멋진 봉황은 보기가 어려워 신으로 여기는데, 이 때문에 성인은 깊음을 근본으로 삼는다.[威鳳以難見爲神, 是以聖人以深爲根.]"고 하였다.

8) 긴 밤 : '장야(長夜)'는 사람이 죽은 뒤에 땅속에 묻혀 어둠 속에서 지내는 것이 긴긴 밤을 보내는 것과 같다고 하여 일컬어진 말이다.

옛 두덕 새 이랑 깎은 기슭 자리했네.	舊壠新阡寄斷崖.
한 해에 부모까지 다시 여위어[9]	一歲再纏風樹痛,
어찌 차마 고시[10] 얼굴 보겠나?	慼容何忍見高柴.

9) 부모까지 다시 여위어: '풍수통(風樹痛)'은 세상을 떠난 부모를 생각하는 슬픈 마음을 말한다.

10) 고시: '고시(高柴)'는 공자의 제자 고자고(高子羔)의 자(字)이니, 어버이의 상을 당하여 3년 동안 피눈물을 흘리며 한 번도 이를 드러내어 웃은 적이 없었다고 한다.

손님이 오다

客至

낚싯대 아침 일찍[1] 물가에 드리우고	一竿初日絢汀沙,
버들 밖 어촌에 작은 길 비스듬이.	柳外漁村小徑斜.
손님 와도 걸상 내릴[2] 필요 없고	客到不須煩下榻,
낚시터 떨어진 꽃잎 바람이 쓰네.	釣磯風掃落來花.

1) 아침 일찍: '초일(初日)'은 금방 떠오른 해를 말한다.

2) 걸상 내릴: '하탑(下榻)'은 걸상을 내린다는 뜻으로, 손님을 맞아 공손하고 극진하게 대접함을 이르는 말이다. 중국 후한의 진번(陳蕃)이 고결한 선비인 주구(周璆)가 오면 특별히 걸상 하나를 걸어두었다가 그가 오면 내려서 대접하고 그가 떠나면 걸상을 다시 걸어두었는데, 진번이 예장태수(豫章太守)가 되어서도 서치(徐稚)가 찾아오면 똑같이 하여 대접하였다고 한다.

친구가 요양[1]으로 가기에 전송하다

送友赴遼陽

요양 변방 이르지 않고 不到遼陽塞,
천지 넓은 줄 뉘 알리오? 誰知天地寬.
들판 펀펀한데 모래벌 아득하고 野平沙浩浩,
산 멀어서 길이 가물가물하네. 山遠路漫漫.
저녁 비 내려 산해관[2] 컴컴하고 暮雨楡關黑,
세찬 바람 불어와 갈석산[3] 춥네. 衝飇碣石寒.
눈 안에 만 리 밖 모두 들이니 眼中窮萬里,
연나라 대나라[4] 총알 만하네. 燕代小彈丸.

1) 요양: '요양(遼陽)'은 중국 요녕성(遼寧省) 요양(遼陽)에 있는 현(縣)이다.

2) 유관: '유관(楡關)'은 지금 하북성 진황도시(秦皇島市)에 있는 산해관(山海關)을 말하며, 하북(河北)과 요령(遙寧) 두 성의 경계로서 만리장성이 시작되는 곳이다. 옛날에는 해관(海關)이라 했다가 유관(渝關)·임유관(臨楡關) 등으로 불렸으며, 명나라 때 유관(楡關)으로 정해졌다. 또는 유새(楡塞)라고도 하여 북방의 변방 요새를 아울러 가리킨다.

3) 갈석산: '갈석(碣石)'은 산 이름으로, 하북성(河北省) 창려현(昌黎縣) 북쪽에 있는 묘비 모양의 바위가 있어 붙여진 이름이다. 인근에 갈석궁이 있는데, 전국시대 연나라 소왕(昭王)이 제나라 추연(鄒衍)을 위해서 세운 궁으로 갈석관이라고도 부른다.

4) 연나라 대나라: '연대(燕代)'는 전국시대 연(燕)나라와 대(代)나라의 지역이다. 지금의 하북(河北) 서북부 지역과 산서(山西)의 동북부 지역이다.

송별하는 자리에서 신 금성[1] 태수에게 주다

別席贈申錦城

헤어지고 나뉨[2] 본래 기약 못했건만	雨散星分本不期,
이 세상에 우리 도리 또한 슬퍼할 만해.	世間吾道亦堪悲.
계포[3] 소환 어느 날인지 알겠으며	召還季布知何日,
형주에서 전송하는[4] 이 때로구나.	追送荊州此一時.
이별 시름 배운 강 줄기차게 그렁그렁	江學別愁偏脉脉,
머나먼 길 떠나는 말 일부러 구물구물.	馬臨長路故遲遲.
노쇠하여 귀밑머리 이제 눈과 같이 세니	龍鍾兩鬢今如雪,
심약의 시[5] 거듭 읊음 괴이타 말기를.	休怪重吟沈約詩.

1) 신 금성: 금성(錦城) 태수를 지낸 신면(申冕, 1607~1652)인 듯하다. 신면은 자가 시주(時周)이고, 호가 하관(遐觀)이며, 신익성(申翊聖)의 장남으로 어머니는 선조의 딸인 정숙옹주(貞淑翁主)이다. 1624년 생원이 되고 1637년 정시문과에 급제하여 이조좌랑·부제학을 거쳐 대사간에 이르렀다. 탄핵을 받고 아산에 유배되었다가 이듬해 풀려나 동부승지에 복관되었으나, 김자점의 옥사가 일어나자 일당으로 몰려 국문을 받다가 자결하였다. 금성은 전라남도 나주를 말한다.

2) 헤어지고 나뉨: '우산(雨散)'은 비가 내리는 것으로 벗과 헤어짐을 비유하며, '성분(星分)'은 별이 나눠지는 것이니, 하늘의 별자리를 가지고 땅의 지역을 나누는 것을 말한다.

3) 계포: '계포(季布)'는 초나라 장수로 의협심이 강하고 약속을 잘 지켜 사람들의 신임을 샀다. 한나라 유방과 초나라 항우(項羽)가 싸워 항우가 패망하자 계포의 목에 천금을 걸었으나 사람들은 그를 고발하지 않았고 오히려 유방에게 천거하여 낭중(郎中)이라는 벼슬을 얻게 하여 혜제(惠帝) 때에는 중랑장(中郎將)에 올랐다고 한다.

4) 형주에서 전송하는: '추송형주(追送荊州)"는 인재를 잘 천거하여 사람들의 명망을 얻었던 형주(荊州) 자사 한조종(韓朝宗)에게 빗대어 신면을 극진하게 전송하는 것을 나타낸 것이다. 이백(李白)의 〈여한형주서(與韓荊州書)〉에 "생전에 만호후(萬戶侯)가 되기보다 한형주(韓荊州)가 한번만 알아주면 좋겠다고 사람들이 말을 한다."고 하였다.

5) 심약의 시: 심약(沈約, 441~513)은 남북조시대 양(梁)나라 사람으로 자가 휴문(休文)이고 시호가 은(隱)이다. 어려서부터 빈곤함 속에서도 박학(博學)하여 시문(詩文)에 능하였다. 여

기서는 심약이 친구와 이별을 노래한 〈별범안성(別范安成)〉을 가리키는 듯하니, "한 평생 젊은 날에는, 헤어져도 이전 기약 이루기 쉬웠네. 그대와 함께 늙어가면서는, 다시는 헤어질 때가 아니라네. 한 동이 술이라 말하지 마오. 내일이면 다시 잡기 어렵다네. 꿈속에서는 가는 길을 알지 못하니, 어떻게 그리움을 달랠 수가 있을까?[生平少年日, 分手易前期. 及爾同衰暮, 非復別離時. 勿言一尊酒, 明日難重持. 夢中不識路, 何以慰相思?]"라고 하였다.

감탄할 노릇

可歎

늙은이 사람 피하고 다시 이름 피했는데 此翁逃世復逃名,
고달픔을 돌아보며 꿈결에도 놀라는구나. 回首泥塗夢亦驚.
토란국 맛들이고 솥에 밥 넉넉하니 已信芋羹饒鼎食,
항아리[1]가 우레 소리 내는구나.[2] 任教瓦缶作雷鳴.
영욕 모두 잊으니 마음[3]이 고요하고 都忘榮辱心官靜,
잘잘못 나누지 않으니 눈앞이 편안하네. 不辨娟媸眼界平.
시 생각 남의 부림 본디 싫어하나니 詩意却嫌驅使在,
들꽃이며 우는 새 모두 정이 많구나. 野花啼鳥揔多情.

---

1) 항아리: '와부(瓦缶)'는 보통 겸사로 자기 자신을 겸손하게 이른 말이다. 《주역》 감괘(坎卦)의 육사(六四)에 "동이의 술과 대그릇의 안주에다 질그릇을 쓰며 끈으로 묶어 창문으로 들어 보내니 마침내 허물이 없으리라.[樽酒簋貳, 用缶, 納約自牖, 終无咎.]"라고 하였는데, 정자는 "잔치를 벌이는 것으로 깨우쳐 주되, 마땅히 부질없는 꾸밈을 숭상하지 않고 오직 질실함으로써 하였음을 말한 것이다. 사용한 한 동이의 술과 두 대그릇의 음식에다 다시 질그릇으로써 그릇을 삼은 것은 질실함의 지극함이다. 질실함이 이와 같은데 또 모름지기 끈으로 묶어 창문으로 들어 보냈다고 했으니, 끈으로 묶었다는 것은 나아가 인군의 도에 결합함을 이른 것이다.[以燕享喩之, 言當不尙浮飾, 唯以質實. 所用一樽之酒, 二簋之食, 復以瓦缶爲器, 質之至也. 其質實如此, 又須納約自牖, 納約, 謂進結於君之道.]"라고 하였다. 또는 '와부(瓦缶)'는 황종(黃鐘)과 대비되는 말로, 예술성이 높은 훌륭한 소리에 대비되는 보잘것없는 초라한 소리를 비유한다.

2) 우레 소리 내는구나: '작뇌명(作雷鳴)'은 항아리처럼 보잘것없는 자신의 재주나 처지인데, 우레 소리처럼 큰 소리를 치게 한다는 말이다. 또한 백리 밖까지 들리는 뇌성(雷聲) 또한 백리지재(百里之才)일 뿐이니, 백 리쯤 되는 땅을 다스릴 만한 재주도 갖지 못한 사람이라는 뜻이 담겨있다.

3) 마음: '심관(心官)'은 마음을 관직에 빗대어 말한 것이다. 진덕수(眞德秀)의 《심경(心經)》에 "心之官則思, 思則得之, 不思則不得也."에서 나온 말이다. 또 〈물재잠(勿齋箴)〉에서 "모든 형체의 기관들은 심관(心官)이 통괄한다."고 하였다.

봄날 우연히 읊조리다

春日偶占

꽃잔치 스름스름 지나가고 春事垂垂過,
봄날 시름 구물구물 새롭네. 春愁袞袞新.
빗소리 고르지 못하고 雨聲偏歷亂,
꾀꼬리 울음 생생코나. 鸎語太精神.
흰머리에 세상 근심하고 白髮憂治世,
벼슬일랑 뒷사람[1]에게. 青雲任後塵.
다만 강가로 난 길 사랑하노니 秖憐江上路,
향긋한 풀 한가한 사람 좇누나. 芳草逐閒人.

1) 뒷사람: '후진(後塵)'은 수레나 사람이 앞으로 나아갈 때 그 뒤에서 일어나는 먼지로서, 뒤에 오는 다른 사람을 비유하는 말이다.

서명[1]을 입은 뒤에 우연히 읊조리다[2]

蒙敍後偶占

그릇[3]이라 믿었던 것이 나무의 재앙[4]이니	自信青黃是木災,
세상과 동떨어져 타지 못하는 재 되었도다.[5]	世間分作不燃灰.
벼슬살이 떨군 시루[6] 같거늘 어찌 돌아보겠나?	官如墮甑那回顧?
이 몸은 빈 배[7]처럼 오고 감을 맡겼노라.	身似虛舟任往來.

---

1) 서명: '서명(敍命)'은 서용(敍用)과 같은 말로, 죄가 있어 관직을 박탈했던 사람에게 다시 관직을 내려 기용하는 것이다.

2) 읊조리다: '점(占)'은 구점(口占)을 가리키니, 즉흥적으로 입으로 읊조려서 시를 짓는 것을 말한다. 구호(口號)'라고도 한다.

3) 그릇: '청황(青黃)'은 희준청황(犧尊青黃)의 준말로, 나무로 만드는 제기(祭器)나 주기(酒器)의 청색과 황색을 말한다. 희준(犧尊)은 옛날의 술그릇으로 희생소의 형상을 만들어 등 위에 구멍을 내서 술을 담는다고 한다. 《장자》〈천지(天地)〉에 "백 년 된 나무를 깎아 제기(祭器)를 만들면서 청색과 황색으로 문양을 내고 나무토막은 도랑에 버리나니 도랑의 나무토막을 제기에 비교하면 그 사이에 좋고 나쁨이 있으나 본성을 잃은 것에 있어서는 동일하다.[百年之木, 破爲犧尊, 青黃而文之, 其斷在溝中, 比犧尊於溝中之斷, 則美惡有間矣, 其於失性一也.]"라고 하였다.

4) 나무의 재앙: '목재(木災)'는 나무가 본래 모습을 잃고 여러 가지 기물로 만들어지는 것을 나무의 불행으로 본 것이다. 당나라 한유(韓愈)의 〈제유자후문(祭柳子厚文)〉에 "무릇 사물이 태어남에 제목이 되길 원하지 않으니 희준의 청색 황색은 바로 나무의 재앙이다.[凡物之生, 不願爲材, 犧尊青黃, 乃木之災.]"라고 하였다.

5) 타지 못하는 재 되었도다: '연회(燃灰)'는 사회부연(死灰復然)의 뜻으로, 실세한 사람이 다시 득세함을 비유한다. 여기서 '불연회(不燃灰)'는 태우지 못하는 재라는 뜻으로, 실세하여 다시 득세할 수 없음을 비유한다.

6) 떨군 시루: '타증(墮甑)'은 땅에 떨어져서 깨진 시루를 말하며, 일이 이미 지나가서 만회할 길이 없으니 헛되이 다시 돌아볼 필요가 없음을 비유한다. 《후한서(後漢書)》〈맹민전(孟敏傳)〉에 "맹민(孟敏)이 태원(太原)에 살 때 시루를 시장에 팔려고 지고 가다가 땅에 떨어져서 깨졌는데 거들떠보지 않고 그냥 가자 곽임종(郭林宗)이 그 이유를 물음에, '이미 깨진 시루를 다시 본들 무슨 소용이겠는가?'라고 대답했다." 하였다.

7) 빈 배: '허주(虛舟)'는 배를 모는 사람이 없는 빈 배를 말한다. 《장자》〈산목(山木)〉에 "배로 강을 건널 때 빈 배가 와서 자기 배에 부딪쳤다면 아무리 성급한 사람이라도 화를 내지 않을

뻣뻣한 버들 봄 들어 비와 이슬에 젖고　　僵柳入春滋雨露,

잠든 용 밤마다 바람과 우레[8]에 끌렸네.　　蟄龍連夜掣風雷.

붉은 바퀴 비취 덮개[9] 수레 타고 달리니　　朱輪翠盖奔馳路,

붉은 먼지 앞을 가려 눈 못 뜰까 걱정이네.　　眯眼紅塵悵莫開.

것이다.[方舟而濟於河, 有虛船來觸舟, 雖有惼心之人不怒.]"라고 하였다.

8) 광풍과 우레: '풍뢰(風雷)'는 풍뢰지변(風雷之變)을 가리키니, 하늘이 경고하는 재이(災異) 현상을 말한다.

9) 붉은 바퀴 비취 덮개: '주륜(朱輪)'은 옛날에 왕후(王侯) 등의 현귀(顯貴)한 사람이 타던 수레를 말한다. '취개(翠盖)'는 비취색 깃털로 장식한 수레 덮개이니, 곧 화려하고 아름다운 수레를 말한다.

관직에 복귀하고 재미삼아 짓다

復官戲題

흰 머리에 늙은 얼굴 방랑하는 늙은이라[1]	白首蒼顏漫浪翁,
빈 배 타고 한결같이 거품 속을 오갔도다.	虛舟來往一漚中.
오는 손님 사양하니 몸이 조금 굳건해지고	身因謝客知差健,
벼슬살이 그만두니 시가 점점 공교해지네.	詩到休官覺轉工.
북방 노인 말 잃음을 근심하지 않았고[2]	北叟不愁曾失馬,
초나라 사람 옛날 잃은 활[3] 다시 얻었네.	楚人重得舊亡弓.
봄바람에 비녀 인끈[4] 얽이는지라	春風簪紱還相縛,
주린 매라도 새장 속 두림 아누나.	可信飢鷹亦怕籠.

---

1) 방랑하는 늙은이라: '만랑옹(漫浪翁)'은 만수(漫叟)라고 하며, 방종하여 구속됨이 없는 늙은 이를 말한다. 당나라 원결(元結)은 스스로 낭사(浪士) 또는 만랑(漫郎)이라 하다가, 늙어서 다시 만수(漫叟)라고 칭하였다.

2) 북방 노인 …… 근심 않았고: '실마(失馬)'는 인생의 길흉화복(吉凶禍福)은 항상 변화하여 미리 헤아릴 수 없다는 《淮南子(회남자)》 〈인간훈(人間訓)〉에 나오는 새옹지마(塞翁之馬)의 고사를 말한다.

3) 옛날 잃은 활: '구망궁(舊亡弓)'은 《공자가어》에, 초나라 왕이 사냥을 나갔다가 활을 잃어버리니 좌우 신하들이 활을 찾으려고 하자, 왕이 그만 두라고 하면서 초나라 왕이 잃어버린 활은 초나라 백성이 주워 가질 것이니 상심할 필요가 없다고 하였다. 이 말을 들은 공자는 초나라 왕의 좁은 도량을 안타깝게 여기면서 잃어버린 활을 천하의 모든 백성들이 주워 가질 것이라 말하지 못함을 질타하였다.

4) 비녀 인끈: '잠불(簪紱)'은 관에 꽂는 비녀와 인끈 및 허리띠를 말한다. 옛날 관리의 복식으로 벼슬살이를 비유한다.

재미삼아 황정견의 시법[1]을 본뜨다

戲效庭堅體

포고[2] 황종[3] 마구 섞여 소리 내니	布鼓黃鍾漫混聲,
살 길 따져보니 돌아가 밭 갊이 맞네.	較量身計合歸耕.
속세[4] 애송이들 스스로 귀히 여기고	風塵兒輩自相貴,
문장 이름 난 신하들 모두 크게 우네.	文翰名臣皆大鳴.
세상과 함께 추이함은 고사의 말이요[5]	與世低昂高士論,

1) 황정견의 시법: '정견체(庭堅體)'는 황정견의 시법을 말한다. 황정견(黃庭堅, 1045~1105)은 분녕(分寧) 사람으로 자가 노직(魯直), 호가 산곡(山谷)·부옹(涪翁)이다. 어려서부터 경사백가(經史百家)·노장(老莊)·불학(佛學) 등을 공부하였고 시를 잘 지었다. 교서랑(校書郎)으로《신종실록(神宗實錄)》의 검수관이 되었으나, 실록 수찬이 불성실하다는 죄명으로 부주(涪州)로 좌천당하여 그 곳에서 죽었다. 강서 사람이었기 때문에 그를 중심으로 한 시파를 강서시파(江西詩派)라고 하였으며, 환골탈태(換骨脫胎)·점철성금(點鐵成金)·요체(拗體) 등의 시법을 내세웠다.

2) 포고: '포고(布鼓)'는 베로 만든 북으로, 보잘것없고 소리가 나지 않는 북을 말한다. 여기서는 능력이나 재주가 부족함을 비유한다. 한나라 왕존(王尊)이 동평왕(東平王)의 재상이 되었을 때, 왕 앞에서 태부(太傅)가 〈상서(相鼠)〉라는 내용을 강론하는 것을 보고는, "소리도 안 나는 베 북을 가지고 천지를 진동시키는 큰 북이 걸려 있는 뇌문 앞을 지나가지 말라.[毋持布鼓過雷門]"라고 하면서 변변찮은 재주를 가지고 자기 앞에서 뽐내지 말라는 뜻으로 힐난했던 고사가 전한다. 뇌문(雷門)은 회계(會稽)의 성문(城門)을 가리키는데, 뇌문 위에 걸린 북은 소리가 커서 낙양(洛陽)까지 들릴 정도였다고 한다.

3) 황종: '황종(黃鍾)'은 황종대려(黃鐘大呂)의 준말로, 고대 음악 12율 가운데 양율(陽律)의 첫 번째에 해당하며, 대려(大呂)는 12율 가운데 음율(陰律)의 네 번째에 해당하는데, 항상 음악이나 문사가 장엄(莊嚴)하고 정대(正大)하며 화해(和諧)하고 고묘(高妙)을 말한다.《초사》에 나오는 굴원의 〈복거(卜居)〉에 "웅장한 소리를 내는 황종은 버림을 받고, 질그릇 두드리는 소리만이 요란하게 울려 퍼진다.[黃鍾毁棄, 瓦缶雷鳴]"라는 내용이 있다.

4) 속세: '풍진(風塵)'은 전란이나, 티끌세상이나, 벼슬길을 말한다.

5) 세상과 …… 고사의 말이요: '여세저앙(與世低昂)'은 여세부침(與世浮沈)과 같은 말로, 세상의 흐름에 따라 같이 변하는 것을 말한다. 굴원의 〈어부사〉에서 "성인은 사물에 엉기거나 먹히지 않고 능히 세상과 더불어 추이한다.[聖人不凝滯於物, 而能與世推移.]"고 하였다.

때에 따라 인정 바꿈은 옛 친구 뜻이라.	隨時厚薄故人情.
십 년 동안 나라 안에 온통 일이 없어	十年家國渾無事,
곳곳마다 풍악 울려 태평함을 즐기네.	處處絃歌樂太平.

봄날의 사념

春思

복사 자두 바라보니 봄 햇살에 어여쁘고　　卽看桃李媚春暉,

산골 집[1] 생각하니 푸른 이내[2] 가렸네.　　坐想林扉掩翠微.

오솔길 걸어갈 때면 동곽선생 신발[3] 신고　　涉徑不無東郭履,

호미 들고 북산 올라 고사리[4]를 캐네.　　帶鉏堪採北山薇.

좋은 일은 이루기 쉽지 않음 알았으니　　從知好事成非易,

내 인생에 오랫동안 못 돌아감 한탄하네.　　自恨吾生久未歸.

오늘 시골 노인[5] 말씀에 무척 부끄러우니　　今日甚慚鄕老語,

한 사람의 산림 은거[6] 예로부터 드물다네.[7]　　一人林下古來稀.

---

1) 산골 집: '임비(林扉)'는 산림 속에 있는 집을 말한다.

2) 푸른 이내: '취미(翠微)'는 푸른 산기운에 가려진 산허리 깊은 곳이나, 청산을 가리키는 말이다.

3) 동곽선생 신발: '동곽리(東郭履)'는 궁색하게 사는 처지를 형용한 말이다. 《사기》 〈골계열전(滑稽列傳)〉에 "동곽 선생이 매우 가난하여 굶주리고 추위에 떨었으며 옷이 해지고 신발도 온전하지 못하여 눈길을 가는데 신발 윗부분은 있고 밑창이 없어서 발바닥이 땅에 닿아 길 가던 사람들이 웃었다."고 하였다.

4) 북산 올라 고사리: '북산미(北山薇)'는 당나라 두보의 〈추야(秋野)〉에 "가을바람 지팡이에 불어오고, 북산의 고사리가 싫지 않구나.[秋風吹幾杖, 不厭北山薇.]"라 하였고, 한악(韓偓)의 〈여와질심촌문일이랑관인성차편(余臥疾深村聞一二郎官因成此篇)〉에서 "시내 베고 바야흐로 북산의 고사리를 채노라.[枕流方采北山薇]" 하였다.

5) 시골 노인: '향로(鄕老)'는 《주례(周禮)》에 보면 관직 이름이었으니 여섯 향촌의 교화를 담당하였는데, 조정에서는 삼공(三公)을 이르고 향촌에서는 향로를 이르렀다고 하였다. 여기서는 마을에서 나이 많고 덕이 높은 사람을 말한다.

6) 산림 은거: '임하(林下)'는 나무숲 아래라는 뜻으로, 산림이나 전야(田野)에 물러나 숨어사는 곳을 말한다.

7) 예로부터 드물다네: '고래희(古來稀)'는 두보의 〈곡강(曲江)〉에서 나온 것으로, "술빚은 늘 가는 곳마다 있나니, 인생 칠십 예로부터 드물었다네.[酒債尋常行處有, 人生七十古來稀.]"라고 하였다.

부슬비

微雨

먹구름[1]을 언뜻 보니 사방[2]에서 일어나고　　纔看膚寸起江湖,
가볍게 비가 날려 푸른 풀에 뿌리도다.　　已有輕霏灑綠蕪.
바람결에 부슬부슬 듬성하다 촘촘하고　　風外廉纖踈復密,
언덕머리 어둑어둑 있는 듯 없는 듯해.　　岸頭冥漠有如無.
축 늘어진 버들가지 안개 속에 가물가물　　徐沉柳帶依依霧,
잠깐 이은 구슬 실에 진주알이 송알송알.　　乍綴珠絲箇箇珠.
여러 생물 두루 적셔 피는 뜻이 생기니　　羣物普霑生發意,
마른 나무 붉은 빛[3]을 두른 게 우습구나.　　笑他枯木亦紆朱.

---

1) 먹구름: '부촌(膚寸)'은 비오기 전에 몰려와서 점차 집합하는 검은 먹구름을 말한다.
2) 사방: '강호(江湖)'는 은둔 선비의 거처를 가리키기도 하지만, 여기서는 사방 각지를 의미한다.
3) 붉은 빛: '우주(紆朱)'는 우주타자(紆朱拖紫)의 뜻으로, 지위가 높고 귀하게 됨을 말한다. 주(朱)나 자(紫)는 고관이 차고 두르는 인수(印綬)의 색을 의미한다.

파향[1]의 마을사람에게 부치다

寄巴鄉社人

적은 녹봉에 긴 몸 잘못 얽매여	誤因微祿絆長身,
전원 회상하며 꿈 자주 꾸었네.	回想田園片夢頻.
마구간 말[2] 부질없이 천리마 뜻 품고	櫪馬謾存千里志,
숲속 꾀꼬리 다시 한 해 봄을 알리도다.	林鸎又報一年春.
푸른 솔과 대나무 세 오솔길[3] 마련하고	蒼松翠竹餘三徑,
작은 풀과 들꽃[4]들이 사방 이웃이로구나.	細草閒花屬四隣.
복사꽃잎 물결[5] 강마을에 얼마나 높아졌을까?	桃浪江村高幾許?
흰 갈매기 못 돌아간 사람 보고 웃겠지.	白鷗應笑未歸人.

1) 파향: '파향(巴鄉)'은 파릉 마을로, 옛날에 서울 양천구와 김포 일대를 파릉이라고 하였다.

2) 마구간 말 : '역마(櫪馬)'는 마구간에 매인 말로 속박되어 자유롭지 못한 신세를 비유한 말이다. 조조(曹操)의 〈보출하문행(步出夏門行)〉에 "늙은 천리마 구유에 엎드려 있으나 뜻은 천리 밖에 있고, 열사(烈士)는 늙어도 장쾌한 마음 그치지 않노라.[老驥伏櫪, 志在千里, 烈士暮年, 壯心不已.]"라고 하였다.

3) 세 오솔길: '삼경(三徑)'은 세 개의 오솔길로 전원으로 돌아가 숨어사는 사람의 집과 동산을 말한다.

4) 작은 풀과 들꽃: '세초한화(細草閒花)'는 한화야초(閒花野草)를 말하며, 야생으로 자란 화초를 가리킨다.

5) 복사 꽃잎 물결: '도랑(桃浪)'은 복사꽃이 피는 무렵에 복사꽃잎이 물위에 떠서 일렁이는 물결로 도화랑(桃花浪)이라고도 한다. 두보(杜甫)의 〈춘수(春水)〉에 "삼월의 복사꽃 물결, 강물은 옛 자취 회복하네.[三月桃花浪, 江流復舊痕.]"라고 하였다.

조정에서 물러나 아쉬운 마음을 적다
朝退紀恨

세상 다스릴 뜻 이미 헛됨 한탄하다	自恨治平計已虛,
문필직책 다시 좇곤 일마다 버성기네.	更從文墨業全踈.
여생을 밭 갈고 낚시하다 마쳐야 할 뿐인데	餘生只合終耕釣,
오늘 어찌 문서[1] 두려워할 줄 알았겠는가?	今日何知畏簡書?
늘그막 벼슬살이 호랑이등에 묶인 듯하고[2]	老去宦蹤如縛虎,
병 들어 시름에 눈껌벅임 환어[3] 닮았구나.	病來愁睫似鰥魚.
그림의 떡으로 주린 배 속인 게[4] 안타까워	深憐畫餠欺饑腹,
동쪽 언덕[5] 처음 소원 부르던 일[6] 생각하네.	思向東皐賦遂初.

---

1) 문서: '간서(簡書)'는 고계(告誡)나, 책명(策命)이나, 맹세(盟誓)나 징소(徵召) 등의 일에 관한 문서를 말한다.

2) 호랑이등에 묶인 듯하고: '여박호(如縛虎)'는 벼슬은 호랑이를 타고 달리는 기호지세(騎虎之勢)와 같아서 이미 벼슬길에 들어서면 중도에 그만둘 수 없음을 이르는 말이다.

3) 환어: '환어(鰥魚)'는 외롭게 홀로 지내며 밤새 잠자지 아니하고 눈을 껌벅이며 돌아다닌다는 물고기이다. 홀아비의 모습을 닮았다고 하여 홀아비 물고기라고 한다.

4) 그림의 떡으로 주린 배 속인 게: '화병(畫餠)'은 화중지병(畵中之餠)의 준말로, 그림 속의 떡으로 손에 넣을 수 없음을 뜻하니, 허망한 것을 좇아 주린 배를 채우지 못한 것을 스스로 책망한 것이다. 또한 화병충기(畫餠充饑)는 떡을 그려서 배고픔을 달래기 어렵고, 매실을 보면서 갈증을 해소하기 어려움을 말한다.

5) 동쪽 언덕: '동고(東皐)'는 돌아가 은거하는 전원을 가리키는 말이다. 진(晉)나라 도연명은 〈음주(飮酒)〉에서 "동쪽 울타리 아래서 국화를 따며, 가만히 남산을 바라보도다.[採菊東籬下, 悠然見南山.]"라고 하였고, 위(魏)나라 완적(阮籍)은 자가 사종(嗣宗), 죽림칠현의 한 사람으로 노장(老莊)의 학문을 연구하고, 술과 청담(淸談)을 즐겼는데, 〈예장공(詣蔣公)〉에서 "바야흐로 장차 동쪽 언덕 남쪽으로 돌아가 기장과 수수의 세를 내리라.[方將耕於東皐之陽, 輸黍稷之稅.]" 하였고, 당나라 왕적(王績)은 자가 무공(無功)으로 장산(壯山) 동고(東皐)로 돌아가 은거하면서 자호를 동고자(東皐子)라 하였으며, 송나라 조보지(晁補之)는 자가 무구(無咎)로, 〈팔선안명(八仙案銘)에서 "동쪽 언덕 솔과 대가 있는 집에서, 술을 마시니

여덟 신선의 술상이어라. 여덟 신선이 어찌 반드시 오리오? 소나무와 대나무가 절로 나의 친구로다.[東皐松菊堂, 飮中八仙案. 八仙何必來? 松菊自吾伴.]"라고 하였다.

6) 처음 소원 부르던 일: '수초(遂初)'는 처음에 소원한 바를 이루는 것이니, 벼슬을 버리고 전원에 은거하는 것을 말한다. 《진서(晉書)》 〈손작전(孫綽傳)〉에, 진(晉)나라 손작(孫綽)이 젊어서 허순(許詢)과 함께 속세를 초탈하려는 뜻을 갖고 10여 년간 산림에서 호방하게 살면서 〈수초부〉를 지어 부르며 그 뜻을 다하였다 한다.

술을 마주하고

對酒

바람 겁내는 야윈 몸 겹문발 내리고 　 惕風瘦骨下重簾,
시렁 가득 시서 또한 게을리 집는구나. 　 滿架詩書亦懶拈.
푸른 이끼 작은 길에 불어남을 사랑하고 　 閒愛碧苔滋小徑,
새로 온 제비 소리 앞 처마에서 듣는구나. 　 靜聞新燕語前簷.
몸은 아픈 손 오래 옷소매에 감추인 듯 하고 　 身如病手長藏袖,
시름은 주머니 송곳 뾰족하게 삐져 나온 듯. 　 愁似囊錐立見尖.
갈포 두건[1] 두 손에 잡아 흰 술 걸러내고 　 偶把葛巾篘白酒,
취함을 고향 삼아 복희 신농씨[2] 꿈꾸도다. 　 醉爲鄕處夢羲炎.

---

1) 갈포 두건: '갈건(葛巾)'은 처사나 은사가 쓰는 갈포(葛布)로 만든 두건으로, 도연명은 술이 익으면 갈건을 가지고 술을 거르고 다시 닦아서 머리에 썼다고 한다. 이백의 〈희증정율양(戲贈鄭溧陽)〉에 "소담한 거문고는 본래 줄이 없고, 술 거를 때에는 갈건을 쓴다네. 맑은 바람 부는 북쪽 창 아래에서, 스스로 복희씨 때 사람이라고 하네.[素琴本無絃, 漉酒用葛巾. 淸風北窓下, 自謂羲皇人.]" 하였다.

2) 복희 신농씨: '희염(羲炎)'은 태고 때 제왕인 태호복희씨(太昊伏羲氏)와 염제신농씨(炎帝神農氏)를 말한다. 복희씨는 중국 고대 전설상의 제왕인 삼황오제(三皇五帝)의 하나로, 그물을 만들어 사람들에게 고기잡이를 가르치고 팔괘(八卦)를 만들었다고 전한다. 신농씨는 중국 고대 전설상의 제왕인 삼황오제(三皇五帝)의 하나로서, 사람들에게 농사짓는 법을 가르쳤으며, 팔괘(八卦)를 겹쳐 육십사괘(六十四卦)로 점을 보는 방법을 만들었고, 오현금(五絃琴)을 만드는 등 농업, 의약, 음악, 점술, 경제의 시조로 알려져 있다. 따라서 여기서 '희염(羲炎)'을 꿈꾼다는 것은 물고기 잡고 농사를 짓는 백성이 되겠다는 뜻을 나타낸 것이 된다. 《진서(晉書)》 〈도잠전(陶潛傳)〉에 의하면, 도연명은 어느 여름날에 맑은 바람이 불어오는 북쪽 창 아래 누워서 희황 이전 사람[羲皇上人]이라고 자칭하였다. 소식(蘇軾)도 〈범주성남운운(泛舟城南云云)〉에서 "남곽의 맑은 놀이는 안연지 사영운의 뒤를 잇고, 북창에 돌아와 누우니 희염의 백성과 같네.[南郭淸游繼顔謝, 北窓歸臥等羲炎.]" 하였다.

작은 누각에서 부질없이 흥이 나다

小閣謾興

이 몸 버들솜 같아 떠도는 티끌에 섞이어	是身如絮混流塵,
꿈속에서 예전대로 숨은 공빈[1] 부르네.	夢裏依然喚孔賓.
공명에 좋은 재미없음 문득 깨닫고	頓悟功名無好味,
물고기 새 줄곧 좇아 한인 되었네.	穩從魚鳥作閒人.
시의 뜻 우뚝하여 꽃밭에서 술 마시고	詩情凌厲花邊酒,
산기운 선명하여 비온 뒤에 봄을 맞네.	山氣鮮明雨後春.
볼품없는 둔한 근기[2] 모두 져서 다했으니	一吷鈍根俱落盡,
고고하게 지내면서[3] 고운 봄날[4] 보내리.	不妨高卧度芳辰.

---

1) 공빈: '공빈(孔賓)'은 동진(東晉) 때 은사(隱士)인 기가(祈嘉)를 가리키니, 공빈은 기가의 자이다. 《진서(晉書)》 〈은일전(隱逸傳)〉에 의하면, 기공빈이 젊어서부터 청빈(清貧)하고 학문을 좋아했는데, 나이 20살 무렵이 되던 어느 날 밤에 갑자기 창밖에서 "기공빈! 기공빈! 빨리 숨어라, 빨리 숨어라. 세상에 나가면 소득은 털끝만 못하고 잃는 것은 태산같이 클 것이다."라고 말하여 다음날 아침에 그대로 서쪽으로 도망하여 돈황(敦煌) 학사에 들어가 글을 읽어 훗날 경전(經傳)에 널리 통달하는 큰 학자가 되었고, 문인이 2천여 명이나 되었으며, 끝내 세상에 나가지 않아서 장수를 누리며 살았다고 한다.

2) 볼품없는 둔한 근기: '일혈(一吷)'은 검두일혈(劍頭一吷)로, 바람이 칼자루 끝에 있는 작은 구멍을 스쳐가는 미세한 소리를 말하니, 볼품없는 것을 이르는 것이다. 둔근(鈍根)은 재능이나 성질이 어리석고 둔함을 말한다. 《장자》에 "혜자(惠子)가 말하기를, '대저 대나무 관에 부는 것은 오히려 피리소리가 있고, 칼의 고리에 부니 오히려 소리가 아주 적을 뿐이다. 요(堯)·순(舜)은 사람마다 칭찬하는 바인데, 대진인(戴晉人)에게 요·순을 말하는 것은 칼고리를 한번 불어 소리 내는 것과 같다.[惠子曰, 夫吹筦也, 猶有嗃也, 吹劍首者, 吷而已矣, 堯舜人之所譽也, 道堯舜於戴晉人之前, 譬猶一吷也.]"라고 하였다.

3) 고고하게 지내면서: '고와(高臥)'는 고침(高枕)과 같은 말로, 벼슬살이 그만두고 물러나서 은거하는 것을 말한다.

4) 고운 봄날: '방신(芳辰)'은 아름답고 좋은 시절을 가리키니, 온갖 꽃이 피어 곱고 향기로운 봄날을 말한다. 남조(南朝) 때 양(梁)나라 심약(沈約)의 〈반설부(反舌賦)〉에서 "이 달에 꽃다

운 날을 대하다[對芳辰於此月]"라고 하고, 당나라 진자앙(陳子昂)의 〈삼월삼일연왕명부산정(三月三日宴王明府山亭)〉에서 "늦봄 아름다운 달이요, 상사일 꽃다운 날이라.[暮春嘉月, 上巳芳辰.]"이라 하여 3월을 가리키기도 하였다.

봄날 낮잠 자는 재미

春晝睡興

봄날 내내 술 없고 또 시도 없이	一春無酒復無詩,
꾀꼬리와 꽃 그냥 보니 바보 같네.	謾對鸎花意似癡.
시름 겨워 눈 감아도 끊지 못함 잘 알고	惱眼極知愁不去,
팔 베고 누워도[1] 잠자기에나 마땅하네.	曲肱唯有睡相宜.
위태한 고비 오르고 오르다 뚝 그치고	危機頓絶騰騰處,
즐거운 흥취 팔랑팔랑할 때[2] 아주 많네.	樂趣偏饒栩栩時.
잠 깨면 균천곡[3] 아직 귓속에 들리고	覺後鈞天猶在耳,
꿈 꾸면 으레 다시 함지[4]에 이르네.	夢中應復到咸池.

1) 팔 베고 누워도: '곡굉(曲肱)'은 《논어》 〈술이(述而)〉에 "거친 밥을 먹고 물을 마시며 팔을 베고 눕더라도 즐거움이 또한 그 가운데에 있다.[飯疏食飮水, 曲肱而枕之, 樂亦在其中矣.]"라고 하였다.

2) 팔랑팔랑할 때: '허허(栩栩)'는 생동감 있게 활동하는 모양을 말한다. 《장자》 〈제물론(齊物論)〉에 의하면, 옛날에 장주가 꿈속에서 나비가 되었는데 팔랑팔랑 날아다니는 나비였다[昔者莊周夢爲胡蝶, 栩栩然胡蝶也.]고 하였다.

3) 균천곡: '균천(鈞天)'은 하느님이 있는 하늘 중앙을 말한다. 또는 균천곡(鈞天曲)을 가리키니, 하늘에 고르게 널리 퍼지는 음악[鈞天廣樂], 곧 자연의 음향을 말한다. 진(晉)나라 조간자(趙簡子)가 꿈에 하늘로 올라가 들었다는 음악으로, 아주 미묘한 천상(天上)의 음악을 말한다.

4) 함지: '함지(咸池)'는 요임금의 음악 또는 황제(黃帝)의 음악이라고 한다. 여기서는 요순임금의 태평성대의 노래를 듣는 곳에 이르게 된다는 의미로 쓰였다.

늦봄

暮春

자고 일어나 침상 머리 각건[1] 만지며	睡起床頭撫角巾,
네 삶이 어쩌다가 이다지 갈팡질팡했나?[2]	爾生何事此逡巡.
티끌세상 어긋난 꿈 몹시 안타깝지만	深憐塵土差池夢,
수풀동산 화려한 봄 다시 지나는구나.	復過林園爛熳春.
외상술이 또한 불로약 아니요	賒酒亦非難老藥,
문 닫아도 아직 못 돌아갈 신세.	閉門猶是未歸身.
동군[3] 제 맘대로 번질나게 왔다가거늘	東君任意頻來去,
공명 고삐[4] 오래도록 매인 이 몸 우습네.	應笑名韁久絆人.

---

1) 각건: '각건(角巾)'은 옛날에 은사(隱士)나 관직에서 물러난 사람이 쓰던 네모진 두건을 말한다.

2) 갈팡질팡했나?: '준순(逡巡)'은 나아가지 못하고 뒤로 물러나는 것이니, 어떤 일을 행하지 못하고 우물쭈물 갈팡질팡하는 것이다.

3) 동군: 봄을 맡은 신으로 청제(青帝)라고도 하며, 봄기운을 말한다.

4) 공명 고삐: '명강(名韁)'은 공명의 고삐이니 공명이 사람들을 속박하기 때문이다.

초여름

初夏

아름다운 여름철[1] 시작되니	令節開槐夏,
긴 가뭄[2] 보리결실[3] 막네.	恒陽阻麥秋.
제 철 지난 지빠귀[4] 울고	過時啼反舌,
밤새도록 묘수[5]가 보이네.	連夜見旄頭.
나 많은 늙은 몸 무얼 돕겠나?	年老身何補?
시국 위태하니 물러나도 걱정.	時危退亦憂.
휘장[6] 안 정사 아지 못하니	不知帷幄裏,
뉘 다시 계책[7] 빌려 주리오?	誰復借前籌?

1) 여름철: '괴하(槐夏)'는 여름철을 가리키니, 홰나무가 꽃을 피우는 것이 여름철이기 때문이다.

2) 긴 가뭄: '항양(恒陽)'은 일정한 기간 동안 날씨가 맑은 것으로, 오랜 가뭄을 의미한다.

3) 보리 결실: '맥추(麥秋)'는 음력 4월과 5월이 보리가 여무는 때이므로 맥추(麥秋)라고 한다.

4) 지빠귀: '반설(反舌)'은 혀를 잘 굴려 여러 가지로 울기 때문에 붙여진 이름으로, 백설조(百舌鳥)라고도 한다. 종종 소인의 참언(讒言)에 비유하기도 한다. 《예기》 〈월령(月令)〉에 의하면, 반설조는 봄철에 울다가 5월이 되면 우는 소리가 사라진다고 하였다.

5) 묘수: '모두(旄頭)'는 묘수(昴宿)이니, 28수(宿)의 하나로 서방 백호(白虎) 7수(宿) 가운데 넷째별이다. 한나라 승상 소하(蕭何)가 묘성(昴星)의 정기를 가지고 태어났다는 전설에 의거하여 위대한 인물이 태어남을 비유하거나, 남을 칭송하는 말이 되기도 한다.

6) 휘장: '유악(帷幄)'은 천자가 거처하는 곳에 반드시 휘장을 설치하기 때문에 제왕(帝王)을 가리키거나, 조정을 가리키는 말이 되었다. 이에 유악근신(帷幄近臣)은 군주를 시종(侍從)하고 국정 계획에 참여하는 중신(重臣)을 말한다.

7) 계책: '전주(前籌)'는 앞에 놓인 젓가락이라는 뜻으로 좋은 방책이나 계책을 의미한다. 한나라 한신(韓信)이 유방(劉邦)에게 전략을 설명할 때 앞에 놓인 젓가락을 들어 쉽게 설명하였다고 한다.

동경계첩[1]에 쓰다

題同庚契帖

금란 계합[2] 약속 조항 구비하고	蘭金修契約條俱,
동갑끼리 부디 변치 말자 알려주네.	報與同庚庶不渝.
태어난 달과 날을 앞뒤 순서 삼으니	月日後先堪作序.
죽고 사는 근심을 어찌 돕지 않으랴?	死生憂患盍同扶?
만남에 관직 예절[3] 구속 받지 말고	相逢禮數休拘束,
이르는 곳 형편 따라 술상 갖추리라.	隨處盃盤稱有無.
향산[4]을 본받아 빼어난 자취 따르며	略倣香山摹勝蹟,
리 수염 서로 웃으며 위로 받는구나.	笑看形像摠霜鬚.

1) 동경계첩: '동경계(同庚契)'는 동갑계(同甲契)를 말한다. 경(庚)은 나이를 의미하니 동경(同庚)은 나이가 서로 같은 것을 말한다. 청나라 고장사(顧張思)는 《토풍록(土風錄)》에서 "年齒曰庚, 問人年曰尊庚, 同年歲曰同庚."이라고 하였다. 윤순지가 선조 23년(1590) 경인년(庚寅年)에 태어났으므로 경인년 동갑끼리 계모임을 갖는 것을 말한다. 조선시대에는 특별한 일을 기념하여 계를 만들거나 동방(同榜)이나 동갑, 또는 같은 관사의 관원들이 친목의 계를 만들고, 모임을 가진 뒤에 이를 기념하기 위하여 그 사실과 시문(詩文)을 적고 이를 권축(卷軸)으로 만들어 나누어 가졌다.

2) 금란 계합: '난금수교(蘭金修契)'는 금란지교(金蘭之交)에서 온 말로, 단단하기가 황금과 같고 아름답기가 난초 향기와 같은 좋은 교제라는 뜻이다.

3) 관직 예절: '예수(禮數)'는 관직의 품계나 예절을 말한다.

4) 향산: '향산사(香山社)'를 말하며, 향사(香社) 또는 향화사(香火社)라고도 한다. 당나라 시인 백거이(白居易)가 승려 여만(如滿) 등과 함께 조직한 계모임이자 시사(詩社)이다. 곧 뜻이 맞는 일을 평생 함께 하기로 맹약(盟約)함을 나타낸 말이다. 당나라 백거이(白居易)는 자(字)가 낙천(樂天)이며, 만년에 호를 향산거사(香山居士) 또는 취음선생(醉吟先生)이라고 하였다. 낙천(樂天)에서 운명에의 순응과 달관의 취지를, 향산거사의 거사(居士)에서 독실한 불자였음을, 취음선생에서 술과 시를 향유했음을 짐작할 수 있다.

행명재시집 권 5

涬溟齋詩集 卷五

감옥에서 나와 유배지로 향하다[1)]

出獄向謫所

귀양 나그네[2)] 이른 새벽 도성[3)]을 나와	遷客凌晨出鳳城,
여윈 말 채찍질하며 서쪽노정 재촉하네.	强鞭羸馬促西征.
깊은 의금부[4)]에서 산꼭대기 바라보곤[5)]	曾深廷尉山頭望,
굴원이 못가 걷던 일[6)] 한탄하지 않았네.	不恨靈均澤畔行.
새장에 갇힌 새 사는 것이 허망하고	羇羽樊籠生是妄,

---

1) 감옥에서 나와 유배지로 향하다: 윤순지의 나이 65세 때인 효종 5년(1654) 1월에 이원구의 옥사를 신속하게 처리하지 못한 일로 도형을 치룬 뒤에 황해도 연안으로 유배되었다. 도형(徒刑)은 죄를 범하여 감옥에서 강제 노동을 하면서 복역(服役)하는 형벌로, 복역 기간은 1년에서 3년까지이며, 5등급으로 나누어 장(杖) 10대와 복역 반년을 한 등급으로 하였다.

2) 귀양 나그네: '천객(遷客)'은 남이 헐뜯어 벼슬을 빼앗겨 쫓겨나는 사람이니 귀양 가는 사람을 말한다.

3) 도성: '봉성(鳳城)'은 나라의 도성을 말한다.

4) 의금부: '정위(廷尉)'는 진(秦)나라 때 설치한 형옥(刑獄)을 관장하던 벼슬로, 조선시대 의금부(義禁府)를 가리킨다.

5) 산꼭대기 바라보곤: '정위산두(廷尉山頭)'는 산두정위(山頭廷尉)에서 온 말이다. 동진(東晉) 때 장군 소준(蘇峻)는 조정에서 불러도 나가지 않았다. 그는 유량(庾亮)이 자신을 해치려 꾸민 것이라 의심하여 병사들을 단속하면서 스스로를 지켰다. 조정에서 사자를 보내 그를 풍유하자 소준이 말하기를, "정조에서는 내가 모반하려 한다고 말하니 어찌 살아날 수 있겠는가? 나는 차라리 산꼭대기에서 정위(廷尉)를 바라볼지언정 정위에 들어가 산꼭대기를 바라보지는 않으리라."하고 난을 일으켰다. 이에 '산두정위(山頭廷尉)'는 조정의 부름을 듣지 않는 사람을 가리킨다. 소준이 조정의 부름을 듣지 않고 '산꼭대기에서 정위를 바라본다고[山頭廷尉]' 했으나, 여기서는 반대로 의금부 감옥에 갇혔기에 '정위에서 산꼭대기를 바라본다고[廷尉山頭]' 말한 것이다.

6) 굴원이 못가 걷던 일: '영균(靈均)'은 초(楚)나라 굴원(屈原)의 자이며, '택반행(澤畔行)'은 조정에서 쫓겨난 굴원이 지은 〈어부사(漁父辭)〉에 나오는 말로, "굴원이 이미 쫓겨나 강가에서 노닐고 못가를 가면서 읊음에 안색이 초췌하고 형용에 메말랐다.[屈原旣放, 游於江潭, 行吟澤畔, 顔色憔悴, 形容枯槁.]"고 하였다.

물속에 숨은 교룡[7] 죽어서도 영광이라. 蟄鱗湖海死猶榮.
앞길 먼 것이 얼마쯤인지 아나니 前途近遠知何許,
밭으로 나아가서 농사일[8]을 묻네. 且向田間問耦耕.

7) 숨은 교룡: '칩린(蟄鱗)'은 숨은 교룡(蛟龍)으로, 몸을 숨기고 사는 지조 있는 선비를 비유한 말이다.

8) 농사일: '우경(耦耕)'은 두 사람이 나란히 밭을 가는 것으로, 무릇 농사짓는 일을 가리킨다.

저녁에 파주 시골집을 지나며

夕過坡庄

세상일[1]로 오래도록 와보지 못하여서	曾縛塵纓久未歸,
이번 걸음 시골옛집[2] 보기 부끄럽네.	此行羞見舊林扉.
헤매다가[3] 돌아옴 끝내 늦지 않아서	迷途一復終非晩,
애들에게 낚시터 잘 지키라 명하였네.	分付兒童護釣磯.

1) 세상일: '진영(塵纓)'은 속세의 일이나 벼슬살이를 비유한 말이다. 당나라 백거이(白居易)의 〈장락정류별(長樂亭留別)〉에 "티끌 갓끈 세상 그물 거듭거듭 묶이도다.[塵纓世網重重縛.]"라고 하였다.

2) 시골 옛집: '임비(林扉)'는 산림(山林) 가운데 있는 집으로, 시골집을 말한다.

3) 헤매다가: '미도(迷途)'는 길을 헤매거나 잃는 것을 말한다. 진(晉)나라 도잠(陶潛)의 〈귀거래사(歸去來辭)〉에 "실로 길을 헤맸으나 멀지 않았으며, 지금이 옳고 어제가 그름을 깨달았도다.[實迷途其未遠, 覺今是而昨非.]"라고 하였다. 또한 '미도(迷途)'는 혼란(昏亂)한 세상을 비유한다. 또는 미도지반(迷途知反)의 준말로, 길을 잃고 헤매다가 돌아올 줄 아는 것을 가리키니, 잘못을 저지른 뒤에 바르게 고침을 비유한다.

잠시 머물다[1)]

旅泊

외딴 읍성 밖 잠시 머무니	旅泊孤城外,
강 마을 이월 초 되었구나.	江鄉二月初.
어지러운 구름 해[2)] 가리고	亂雲霾日軸,
깊은 골짝 우레소리[3)] 울리네.	陰壑碾雷車.
물길 트고 무너진 둑 쌓고	決水防頹岸,
띠 엮어 허름한 집 고치네.	編茅補弊廬.
남은 인생 잘 먹고 잘 지낸다면[4)]	餘生猶健食,
어디인들 편안하게 살지 못하랴?	何地不安居?

1) 잠시 머물다: '여박(旅泊)'은 여행 중에 잠시 머문다는 뜻이다. 또한 표박(飄泊)과 같은 뜻으로, 정처 없이 떠돎을 말한다.

2) 해: '일축(日軸)'은 일거(日車)를 가리키니 해를 말한다. 옛날 전설에 태양이 탄 수레를 여섯 마리의 용이 끄는 것이라고 하였다.

3) 우레 소리: '뇌거(雷車)'는 우레의 신이 탄 수레로, 수레가 굴러가듯이 우르릉우르릉하는 우레 소리를 말한다.

4) 잘 먹고 잘 지낸다면: '건식(健食)'은 음식을 맛있게 잘 먹거나 많이 먹는 것이니, 여기서는 잘 먹고 지냄을 의미한다.

흥분된 마음을 다스리다

撥興

골짝새 꽃소식 재촉하고	谷鳥催花信,
강물 위 구름 달빛 번지네.	江雲放月光.
계절은 슬금슬금[1] 지나가고	天時從冉冉,
이별 뒤 그리움 점점 아득하네.	離思轉茫茫.
고민거리 다스려 시집 이루고	撥悶詩成集,
오래 머물며 취향[2] 지으리.	留年醉作鄕.
영욕이 내게 무슨 상관있으랴?	榮枯何與我?
마땅히 하늘[3]에 맡겨야 하리라.	端合任穹蒼.

1) 슬금슬금: '염염(冉冉)'은 세월이 점점 흘러가는 모양이다. 또는 빛이 번쩍이는 모양이나, 아주 바쁜 모양을 말하기도 한다.

2) 취향: '취향(醉鄕)'은 술에 얼큰히 취해 느끼는 즐거운 경지를 말한다.

3) 하늘: '궁창(穹蒼)'은 창천(蒼天) 또는 천제(天帝)를 가리킨다.

살 곳을 점치다

卜居

벼슬살이 나고 듦 누구 좇아 결정하고	去就從誰定,
몸과 명예 어느 것을 가까이 해야 하나?	身名較孰親?
노쇠하여 중한 책무 짊어지기 어려웠고	年衰難負重,
속이 좁아 사람들과 맞추지를 못하였네.[1]	性狹不宜人.
팔준 팔급[2] 어찌하여 한나라를 도왔는가?	俊及那扶漢?
기리계와 하황공[3] 함께 진을 피하였네.	綺黃合避秦.
평소 품은 뜻 가엾구나	可憐平日志,
양신[4] 되기만 원하였나니.	唯願作良臣.

---

1) 사람들과 맞추지를 못하였네: '의인(宜人)'은 사람들의 마음에 잘 맞추는 것을 말한다.

2) 팔준 팔급: '준급(俊及)'은 팔준(八俊)과 팔급(八及)으로, 팔준(八俊)은 동한(東漢) 때 재망이 있는 여덟 사람을 일컬으며, 팔급(八及)은 동한(東漢) 때 사대부들이 서로 표방하는 현덕이 있고 영향력이 있다고 칭송하는 여덟 사람을 가리킨다. 여기서 급(及)은 다른 사람을 이끌 수 있는 숭앙 받는 현인을 이르는 말이다.

3) 기리계와 하황공: '기황(綺黃)'은 기리계(綺里季)와 하황공(夏黃公)으로, 진(秦)나라 때 난리를 피하여 상산(商山)에 숨어 살았던 상산사호(商山四皓)에 속하는 인물이다. 상산사호(商山四皓)의 나머지 두 사람은 동원공(東園公)과 녹리선생(甪里先生)이다.

4) 양신: '양신(良臣)'은 선량한 신하를 말한다. 한나라 유향(劉向)의 《설원(說苑)》 〈신술(臣術)〉에 여섯 종류의 정당한 품행을 지닌 신하 육정(六正)과 사악한 신하 육사(六邪)를 말했는데, 육정은 성신(聖臣)·양신(良臣)·충신(忠臣)·지신(智臣)·정신(貞臣)·직신(直臣)이고, 육사는 구신(具臣)·영신(佞臣)·간신(姦臣)·참신(讒臣)·천신(賤臣)·망국신(亡國臣)이다.

들판을 바라보다

野眺

들판 촉촉하니 방금 비 지나갔고	野潤纔經雨,
수풀 환하니 이미 봄을 만났구나.	林明已得春.
푸른 이내 먼 나무에 떠오르고	青煙浮遠樹,
맑은 물에 물고기 뛰어오르네.	白水躍潛鱗.
꽃핀 소식 차츰차츰 다가오니	花事沾沾逼,
시 재료 맨날맨날[1] 새롭도다.	詩材故故新.
사람 만나 돌아가는 길 물으니	逢人問歸路,
너른 바다 나루터에 가라 하네.[2]	滄海是通津.

1) 맨날맨날: '고고(故故)'는 '누누이', '늘[常常]'의 뜻이다.

2) 나루터에 가라 하네: '통진(通津)'은 나루터로 통한다는 뜻으로, 이는 《논어》 〈미자(微子)〉에서 공자가 장저(長沮)와 걸익(桀溺)에게 자로로 하여금 나루터를 묻게 하였다는[使子路問津] 고사에서 유래한 말이다.

재미삼아 읊조리다[1)]

戱占

연못가 한가한 정취 넉넉하니	澤畔饒閒趣,
나의 삶 취향에 의탁하노라.	生涯托醉鄕.
손을 줄곧 소매에 넣어두고	手仍藏袖穩,
마음 다시 남에게 주지 않네.	情復與人忘.
산이 가까와 시작 많이 돕고	山近詩多助,
꽃이 피니 말 또한 향기롭다.	花開語亦香.
북쪽 창가[2)]에서 한 바탕 꿈 깨어나니	北窓回一夢,
꾀꼬리 울음소리 등침상 곁에 들리네.	鸎韻傍藤床.

1) 읊조리다: '점(占)'은 구점(口占)을 가리키니 즉흥적으로 입으로 읊조려서 시를 짓는 것을 말한다. 구호(口號)'라고도 한다.

2) 북쪽 창가: '북창(北窓)'은 진(晉)나라 도연명의 〈여자엄등소(與子儼等疏)〉에서 "오뉴월 중에 북쪽 창문 아래에 누워 있으면 서늘한 바람이 이따금씩 불어오곤 하는데, 스스로 옛날 복희 신농 황제 때의 사람이라고 이른다.[五六月中, 北窓下臥, 遇凉風暫至, 自謂是羲皇上人.]"라고 한 말에 의거한다.

봄날 시름

春愁

부평초 신세에도 속박되고 萍梗猶拘縶,
덥고 춥고 쉬 변하는 세태. 炎凉易變移.
일 많아 오랜 계획[1] 어긋나고 事多違宿計,
몸 이미 태평 시절[2] 멀어졌네. 身已遠淸時.
병든 말이 천리 길 생각하고 病馬思千里,
주린 까마귀[3] 가지 하나[4] 그리네. 飢烏戀一枝.
강가 풀 사랑스럽고 可憐江上草,
봄기운[5] 점점 퍼지네. 春意漸離離.

---

1) 오랜 계획: '숙계(宿計)'는 오래 전부터 한결같이 마음속에 품었던 고향 전원으로 돌아가서 살겠다는 계획이자 소박한 뜻을 말한다.

2) 태평한 시절: '청시(淸時)'는 청평(淸平)한 때나, 태평성세를 말한다.

3) 주린 까마귀: '기오(飢烏)'는 형편없는 사헌부 관리를 비유하는 말이다. 《한서(漢書)》 〈주박전(朱博傳)〉에 보면 "이때 어사부의 관사에 우물물이 모두 마르고 어사부 안에 잣나무가 있었는데 항상 까마귀가 잣나무 위에 수천 둥지를 짓고 자며 새벽에 날아갔다가 저녁에 돌아오기 때문에 조석오(朝夕烏)라고 하였다. 이에 사헌부를 오부(烏府), 또는 오대(烏臺)라고 부르게 되었다.

4) 나뭇가지 하나: '일지(一枝)'는 《장자(莊子)》 〈소요유(逍遙遊)〉에 "뱁새가 깊은 숲 속에 둥지를 짓는다 해도 하나의 나뭇가지에 지나지 않는다.[鷦鷯巢於深林, 不過一枝.]"라고 한 것에 의거하는 말이다.

5) 봄기운: '춘의(春意)'는 봄날에 온갖 초목들이 피어나려고 하는 기운을 말한다.

백두음[1)]

白頭吟

재앙 질병 번갈아 뼈 속에 스미고	災疾交侵骨,
영예 쇠락 아울러 마음을 괴롭히네.	榮枯並苦心.
세상 누가 헤진 비[2)] 귀히 여길까?	世誰珍弊箒?
사람들 잃은 비녀[3)] 아까워하지 않네.	人不惜亡簪.
바람 불면 물결 자기 어렵고	風起波難定,
구름 끼면 달빛 쇠기 쉬워라.	雲生月易陰.
젊은 날 즐거움 부질없이 생각하다	謾思年少樂,
다시금 그렁저렁 〈백두음〉을 짓네.	還作白頭吟.

1) 백두음: '백두음(白頭吟)'은 악부 이름으로 《서경잡기(西京雜記)》에 의하면, 한나라 사마상여(司馬相如)가 무릉(茂陵) 여인을 불러들여 첩으로 삼으려 하자 탁문군(卓文君)이 〈백두음〉을 지어서 스스로 절교하려 하니 사마상여가 그만두었다고 하였다.

2) 헤진 비: '폐추(弊箒)'는 폐추천금(弊箒千金)의 준말로, 자기 집에 망가진 옛날에 쓰던 비가 천금의 가치가 있다는 말로 자기 물건을 진귀하게 여기는 것을 말한다.

3) 잃은 비녀: '망잠(亡簪)'은 옛날의 일을 그리워함을 말한다. 《한시외전(韓詩外傳)》에 보면, 공자가 나들이 갔다가 어떤 부인이 비녀를 잃어버려 슬피 우는 것을 보고 물었으니, 비녀를 잃어버려 슬퍼하는 것이 아니라 옛날을 잊지 못하기 때문이라[非傷亡簪也, 吾所以悲者, 蓋不忘故也.] 하였다고 한다.

우연히 시름을 달래다
偶遣

늙어서 강가[1)]로 추방되는 신하되니, 老向江潭作放臣,
지난 날 떠돈 벼슬살이 전생[2)] 같구나. 向來游宦若前身.
뽕나무[3)]에 오래 머묾[4)] 일찍이 싫어했지만 桑邊曾厭留三宿,
못가에서[5)] 봄 보낼 줄 어떻게 알았으랴? 澤畔何知費一春?

---

1) 강가: '강담(江潭)'은 굴원이 노닐던 강가를 말한다. 굴원(屈原)의 〈어부사(漁父辭)〉에 "굴원이 이미 쫓겨나 강가에서 노닐고 못가를 가면서 읊음에 안색이 초췌하고 형용에 메말랐다.[屈原旣放, 游於江潭, 行吟澤畔, 顔色憔悴, 形容枯槁.]"고 하였다.

2) 전생: '전신(前身)'은 불교용어로 전생과 같은 말이니, 이 세상에 태어나기 이전에 살았던 삶을 말한다.

3) 뽕나무: '상변(桑邊)'은 조정이나 관직을 말한다. 《주역(周易)》 천지비괘(天地否卦)에 "막힘이 그칠 것이니 대인의 길함이리라. 망할 것이다, 망할 것이다 하여야 떨기로 난 뽕나무에 잡아맬 것이다.[休否, 大人吉. 其亡其亡, 繫于苞桑.]"라고 했는데, 이는 망하지 않을까 노심초사하는 마음을 갖고 떨기로 난 뽕나무에 스스로 잡아매어야 거센 비바람에 쓰러지지 않을 것이라는 뜻으로, 태평한 시대에도 임금과 신하가 오히려 위태롭고 두려워하는 마음을 잊지 않아야 나라가 더욱 견고해질 수 있음을 말한 것이다. 이에 우환을 미연에 방지한다는 뜻으로 상두지방(桑土之防), 상두지모(桑土之謀), 상두주무(桑土綢繆)라고도 한다. 《시경》 〈빈풍(豳風) 치효(鴟鴞)〉에 "迨天之未陰雨, 徹彼桑土, 綢繆牖戶."라 하고, 주자의 집전에 "我及天未陰雨之時, 而往取桑根以纏綿巢之隙穴, 使之堅固, 以備陰雨之患."이라 하였다. 또는 '상변(桑邊)'은 고향 마을 근처를 말한다. 고향 마을을 상리(桑里) 또는 상재(桑梓)라고도 하는데, 《시경》 〈소아(小雅) 소반(小弁)〉에서 "維桑與梓, 必恭敬止."라 하고, 주자의 집전(集傳)에 "桑梓二木, 古者五畝之宅, 樹之墻下, 以遺子孫給蠶食具器用者也. …… 桑梓, 父母所植."이라 하여 상재(桑梓)를 고향, 또는 고향의 늙은 부모님을 가리키는 말로 쓰게 되었다.

4) 오래 머묾: '삼숙(三宿)'은 삼일(三日) 또는 삼야(三夜)와 같은 말로, 시간이 오래됨을 말한다. 유삼숙(留三宿)은 삼숙연(三宿戀)을 말하니, 《후한서(後漢書)》 〈양해전(襄楷傳)〉에 "부도(浮屠)는 뽕나무 아래서 3일을 묵지 않으니 오래도록 정을 나누며 살고자 하지 않아서이다." 하였는데, 이현(李賢)이 "부도(浮屠) 같은 사람은 뽕나무 아래에 기대어 3일을 머물지 못하고 떠나가니 사랑하고 그리워하는 마음이 없음을 말한다."라고 하였는데, 이로부터 '삼숙연(三宿戀)'은 세속의 사랑하고 그리워하는 마음을 가리키게 되었다.

친해진[6] 시골 사람 벌써 낯이 익었고	爭席村儂仍熟面,
문 앞에 물새는 사람 보고 놀라지 않네.	到門沙鳥不驚人.
어려운 살림살이 다시 부끄럽게 말한다면	艱難生活還羞說,
키와 비를 아침마다 이웃에서 빌리노라.[7]	箕箒朝朝借近隣.

5) 못가에서: 굴원(屈原)의 〈어부사(漁父辭)〉에 "굴원이 이미 쫓겨나 강가에서 노닐고 못가를 가면서 읊음에 안색이 초췌하고 형용에 메말랐다.[屈原旣放, 游於江潭, 行吟澤畔, 顔色憔悴, 形容枯槁.]"라고 하였다.

6) 친숙해진: '쟁석(爭席)'은 서로 자리와 방석을 다투어 앉을 정도로 친숙해짐을 말한다.

7) 키와 비를 …… 빌리노라: 키나 비조차 없는 어려운 살림살이를 말한 것이다. 《행명재시집》 권1 〈모재우제(茅齋偶題)〉에서도 "원래 키나 비도 없어 살림살이 가련하나, 거문고와 책만 두어도 흡족한 평소 소망.[元無箕箒憐生計, 只置琴書愜素期.]"이라고 하였다.

되는대로 읊조리다

謾占

세상살이[1] 묵산해 보니 우습구나	默筭行藏笑未休,
작은 띳집 으레 다시 산꼭대기 자리잡네.	把茅聊復據山頭.
하얀 옥 품었다가[2] 되레 월형 자주 받고	懷來白璧還頻刖,
강한 쇠 불려본들[3] 이미 반은 흐물흐물.[4]	鍊去剛金已半柔.
이 몸 밖[5] 공명 허깨비임 알고부터	身外功名知是幻,
꿈속 같은 영예 쇠락 시름하지 않았네.	夢中榮落不須愁.

---

1) 세상살이: '행장(行藏)'은 출처 또는 행동거지를 가리키니, 세상에 나서고 집에 있는 일을 말한다. 《논어》〈술이(述而)〉에 보면, "공자가 안연에게 말하기를, '등용되면 도를 행하고, 버려지면 몸을 숨겨야 하니 오직 나와 너만이 이것을 하겠구나!'라고 하였다.[子謂顔淵曰, '用之則行, 舍之則藏, 唯我與爾有是夫!']"는 데서 나온 말이다.

2) 하얀 옥 품었다가: '회래백벽(懷來白璧)'은 화벽(和璧)을 가리키는 말로, 《한비자》〈화씨(和氏)〉에 나오는 고사를 말한다. 초나라에 변화(卞和)라는 사람이 초산에서 옥돌을 얻어 여왕(厲王)에게 바치자 여왕이 옥장이에게 살펴보게 하였는데 옥장이가 돌이라고 하자 여왕이 변화를 미치광이로 여겨 그의 왼발에 월형을 내렸다. 여왕이 죽고 무왕(武王)이 즉위함에 변화가 다시 그 옥돌을 바치자 무왕이 옥장이에게 살펴보게 하였는데 옥장이가 또 돌이라고 하자 무왕이 또 변화를 미치광이로 여겨 그의 오른발에 월형을 내렸다. 무왕이 죽고 문왕(文王)이 즉위함에 다시 옥돌을 바치자 문왕이 옥장이에게 그 옥돌을 다듬게 하여 보배를 얻고 마침내 화씨의 옥[和氏之璧]이라고 하였다는 것이다.

3) 강한 쇠 불려본들: '연거강금(鍊去剛金)'은 강한 쇠를 단련한다는 뜻이다. 여기서는 강한 쇠도 불에 불리면 부드럽게 된다는 말로, 아무리 강직한 사람이라도 거친 세파에 시달리다보면 당연히 유약한 사람이 되고 만다는 뜻이다.

4) 이미 반은 흐물흐물: '반유(半柔)'는 요지유(繞指柔)에 의거한 말로, 강한 사람이 좌절을 겪고 순종하고 연약하게 변하는 것을 말한다. 《문선》에 유곤(劉琨)의 〈중증노심(重贈盧諶)〉에서 "무슨 생각으로 강한 쇠를 백번 불려서, 손가락을 두르는 유약한 것으로 바꾸었는가?[何意百煉剛, 化爲繞指柔.]"라고 하였는데, 좌절과 실패를 경험하고 나서 유약하게 됨을 비유하는 것이다.

5) 이 몸 밖: '신외(身外)'은 개인 신체 이외의 물건이니 명예나 지위나 재산 등을 가리킨다.

벼슬 좇다 뒤집힘은 보통 있는 일이나니	從他翻覆尋常事,
평온하게 푸른 물결 흰 갈매기 대하도다.	穩向滄波對白鷗.

평소생활[1]

端居

늘그막에 마음 맞아 물새 따르고	晩契依鷗鷺,
늘 입는 옷[2] 칡넝쿨[3]로 만드네.	初衣製薜蘿.
마당가엔 푸른 풀 무성하고	庭邊唯碧草,
문 밖으론 곧바로 너른 물결.	門外卽滄波.
강에 비 내려 어부 노래 드물고	江雨漁歌少,
산에 봄 오니 산새 소리 많구나.	山春鳥語多.
그럭저럭 지내면서 배부르게 먹으니	端居仍飽飯,
덧없는 이 세상에 다시 뉘 그러하랴?	浮世更誰何.

1) 평소생활: '단거(端居)'는 평상시 거처하는 것을 말한다.

2) 늘 입는 옷: '초의(初衣)'는 벼슬하기 전에 입던 복장으로, 벼슬하지 않는 사람이 입는 평상복을 말한다.

3) 칡넝쿨: '벽려(薜蘿)'는 벽려(薜荔)와 여라(女蘿)를 가리키니, 둘 다 야생 식물로 항상 나무나 벽을 타고 올라간다. 보통 소나무겨우살이 넝쿨이나 칡넝쿨을 가리키는 말로 사용한다.

한식날[1] 비를 만나다

寒食日遇雨

강가 구름 거뭇거뭇 비 내려 어둑어둑	江雲羃羃雨昏昏,
곳곳마다 마을 집 한낮에도 문 닫았네.	處處人家晝掩門.
한 해의 좋은 명절 익힌 음식 먹고[2]	佳節一年當熟食,
천리 밖 내친 신하 온통 넋 잃네.	放臣千里合銷魂.
선영무덤 고향땅[3] 장차 뉘 쓸 것인고?	松楸丘壟將誰掃?
뽕나무밭 전원일랑[4] 얘기할 것도 없이.	桑柘田園且不論.
해 진 저녁 긴 들판에 봄 경치 그림 같고	落晩長郊春似畫,
살구꽃 핀 봄소식 새가 잘도 전하누나.	杏花消息鳥能言.

1) 한식날: '한식(寒食)'이라는 명절은 중국 진(晉)나라 때 충신 개자추(介子推)의 혼령을 위로하기 위해서라고 한다. 개자추는 문공(文公)과 19년간 망명생활을 함께하며 충심으로 보좌하였으나, 문공이 임금이 된 뒤에 그를 잊고 등용하지 않자 실망한 나머지 면산(緜山)에 은거하여 뒤늦게 문공이 불러도 나아가지 않다가 문공이 개자추를 산에서 나오게 하려고 지른 불에 타 죽고 말았다는 고사에 유래하였다.

2) 익힌 음식 먹고: '숙식(熟食)'은 한식날에는 불을 피우지 않고 미리 익힌 음식을 갖추어 한식날을 보내기 때문에 숙식절(熟食節) 또는 한식절(寒食節)이라고 한다.

3) 선영무덤 고향땅: '송추(松楸)'는 부모님의 무덤가에 소나무와 가래나무를 심기 때문에 붙여진 이름이고, 구롱(丘壟)은 황폐한 고향땅을 가리킨다.

4) 뽕나무밭 전원일랑: '상자전원(桑柘田園)'은 양잠과 농사일을 하는 것을 말한다. 황정견의 〈도중기공수(道中寄公壽)〉에 "그네 타는 마을 골목 불 새로 바꾸고, 뽕나무밭 전원에는 춘분이 되가는구나.[鞦韆門巷火新改, 桑柘田園春向分.]"라고 하였는데, 《시인옥설》에서 〈요구(拗句)〉라고 소개하였다.

봄날 흥취 다시 앞의 시운을 겹쳐 쓰다

春興復疊前韻

헛된 꿈 아른아른 오래 깨지 못하더니
봄 들자 마침 맞게 새 울며 오는구나.
꽃은 고운 여인 속마음[1] 터진 듯
버들잎은 고승의 착한 눈웃음[3]인 듯.
지팡이 이내 짚고 들판 대숲 찾아가서
나막신 짝 마당이끼 뭉개지게 밟는구나.
사방[4]을 떠돈지라 한가한 곳 좇아 살며
계절더러 제발 서두르지 말라 부탁하네.

癡夢朦朦久未回,
入春剛被鳥呼來.
花如豔女芳心折,[2]
柳似高僧善眼開.
仍把一笻尋野竹,
任敎雙屐破庭苔.
江湖浪跡從閒住,
爲報天時且莫催.

1) 속마음: '방심(芳心)은 화예(花蕊), 곧 꽃술을 가리키니, 여자의 속마음을 비유하는 말이다.
2) 문집 원문은折(꺾을 절)로 되어있으나 柝(터질 탁)이 문맥상 맞는다.
3) 눈웃음: '안개(眼開)'는 눈웃음을 말한다.
4) 사방: '강호(江湖)'는 사방각지를 말한다.

시구를 찾으며 재미삼아 읊조리다

覓句戱占

번뇌[1] 속 도는 인생[2] 어리석음[3] 못 잊어
여전히 문자 좇으며 신기함을 다투도다.
아름다운 주옥문장 여러 성을 두게 되고[4]
좋은 쇠는 더딘 풀무질 싫어하지 않누나.[5]
활발한 뜻 때때로 천리마를 타기도 하나
고심해서 밤 새워도 거미줄에 얼기설기.
꽃을 찾고 버들 묻는[6] 한가롭기만 한 곳
우스꽝스레 읊조리며 다시 시를 찾는구나.

結習多生未忘癡,
尙從文字鬪新奇.
但令美玉連城在,
不厭良金鼓橐遲.
活意有時騰驥足,
苦心終夜引蛛絲.
尋花問柳閒閒處,
笑爾沉吟復索詩.

1) 번뇌: '결습(結習)'은 오랜 습관을 말하며, 불교에서는 번뇌를 가리킨다.

2) 도는 인생: '다생(多生)'은 중생이 선악의 업을 지어 윤회의 고통을 받으며 생사를 서로 계속하는 것을 말한다.

3) 어리석음: 어리석게 살아온 자취를 말한다. 불교에서 말하는 삼독(三毒) 탐(貪)·진(瞋)·치(痴) 가운데 하나로 무명(無明)을 뜻하며, 우매무지(愚昧無知)하여 여실(如實)한 사리에 밝지 못한 것을 말한다.

4) 아름다운 …… 두게 되고: '연성(連城)'은 연성벽(連城璧)의 준말로, 가치 있는 연성의 주옥을 말한다. 《사기》 〈염파인상여열전(廉頗藺相如列傳)〉에 보면, 조나라 혜왕(惠文)이 초나라 화씨벽(和氏璧)을 얻자 진(秦)나라 소왕(昭王)이 이 소식을 듣고 조나라 혜왕에게 글을 보내 자기의 15개의 성과 바꾸길 원한다고 전하였다 하였는데, 매우 진귀한 물건을 가리키는 말로 여러 성을 둘 만한 진귀한 벽옥처럼 뛰어난 재능을 발휘함을 말한다.

5) 좋은 쇠는 …… 않누나: 재질이 우수한 금속은 단련하여 새로운 그릇을 이루는 과정에 풀무질을 서두르지 않는 것처럼 좋은 시문도 서둘러 이루어지지 않는다는 말이다.

6) 꽃을 찾고 버들 묻는: '문류심화(問柳尋花)'는 봄날 경치를 즐기고 감상하는 것을 말한다.

문에 기대어

倚門

영리의 양춘[1] 노래 어디선가 부르니	郢里陽春底處操,
문에 기대 곰곰이 무릉도원 생각하네.	倚門沉想武陵桃.
강물이 얕은지라 물고기들 빨리 놀고	江潭水淺魚龍急,
산 이내 바람 많아 새들 높이 나르네.	山市風多燕雀高.
젊은 신하 밥만 먹는 염파라고[2] 속이고	年少尚欺廉善飯,
시골 사람 굴원 먹은 술지게미[3] 권하네.	野人來勸屈餔糟.
부귀가 내 소원이 아닌 것[4]을 알고부터	從知富貴非吾願,
연잎 옷[5]이 비단옷만 못하지 않았구나.	未必荷衣讓錦袍.

---

1) 영리의 양춘 노래: '양춘(陽春)'은 백설(白雪)과 마찬가지로 전국시대 초나라 영리의 고아(高雅)한 노래 이름이니, 고상하고 아담한 노래를 말한다.

2) 밥만 먹는 염파라고: '선반(善飯)'은 몸이 늙었어도 식사를 잘 하는 것을 말한다. 《사기(史記)》 〈염파인상여열전(廉頗藺相如列傳)〉에 의하면, 전국시대 조(趙)나라 염파(廉頗)가 조나라에서 권세를 잃고 위(魏)나라로 가자 조나라 왕이 그를 다시 등용하려고 신하를 보내 알아보게 하였는데, 염파는 자신이 쓸 만한 인물임을 보여주기 위하여 한 끼에 밥 한 말과 고기 열 근을 먹으며 갑옷을 입고 말을 타고 달리는 모습을 보여주었으나 염파의 원수인 곽개(郭開)에게 뇌물 받은 그 신하가 돌아가서 조나라 왕에게 말하기를, "염파 장군은 비록 늙었으나 오히려 밥을 잘 먹습니다.[廉將軍雖老, 尙善飯.]"라고 하였더니, 조나라 왕은 염파가 늙어서 더 이상 쓸모없다고 여겨 다시 등용하지 않았다고 한다.

3) 굴원 먹은 술지게미: '포조(餔糟)'는 술지게미를 먹는다는 뜻으로, 술을 마시는 것을 말한다. 본래는 자기의 뜻을 굽혀 세속의 흐름에 순종하는 것을 말하니, 굴원의 〈어부사(漁父辭)〉에 "많은 사람들이 모두 취했다면, 어찌 술지게미라도 먹고 그 밑술을 마시지 않았는가?[衆人皆醉, 何不餔其糟而歠其醨?]"라고 한 데서 나온 말이다.

4) 부귀가 내 소원이 아닌 것: 도잠(陶潛)의 〈귀거래사(歸去來辭)〉에 "부귀는 내가 원하는 게 아니요, 제향도 기약할 수 없도다.[富貴非吾願, 帝鄕不可期.]"라고 하였다.

5) 연잎 옷: '하의(荷衣)'는 옛날 전설에 연잎으로 옷을 만들어 입었다는 것으로, 고상한 사람이나 은둔한 선비가 입는 옷을 가리키는 말이다.

옛날 감회

感舊

패옥 차고 말 타고[1] 일찍 조회 나갔고	玉佩金狨赴早朝,
자운루[2] 아래에서 선소 악곡[3] 들었네.	紫雲樓下聽仙韶.
재해 든 해 갑작스레 황양 윤달[4] 만났고	災年遽値黃楊閏,
객지에서 자주 명협[5] 시드는 걸 보았네.	客日頻看翠莢凋.
고향 길 바라봄에 어느 곳이 제 길인가?	鄕路望來何處是?
세상인심 떠났으니 누가 불러 주겠는가?	世情離去倩誰招?
붉은 꽃과 푸른 잎이 봄빛을 다투건만	嬌紅嫩綠爭春事,
깊은 골짝 식은 재는 따뜻하기 멀구나.[6]	深谷寒灰煖尙遙.

---

1) 말을 타고: '금융(金狨)'은 황금빛 원숭이 가죽으로 만든 말안장을 가리키며, 보통 말을 말한다.

2) 자운루: '자운루(紫雲樓)'는 신선들이 거처하는 누각으로, 궁중의 신성한 누각을 가리키는 듯하다. 당나라 조황(趙璜)의 〈곡강상사(曲江上巳)〉에 "신선에게 묻고자 하니 어느 곳에 계시는가? 보라 구름 누각이 허공을 향했네.[欲問神仙在何處, 紫雲樓閣向空虛.]"라고 하였다.

3) 선소 악곡: '선소(仙韶)'는 궁정(宮廷)에서 연주하던 악곡으로 선소곡이라고도 한다. 선소곡은 당나라의 법곡(法曲)의 별칭으로 문종 때 악기(樂伎)들이 머물던 곳을 선소원(仙韶院)이라고 하였다.

4) 황양 윤달: '황양윤(黃楊閏)'은 황양액윤(黃楊厄閏)을 말한다. 옛날 전설에 의하면, 황양목(黃楊木)은 본래 자라기 어려운 나무인데 윤년을 만나면 조금도 자라지 못하고 도리어 줄어든다고 하였으니, 황양액윤(黃楊厄閏)은 곤란한 경우에 처함을 비유하는 말이다.

5) 명협: '명협(蓂莢)'은 요(堯) 임금 때 궁중 정원에 났다는 서초(瑞草)로, 매월 초하루부터 15일까지는 매일 한 잎씩 나고, 16일부터 그믐날까지는 매일 한 잎씩 떨어진다고 하여 달력을 나타내는 말로 사용하였다.

6) 따뜻하기 멀구나: '난상요(煖尙遙)'는 식은 재에서 불씨를 다시 살리기 어렵듯이 다시 일어서고 살아나는 생생한 기회를 얻기 어려움을 비유한 말이다.

시골생활

村居

이끼 덮인 길 나막신 신고 가니	苔徑纔通屐,
숲속 꾀꼬리 사람을 피하지 않네.	林鸎不避人.
늙고 쇠해 옛 흥취 전혀 없건만	老衰無舊興,
꽃과 버들 절로 새봄 기운 띄네.	花柳自新春.
고향땅은 구름 산 너머 있고	故國雲山外,
외딴 읍성은 들녘 물가에 있네.	孤城野水濱.
나그네로 이 땅에 깃들이면서	羇棲仍此地,
쓸쓸히 아름다운 봄날[1] 보내네.	寂寞度芳辰.

1) 아름다운 봄날: '방신(芳辰)'은 아름답고 좋은 시절을 가리키니, 온갖 꽃이 피어 향기로운 봄날을 말한다. 남조(南朝) 때 양(梁)나라 심약(沈約)의 〈반설부(反舌賦)〉에서 "이 달에 꽃다운 날을 대하다[對芳辰於此月]"라고 하고, 당나라 진자앙(陳子昻)의 〈삼월삼일연왕명부산정(三月三日宴王明府山亭)〉에서 "늦봄 아름다운 달이요, 상사일 꽃다운 날이라.[暮春嘉月, 上巳芳辰.]"이라 하여 3월을 가리키기도 하였다.

여러 아우들을 떠올리며

憶諸弟

강가 꽃은 지려하고 버들가지 하늘하늘	江花將褪柳垂垂,
밭농사와 누에치기 둘 다 늦지 않으리라.	田事蠶桑兩不遲.
나그네 잠자리 우연히 나비 꿈[1]에서 깨고	羇枕偶回蝴蝶夢,
떠돌이 속마음 유난히 척령시[2] 만 생각하네..	旅懷偏憶鶺鴒詩.
하늘가에 달 대하니 세 그림자 나눠지고[3]	天涯對月分三影,
아픈 몸이 매화 찾아[4] 가지 하나 부치도다.[5]	病裏探梅寄一枝.
인간세상 번뇌 망상 모두 저기 내맡기고	人世任他煩惱想,
함께 몸을 보전하여[6] 돌아갈 날 기다리네.	共須珍重待歸期.

1) 나비 꿈: '호접몽(蝴蝶夢)'은 장자(莊子)가 꿈에 나비가 되어 즐겁게 놀다가 깬 뒤에 자기가 나비의 꿈을 꾸었는지, 나비가 자기의 꿈을 꾸고 있는 것인지 알기 어렵다고 한 고사에서 유래한 말로, 자아(自我)와 외물(外物)은 본래 하나라는 이치를 나타낸 말이다.

2) 척령시: '척령(鶺鴒)'은 할미새를 가리키는데, 《시경》 〈소아(小雅)·상체(常棣)〉에서 "할미새가 언덕에 있으니 형제가 급난을 구한다.[脊令在原, 兄弟急難.]"고 하여 형제 사이에 돈독한 우애를 노래한 것을 말한다.

3) 세 그림자 나눠지고: 당나라 이백의 〈월하독작(月下獨酌)〉에 "꽃 사이에 술 한 병 놓고, 홀로 따르니 친한 이 없어라. 잔을 들어 밝은 달을 맞이하고, 그림자 대하니 세 사람이 되도다.[花間一壺酒, 獨酌無相親. 擧杯邀明月, 對影成三人.]"라고 하였다.

4) 매화 찾아: '탐매(探梅)'는 매화를 찾는 것을 말한다. 《행명재시집》에 '섬매(棎梅)'라고 되어 있으나 판각 오류인 듯하다.

5) 가지 하나 부치도다: '기일지(寄一枝)'는 아우들에게 편지를 보내어 소식을 묻는다는 말이다. 후위(後魏)의 육개(陸凱)가 강동(江東)의 매화나무 가지 하나를 친구인 범엽(范曄)에게 보내면서 "매화가지 꺾다가 역마 탄 사신 만나, 농산(隴山)의 벗에게 전해주라 했노라. 강남에는 있는 것이 아니니, 애오라지 가지 하나 봄기운을 전해주노라.[折梅逢驛使, 寄與隴頭人. 江南無所有, 聊贈一枝春.]"라고 노해하였다.

6) 몸을 보전하여: '진중(珍重)'은 《초사》 왕일(王逸)의 〈원유서(遠游序)〉에서 "군자는 그 뜻을 진중하게 하여 그 말을 아름답게 해야 한다.[君子珍重其志, 而瑋其辭焉.]"고 하여 그 뜻을

아끼고 중히 여겨야 함을 말하였는데, 보통 편지글에서 몸이 건강하고 안녕히 잘 지내라는 의미로 쓰인다.

평원당[1]

平遠堂

한 때기 화려한 집 강가 읍성 의지하여	一區華館倚江城,
이리 보고 저리 봐도 모두 맘에 흡족하네.	遠眺平看總愜情.
오늘에도 신령한 빛 집안 곳곳 남았으니	今日靈光餘棟宇,
그 옛날 우리 조부 비로소 지은 것이라.	昔年吾祖始經營.
한공의 금의환향[2] 아직도 기문에 전하고	韓公晝錦猶傳記,
소백의 감당나무[3] 명성이 없어지지 않았네.	召伯甘棠不廢名.
쇠약한 자손이 이곳에 온 것이 애석해라	可惜孱孫來此地,
세상에 남긴 자취 집안 명성 더럽혔구나.	世間蹤跡忝家聲.

1) 평원당: '평원당(平遠堂)'은 윤순지의 할아버지 윤두수(尹斗壽, 1533~1601)가 1579년 연안부사로 있을 때 세운 건물인 듯하다.

2) 한공의 금의환향: '한공(韓公)'은 송나라 한기(韓琦)이고, '주금(晝錦)'은 낮에 비단옷을 입는다는 뜻으로, 출세하여 고향으로 돌아가는 금의환향(錦衣還鄕)을 말한다. 송나라 한기(韓琦)는 일찍이 재상으로 무강군(武康軍) 절도사가 되어 자기 고향인 상주(相州)를 다스리면서 주금당(晝錦堂)을 세우고 시를 지었는데, 구양수가 그 시에 의거해서 〈상주주금당기(相州晝錦堂記)〉라는 기문을 지어 칭송한 바 있다.

3) 소백의 감당나무: '소백(召伯)'은 주(周)나라의 공후(公侯)로 이름이 석(奭), 시호가 강(康)이다. 문왕의 서자(庶子)로 무왕을 도와 주(紂)를 멸망시키고 북연(北燕)에 봉해졌다. 성왕 때 주공과 함께 삼공(三公)이 되어 선정을 베풀었는데, 그곳 백성들이 소백(召伯)의 선정(善政)에 감사하는 뜻에서 그가 머물고 쉬었던 감당나무를 소중히 여겨 《시경》 〈소남(召南)·감당(甘棠)〉에서 "무성한 감당나무를 자르지도 말고 베지도 말라. 소백께서 머물러 쉬셨던 곳이니라.[蔽芾甘棠, 勿翦勿伐. 召伯所茇.]"라고 노래하였다.

시름을 달래다

遣愁

다리 아파 들판 나가기 참으로 어려워서	病脚誠難出野坰,
시름겨운 눈 비비며 모래 물가 바라보네.	却摩愁睫望沙汀.
강가 떠난 물새들이 아득아득 희끗하고	江邊去鳥依依白,
하늘가에 많은 산봉 들쑥날쑥 푸르다네.	天末羣山點點青.
지역 풍토[1] 변방이라[2] 봄이 훨씬 늦고	風壤近關春較晚,
바다 파도 언덕 치니 빗물 몹시 비리네.	海濤衝岸雨偏腥.
길을 가며 읊으면서[3] 돌아갈 일 생각하고	行吟併是思歸事,
마음은 기러기 좇아 허공[4]으로 들어가네.	心逐飛鴻入杳冥.

1) 지역 풍토: '풍양(風壤)'은 풍토(風土)와 같은 말로, 한 지방 특유의 자연환경과 풍속습관을 가리킨다.

2) 변방이라: '근관(近關)'은 도성을 떠난 변방 관문을 말한다. 여기서는 유배지 황해도 연안을 가리킨다.

3) 길을 가며 읊으면서: '행음(行吟)'은 초나라 굴원이 조정에서 쫓겨나서 지은 〈어부사(漁父辭)〉에 "굴원이 이미 쫓겨나 강가에서 노닐고 못가를 가면서 읊음에 안색이 초췌하고 생김새가 메말랐다.[屈原既放, 游於江潭, 行吟澤畔, 顔色憔悴, 形容枯槁.]"고 하였다.

4) 허공: '묘명(杳冥)'은 하늘 허공으로, 높고 먼 곳을 말한다.

부질없이 돌아다니다

謾浪

서쪽에서 지우고 동쪽에서 칠한[1] 몸 　 此身西抹復東塗,
이 세상 떠돈 자취에 아무 생각 없네. 　 浪跡寰中萬念無.
천 리 나그네길 긴 세월이 지나고 　 千里客程淹日月,
한 해 봄 경치 사방 곳곳 가득하네. 　 一年春色滿江湖.
꽃 웃음 다투는 곳 바람 자꾸 시샘하고 　 花爭笑處風多妬,
사람 홀로 술 깨인 때 새가 술병 권하네.[2] 　 人獨醒時鳥勸壺.
고향[3]으로 머리 돌려 옛날 모임 생각하니 　 回向桑鄉思舊社,
애달프다, 세 오솔길[4] 이미 온통 거칠어졌네. 　 可憐三徑已全蕪.

1) 서쪽에서 지우고 동쪽에서 칠한: '서말부동도(西抹復東塗)'는 동도서말(東塗西抹)을 말하니 동쪽에서 바르고 서쪽에서 지운다는 뜻으로 동분서주(東奔西走), 곧 동쪽으로 뛰고 서쪽으로 뛰며 여기저기 사방으로 분주하게 돌아다님을 이르는 말이다. 당나라 설봉(薛逢)이 만년에 벼슬살이에 의욕을 잃고 여윈 말을 채찍질하여 조정으로 나아가다가 마침 새로 과거에 급제한 진사들을 만났는데 설봉이 길을 피하지 않는다고 안내자가 꾸짖자 설봉이 웃으면서 자신도 어렸을 때부터 동도서말(東塗西抹)해왔다고 말하였다. 금나라 원호문(元好問)의 〈자제사진(自題寫眞)〉에서 "동쪽에서 칠하고 서쪽에서 지우며 당시 명성 훔쳤고, 보잘것없는 미관말직이 반평생을 그르쳤네.[東塗西抹竊時名, 一線微官誤半生.]"라고 하였다.

2) 새가 술병 권하네: '조권호(鳥勸壺)'는 제호(提壺) 또는 제호로(提壺蘆)라는 새를 말하는데, 그 울음소리가 술병을 들라는 뜻이 된다. 백거이(白居易)의 〈조춘문제호조인제린가(早春聞提壺鳥因題鄰家)〉에, "가을 원숭이 눈물 재촉하는 소리는 듣기 싫고, 봄새의 술병 들라 권하는 소리는 듣기 반갑네.[厭聽秋猿催下淚, 喜聞春鳥勸提壺]"라고 하였다.

3) 고향: '상향(桑鄉)'은 고향 마을이니 상리(桑里) 또는 상재(桑梓)라고 한다. 《시경》 〈소아(小雅)·소반(小弁)〉에서 "오직 뽕나무와 가래나무를 반드시 공경할 지어다.[維桑與梓, 必恭敬止.]"라 하였고, 주자는 "뽕나무와 가래나무는 옛날에 5묘의 집에 담장 아래 심어서 자손들이 누에치고 기용을 갖추도록 하였다. …… 뽕나무와 가래나무는 부모가 심은 것이다.[桑梓二木, 古者五畝之宅, 樹之墻下, 以遺子孫給蠶食具器用者也. …… 桑梓, 父母所植.]"라고 하여 상재(桑梓)를 고향, 또는 고향의 늙은 부모님을 가리키게 되었다.

4) 세 오솔길: '삼경(三徑)'은 숨어사는 사람이 집이나 동산을 말한다. 한나라 장후(蔣詡)는 왕망(王莽)이 집권하자 벼슬에서 물러나 고향 마을인 두릉(杜陵)에 은거한 뒤 집 주변의 대나무 밭 아래에 세 개의 오솔길을 내고 친구 구중(求仲)과 양중(羊仲)을 불러 교유하였다고 한다.

술이 익음을 기뻐하다

喜酒熟

여정[1)]에서 하루 종일 북창[2)] 아래 누웠다가	旅亭終日臥陶窓,
일어나서 새 술 보니 술항아리 마침 뽀글뽀글.	起視新醅正潑缸.
기쁘기 태산 끼고 북해 넘는 것[3)] 같고	快若挾山超北海,
목 말라 물 그리다 문득 서강[4)] 만났네.	渴方思水得西江.
늙은 몰골 술 따르니 봄이 다시 화려하고	衰容引酌春還麗,
채색 붓[5)] 취기 올라 큰 솥 들어 올릴레라.[6)]	彩筆乘醺鼎可扛.

1) 여정: '여정(旅亭)'은 길가에 세워진 정자로 나그네에게 잠시 휴식을 제공하는 장소이다.

2) 북창: '도창(陶窓)'은 도잠(陶潛)의 창으로, 진(晉)나라 도잠의 〈여자엄등소(與子儼等疏)〉에 "오뉴월 중에 북쪽 창문 아래에 누워 있으면 서늘한 바람이 이따금씩 불어오곤 하는데, 스스로 오랜 옛날 복희씨의 사람이라고 이른다.[五六月中, 北窓下臥, 遇凉風暫至, 自謂是羲皇上人.]"고 하였는데, 희황상인(羲皇上人)은 복희씨(伏羲氏) 이전의 사람이라는 뜻으로 세상일을 잊고 한가하고 편안히 숨어사는 사람을 이르는 말이다.

3) 태산 끼고 북해 넘는 것: '협산초해(挾山超海)'는 산을 옆구리에 끼고 바다를 건너뛰는 것으로, 실현하기 어려운 일을 비유하는 말이다. 《맹자》 〈양혜왕상(梁惠王上)〉에 "태산을 옆에 끼고 북해를 뛰어넘는 것을 사람들에게 말하기를, '내 불가능하다.'고 한다면 이는 진실로 불가능한 것이다.[挾泰山以超北海, 語人曰我不能, 是誠不能也.]"라고 하였다.

4) 서강: '서강(西江)'은 당나라 사람들은 대부분 장강에서 떨어진 곳을 서강이라 불렀으며, 남경 북쪽의 장강을 가리키기도 하였다. 또는 서강은 사천성 금강(錦江), 곧 촉강(蜀江)의 별칭이기도 하며, 호북성 천문하(天門河)의 별칭이기도 하다.

5) 채색 붓: '채필(彩筆)'은 다섯 가지 채색의 붓으로, 강엄(江淹)이 어릴 때 꿈속에서 다섯 가지 색의 붓을 받은 뒤로부터 문사(文思)가 크게 발전하였고, 늘그막에 또 꿈속에 스스로 곽박이라고 하는 사람이 그 붓을 가지고 간 뒤로 시문을 짓는 재주가 없었다고 한다. 이에 후세 사람들은 채색(彩筆)을 사조(詞藻)가 풍부하고 화려한 문필을 가리키게 되었다.

6) 큰 솥 들어 올릴레라: '강정(扛鼎)'은 솥을 들어 올릴 만큼 힘이 세다는 뜻으로, 나라의 정권을 빼앗음을 비유하거나, 큰 재주가 있어 중임을 맡을 수 있음을 비유하는 말이다. 《사기》 〈항우본기(項羽本紀)〉에 "항우는 힘이 세서 세 발 달린 솥을 두 손으로 들어 올릴 수 있었다.[力能扛鼎]"고 하였다.

푸른 하늘 이내 향해 하얀 달을 맞이하니	仍向青天邀素月,
시골 사람 시원한 맛 다시 누가 견주겠나?	野夫豪爽更誰雙?

부슬비
微雨

강 건너는 새벽 비가 갑자기 부슬부슬	過江晨雨乍紛紛,
조록조록 띳집 처마[1] 저녁노을 깃드네.	滴瀝窮簷到夕曛.
강가버들 언덕 꽃이 온통 안개에 가리고	汀柳岸花渾隔霧,
물가마을 산골마을 모두 구름 덮였도다.	水村山郭摠埋雲.
부엌 연기 시들함은 땔나무가 젖어서요	厨煙冷落薪從濕,
바다 해가 음산하니 술 취하지 않는구나.	海日陰寒酒不醺.
난간 모서리 문발 걷고 우두커니 섰노라니	欄角捲簾仍佇立,
눈가에서 언뜻번뜻 흰 갈매기 나는구나.	眼邊微辨白鷗羣.

1) 띳집 처마: '궁첨(窮簷)'은 띳집 또는 가난한 집의 처마를 말한다.

눈앞의 광경

卽事

나그네 시름 쫓으려 막걸리 마시고	乍逐羇愁引濁醪,
지팡이 다시 짚고 물가 언덕 나가네.	更携藜杖出沙皐.
어부마을 해가 지니 나무숲에 연기 솟고	漁村日落煙生樹,
강가성곽 봄이 깊어 물이 해자 가득하네.	江郭春深水滿壕.
너른 들이 멀리 벋어 서쪽 끝[1]이 아련하고	大野逈臨西極盡,
많은 산이 멀리 향하니 북극성이 높구나.[2]	羣山遙拱北辰高.
발밑에 우렁찬 바람 우레 어디서 왔는가?	何來脚底風雷殷?
만 리 길 깊은 바다 저녁 파도 솟구치네.	萬里層溟湧晩濤.

1) 서쪽 끝: '서극(西極)'은 서쪽 가장자리이니 서쪽 매우 먼 곳을 말한다.

2) 많은 산이 …… 높구나: 《논어》 〈위정(爲政)〉에 "공자가 말하기를, '정사를 덕으로 하는 것은 비유하면 북극성이 그 자리에 있으면 뭇 별들이 그를 향하는 것과 같다.'고 하였다.[子曰, 爲政以德, 譬如北辰居其所, 而衆星拱之.]"는 내용이 있다.

곤궁한 시름[1]을 달래다

問窮愁

곤궁한 시름에게 묻노니 너는 누구더냐?	問爾窮愁爾是誰?
한 평생 나를 좇아 떠나지를 않는구나.	百年從我不曾離.
집에 좋은 물건 없으니 무엇을 취하랴?	家無長物將何取?
위기에 부닥치면 그냥 따라가면 되리라.	動觸危機爲底隨.
술을 좋아해도 가난해서 마시기 어렵고	愛酒貧今難辦酒,
시에 빠졌지만 게을러서 시 읊지 않네.	淫詩懶亦廢吟詩.
예전부터 달라붙어 워낙 고생 심했으니	從來依着堪殊苦,
잠시나마 떨어져도 괜찮을 것 같구나.	蹔得分携便似宜.

1) 곤궁한 시름: '궁수(窮愁)'는 생활이 곤궁하여 생기는 근심을 말한다.

비가 개어 동산을 걷다

雨晴涉園

수풀 동산 구경하며[1] 만년 여유[2] 좇다가	濟勝林園趁晩晴,
꽃구경에 푹 빠지니 시의 흥취 실컷 맑구나.	惱花詩興有餘淸.
노란 벌과 흰 나비의 그림자가 아릿아릿	蜂黃蝶白紛紛影,
새소리와 꾀꼬리 노래 소리마다 또랑또랑.	鳥語鸎歌歷歷聲.
고운 봄날[3] 누가 보내 자연경물 되돌렸나?	誰遣芳辰還氣色?
많은 경물 바라보니 몽땅 새로 만들어졌구나.	卽看羣物揔生成.
아지랑이 낀 고은 풀이 고루 땅에 퍼져있어	煙芊細草平鋪地,
내 맘대로 구경하며 앉았다 다시 걸어다니네.	隨意探閒坐復行.

1) 구경하며: '제승(濟勝)'은 좋은 경치를 구경하는 것이니, 훌륭한 자연 경계에 붙잡고 오르는 것을 뜻하기도 한다.

2) 만년 여유: '만청(晩晴)'은 저물녘 맑은 하늘빛으로, 만년에 훌륭한 여유를 갖는 것을 비유한다.

3) 고운 봄날: '방신(芳辰)'은 아름답고 좋은 시절을 가리키니, 온갖 꽃이 피어 향기로운 봄날을 말한다. 남조(南朝) 때 양(梁)나라 심약(沈約)의 〈반설부(反舌賦)〉에서 "이 달에 꽃다운 날을 대하다[對芳辰於此月]"라고 하고, 당나라 진자앙(陳子昂)의 〈삼월삼일연왕명부산정(三月三日宴王明府山亭)〉에서 "늦봄 아름다운 달이요, 상사일 꽃다운 날이라.[暮春嘉月, 上巳芳辰.]"이라 하여 3월을 가리키기도 한다.

봄날 가슴앓이

傷春

임회 친구 분양 친구[1] 황천길 묻고 있고　　淮交汾友問泉途,
학사 상서 또한 이미 세상에 있지 않누나.　　學士尙書亦已無.
난초 방[2]에 거문고[3]도 덩달아 시들하고　　蘭室瑤徽從冷落,
술집이나 시 모임 둘 모두 쓸쓸하네.　　酒罏詩社兩荒蕪.
몇 해 새 늙은 말 잇달아 넘어졌나니　　頻年老馬仍顚躓,
어디에서 추운 물고기 돕는 이[4] 찾나?　　何地寒魚覓呴濡.
구름 비 같은[5] 세상인심 날마다 심하니　　雲雨世情看日劇,
영중의 양춘 백설[6] 거듭해서 탄식하네.　　郢中春雪重嗚呼.

---

1) 임회 친구 분양 친구: 당나라 때 장수로 안사의 난리 등을 평정한 임회왕(臨淮王) 이광필(李光弼)과 분양왕(汾陽王) 곽자의(郭子儀)를 말한다. 곽자의는 전란이 끊임없이 이어지고 무능한 군주와 간신이 횡행하던 시대에 온갖 정치적 역경을 극복하며 85세까지 살았다.

2) 난초 방: '난실(蘭室)'은 지란실(芝蘭室)을 말하니, 《공자가어(孔子家語)》에 "착한 사람과 지내면 마치 지초 난초 있는 방에 들어가는 것처럼 오래 맡아 그 향기를 몰라도 지초 난초와 더불어 변화한다.[與善人居, 如入芝蘭之室, 久聞而不知其香, 卽與之化矣.]"라고 하여 현사(賢士)가 사는 곳을 비유하거나, 착한 덕을 좇는 환경을 가리키게 되었다.

3) 거문고: '요휘(瑤徽)'는 옥으로 만든 거문고의 줄이나 음절의 표지로 아름다운 거문고를 가리키며, 여기서는 거문고 소리를 들어줄 지음(知音)이 없음을 뜻한다.

4) 돕는 이: '구유(呴濡)'는 구습유말(呴濕濡沫)의 준말로, 같은 처지에 있는 사람들끼리 서로 도와준다는 말이다. 《장자(莊子)》 〈대종사(大宗師)〉에 "샘이 마르게 되면 물고기들이 서로 더불어 육지에 있으면서 서로 입김을 불어 축축하게 해 주고 서로 거품으로 적셔 둔다.[泉涸, 魚相與處於陸, 相呴以濕, 相濡以沫.]"고 하였다.

5) 구름 비 같은: '운우(雲雨)'는 항상 변하고 바뀌는 인정(人情)과 세태(世態)를 비유한 말로, 당나라 두보는 〈빈교행(貧交行)〉에서 "손을 뒤집듯이 구름이 생기고 손을 뒤집듯이 비가 온다.[翻手作雲覆手雨.]"라고 하였다.

6) 영중의 양춘 백설: '영중백설(郢中白雪)'은 《전국책》에 실려 있는 송옥(宋玉)의 〈답초왕문(答楚王問)〉에 의하면, 영리(郢里)에서 어떤 사람이 처음에 〈하리파인(下里巴人)〉을 부르자

학사는 회경[7]이고, 상서는 여성[8]이다. 學士晦卿, 尙書汝省.

마을 안에 뒤를 이어서 화답하는 사람이 수천 명이었고, 다시 〈양아(陽阿)〉와 〈해로(薤露)〉를 부르자 뒤를 이어서 화답하는 사람이 수백 명이었고, 〈양춘(陽春)〉과 〈백설(白雪)〉을 부르자 뒤를 이어서 화답한 사람이 수십 명에 지나지 않았으니, 노래 곡조가 고아(高雅)할수록 화답하기 어려워서 화답하는 사람이 점점 적어지는 것처럼, 높은 재능과 고아한 의경을 지녔던 회경과 여성 두 사람을 비유한 것이다.

7) 회경: 김광혁(金光爀, 1590~1643)은 자가 회경(晦卿), 호가 동림(東林), 본관이 안동(安東)이다. 1624년 알성문과에 을과로 급제하여 1625년 세자시강원(世子侍講院) 설서(說書)가 되고 예문관(藝文館) 검열(檢閱)을 거쳐서 이듬해 정언(正言)이 되었다. 1630년 교리가 된 뒤 헌납(獻納)·수찬(修撰)을 차례로 거쳤다. 1636년 병자호란 때 체찰사(體察使)의 종사관으로 호남을 순찰하고 이듬해 이조정랑이 되었다. 1638년 집의(執義)·검상·사인(舍人)·광주목사 등을 거쳐 1640년 예문관응교·동부승지 등을 역임하였다.

8) 여성: 이경증(李景曾, 1595~1648)은 자가 여성(汝省), 호가 미강(眉江)·송음(松陰), 시호가 효정(孝貞), 본관이 덕수(德水)이다. 병자호란 때 임금을 호종한 공으로 도승지가 되었다. 이어 병조판서 겸 비변사유사 및 군공청당상(軍功廳堂上)을 맡아 전국 장사(將士)들의 공죄(功罪)를 조사한 공으로 대사간이 되었다. 1638년 왜인들이 호란을 빙자해 침입할 기세를 보이자 경상도 관찰사로 부임해 일을 잘 처리하였다. 뒤에 병조판서가 되어 원접사(遠接使)로서 용만(龍灣)에 나갔으나 병으로 물러났다가 1644년에 이조판서가 되었다.

마전[1] 원님이 문안편지를 보냈기에 사례하다

謝痲田倅寄問

젊은이가 무슨 일로 늙은이 기억하여　　年少因何憶老人,
멀리서 편지 보내 이 몸 안부[2] 묻네.　　遠封書疏問漳濱.
그대 요즘 선비 아님을 진작 알았더니　　從知子是非今士,
내 이제 후진[3] 고생시킬 줄은 몰랐네.　　未解吾方困後塵.
고생길만 가면서도 병든 새[4] 사랑하고　　偏向泥塗憐病羽,
봉록[5] 자주 나눠 곤궁한 이[6] 돕네.　　屢分淸俸及窮鱗.
남은 인생 동문 길[7]로 돌아온다면　　餘生倘返東門路,
늙은 몸이 기꺼이 북해손님[8] 되리로다.　　衰白甘爲北海賓.

---

1) 마전: 경기도 연천군(漣川郡) 미산면(嵋山面) 마전리(痲田里)를 가리킨다.

2) 몸의 안부: '장빈(漳濱)'은 장수(漳水) 물가를 말하니, 한나라 유정(劉楨)의 〈증오관중랑장(贈五官中郎將)〉에 "나의 애기가 고질병이 심하여, 맑은 장수 물가에 몸을 숨겼노라.[余嬰沈痼疾, 竄身淸漳濱.]"라고 한 뒤로 와병(臥病)의 전고가 되었다.

3) 후진: '후진(後塵)'은 행진할 때 뒤에서 일어나는 먼지를 말하니, 다른 사람 뒤에 있는 것을 비유한다. 이에 여기서는 후진(後進)이나 후배를 가리킨다.

4) 병든 새: '병우(病羽)'는 병들고 지친 새처럼 힘든 처지에 놓인 사람이나 친구를 말한다.

5) 봉록: '청봉(淸俸)'은 옛날 관리의 봉록이나 급료를 말한다.

6) 곤궁한 이: '궁린(窮鱗)'은 물을 잃은 물고기로 곤경에 처한 사람을 비유한다.

7) 동문 길: '동문로(東門路)'는 동문행(東門行)과 같은 말로 악부 곡조의 이름이다. 《송서(宋書)》〈악지(樂志)〉에 의하면, 어떤 가난한 선비가 생계가 궁색하여 집을 나서는데 아내가 극구 말렸으나 결연하게 떠났다는 내용인데, 여기서는 임기를 마치고 집으로 돌아가는 것을 말한다.

8) 북해손님: '북해빈(北海賓)'은 주인의 좋은 손님을 가리키는 말로, 북해상(北海相)을 지낸 후한(後漢) 때 공융(孔融)은 손님 맞는 것을 좋아하여 늘 말하기를, "자리에는 손님이 항상 가득하고 술독 속에 술만 바닥나지 않는다면 나에게는 달리 걱정할 게 없다."라고 하였다. 명나라 하경명(何景明)은 〈기회단허당(寄懷端虛堂)〉에서 "사안은 또한 동산 기녀를 두었고, 문거는 원래부터 북해 손님이 많았어라.[謝安亦有東山妓, 文擧元多北海賓.]"라고 하였다.

이홍산[1]이 멀리서 방문하였기에 사례하다

謝李鴻山遠訪

박 치며[2] 〈행로난〉[3] 슬피 노래하네	擊節悲歌行路難,
황금 몽땅 써버리자 사람들 서로 쳐다보네.[4]	黃金纔盡俗相看.
사람들은 향초 같아[5] 시세 변화 따라가니	人同荃蕙隨時化,
누가 솔과 대처럼 추위에 남을 수가 있겠나?[6]	誰似松筠印歲寒.
소동파[7]는 객지에서 진사도[8]를 만났고	蘇老客中見師道,

1) 이홍산: 이덕기(李德沂)인 듯하니, 이덕기는 본관이 한산(漢山)이며, 1604년에 충청도 목천현감(木川縣監)이 되었다.

2) 박 치며: '격절(擊節)'은 무릎을 치며 박자(拍子)를 맞추는 것이다.

3) 〈행로난〉: '행로난(行路難)'은 가는 길이 어려움이니 세상살이 쉽지 않음을 비유한 것이다. 당나라 백거이는 〈태행로(太行路)〉 시에서 "가는 길의 어려움은 물에 있지 않고 산에 있지 않으며 다만 사람 마음이 뒤집히는 사이에 있도다.[行路難, 不在水, 不在山, 只在人情反覆間.]"라고 하였다. 이백의 악부시 '행로난(行路難)' 3수는 고사 인용을 풍부하게 하여서 세상살이 어려움의 내력을 서술하였다. 본래 한 대의 민요를 원용하여 만든 잡곡가사이다.

4) 황금 몽땅 써버리자 …… 쳐다보네: 전국시대 소진(蘇秦)은 관직을 얻고자 하여 진(秦)나라왕에게 글을 올렸으나 뜻을 이루지 못하고 입고 나간 검은 담비갖옷이 다 해지고, 가지고 간 황금 100근마저 떨어져서 고향으로 돌아갔다는 고사를 말한다.

5) 향초 같아: '전혜(荃蕙)'는 향초 이름으로 창포(菖蒲)와 패란(佩蘭)이다. 《초사》 〈이소경(離騷經)〉에 "난초와 지초는 변하여 향기롭지 못하고, 전초와 혜초는 바뀌어 띠풀이 되었도다. 어찌 옛날에 향기롭던 풀들이, 지금 다만 이처럼 쑥이 되었는가?[蘭芷變而不芳兮 荃蕙化而爲茅 何昔日之芳草兮 今直爲此蕭艾也]"라고 한 데서 유래한 말로, 착한 사람이 나쁜 사람으로 변하는 것을 비유한다.

6) 솔과 대처럼 추위에 남을 수가 있겠나: 세한삼우(歲寒三友)인 소나무·대나무·매화 가운데 소나무와 대나무는 겨울을 나고도 시들지 않으며, 매화는 추위를 맞아 꽃을 피우기 때문에 부른 것이다. 《논어》 〈자한(子罕)〉에서 "추운 계절이 된 뒤라야 소나무와 잣나무가 늦게 시듦을 알도다.[歲寒然後, 知松柏之後凋也.]"라고 하였다.

7) 소동파: 소동파(蘇東坡)는 당송팔대가의 한 사람인 소순(蘇洵)의 아들로 이름이 식(軾), 호가 동파이다. 22세에 진사 시험에 합격하고 26세에 제과(制科)에 합격했다. 신법파의 모함으로 고단한 벼슬살이를 하여 일생의 대부분을 유배생활과 각지의 지방관 생활로 보내다가

위청[9] 문하에는 미더운 임안[10] 있었네. 衛青門下有任安.

서주[11]의 이날 만나고 맞이하는 자리에 西州此日逢迎地,

한 곡조 아양 노래[12] 그대 위해 뜯었네. 一曲峩洋向爾彈.

66세에 돌아오는 길에 병을 얻어 죽었다. 아버지 소순(蘇洵)과 동생 소철(蘇轍)과 함께 삼소(三蘇)라 불렸다. 소순을 노소(老蘇), 소식을 대소(大蘇), 소철을 소소(小蘇)라고도 부른다.

8) 진사도: 진사도(陳師道)는 북송 서주(徐州) 팽성(彭城) 사람으로 자가 무기(無己) 또는 이상(履常), 호가 후산거사(後山居士)다. 젊어서 증공에게 배웠고, 뒤에 소동파의 추천으로 태학박사(太學博士) 비서성정자(秘書省正字)가 되었다. 사람됨이 고아하고 절개가 있어 안빈낙도(安貧樂道)했지만, 어려움 속에 곤궁하게 살다가 추위와 병마에 시달리다 죽었다. 시는 황정견(黃庭堅)의 영향을 받아 강서시파(江西詩派)를 대표하였다.

9) 위청: 전한 때 사람으로 자는 중경(仲卿)이다. 본래 정(鄭)씨로 아버지 정계(鄭季)가 평양후(平陽侯)의 가첩(家妾) 위온(衛媼)과 정을 통해 태어나서 어머니의 성을 따랐다. 처음에 평양공주(平陽公主)의 가노(家奴)로 있었는데, 누이 위자부(衛子夫)가 위황후(衛皇后)로서 무제의 총애를 받자 관직에 진출해 태중대부(太中大夫)가 되었다. 원광(元光) 6년에 거기장군(車騎將軍)으로 군사를 거느리고 흉노를 격파하고, 원삭(元朔) 2년에 다시 군사를 운중(雲中)으로 출병하여 하투(河套) 지역을 수복한 뒤 장평후(長平侯)에 봉해졌다. 원수(元狩) 4년에 대장군으로 곽거병과 함께 대군을 이끌고 나가 흉노족을 궤멸시켰다.

10) 미더운 임안: 한나라 무제 때 유능한 신하로, 한나라 순열(荀悅)의 《전한기(前漢紀)》에 "곽거병(霍去病)이 임금의 총애를 받자 위청의 문하에 있던 이들이 모두 곽거병에게로 갔는데 오직 임안만 가지 않았다."고 하였다.

11) 서주: '서주(西州)'는 충청남도 서천(舒川)의 옛 이름이다.

12) 아양 노래: '아양(峩洋)'은 거문고로 연주하는 악곡 이름으로, 〈유수곡(流水曲)〉·〈고산유수곡(高山流水曲)〉이라고도 한다. 춘추시대 백아(伯牙)가 거문고를 연주하고 종자기(鍾子期)가 그 악곡을 들었던 고사에서 유래한 말이다. 《열자(列子)》 〈탕문(湯問)〉에 의하면, 백아가 높은 산을 생각하며 거문고를 연주하면 종자기가 알아듣고 "아, 훌륭하도다. 험준하기가 태산과 같도다.['善哉! 峩峩兮若泰山.']"라고 하였으며, 백아가 흐르는 물을 생각하며 거문고를 연주하면 종자기가 알아듣고 "아, 훌륭하도다. 울렁울렁 흐름이 강하와 같도다.['善哉! 洋洋兮若江河.']"라고 하였다고 한다.

자고 일어나서

睡起

자고 일어나니 사립문에 해 더 비껴있네	睡起柴荊日又斜,
이 몸 와서 머문 곳 누구의 집이던가?	此身來泊是誰家.
새 봄 맞아 시어는 향긋한 풀 집적이고	新春詩語侵芳草,
오래 고향 떠난 나그네 지는 꽃이 슬프다.	久客鄕心惱落花.
늘그막에 세상그물 갇힌 것이 참 한스럽고	深恨晩途嬰世網,
부쩍 치올라간 구레나룻 나이 더 들어 뵈네.	謾將危髩負年華.
배들 지나는 데에 갈매기 좇는 물결[1] 넓고	千帆過處鷗波濶,
은하수 앞머리에 갈 길을 멀리 보지 못하네.	銀漢前頭路不賒.

1) 갈매기 좇는 물결: '구파(鷗波)'는 갈매기가 생활하는 물결 위로, 유유하고 한적하게 은둔생활을 하는 것을 비유하는 말이다.

오래 흐림
恒陰

봄날 내내 쓸쓸하게 강가 관문[1] 기대니	一春蕭瑟倚江關,
구름 안개 오래 흐려 강물 사이 덮여있네.	雲霧恒陰積水間.
눈 비벼도 일찍이 촉군 해[2] 못 보았고	摩眼未曾看蜀日,
머리 들어 어디에서 종남산[3]을 보겠나?	擧頭何處見秦山.
시름 속에 약을 쓰니 몸 여전히 아프고	愁邊下藥身猶病,
꽃 아래서 술 마셔도 마음 편치 않구나.	花底携樽意不閒.
오늘 저녁 또다시 어떤 한 더해지니	今夕又添多少恨,
고향 천리 돌아가는 사람 전송하였네.	故鄕千里送人還.

1) 강가 관문: '강관(江關)'은 강가의 변경지역으로 유배지의 적려(謫廬)를 말하는 듯하다.

2) 촉군 해: '촉일(蜀日)'은 촉견폐일(蜀犬吠日)의 준말로, 촉군(蜀郡)에는 안개가 많아 항상 해를 보지 못하였는데 매양 해가 뜨게 되면 개들이 모두 의아하고 놀라서 짖었다고 한다.

3) 종남산: '진산(秦山)'은 두보의 〈추(愁)〉에서 "위수와 진산을 다시 볼 수 있을까? 백성은 모두 병들고 범이 멋대로 날뛰는구나.[渭水秦山得見否? 人皆罷病虎縱橫.]"라고 했는데, 위수진산(渭水秦山)은 장안(長安)에 소재하는 것으로, 여기서는 한양의 남산을 가리키는 말이다. 남산은 진산(秦山) 외에도 종남산(終南山)·귤산(橘山)·남산(南山)·주남산(周南山)·지폐(地肺)라고도 한다.

달구경·앞의 시운을 쓰다

見月用前韻

이미 봄기운 느긋하게 돌아옴을 보고	已看春意等閒回,
다시 구름 사이 흰 달 떠오름을 보네.	復覩雲間素月來.
고운 경치에다 마침 달 밝은 밤이 되어	佳景偶從淸夜並,
술동이 채웠는데 예쁜 꽃도 피었구나.	一樽還共好花開.
향로 가에 사향 냄새 안개로 흩날리고	鑪邊麝氣霏香霧,
못 밑에 용이 울며 새벽 우레 기다리네.[1]	潭底龍吟候曉雷.
난간 모서리 발 걷고 취한 눈 치뜨니	欄角捲簾擡醉眼,
언덕 낯 무지러져서 강물이 이끼 같네.	岸容如水水如苔.

1) 못밑에 용이 울며 새벽 우레 기다리네: '담저용음(潭底龍吟)'은 훌륭한 재주를 가지고도 때를 만나지 못한 사람을 비유하는 잠룡(潛龍)을 말한다.

봄날 풍경을 바라보다 · 앞의 시운을 쓰다

春望 用前韻

바라보니 팔랑팔랑 나비들 돌아다니고	望裏翩翻蝶粉回,
시냇가에 끊임없이 새소리 들려오네.	磵邊連續鳥聲來.
푸른 숲에 꽃구경 얼마 남지 않았는데	青林花事餘無幾,
푸른 바다 먹구름 잔뜩 뭉쳐 찌푸렸네.	碧海雲陰滃不開.
하늘가의 이 신세 흩날리는 눈발 같고	天畔此身飄似雪,
세상사람 말이 많아 우레처럼 시끄럽네.	世間多口鬧成雷.
상수 못가 한낮에도 문을 잠근 지역이라	湘潭白日關門地,
초가집[1] 어둑한데 오솔길엔 이끼 덮였네.	蓬藋陰陰一徑苔.

1) 초가집: '봉조(蓬藋)'는 쑥과 명아주로 보통 풀무더기를 가리킨다. 또는 초가집을 가리키니 가난한 사람이 사는 곳을 말한다.

봄날 마을에서 혼자 살다[1)]

春村索居

붉은 꽃 바로 보니 봄 햇살에 어여뻐서	卽看紅艶媚春暉,
문득 심약[2)] 허리띠 풀었던 일[3)] 아네.	轉覺休文緩帶圍.
양자 집[4)] 주변에는 향긋한 풀 모이고	楊子宅邊芳草合,
적공 문[5)] 아래에는 옛날 친구 드무네.	翟公門下舊遊稀.

---

1) 혼자 살다: '삭거(索居)'는 《예기》 〈단궁(檀弓)〉에 나오는 말로 '이군삭거(離群索居)'의 준말이니, 친구나 친지와 헤어져서 쓸쓸하게 혼자 사는 것을 말한다.

2) 심약: '휴문(休文)'은 남북조시대 양(梁)나라 시인 심약(沈約, 441~513)의 자(字)이다. 심약은 박학(博學)하고 시문(詩文)에 능하였다. 친구와의 이별을 노래한 〈별범안성(別范安成)〉의 "한 평생 젊은 날에는, 헤어져도 이전 기약 이루기 쉬웠네. 그대와 함께 늙어가면서는, 다시는 헤어질 때가 아니라네. 한 동이 술이라 말하지 마오. 내일이면 다시 잡기 어렵다네. 꿈속에서는 가는 길을 알지 못하니, 어떻게 그리움을 달랠 수가 있을까?[生平少年日, 分手易前期. 及爾同衰暮, 非復別離時. 勿言一尊酒, 明日難重持. 夢中不識路, 何以慰相思?]"라는 내용에서 특히 "꿈속에서는 가는 길을 알지 못하니, 어떻게 그리움을 달랠 수가 있을까? [夢中不識路, 何以慰相思?]"라는 시구가 인구에 회자되었다고 한다. 그리고 봄날을 노래한 〈삼월삼일솔이성편(三月三日率爾成篇)〉에서 "아름다운 날이 춘삼월 날에 속한지라, 아름다운 봄빛이 모두 여기에 있어라. 꽃이 피어 나무를 둘러있고, 꾀꼬리소리 다시 나뭇가지에 가득해라.[麗日屬元巳, 年芳具在斯. 開花已匝樹, 流嚶復滿枝.]"라고 하였으며, 〈상춘(傷春)〉에서 "아름다운 봄빛이 금원에 들었고, 안개 봄꽃 켜켜 굽이를 둘렀도다.[年芳被禁籞, 煙花繞層曲.]"라고 하였으며, 귀은(歸隱)을 노래한 〈적송간(赤松澗)〉에서 "어느 때나 마땅히 산림으로 돌아와서, 푸른 바위 곁에서 오래도록 숨어살 건가?[何時當來還, 延佇青巖側.]"라고 하였다.

3) 허리띠 풀었던 일: '완대(緩帶)'는 몸에 두른 허리띠를 느슨하게 하는 것으로 여유롭고 한가롭게 지내거나, 친구와 이별을 앞두고 술을 마시는 것을 말한 것이다.

4) 양자 집: '양자(楊子)'는 서한(西漢) 때 양웅(揚雄)을 말하니, 일생을 곤궁하게 지내며 저술에 힘쓰고 정치에는 관심을 갖지 않았다. 《역학(易學)》을 모방하여 《태현경(太玄經)》을 지었고, 《논어(論語)》를 모방하여 《법언(法言)》을 지었다. 진(晉)나라 좌사(左思)의 〈영사(詠史)〉에 "쓸쓸한 양자의 집이니, 문 앞에는 고관의 수레 없어라.[寂寂楊子宅, 門無卿相輿.]"라고 하였다. 조선시대 허균(許筠)의 《성소부부고(惺所覆瓿藁)》 〈칠석미회시서(七夕味懷詩序)〉에 "넝쿨풀이 양자의 집에 제대로 난다.[蔓草定生楊子宅]"라고 하였다.

흰 머리로도 길을 헤매니 딱하기만 하고	偏憐白首還迷路,
벼슬자리[6] 털지 못한 것[7] 후회하네.	追悔青雲未拂衣.
고향 동산 어린 시절 즐거운 일 생각하고	想得故園年少樂,
길가에 취해 부축 받고 꽃 밟으며 돌아가네.	陌頭扶醉踏花歸.

---

5) 적공 문: '적공문하(翟公門下)'는 적문(翟門)의 같은 말로 염량세태(炎涼世態)를 말한다. 한나라 적공(翟公)이 처음에 정위(廷尉)가 되었을 때 손님들이 문 앞을 가득 메웠는데, 벼슬을 그만 두자 문밖에 새그물을 칠 정도로 한적했다가 다시 정위가 되자 손님들이 예전처럼 집 앞에 찾아왔다고 한다. 이에 적공이 문에 크게 쓰기를, "한번 죽고 한번 삶에 사귄 정을 알겠도다. 한번 가난하고 한번 부유함에 사귄 세태를 알겠도다. 한번 귀하고 한번 천함에 사귄 정을 볼 수 있어라.[一死一生, 乃知交情. 一貧一富, 乃知交態. 一貴一賤, 交情乃見.]"고 하였다.

6) 벼슬자리: '청운(青雲)'은 높은 벼슬이나 지위에 있음을 비유한 말이나, 여기서는 벼슬자리를 뜻한다.

7) 털지 못한 것: '불의(拂衣)'는 옷의 먼지를 털며 떠나가는 것으로, 고향으로 돌아가 은거함을 말한다. 굴원의 〈어부사〉에서 "새로 머리 감은 사람은 갓의 먼지를 털고, 새로 몸을 씻은 사람은 옷의 먼지를 턴다.[新沐者必彈冠, 新浴者必振衣.]"라고 하였다.

봄날 마을에서 앓아눕다 두 수

春村卧病 二首

바닷가라 음기 많아 해 볼 날 드물고	水國多陰稀見日,
시골 사람 손님 없어 문 열지도 않네.	野人無客不開門.
꾀꼬리 우는 꽃밭에 누워 시름어린 달 좇고	鸎花卧送愁邊月,
물고기 나물 귀한 봄에 바닷가마을 궁하구나.	魚菜春窮海上村.
나무꾼 피리소리 한가하게 밭두둑 지나고	樵笛等閒緣壠過,
새소리 이어져서 숲 건너가 시끄럽구나.	鳥歌相續隔林喧.
타향살이 이별 회포 어느 곳에 쏟을 건가?	羈居離緒澆何處?
시골 농가 오랜 동이[1]로 엎어져 있구나.[2]	潦倒田家老瓦盆.

연안 마을 외딴 성곽 푸른 바다 모퉁이	延府孤城碧海陬,
두어 칸 초가집이 모래섬을 마주하네.	數間茅屋對汀洲.
뭉게구름 물안개가 하늘 멀리 이어지고	蜓雲蜃霧連天遠,
언덕풀 강가꽃 땅에 가득 시름 피웠네.[3]	岸草江花滿地愁.

---

1) 시골 농가 오랜 동이: '노와분(老瓦盆)'은 두보의 〈소년행(少年行)〉에 "시골 농가 오랜 동이 비웃지 말지어다. 스스로 술을 담은 이래로 자손들을 성장시켰도다.[莫笑田家老瓦盆, 自從盛酒長兒孫.]"라고 하였다.

2) 엎어져 있도다: '요도(潦倒)'는 행동거지가 산만하거나, 노쇠함을 나타내거나, 쓰러지고 엎어져 있거나, 술에 취해 엎어진 모습을 나타내는 말로, 여기서는 병들어 누워있는 자신을 오래된 동이에 비유한 것이다. 두보의 〈등고(登高)〉에서는 "노쇠하여 처음으로 막걸리 술잔마저 그쳤도다.[潦倒新停濁酒杯]"라고 하였다.

3) 언덕 풀 …… 가득 시름 피웠네: 이익의 《성호사설》에 의하면, 공자의 작품이라고 하는 칠언절구 〈행단음(杏壇吟)〉의 결구에, "들에 풀이 나고 한가로이 꽃이 피어 땅에 시름 가득하도다.

세 오솔길[4]로 도연명[5] 집 가지 못하고　三徑未歸陶令宅,
봄날 내내 부질없이 중선루[6]에 기대있네.　一春空倚仲宣樓.
근래 들어 형편없는 음식[7] 또한 맛있거늘　年來腐鼠多滋味,
애송이들 부귀공명 구하느라[8] 고달프구나.　深惱羣兒碎首求.

[野草閒花滿地愁]"라는 내용과 유사하다.

4) 세 오솔길: '삼경(三徑)'은 한나라 때 은사 장후(蔣詡)가 일찍이 자기 마당에 세 오솔길을 내고 구중(求仲)과 양중(羊仲)만 불러 놀던 고사에서 유래한 말로, 은자의 집과 동산을 뜻하며 여기서는 전원을 말한다.

5) 도연명: '도령(陶令)'은 진나라의 팽택 현령을 지낸 도연명을 가리킨 말이다.

6) 중선루: '중선루(仲宣樓)'는 중선(仲宣)의 누대로 타향에 있는 누대를 말하며, 고향을 그리워함을 말한다. 한나라 말기에 왕찬(王粲)은 자가 중선(仲宣)으로 동탁(董卓)의 난리를 피하여 형주(荊州)에서 형주자사 유표의 식객의 있으면서 누대에 올라가 고향 생각을 하며 지은 〈등루부(登樓賦)〉에서, "비록 참으로 아름답지만 나의 땅이 아니니, 어찌 잠시인들 머물 수 있으리오?[雖信美而非吾土兮, 增何足以少留?]"라고 하였다.

7) 형편없는 음식: '부서(腐鼠)'는 썩은 쥐라는 뜻으로, 여기서는 형편없이 초라한 음식을 말한다. 《장자(莊子)》〈추수(秋水)〉에 보면, 원추(鵷鶵)라는 새가 있어 남해(南海)를 출발하여 북해(北海)로 날아갈 적에 오동나무가 아니면 쉬지 않고 대나무 열매가 아니면 먹지 않고 단 샘물이 아니면 마시지도 않았는데, 이때 솔개는 썩은 쥐를 물고 원추를 지나가기에 쳐다보며 탄식하였다는 고사에서 나온 말이다.

8) 부귀공명 구하느라: '쇄수(碎首)'는 머리가 부서지는 것으로 죽을 각오로 간언하는 것을 말한다. 여기서는 목숨 걸고 부귀공명과 높은 벼슬을 구하는 것을 말한다.

사면의 성은을 입고 곧바로 돌아가는 길에 오르다

蒙恩赦卽赴歸程

여우 머리 하고[1] 바로 돌아가려니	卽將狐首赴歸程,
물고기 밥 될 뻔하다[2] 살아난 것 같네.	魚腹危魂獲再生.
사흘 양식 휴대하니 길봇짐 그득하고	三日贏糧行橐足,
두어 권 서책 낡아서[3] 툭툭하구나.	數編殘蠹打包輕.
문 나서니 아픈 다리 이상하게 튼튼하고	出門病脚還疑健,
안장에 앉으니 어두운 눈 밝아진 듯해라.	據鞍昏眸便似明.
강가에 비 개니 향긋한 풀 파릇하고	江雨新晴芳草綠,
물결 따라 동으로 가면 바로 한양[4].	碧瀾東去是秦京.

1) 여우 머리 하고: '호수(狐首)'는 《예기(禮記)》 〈단궁상(檀弓)〉에 나오는 여우가 죽을 때 전에 살던 토굴이 있는 언덕 쪽으로 머리를 둔다는 수구초심(首丘初心)의 뜻으로, 고향을 그리워하는 마음을 말한다.

2) 물고기 밥 될 뻔하다: 물고기 뱃속에 장사 지낸다는 말로 물에 빠져죽는 것을 말한다. 《초사》 〈어부사〉에 "차라리 상수로 나아가 물고기의 뱃속에 장사 지낼지언정 어찌 맑고 맑은 깨끗함으로 속세의 티끌먼지를 뒤집어쓸 수 있겠는가?[寧赴湘流葬於江魚之腹中, 安能以皓皓之白而蒙世俗之塵埃乎?]"라고 하였다.

3) 두어 권 서책 낡아서: '잔두(殘蠹)'는 두책(蠹冊)의 뜻으로, 좀이 슬어 훼손된 책을 말하니, 곧 낡은 서책을 가리킨다.

4) 한양: '진경(秦京)'은 진나라 수도 함양(咸陽)을 가리키는데, 여기서는 한양을 말한다.

감로사[1]

甘露寺

부처[2] 처음 지혜 연[3] 곳	佛日開初地,
자비 구름[4] 사원[5] 비추네.	慈雲映給園.
술잔 띄워[6] 깨달음 길[7] 찾고	浮盃尋覺路,
뗏목 끌고[8] 참된 본원 들어가네.	引筏入眞源.

1) 감로사: 경기도 개풍군 중서면 전보 오봉봉(五鳳峰)에 있던 절인 듯하다.

2) 부처: '불일(佛日)'은 부처에 대한 존칭이다. 불교에서 부처의 불법이 널리 중생을 구제함이 마치 해가 대지를 비추는 듯하다 하여 일컬어진 말이다.

3) 처음 지혜 연: '초지(初地)'는 수행 과정의 10개 단계 가운데 첫 번째이니, 십지(十地) 가운데 건혜지(乾慧地)가 초지(初地)가 되며, 대승보살의 십지(十地) 가운데서는 환희지(歡喜地)가 초지가 된다. 또는 불교 사원을 초지라고 한다. 당나라 왕유(王維)의 〈등변각사(登辨覺寺)〉에 "대나무 길이 초지를 좇았고, 연꽃 봉우리 화성에서 나오도다.[竹逕從初地, 蓮峰出化城.]"라고 하였다.

4) 자비 구름: '자운(慈雲)'은 부처의 자비로운 마음이 구름처럼 널리 세계와 중생에게 미치는 것을 말한다.

5) 급원: '급원(給園)'은 급고독원(給孤獨園)의 준말로 불교 사원을 가리킨다. 중인도(中印度) 사위성(舍衛城) 남쪽 기원정사(祇園精舍)가 있는 곳으로 석가세존이 설법한 곳으로 유명하다. 본래 바사닉왕(波斯匿王)의 태자 기타(祈陁)가 소유한 원림(園林)이었으나 급고독장자(給孤獨長者)가 그 땅을 사서 세존에게 바치고 태자가 숲을 바쳐서 두 사람의 이름을 합하여 기다수급고독원(祇多樹給孤獨園)이라 불렀으며, 줄여서 기수원(祇樹園)·기원(祇園)·급고독원(給孤獨園)이라고 하였다.

6) 술잔 띄워: '부배(浮盃)'는 산서(山西)의 어떤 고승(高僧)이 항상 조그마한 술잔을 타고 하수(河水)를 건넜으므로 사람들이 배도(盃渡)라고 불렀다.

7) 깨달음 길: '각로(覺路)'는 깨달음의 길, 곧 성불(成佛)의 길을 말한다. 당나라 이백(李白)의 〈춘일귀산기맹호연(春日歸山寄孟浩然)〉에 "금빛 줄이 깨달음의 길을 열고, 보배 뗏목 미혹한 내를 건너도다.[金繩開覺路, 寶筏渡迷川.]"이라 하였다.

8) 뗏목 끌고: '인벌(引筏)'은 불법(佛法)을 보배 뗏목[寶筏]에 비유하는 것처럼 중생에게 생사(生死)의 고해(苦海)를 건너게 해주는 보배로운 뗏목이란 뜻이다. 불교에서는 깨달음의 길을 뗏목 타고 바다를 건너는 것에 비유하여 보벌(寶筏)이라고 하며, 미진(迷津)은 깨달음의 길로 들어가는 바닷가의 나루를 찾지 못하는 것을 말한다.

속세 밖에 세상일 매이지 않고	物外無塵累,
인간세상 존엄한 부처를 뵙네.	人間見佛尊.
우리 몸에 보석띠 남아도니	吾身餘寶帶,
절 시주 어찌 아까우랴?	何惜施山門?

파협[1]을 지나며

過峽

고된 여행 자주 하며 비실비실	屑屑頻行役,
산신령 내 돌아감 시샘하는지.	山靈妬我歸.
바람 불려 먼지 자꾸 눈에 끼고	風埃偏磣眼,
숲 가시나무에 옷이 걸리는구나.	林棘解拘衣.
험난한 벼슬살이 세 번 쫓겨나고[2]	畏路徑三黜,
마음 근심[3] 사방에서 에워쌌네.	愁城困四圍.
어리석고 미혹됨 스스로 우습건만	愚迷堪自笑,
일흔 살이 되어서야 그름 알았네.[4]	七十始知非.

1) 파협: '파협(坡峽)'은 파주 지역 임진강변 석벽을 가리키는 듯하다.

2) 세 번 쫓겨나고: '삼출(三黜)'은 세 차례 벼슬을 그만두는 것을 말한다. 《논어》 〈미자(微子)〉에 "유하혜가 사사가 되어 세 번 쫓겨나니 사람들이 말하기를, '그대는 떠날 만하지 아니한가?' 하니 유하혜가 말하기를, '도를 정직하게 하여 사람을 섬기면 어디를 가더라도 세 번 쫓겨나지 않겠는가? 도를 굽혀 사람을 섬기면 어찌 반드시 부모의 나라를 떠나겠는가?'라고 하였다.[柳下惠爲士師, 三黜, 人曰, '子未可以去乎?' 曰, '直道而事人, 焉往而不三黜? 枉道而事人, 何必去父母之邦?']" 하였다. 또는 벼슬길이 이롭지 못함을 나타낸 것이다.

3) 마음 근심: '수성(愁城)'은 근심이나 괴로움이 해소되기 어려운 심경을 비유하는 말이다.

4) 그름 알았네: '지비(知非)'는 《회남자(淮南子)》 〈원도훈(原道訓)〉에 의하면, 춘추시대 위(衛)나라 대부 거백옥(蘧伯玉)은 나이 50세가 되어서 49년 동안의 잘못을 깨달았다고[年五十而知四十九年非] 하였다. 이에 지비(知非)는 50세를 뜻한다.

파주 시골집으로 돌아오다

歸到坡庄

늙어서도 세망 얽혀 벼슬살이[1] 고달팠고	暮年嬰網困泥沙,
오늘에야 고향[2] 향해 집으로 돌아가노라.	今日桑鄉得返家.
낚시 들고 새로 쓴 바위에 편히 오르고	携釣穩登新掃石,
울타리 돌아 옛 가꾼 꽃 한가히 둘러보네.	繞籬閒傍舊栽花.
위태한 혼백 애꾸 말 타고[3] 벌벌 떨었고	危魂尚慄輕騎瞎,
아픈 팔로 뱀의 발 그려[4] 몹시 창피했네.	病臂深慚誤畫虵.
내기에 이겨 시골농주 마시고 속 시원하니	賭取村醪仍暢釋,
갈매기 해오라기 좇으며 평생을 보낼까보다.	擬從鷗鷺度生涯.

---

1) 벼슬살이: '이사(泥沙)'는 진흙과 모래알로 비천하고 미미한 지위의 벼슬살이를 말한다.

2) 고향: 상향(桑鄕)은 상리(桑里) 곧 고향을 말함. 상재(桑梓)라고도 하니 옛날 담장 아래 뽕나무와 가래나무를 심어서 후손에게 전하여 살림에 도움이 되도록 한 데에서 유래하여 고향이나 고향의 부로(扶老)를 가리킴.

3) 애꾸 말 타고: '기할(騎瞎)'은 남조(南朝)시대 송나라 유의경(劉義慶)의 《세설신어(世說新語)》 〈배조(排調)〉에 보면, "맹인이 애꾸 말을 타고 한밤중에 깊은 못에 다가섰다.[盲人騎瞎馬, 夜半臨深池.]"고 했는데 몹시 위험함을 비유한 말이다.

4) 뱀의 발 그려: '오화사(誤畫蛇)'는 화사첨족(畫蛇添足)을 말하는 것으로 쓸데없는 짓을 하여 결국 일을 그르치고 만다는 뜻이다.

9일 통군정[1)]에 오르다

九日登統軍亭

열 줄로 선 고운 여인[2)] 옷소매[3)] 당기고	十行紅粉引征袍,
부축 받아 오르니[4)] 몸이 힘들지도 않구나.	挾上丹梯自不勞.
인간세상 좋은 날이 바로 오늘이요	佳節世間今日是,
천하의 멋진 경관 이 누정이 최고로세.	壯觀天下此亭高.
강물소리 비 섞이니 가을 더욱 깊어가고	江聲挾雨秋猶壯,
시 생각 바람 타니 시름 또한 호기롭다.	詩意凌風病亦豪.
산천이 사람 녹여 술 마시기 내기하고	形勝惱人賭一醉,
잔치에 신선 풍악 비파[5)] 소리 요란해.	綺筵仙樂鬧檀槽.

1) 통군정: 평안북도 의주에 있던 고려시대에 세워진 누정으로 의주성에서 제일 높은 봉우리에 자리 잡아 압록강 일대가 한눈에 내려다보이기 때문에 군사를 지휘하는 데 유리하다. 또한 서쪽으로 멀리 신의주·용암포 일대가 바라보이며, 남쪽으로 석숭산과 백마산 일대의 크고 작은 산봉우리들이 한눈에 들어와 관서팔경의 하나로 꼽힌다.

2) 고운 여인: '홍분(紅粉)'은 아름다운 여인이니 기녀를 말한다.

3) 옷소매: '정포(征袍)'는 군복이나, 나그네의 긴 옷을 말한다.

4) 오르나니: '단제(丹梯)'는 붉은 사다리라는 뜻으로, 높은 곳에 오르는 것을 말한다.

5) 비파: '단조(檀槽)'는 박달나무로 만든 비파 따위의 악기나, 거문고의 현을 올려놓는 움푹 파인 격자(格子)를 말하는데, 단목(檀木)으로 만들면 단조(檀槽)라 하고, 옥석(玉石)으로 만들면 석조(石槽)라 한다.

11월 21일 강을 건너다

十一月二十一日渡江

새벽에 용만관[1] 출발,	曉發龍灣舘,
아침에 압록강 가 건네.	朝行鴨水濱.
평생 바다 떠돌 마음[2]	平生浮海志,
오늘 나루 묻는 사람.[3]	今日問津人.
갈림길 한탄하지 않고	不作臨岐恨,
나라에 몸 바쳤도다.	渾忘許國身.
늙어서도 말 타고	老衰猶跨馬,
천리 북변 살피네.	千里視北隣.

1) 용만관: '용만관(龍灣舘)"은 조선시대 중국 사신을 접대하기 위하여 성종 때 의주(義州)에 설치한 객사이다. 고려시대에는 의주를 용만현(龍灣縣)이라 불렀고, 압록강을 용만이라고 불렀다.

2) 바다 떠돌 마음: '부해지(浮海志)'는 도가 없는 세상을 피하여 바다에 뗏목을 띄워 타고서 다른 곳으로 떠난다는 뜻으로, 《논어》〈공야장(公冶長)〉에 공자가 "도가 행해지지 않는지라 뗏목을 타고 바다에 떠다니리라.[道不行, 乘桴, 浮于海.]"라고 한 데서 나온 말이다.

3) 나루 묻는 사람: '문진인(問津人)'은 공자 제자 자로(子路)를 말한다. 나루터를 묻는다는 것은 올바른 삶의 길이나 정치의 방도를 탐구하는 것을 비유하는 말이다. 《논어》〈미자(微子)〉에서 공자가 자로로 하여금 장저(長沮)와 걸익(桀溺)에게 나루터를 묻게 하였다는[使子路問津] 고사가 있는데, 세상이 혼탁해도 숨어 살지 않고 세상에 나아가 사람들과 함께 하며 바른 정치가 행해지고 바른 도가 행해질 수 있도록 노력해야 함을 나타냈다.

낭자산[1]에서 묵다

宿狼子山

이 노정 언제 다 하나?	此路何時盡?
내 삶 괴롬 그치지 않네.	吾生苦未休.
회유[2]는 월 사신[3]과 다르고	懷柔殊使越,
역빙[4]도 주 음악[5]과 다르네.	歷聘異觀周.
누대 올라[6] 괜히 한탄해 보나	謾抱登樓恨,
고국 떠난 시름을 어떻게 금하랴?	寧禁去國愁?
동쪽 바다에 들어가게 되어도[7]	只堪東入海,

1) 낭자산: '낭자산(狼子山)'은 하북성에 있는 산으로, 첨수(甛水)를 출발하여 청석령을 넘은 조선의 사신들이 대부분 낭자산에서 하룻밤을 묵었다고 한다.

2) 회유: '회유(懷柔)'는 좋은 말과 태도로 구슬리고 달래는 것으로, 《모전(毛傳)》에서 '회(懷)'는 래(來)요, '유(柔)'는 안(安)이라 하여 모든 신들이 와서 편안하게 자리하는 것이라고 하였다.

3) 월 사신 : '사월(使越)'은 육가(陸賈)가 한나라 고조(高祖)의 훈신(勳臣)으로 구변(口辯)이 능하여 고조의 명을 받고 남쪽 월나라로 사신 가서 월왕(越王) 위타(尉佗)를 설득하여 한나라에 신복(臣服)하게 하였다는 고사.

4) 역빙: '역빙(歷聘)'은 천하를 두루 다니면서 초빙과 임용을 구하는 일을 말한다.

5) 주 음악 : '관주(觀周)'는 춘추시대 오(吳)나라의 계찰(季札)은 여러 나라를 역빙(歷聘)하면서 현사 및 대부들과 교유하였는데, 특히 노(魯)나라에 사신 가서 주(周)나라 음악을 직접 보고 열국(列國)의 치란과 흥망을 알고서 주나라가 왕이 된 까닭을 설명하여 명성을 떨쳤다고 한 고사.

6) 누대 올라: '등루(登樓)'는 〈등루부(登樓賦)〉를 말하니, 한나라 말기에 왕찬(王粲)이 동탁(董卓)의 난리를 피하여 형주(荊州)에서 형주자사 유표의 식객의 있으면서 누대에 올라가 고향 생각을 하며 지은 것으로, "비록 진실로 아름답지만 내 땅이 아니니, 일찍이 어찌 잠시라도 머물 수 있으리오?[雖信美而非吾土兮, 曾何足以少留?]"라고 하여 그 뒤로 고향을 생각하거나, 재주를 지니고도 때를 만나지 못함을 비우하는 표현이 되었다.

7) 동쪽 바다에 들어가게 되어도: '입해(入海)'는 입해산사(入海算沙)의 준말로, 바닷가에 이르러 모래알을 세듯이 부질없이 수고하는 것을 말한다.

순종 인내[8] 말고 무얼 구하랴? 濡忍更何求?

8) 순종 인내: '유인(濡忍)'은 유순하고 인양(忍讓)함을 말한다.

요동[1]에 이르다

到遼東

요양 군마 가장 날래고 강하며	遼陽士馬冣精强,
관문 방어 배치 계책 으뜸이네.	布置關防計策長.
굳건한 요새[2]에 군량 겸해도	可道金湯兼粟粒,
천지 왼통 바뀔 줄[3] 알았겠나?	詎知天地變滄桑.
들판 아득히[4] 굴뚝 연기 줄고	郊原莽蒼人煙少,
푸나무 드문드문 성채 쓸쓸하네.	草樹蕭踈堞壘荒.
둘러보아도 신주[5] 뵈지 않아	四望神州何處是?
갈림길 많은 곳 한탄이 끝없네.	路歧多處恨茫茫.

1) 요양: '요양(遼陽)'은 요동과 같은 말로 요하의 동쪽이란 뜻이니, 요령성(遼寧省) 남동부 일대를 말한다.

2) 굳건한 요새: '금탕(金湯)'은 금성탕지(金城湯池)의 준말로, 방비가 아주 견고한 난공불락의 요새지를 말한다.

3) 왼통 바뀔 줄: '창상(滄桑)'은 창해상전(滄海桑田)의 준말로, 푸른 바다가 뽕나무 밭으로 바뀐다는 것은 세상의 변화가 심하고 무상함을 뜻한다. 상전벽해(桑田碧海)·상전변성해(桑田變成海)·상창지변(桑滄之變)·창상지변(滄桑之變)이라고도 한다.

4) 아득히: '망창(莽蒼)'은 들판이 아득하여 분명치 않음을 말한다. 또는 텅 비고 끝이 없는 모양이나, 아득한 들판을 가리킨다.

5) 신주: '신주(神州)'는 신주적현(神州赤縣)의 준말로, 천자가 다스리는 땅을 가리키니 천자가 다스리는 도성이 신주이고, 천자의 직할 영지가 적현이다.

여양[1)]

閭陽

비탈 밭 다하려다 다시 계곡 에돌고 坂田將盡復廻谿,
쌓인 눈 켜켜 얼음에 말발굽 묻히네. 積雪層冰入馬蹄.
첩첩한 산 멀리 요적[2)] 북쪽 두르고 疊嶂遠圍遼磧北,
긴 길 아득히 계문[3)] 서쪽 나오네. 長途遙出薊門西.
돌 모래 [4)] 탁탁 날려 하늘에 일고 驚沙拍拍連天起,
저녁놀 어둑히 져서 나그네를 비추네. 落照荒荒向客低.
세상 분란 슬프건만 끝날 날 없고 惆悵世紛無日了,
백년을 떠도는 신세 못내 부끄럽네. 百年行役愧棲棲.

---

1) 여양: '여양(閭陽)'은 요령성 건주(乾州) 광덕군 지역을 말한다.

2) 요적: '요적(遼磧)'은《자치통감(資治通鑑)》〈당기(唐紀)〉에 "적(磧) 또는 대적(大磧) 지역은 포류해(蒲類海)를 중심으로 하여 적서(磧西)·적북(磧北)·적남(磧南)으로 명명하였는데, 이곳은 사타(沙陀) 돌궐이 살던 곳이니, 적(磧)은 사타를 가리키며, 사타(沙陀)는 비탈진 모래 언덕이라는 뜻이다."라고 하였다.

3) 계문: '계문(薊門)'은 북경의 서북쪽에 있는 계구(薊丘)의 문으로, 경도팔경(京都八景)의 하나인 계문연수(薊門煙樹)이니 나무가 무성하게 우거져 푸르른 곳임을 말한다.

4) 돌 모래 : '경사(驚沙)'는 거센 바람이 불어 날려 올라가는 모래와 돌을 말한다.

송산참[1]

松山站

산해관[2]에서 격문 보냈고[3]	楡塞曾傳檄,
송주[4]에서 포위 되었네.[5]	松州昔被圍.
세상에 사람 또한 드물어	世間人亦少,
천하의 일 이내 그르쳤네.	天下事仍非.
백골이 찬 달빛에 울고	白骨啼寒月,
외딴 성 저녁놀에 기댔네.	孤城倚夕暉.
패잔병 옛 성루에 남아	殘兵依舊壘,
아직 군복 벗지 못한 듯.	猶未脫戎衣.

---

1) 송산참: 사천성(四川省) 송판(松潘) 지역을 말한다.

2) 산해관: '유새(楡塞)'는 산해관(山海關)의 별칭이니, 하북성과 요령성의 경계로 만리장성이 시작되는 곳이다. 옛날에는 해관(海關)이라 했다가 유관(渝關)·임유관(臨楡關) 등으로 불렸으며, 명나라 때부터 유관(楡關)이라고 하였다.

3) 격문 보냈고: '증전격(曾傳檄)'은 명나라 말기에 이자성이 난을 일으켜 명나라를 멸망시키자 오삼계(吳三桂, 1612~1678)는 청나라 태종과 함께 산해관 근처에서 이자성을 물리쳤으며, 다시 오삼계는 산해관을 방비하고 있다가 태종이 북경을 점령하자 산해관에서 격문을 보내 청나라 군대를 토벌하고자 했으나 실패한 일을 말한다. 뒤에 청나라 태종은 오삼계를 평서왕(平西王), 곧 심왕(藩王)으로 봉하여 운남(雲南) 지방을 다스리게 하였는데, 운남 지역의 세력이 점점 커지자 1673년 청나라 강희제(康熙帝)가 명을 내려 철수하도록 하니 오삼계가 난을 일으키고 1681년 10월 곤명(昆明)에서 청나라 군대에 포위되자 자살하였다.

4) 송주: 현재 사천성(四川省) 송판(松潘)의 옛 이름이니, 송판(松潘)은 진(秦)나라 때부터 시작된 도시로 중국 과 티베트 사이 국경 지역이고 군사적 요충지였으며, 곳곳에 옛날에 축성한 성곽이 남아있다.

5) 포위 되었네: '석피위(昔被圍)'는 오삼계가 삼번의 난을 일으켰으나 1681년 10월 곤명(昆明)에서 청나라 군대에 포위되자 자살한 일을 말한다.

장성[1]

長城

하늘 끝까지 이어져 흰 무지개 섰나니[2]	天表連延貫白虹,
산해관에서 일어나 운중[3]으로 들어가네.	起從楡塞入雲中.
굳은 성곽[4] 둘러서 천 길 높이 험하고	金墉包絡千尋險,
백옥 성채 펼쳐져 만 리길에 웅장하네.	玉壘開張萬里雄.
관문 빗장[5] 아직도 지축에 서려 지키고	鍵閉尙看蟠地軸,
변방 요새[6] 예부터 산융[7]을 누르는 듯.	關防始擬制山戎.

1) 장성: '장성(長城)'은 전국시대 조(趙)나라와 연(燕)나라 때부터 쌓은 성을 진(秦)나라 시황제(始皇帝)가 흉노의 침략에 대비하여 크게 증축하고 장성이라고 하였다. 청나라 때 와서 중국 본토와 만주, 몽고를 구분하는 정치적 행정적인 경계선 역할을 하게 되었다. 현재 길이가 약 2,400킬로미터로 서쪽 가욕관(嘉峪關)에서 동쪽 산해관(山海關)까지 약 2,400km에 달하여 만리장성이라고 부르게 되었다.

2) 흰 무지개 섰나니: '관백홍(貫白虹)'은 백홍관일(白虹貫日)의 준말로, 흰 무지개가 해를 꿴다는 것은 정성이 지극하여 하늘이 감동한다는 뜻이다. 《사기》 〈노중련추양열전(魯仲連鄒陽列傳)〉에 "옛날 형가가 연나라 태자 단의 의로움을 사모하여 단을 위해 진나라 왕을 죽일 결심을 했을 때 하늘이 감동하여 흰 무지개가 해를 꿰었건만 연나라 태자 단은 오히려 형가를 의심하였다."라는 고사에서 유래한다.

3) 운중: '운중(雲中)'은 현재 내몽고 자치구 탁극탁현(託克託縣)으로, 장성이 산해관에서 시작하여 중국의 북쪽과 내몽고 남쪽에 있는 운중 지역에서 끝난다. 진시황은 기원전 221년 화북과 장강 일대를 아우르는 통일 제국을 이루면서 몽념(蒙恬)으로 하여 흉노를 치게 하고 새로 장성을 쌓아 구원(九原)과 운중(雲中)을 내몽고 지역에 설치하고 3만호를 이주시켜 통치하려 하였으나 진나라의 멸망으로 중단되었다.

4) 굳은 성곽: '금용(金墉)'은 금성(金城)과 같은 말로 견고한 성곽을 말한다.

5) 관문 빗장: '건폐(鍵閉)'는 관문의 빗장으로 건(鍵)은 자물쇠의 수컷, 폐(閉)는 자물쇠의 암컷에 해당한다.

6) 변방 요새: '관방(關防)'은 변방(邊方)을 지키는 것이니, 변방을 방비하기 위해 설치한 요새를 말한다.

7) 북방 오랑캐: '산융(山戎)'은 중국 북방의 민족 이름으로 북융(北戎)이라고도 하며, 흉노족의

요즘은 변방 울타리[8] 막을 일 없으니	今來不見藩籬阻,
진시황 공력 들인 게 아깝기만 하구나.	可惜秦皇枉費功.

한 갈래이다.

8) 변방 울타리: '번리(藩籬)'는 천자를 호위하는 울타리라는 뜻으로, 제후의 나라 또는 도성 근방에 있는 고을로 유사시 군사적 요충지의 구실을 할 수 있는 고을을 뜻한다.

영평부[1]

永平府

방초 강둑 구불구불 모래벌로 들어
따로 강산 있으니 영가[2] 닮았네.
벼랑이란 모두 와서 지축 열고
버들 늘어진 데 살림집 있구나.
맑은 못 새벽안개 솟는 해에 날리고
단청 누각 무늬대발 저녁놀에 어리네.
예부터 산해관을 멀다고만 했었지
풍물 다시 요란할 줄 아지 못했네.

芳堤詰曲入汀沙,
別有江山似永嘉.
蒼嶂盡來開地軸,
綠楊低處有人家.
晴潭曉靄霏初日,
粧閣緗簾袞晚霞.
從古楡關稱絶徼,
不知雲物更繁華.

1) 영평부: ‘영평부(永平府)는 지금의 하북성(河北省) 진황도시(秦皇島市) 노룡진(盧龍鎭) 지역을 말한다. 명나라 때 처음 영평부(永平府)라 일컬었으며, 상(商)나라와 주(周)나라 때 고죽국((孤竹國)이 있던 지역으로 알려져 있다.

2) 영가: ‘영가(永嘉)’는 중국 절강성(浙江省)에 있는 지명으로, 시인 사영운(謝靈運)이 좌천되어 영가 태수로 내려간 뒤 산수 경치가 뛰어난 석문산(石門山)에서 시를 지으며 유람한 고사가 있다. 이백(李白)의 〈여주강청계옥경담연별(與周剛淸溪玉鏡潭宴別)〉에 “강락이 높은 벼슬을 떠나서, 영가의 석문에서 노닐었도다.[康樂上官去, 永嘉遊石門.]”라고 하였다.

고려보[1)]

高麗堡

남은 주추 무너진 담 옛 터를 알려	遺礎頹垣認舊基,
행인들 전하기를 이곳이 고려였다고.	路人傳說是高麗.
마을이름 오래니 허튼 말 아니겠지만	村名悠久知非妄,
지지 허황하니 의혹 분별 못하겠네.	地誌荒茫未辨疑.
판적[2)]의 주나라 편입 몇 세대 전일까?	版籍入周今幾世?
침탈된 땅 노나라 환수 대개 언제쯤일까?	侵疆還魯竟何時?
우리 임금 춤 출 때 소매 닿는 걸 싫어하셨으니[3)]	吾王舞袖常嫌窄,
오늘 유독 농 땅 얻은 그 시절[4)] 생각나도다.	今日偏思得隴期.

1) 고려보: '고려보(高麗堡)'는 요동 지역에 있는 곳으로 예로부터 고려인들이 모여 살았으며 병자년과 정축년의 호란(胡亂)에 끌려간 사람들이 거주하였다.

2) 판적: '판적(版籍)'은 토지와 호적을 기록한 대장을 말한다.

3) 소매 닿는 걸 싫어하셨으니: '무수상혐착(舞袖常嫌窄)'은 한나라 경제(景帝)의 여섯 번째 아들인 유발(劉發)은 경제가 술에 취해 정희(程姬)의 시녀 당희(唐姬)와 잠자리를 가져서 낳은 아들로, 천출이라 하여 장사(長沙) 제후로 봉하였는데, 경제의 축수연에서 긴 소매를 작게 들면서 춤을 추니 사람들이 모두 웃었거늘 경제가 이상하게 여겨 물으니, "소신의 나라는 땅이 좁아서 팔을 크게 벌려 빙빙 돌며 춤을 출 수 없습니다."라고 말하자 경제가 무릉(武陵)·영릉(零陵)·계양(桂陽)을 모두 장사국(長沙國)에 귀속시켰다고 하였다.

4) 농 땅 얻은 그 시절: '득롱(得隴)'은 득롱망촉(得隴望蜀)의 준말로, 농 땅을 얻고 촉 땅을 바라본다는 뜻이다. 후한(後漢) 광무제(光武帝)가 서역의 농을 평정하고 다시 촉을 치려고 한 고사에서 나온 말로, 사람의 욕심이 끝이 없음을 비유한 말이다.

어양교[1]

漁陽橋

번쩍번쩍 바다 뽕밭[2] 쉽게 변해 바뀌나니 　 瞥瞥滄桑易變移,

계문의 안개 수풀[3] 사람 마음 슬프게 하네. 　 薊門煙樹使人悲.

푸른 나귀[4] 서쪽 가서 지난 일을 아파하고 　 青騾西去傷前事,

하얀 말[5]이 동쪽 오니 지금 이때 한탄하네. 　 白馬東來恨此時.

---

1) 어양교: '어양교(漁陽橋)'는 어양부(漁陽府)에 있는 다리이다. 어양은 중국 하북성(河北省) 밀운현(密雲縣)에 있는 지명으로 당나라 때 안녹산의 난이 일어난 곳이다. 하북성 계현(薊縣)의 다른 이름이 어양(漁陽)이기도 하다.

2) 바다 뽕밭: '창상(滄桑)'은 창해상전(滄海桑田)의 준말로, 푸른 바다가 뽕나무 밭으로 바뀐다는 것은 세상의 변화가 심하고 무상함을 뜻한다. 상전벽해(桑田碧海)·상전변성해(桑田變成海)·상창지변(桑滄之變)·창상지변(滄桑之變)이라고도 한다.

3) 계문의 안개 수풀: '계문(薊門)'은 하북성 계현(薊縣)으로 어양(漁陽)의 다른 이름이며, '계문연수(薊門煙樹)'는 경도팔경(京都八景)의 하나로, 계문 지역의 안개 자욱한 나무숲을 이르는데 멀리서 보면 신기루처럼 보여 신비한 분위기를 자아냈다고 한다. 경도팔경(京都八景)은 계문연수(薊門煙樹)·금대석조(金臺夕照)·태액청파(太液晴波)·경도춘음(瓊島春陰)·옥천수홍(玉泉垂虹)·서산제설(西山霽雪)·노구효월(盧溝曉月)·거용첩취(居庸疊翠)이다.

4) 푸른 나귀: '청라(青騾)'는 죽은 귀신이 타고 다닌 나귀로, 죽을 각오로 사신 가는 것을 말한다. 《태평어람(太平御覽)》 〈노녀생별전(魯女生別傳)〉에서 "이소군이 죽은 지 백여 일 뒤에 사람들이 이소군이 하동의 부들 언덕에서 푸른 나귀 타고 있는 것을 보았는데, 임금이 그 말을 듣고 관을 꺼내 열어보니 아무 것도 없었다.[李少君死後百餘日後, 人有見少君在河東蒲阪, 乘青騾. 帝聞之, 發棺, 無所有.]"라고 한 이후로 청라사(青騾事)는 죽음을 뜻하는 말로 쓰이게 되었다. 당나라 옹도(雍陶)의 〈곡요주오간의사군(哭饒州吳諫議使君)〉에 "신선은 청라의 일을 보기 어렵고, 간의는 공연히 흰 말 이름만 남겼구나.[神仙難見青騾事, 諫議空留白馬名.]"라고 하였다.

5) 하얀 말: '백마(白馬)'는 백마소거(白馬素車)의 뜻으로, 친구의 죽음을 안타까워하고 애도하는 마음을 비유하는 말이다. 《후한서》 〈독행전(獨行傳)·범식전(范式傳)〉에 한나라 때 범식(范式)과 장소(張劭)는 평소에 절친한 친구였는데, 장소가 갑자기 병으로 죽어 범식의 꿈속에 나타나서 황천 가기 전에 한 번 만나자는 말을 하여 범식이 급하게 찾아갔는데 이미 발인이 시작되고 사람들이 무덤 속에 관을 내려놓으려 했으나 관이 꼼짝도 하지 않다가 흰 수레에 하얀 말을 타고[素車白馬] 소리 내어 곡을 하며 달려오는 사람이 보였다. 범식이 도착하여

가는 곳마다 번화함이 모두 끝나 버렸으며	隨處繁華都已矣,
아주 강한 군대 있은들 다시 어찌하겠는고?	莫强兵甲更何之.
먼지 모래 꺼뭇꺼뭇 외딴 성안에 날아오고	塵沙漠漠孤城裏,
강족 피리 삘리리삘리리 저녁바람 희롱하네.	羌笛紛紛弄晩颸.

땅을 치며 울면서 영원한 이별을 고하고 나니 그제야 관이 움직였다고 한다.

통주[1]

通州

명승지는 그리기도 말하기도 어려우니	名區難畫語難窮,
훌륭한 경치[2]란 기세마저 웅장해야.	勝槩仍兼氣勢雄.
비늘 같은 다락집이 멀리까지 퍼져있고	鱗次樓居迷遠近,
실올 같은 골목이 동쪽서쪽 어지럽네.	縷分門巷眩西東.
장삿배 밤에 천진[3]쪽 달 바라 거스르고	商帆夜遡天津月,
술집 깃발 봄에 갈석산[4] 바람에 나부끼네.	酒幔春飄碣石風.
도성 안 들인 운하[5] 깊이가 몇 길일고	城裏引渠深幾丈,
사철 내내 뱃길 뭍길[6] 오가며 교통하네.	四時漕輓往來通.

1) 통주: '통주(通州)'는 북경 동남쪽에 있는 통주구(通州區)로, 경항대운하(京杭大運河)의 북쪽 끝에 있다.

2) 훌륭한 경치: '승개(勝槩)'는 훌륭하고 아름다운 경치나 경계를 말한다.

3) 천진: '천진(天津)'은 중국 북부에 있는 중앙 직할시로 백하(白河) 등의 강이 합류하는 화북(華北) 지역 수상 운송의 중심지이다.

4) 갈석산: '갈석산(碣石山)'은 산해관 근처의 장성이 시작되는 곳에 있는 산이다. 하북성 창려현(昌黎縣) 북쪽에 있는 묘비 모양의 바위가 있어 붙여진 이름이다. 인근에 갈석궁이 있는데 전국시대 연나라 소왕(昭王)이 제나라 추연(鄒衍)을 위해서 세운 궁으로 갈석관이라고도 부른다.

5) 들인 운하: '인거(引渠)'는 경항대운하(京杭大運河)를 가리키니, 한구(邗溝) 또는 운하(運河)라고 불리던 세계에서 가장 길고 가장 오래된 운하로 중국의 만리장성과 함께 중국 고대의 중대한 사업이었다. 운하는 남쪽 여항(餘杭: 항주)에서 북쪽 탁군(涿郡: 북경)에 이르기까지 절강(浙江)·강소(江蘇)·산동(山東)·하북(河北)의 4개 성(省)과 천진(天津)·북경(北京)의 두 도시를 경유하여 해하(海河)·황하(黃河)·회화(淮河)·장강(長江)·전당강(錢塘江)의 5개 큰 강에 이어지는데 전체 길이가 1794km이다.

6) 뱃길 뭍길: '조만(漕輓)'은 수운(水運)과 육운(陸運)을 말한다.

처음 연경[1]에 들어가다

初入燕京

빽빽한 산과 강 황제 경기 감싸서	鬱鬱山河擁帝畿,
대명 천자 옛적 용상에 올랐다네.[2]	大明天子昔龍飛.
만국 문물제도[3] 군왕법도[4] 실행하고	車書萬國修侯度,
보검 패옥 찬 관리들 궁궐[5]에 모였도다.	劍珮千官集瑣闈.
예악제도 번화하여 천년 동안 바르더니	文物繁華千載是,
태평성세 나라 터전 하루아침 그르쳤네.	太平基業一朝非.
황제 궁성[6] 풍경들이 무척이나 스산하여	皇居氣色偏蕭索,
저자 도사[7] 돌아와서 눈물로 옷깃 적시네.	屠肆歸來淚滿衣.

1) 연경: '연경(燕京)'은 북경(北京)이 옛날에 연나라의 도성이었기 때문에 연경이라고 부른다.

2) 용상에 올랐다네: '용비(龍飛)'는 《주역》 〈건괘(乾卦)에 "나는 용이 하늘에 있으니 대인을 봄이 이롭다.[飛龍在天, 利見大人.]"는 데서 나온 말로, 제왕이 일어나거나 즉위함을 말한다.

3) 문물제도: '거서(車書)'는 국가의 문물제도를 가리킨다. 《예기》 〈중용(中庸)〉에 "지금 천하의 수레가 바퀴가 같고 서적이 문자가 같다.[今天下車同軌, 書同文.]"라고 하여 문물제도가 서로 같아서 천하가 통일됨을 나타냈다.

4) 군왕 법도: '후도(侯度)'는 군왕 제후의 법도를 말한다.

5) 궁궐: '쇄위(瑣闈)'는 쇄달(瑣闥)과 같은 말로 궁궐이나 조정을 가리킨다. '쇄((瑣)'는 궁궐 문에 새겨진 여러 고리 모양의 도안을 뜻한다.

6) 황제 궁성: '황거(皇居)'는 황궁(皇宮)을 말하거나, 황성(皇城)을 가리킨다.

7) 저자 도사: '도사(屠肆)'는 육시(肉市)로 옛날에 쇠고기나 돼지고기 등의 육류를 팔던 푸줏간을 말한다. 홍대용의 《담헌서》 〈건정동필담(乾淨衕筆談)〉에 보면, 입경(入京) 이후에 행지(行止)가 자유롭지 못하고 인진(引進)해주는 사람도 없어 찾아보려 해도 찾아볼 길이 없어 매양 시가와 도사(屠肆) 사이에서 방황하고 비가(悲謌)와 강개(慷慨)의 자취를 상망(想望)하였다 하여 연경으로 간 사신들이 시가와 도사(屠肆) 사이에서 머물렀음을 나타냈다. 그리고 상촌 신흠은, 전국시대 제(齊)나라 사람으로 연나라 태자 단(丹)의 복수를 위해서 옷소매 속에 비수를 숨기고 진(秦)나라로 들어가서 진시황을 죽이려다 실패하였던 형가(荊軻)를 기리는 시에서, 연나라 태자가 형군을 뽑아서 진시황을 죽이러 가게 했을 때 변신하여 푸줏간에 숨었

다가 강개한 마음으로 오랑캐 모습으로 가장하였다고 하여 '도사(屠肆)'를 몸을 숨긴 장소라고 하였다. 또 전국시대 협객 주해(朱亥)는 위(魏)나라 대량(大梁) 사람으로 푸줏간에 은둔하여 살다가 진(秦)나라 군사가 조(趙)나라를 포위했을 때 신릉군(信陵君)의 계책에 따라 위나라 장수 진비(晉鄙)를 쇠몽둥이로 때려죽인 뒤 병부(兵符)를 빼앗아 그의 군대를 거느리고 가서 조나라를 구원하였는데, '도사(屠肆)'를 역시 은둔 장소라고 하였다.

회한을 적다

記恨

연경 궁성 궁궐까지 변방시름 들어오니	燕城宮闕入邊愁,
지난 일 아득하게 강물 따라 흘러드네.	往事悠悠水共流.
인물 사라졌어도 호걸협객 몬던 곳[1]이요	人物凋殘豪俠窟,
번화 시들해졌으나 제왕 다스리던 고을이로다.	繁華冷落帝王州.
청루[2]에는 밤중에 창문[3] 연회 끊어지고	靑樓夜斷閶門飮,
달 밝은 봄날에도 파상 놀이[4] 하지 못하네.	素月春無灞上遊.
멋진 수레[5] 강남에 지금도 남아있는지	黃屋江南今在否,
가련하다, 온 천하가 존주대의 지키누나.	可憐天下未忘周.

1) 몬던 곳: 굴(窟)은 사람과 문물이 모이는 곳을 가리킨다.

2) 청루: '청루(靑樓)'는 남북조시대 제(齊)나라 무제(武帝)의 흥광루(興光樓)를 가리키는데, 보통 제왕이 거처하는 곳을 말한다.

3) 창문: '창문(閶門)'은 성문 이름으로 강소성 소주(蘇州) 도성 서쪽에 있다. 당나라 때 창문 일대가 아름답고 웅장하여 관리들이 항상 창문에서 연회를 열어 손님을 맞거나 보냈으며 많은 시인들이 시를 읊었다고 한다.

4) 파상 놀이: '파상(灞上)'은 섬서성 서안(西安) 동쪽의 지명으로, 파수(灞水) 서쪽 고원(高原)에 있어서 붙여진 이름이다. 두보(杜甫)의 〈회파상유(懷灞上遊)〉에 "슬피 동릉의 길을 바라보니, 평소에 파상에서 노닐었도다.[悵望東陵道, 平生灞上遊.]"라고 하였다.

5) 멋진 수레: '황옥(黃屋)'은 황옥주륜(黃屋朱輪)의 준말로, 금빛 휘장과 붉은 바퀴로 장식한 수레로 제후나 대신들이 탔다.

옥하교[1]

玉河橋

조양문[2] 바깥에 옥하교 놓였는데	調陽門外玉河橋,
다리 아래 강물이 양자강에 통하네.	橋下江通楊子潮.
강물 위 물안개[3] 태액[4]에 이어지고	江上煙霞連太液,
강가 풍악소리에 궁성[5]까지 들썩이네.	江干簫鼓沸丹霄.
가인이 예복 입고 봄날 서로 찾아가고	佳人袨服春相問,
협객이 말을 타고 밤에 함께 만나누나.	俠客金羈夜共邀.
예전에 노래하고 춤추던 아름다운 곳에	歌舞向來形勝地,
가련하게 문물마다[6] 날로 스산하구나.	可憐文物日蕭條.

1) 옥하교: '옥하교(玉河橋)'는 옥하관(玉河舘) 앞의 다리를 말한다.

2) 조양문: '조양문(朝陽門)'은 옛날 북경의 성문을 가리킨다.

3) 물안개: '연하(煙霞)'는 물안개나, 구름 노을이나, 산수 또는 산림이나, 속세의 경계를 가리키는 말이다.

4) 태액: '태액(太液)'은 옛날 연못의 이름으로 원(元)·명(明)·청(淸) 시기에는 태액지(太液池)라고 하였는데, 지금은 북경 고궁의 서화문(西華門) 바깥의 북해(北海)·중해(中海)·남해(南海) 삼해(三海)를 가리킨다.

5) 궁성: '단소(丹霄)'는 제왕의 거처로 조정이나 궁성을 가리킨다. 또는 현란하게 아름다운 하늘을 가리킨다.

6) 문물마다: '문물(文物)'은 예악제도, 또는 문채 나는 물색, 문인이나 문사(文士)를 가리키는 말이다.

연경에서 되는대로 읊다

燕京謾吟

호걸들 지금 어디 있는가?	豪傑今安在?
번화[1] 절반도 남지 않았네.	繁華半不存.
동악묘[2] 단청 고왔고	丹靑東嶽廟,
정양문[3] 풍악 울렸네.	歌皷正陽門.
자욱한 황사 먼지 만나니	漠漠黃塵合,
거무끄름 한낮이 어둡네.	陰陰白日昏.
오릉[4]이 어느 곳이던가?	五陵何處是,
서글피 낙유원[5]만 바라네.	悵望樂遊原.

1) 번화: '번화(繁華)'는 사치호화(奢侈豪華)를 가리키며, 화려한 젊은 시절을 비유하기도 한다.

2) 동악묘: '동악묘(東嶽廟)'의 동악(東嶽)은 태산(泰山)을 가리키니, 도교에서 동악대제(東嶽大帝)라고 하여 동악묘(東嶽廟)에 태산신(泰山神)을 모셨는데 인간 세상의 생사를 주관한다고 여겼다. 매년 하력(夏曆) 3월 28일에 제를 지낸다.

3) 정양문: '정양문(正陽門)'은 지금 북경의 앞문으로 원(元)나라 때 여정문(麗正門)이라 하였고, 명나라 때 정양문(正陽門)이라 하였으며, 북경 내성(內城)의 정남문(正南門)이다.

4) 오릉: '오릉(五陵)'은 장릉(長陵)·안릉(安陵)·양릉(陽陵)·무릉(茂陵)·평릉(平陵)의 오현(五縣)을 말하는데, 모두 위수(渭水) 북쪽, 곧 지금의 섬서성(陝西省) 함양(咸陽) 부근에 있다. 또는 서한(西漢) 때 장안(長安) 부근에 있던 다섯 황제 고조(高祖)·혜제(惠帝)·경제(景帝)·무제(武帝)·소제(昭帝)의 능묘(陵墓)가 있는 곳을 말한다. 또는 당나라 고조(高祖)·태종·고종·중종·예종(睿宗)의 능을 가리키니 장안 부근에 있다.

5) 낙유원: '낙유원(樂遊原)'은 옛 동산 이름으로 지금 섬서성(陝西省) 서안(西安) 남쪽 교외에 흔적이 있다. 진(秦)나라 때 의춘원(宜春苑)이라 하였고, 한나라 선제(宣帝) 때 낙유원(樂遊苑)이라 하였으며, 당나라 때 장안의 사녀(士女)들이 노닐던 곳이다.

정월 초하룻날

元日

짧은 인생 매사 슬프거늘	短世悲人事,
오랜 몸뚱이 역정에 묵네.	長身倚驛亭.
늙으막 떠돌이[1] 신세로서	殘齡隨泛梗,
세밑[2]에 책력[3] 끝나고.	窮臘已凋蓂.
절기 정월로 바뀌었건만	節序逢正月,
늙은 몸 오래 나그네 신세[4].	衰遲久客星.
돌아가는 길 시든 풀 이어지고	歸途連白草,
나그네 푸른 부평초만 어루네.	羇緖撫青萍.

---

1) 떠돌이: '범경(泛梗)'은 이리저리 떠도는 신세를 비유하는 말이다. 《전국책(戰國策)》〈제책(齊策)〉에 보면, 흙인형과 나무인형이 서로 나눈 말이 있는데, 나무인형이 흙인형에게 "자네는 서쪽언덕의 흙이니 자네를 다져서 사람을 만들어도 8월에 비가 내리고 치수(淄水)가 이르면 너는 사라질 것이다."라고 하자 흙인형이 말하기를, "그렇지 않다. 나는 서쪽언덕의 흙이니 다시 서쪽언덕이 될 것이다. 지금 자네는 동쪽나라 나무이니 자네를 깎아서 사람을 만들어 비가 내리고 치수가 이르면 너는 흘러갈 것이니 흔들흔들 어디론가 떠돌 것이다."라고 하여 범경(泛梗)을 정처 없이 물 위를 떠도는 처지에 비유하였다.

2) 세밑: '궁랍(窮臘)'은 음력 12월 납제(臘祭) 백신(百神)의 날로 음력 연말을 가리킨다.

3) 책력: '명협(蓂莢)'은 요(堯) 임금 때 조정의 뜰에 났다는 서초(瑞草)의 이름으로, 초하루부터 매일 한 잎씩 나서 자라다가 보름이 지난 뒤부터는 매일 한 잎씩 떨어져서 그믐에는 다 떨어지기 때문에 이것으로 날을 계산하여 달력을 삼았다고 한다.

4) 나그네 신세: '객성(客星)'은 타향살이 하는 나그네를 가리킨다.

연경 객관에 머물러 감회를 적다

留燕舘感題

젊은 시절[1] 강물 같이 넘실넘실 지나고	繁華如水過依依,
애처롭다 인간세상 모든 일이 어긋났도다.	悵望人間萬事違.
연나라 협객[2] 비수 품고 자주 눈물 훔쳤고	燕俠皷刀頻攬涕,
진나라 용객 축 소리 듣고 그르칠 줄 알았네.[3]	秦傭聞筑竊言非.
맑은 봄날 요망기[4] 궁전에 떠돌고	春晴游祲浮金殿,
한낮에 간신배들 철갑옷 입고 있네.	日午羣陰擁鐵衣.
상림원[5] 꽃 피고 달 뜬 밤 좋더니	冣是上林花月夜,
까막까치 가지 에워 날고만 있구나.	只看烏鵲繞枝飛.

1) 젊은 시절: '번화(繁華)'는 청춘 연화(年華)를 비유하니 화려한 젊은 시절을 말한다. 또는 영화(榮華)나 사치호화(奢侈豪華)를 가리킨다.

2) 연나라 협객: '연협(燕俠)'은 전국시대 연(燕)나라 태자 단(丹)이 진시황에게 복수할 자객으로 위나라 형가(荊軻)를 보낼 적에, 형가가 비수를 품고 떠나는 날에 역수(易水)에 이르니 친구 고점리(高漸離)가 악기[筑]를 연주하고 형가(荊軻)가 곡조에 맞춰서 "바람이 쓸쓸히 불어 역수가 차갑고, 장한 선비 한번 가서 다시 돌아오지 못하리라.[風蕭蕭兮易水寒, 壯士一去兮不復還.]"라고 슬퍼하며 슬퍼하였는데, 끝내 비수를 품고 가서 진시황을 죽이지 못하고 스스로 죽임을 당하고 말았으며, 후세에 이 노래를 〈역수가(易水歌)〉라고 하였다.

3) 진나라 용객 …… 알았네: '진용(秦傭)'은 진나라에 고용된 용객 형가는 그의 친구 고점리(高漸離)가 악기[筑]를 잘 연주하여 떠나기 전에 고점리의 악기 연주 곡조를 듣고 마음속으로 일이 그릇될 것을 짐작하고 한탄하며 노래한 것을 말한다.

4) 요망기: '침(祲)'은 해 곁의 구름 기운으로 요망한 기운이나 상서롭지 못한 기운을 가리킨다.

5) 상림: '상림(上林)'은 제왕의 동산이나, 옛날 궁원(宮苑)을 가리킨다.

초열흘날

初十日

공명이 힘이 좋아 호걸조차 얽어매고	功名多力絆人豪,
세상일 행역 잦아 헐레벌떡 수고롭네.	世故頻驅搰搰勞.
빈 배 타고 바다를 넘는다 하지만은	秖是虛舟凌積水,
노 하나로 큰 파도 버틴다고 하겠나?	敢論孤柱捍洪濤?
이 세상 내 몸에게 비좁음을 알고나서	從知天地容身窄,
산림이 높은 곳에 있다는 걸 깨달았네.	始悟山林得地高.
장자 노인 우연히 꽃 아래서 꿈 깨고[1]	莊叟偶回花下夢,
형가 나리[2] 공연히 소매 속 칼 만지네.	慶卿空撫袖中刀.

1) 장자노인 …… 깨고: 장자(莊子)가 꿈에 나비가 되어 꽃밭에서 즐겁게 놀다가 깬 뒤에 자기가 나비의 꿈을 꾸었는지, 나비가 자기의 꿈을 꾸고 있는 것인지 알기 어렵다고 하였는데, 자아(自我)와 외물(外物)은 본래 하나라는 이치를 말한 장자의 호접몽(胡蝶夢)을 말한다.

2) 형가 나리: '경경(慶卿)'은 옛날에 남자에 대해 쓰던 존칭으로, 여기서는 진시황을 죽이려던 진나라의 자객 형가를 말한다. 《사기》 〈자객렬전(刺客列傳)〉에 "형가(荊軻)는 위(衛)나라 사람으로 그의 선조는 제(齊)나라 사람이었는데, 형가가 위나라에 갔더니 위나라 사람들이 경경(慶卿)이라 불렀다."고 하였다.

정월 보름날

上元日

난리 뒤 예악문물 모두 사라진 채　　亂餘文物揔銷亡,

오늘 저녁 밝은 달빛 어찌 대할까?　　今夕那堪對月光.

저자 주위 벌써 등불 자취 없는데　　繞市已無燈燭影,

거리 둘러본들 기생집이 있겠는가?　　匝街寧覩綺羅香?

봄날[1] 적막하니 연 여자 울고[2]　　芳辰寂寞燕姬泣,

좋은 일 없어 초객[3]이 슬퍼하네.　　勝事荒凉楚客傷.

여관에 밤 깊은데 나그네 꿈 놀라 깨니　　旅舘夜深驚旅夢,

두어 마디 피리소리 양기 고르고 있네.[4]　　數聲羌笛在調陽.

---

1) 봄날: '방신(芳辰)'은 아름답고 좋은 시절을 가리키니, 온갖 꽃이 피어 향기로운 봄날을 말한다. 남조(南朝) 때 양(梁)나라 심약(沈約)의 〈반설부(反舌賦)〉에서 "이 달에 꽃다운 날을 대하다[對芳辰於此月]"라고 하고, 당나라 진자앙(陳子昂)의 〈삼월삼일연왕명부산정(三月三日宴王明府山亭)〉에서 "늦봄 아름다운 달이요, 상사일 꽃다운 날이라.[暮春嘉月, 上巳芳辰.]"이라 하여 3월을 가리키기도 하였다.

2) 연 여자 울고: '연희(燕姬)'는 예로부터 가무(歌舞)를 잘하기로 유명했던 연(燕)땅의 여자를 말하는데, 특히 출새곡(出塞曲)인 국경의 요새를 거쳐 외국으로 나갈 때 악부 〈횡취곡(橫吹曲)〉을 잘 불렀다고 한다.

3) 초객: '초객(楚客)'은 초나라 굴원을 말한다.

4) 양기 고르고 있네: '조양(調陽)'은 양기(陽氣)를 조리하는 것이다. 무양(無陽)인 시월을 지나 정월이 되면 지천태괘(地天泰卦)인 음양의 기운이 조화롭게 되어 사사로운 기운이 머무는 곳이 없게 되는데, 특히 상원(上元)이 되면 양기가 상승하기 시작함을 말한다.

정월 초사흗에 감회를 적다

元月初三日感題

금대[1] 아래서 눈물 훔치고　攬涕金臺下,

역수 가에서 슬픈 노래 부르네.[2]　悲歌易水傍.

옛과 지금 지나는 새와 같고　古今如過鳥,

장과 곡 모두 양을 잃었도다.[3]　臧穀揔亡羊.

음악 소리 장락궁[4]에 이어지고　鍾皷連長樂,

안개[5]는 상양궁[6]을 에웠도다.　煙花遶上陽.

오랜 세월 의로운 협객 모인 곳　千秋遊俠窟,

아름답던 풍광 날로 쓸쓸하구나.　佳氣日荒凉.

---

1) 금대: '금대(金臺)'는 옛날 연(燕)나라의 도읍지인 지금의 북경(北京)을 말한다.

2) 역수 가에서 슬픈 노래 부르네: 전국시대 연(燕)나라 태자 단(丹)이 진시황을 죽이려고 자객 형가(荊軻)를 보낼 적에 형가가 역수(易水)에서 친구 고점리(高漸離)를 만났는데 악기[筑]를 연주해주니 형가(荊軻)가 "바람소리 쓸쓸하니 역수가 차갑고, 장한 선비 한번 가서 다시 돌아오지 못하리라.[風蕭蕭兮易水寒, 壯士一去兮不復還.]"라고 하여 자신의 일이 잘못될 것을 미리 알고 슬퍼한 〈역수가〉를 불렀던 것을 말한다.

3) 장과 곡 모두 양을 잃었도다: 《장자(莊子)》에 나오는 '장곡망양(臧穀亡羊)'을 말한다. 장(臧)과 곡(穀) 두 사람이 양을 치다가 두 사람 모두 양을 잃었는데, 장에게 무슨 일을 했느냐고 물으니 책을 가지고 다니며 읽었다고 했고, 곡에게 무슨 일을 했느냐고 물으니 도박을 하며 놀았다고 했다. 두 사람이 한 일은 다르지만 양을 잃은 것은 동일함을 나타낸 고사이다.

4) 장락궁: '장락(長樂)'은 중국 한나라 수도 낙양에 세운 궁전이다.

5) 안개: '연화(煙花)'는 연화(烟花) 또는 연화(煙華)와 같은 말로 남기와 안개가 자욱한 것과 같은 번화한 꽃을 가리키거나, 안개 속에 핀 봄꽃을 가리키니 아름다운 봄날 경치를 말한다. 남조 양(梁)나라 심약(沈約)의 〈상춘(傷春)〉에 "아름다운 봄빛이 금원에 들었고, 안개 봄꽃 켜켜 굽이를 둘렀도다.[年芳被禁籞, 煙花繞層曲.]"라고 하였다. 이백의 〈황학루송맹호연지광릉(黃鶴樓送孟浩然之廣陵)〉에 "옛 친구가 서쪽으로 황학루를 떠나가니, 아름다운 봄날 삼월에 양주로 내려가도다.[故人西辭黃鶴樓, 煙花三月下揚州.]"라고 하였다.

6) 상양궁: '상양(上陽)'은 당나라 고종 때 낙양에 세운 궁전 이름이다.

또
又

봄기운 추위 속에도[1] 나무가 머금더니　春意衡寒樹半含,
홀연히 명협 잎 셋 났다고[2] 하더라.　忽聞蓂莢已抽三.
집 떠난 나그네 심지 굳기 어려운데　離家羇緖猶難强,
슬픈 옛일 생각하니 더 견디지 못하네.　弔古悲懷轉不堪.
노련[3] 본 받아 바닷가로 도망치지 못하고　未效魯連逃海上,
부질없이 유개부처럼 강남 노래하였구나.[4]　謾同開府賦江南.

---

1) 추위 속에도: ‘충한(衝寒)’은 추위를 무릅쓰는 것이다. 두보의 〈소지(小至)〉에 “언덕 얼굴 섣달 기다리며 장차 버들 펼치려 하고, 산의 마음 추위 무릅쓰며 매화꽃을 피우려 하도다.[岸容待臘將舒柳, 山意衝寒欲放梅.]”라고 하였다.

2) 명협 잎 셋 났다고: ‘명협(蓂莢)’은 옛날 전설 속에 나오는 하나의 상서로운 풀로, 매월 초하루부터 15일까지는 매일 일협(一莢)이 나고, 16일부터 말일까지는 매일 일협(一莢)이 떨어진다고 하였다. 따라서 명협의 많고 적음에 따라서 무슨 날인지 알 수 있어 역협(曆莢)이라고도 하였다.

3) 노련: ‘노련(魯連)’은 전국시대 제(齊)나라 사람 노중련(魯仲連)을 가리키니, 계략에 능하여 여러 나라를 다니면서 어려운 일을 해결해주었는데, 진(秦)나라 군사가 조(趙)나라 도읍 한단(邯鄲)을 포위하고 있을 때 노중련이 포위를 풀어주었고, 진(秦)나라를 제국(帝國)으로 받들자는 말을 듣고는 “저(진소왕)가 방자하게 황제라고 칭한다면 나는 동해를 밟고 죽을 것이다.[彼(秦昭王)卽肆然稱帝, 連有蹈東海而死耳.]”라고 하였으며, 제(齊)나라 왕이 관직을 주려하자 바다로 도망가니 사람들이 노중련이 뜻이 높아 명예와 이익을 추구하지 않는 사람이라고 여겼다.

4) 유개부처럼 강남 노래하였구나: ‘개부(開府)’는 남북조시대 북주(北周) 남양(南陽) 사람 유신(庾信)을 가리키니, 양(梁)나라에서 벼슬하여 상동국상시(湘東國常侍)를 지냈고, 우위장군(右衛將軍)을 거쳐 무강현후(武康縣侯)에 봉해졌다. 48세 때 원제(元帝)의 명을 받들고 서위(西魏)에 사신으로 갔다가 억류당하였으며, 그 뒤 거기대장군(車騎大將軍)과 개부의동삼사(開府儀同三司)를 지냈기에 보통 ‘유개부(庾開府)’라고 부른다. 서위에 억류당했을 때 두터운 예우를 받았지만 양나라에 대한 연모의 정을 잊지 못하고 그 비통한 심정을 노래한 〈애강남부(哀江南賦)〉를 지었다.

청정한 밤 일어나서 고향 길 바라보니	淸宵起望鄕關路,
하늘가 산봉우리 푸르기가 쪽 닮았네.	天外峯巒碧似藍.

칠가령[1]

七家嶺

잠시 시 지으려 강가 관문 의지하렸더니	乍將詞賦倚江關,
날마다 분주하여 잠시도 한가하지 못했네.	日日驅馳不蹔閒.
나그네길 가늘게 안개 숲속에 이어지고	客路細連煙樹裏,
살림집이 멀찍이 물과 구름 사이 있구나.	人家遙住水雲間.
평평한 들 아득하니 모래언덕 솟아있고	平原渺渺沙爲岸,
옛날 성루 가물가물 눈 산이 되었구나.	古戍茫茫雪作山.
가는 세월 화살만 같아 무척 한스러운데	深恨流光偏似箭,
하늘 달은 섣달 지나 다시 둥글어 지네.	桂輪經臘又廻彎.

1) 칠가령: '칠가령(七家嶺)'은 옛날 역참의 이름이다. 지금의 당산(唐山)과 천안(遷安) 근처에 있다. 《흠정대청일통지(欽定大淸一統志)》 〈영평부(永平府)·칠가령역(七家嶺驛)〉에 보면, 칠가령역(七家嶺驛)은 천안현 남쪽 40리, 사하구재현(沙河舊在縣), 곧 지금의 사하역진(沙河驛鎭) 서남쪽 70리에 있다고 하였다. 또 최립(崔岦)의 《간이집(簡易集)》 〈장향풍윤도중 시동행임당(將向豐潤途中 示同行林堂)〉에서 "칠가령 역참(驛站) 아래로는 진흙탕 밟는 말이로다.[七家嶺下馬蹄泥]"라 하고 주석에 영평(永平)에서 60리 지점에 있는 역(驛) 이름으로 칠가령(漆家嶺)이라고도 한다 하였다.

사류하[1]

沙流河

변방[2]이라면 예전부터 어양[3] 말 하더니	窮荒終古說漁陽,
내 신세가 이곳 올 줄 어떻게 알았었겠소?	身世何知到此方?
낮에는 안개 끼여 해 볼 날이 드물고	當晝煙氛稀見日,
봄 지난 모래 요새 아직 서리 날리네.	過春沙塞尚飛霜.
발해에 바람 생겨 큰 파도가 장관이고	風生渤海鯨濤壯,
육로 따라 유관[4] 드니 역마 길이 머네.	地入楡關驛路長.
고향 산을 바라보니 어느 곳에 있는가?	極望鄉山何處是?
저녁 구름 하늘가에 회한만이 아득하네.	暮雲天末恨茫茫.

1) 사류하: '사류하(沙流河)'는 당산(唐山) 풍윤구(豐潤區)에 있는 사하구재현(沙河舊在縣), 곧 지금의 사류하진(沙流河鎭)을 말한다.

2) 변방: '궁황(窮荒)'은 매우 먼 요새나 변방 지역이니, 궁황절요(窮荒絶徼)를 말한다.

3) 어양: '어양(漁陽)'은 당나라 현종(玄宗) 천보(天寶) 원년에 계주(薊州)를 어양군(漁陽郡)이라 고쳐 불렀는데, 지금의 천진(天津) 계현(薊縣)을 가리킨다. 당나라 현종(玄宗) 755년 11월 겨울에 안녹산(安祿山)이 어양에서 20만 대군을 이끌고 반란을 일으켜 12월에 도성을 함락한 뒤, 이듬해 정월에 웅무황제(雄武皇帝)라 칭하고 국호를 연(燕)으로 고쳤던 일을 말한다.

4) 유관: '유관(楡關)'은 지금의 산해관으로 옛날에 유관(渝關)·임유관(臨楡關)·임유관(臨渝關) 등으로 불렸다.

이제묘[1]

夷齊廟

두 사람이 충절 구해 헛되지 않게 죽었으니	二子求忠死不虛,
충절 강상 오랜 세월 해와 별로 빛났네.	綱常千古日星如.
슬픈 노래 격렬하게 서산[2]에 들리고	悲歌激烈西山上,
굳은 정절[3] 분명하게 북해[4]에 섰네.	苦節分明北海初.
곡식 사양해도 우임금 땅[5] 떠나기는 어렵고	辭粟恨難逃禹甸,

---

1) 이제묘: '이제묘(夷齊廟)'는 은나라 고죽국의 백이(伯夷)와 숙제(叔齊)를 기리며 세운 사당으로 본래 영평부(永平府) 안에 있었는데, 명나라 1455년에 장무천(張茂遷)이 유자진(油榨鎭) 난하(灤河) 물가에 다시 지으면서 남문루 위에 돌로 된 가로 편액에 고죽성(孤竹城)이라 쓰고, 묘문(廟門) 밖의 왼쪽 비석에는 충신효자(忠臣孝子), 오른쪽 비석에는 도금칭성(到今稱聖)이라 새겼으며, 북쪽에는 청풍루(淸風樓)를 세웠다.

2) 서산: '서산(西山)'은 백이와 숙제가 은거한 수양산(首陽山)을 가리키니, 지금의 산서성(山西省) 영제현(永濟縣) 남쪽에 있다.

3) 굳은 정절: '고절(苦節)'은 《주역》 〈수택절괘(水澤節卦)〉에 "정절은 형통하니 굳은 정절에 너무 곧아서는 안된다.[節, 亨, 苦節, 不可貞.]"라고 하여 검약이 심하고 굳게 정절을 지켜서 맹세한 뜻이 바꾸지 않는 것을 고절(苦節)이라 한다 하였다.

4) 북해: '북해(北海)'는 백이가 주왕이 다스리던 때에 북해 가에 가서 살며 분명하고 굳은 정절을 지켰던 일을 말한다. 《맹자》 〈만장하(萬章下)〉에, "맹자가 말하기를 '백이는 눈으로는 나쁜 빛을 보지 않고, 귀로는 나쁜 소리를 듣지 않으며, 섬길 만한 군주가 아니면 섬기지 않고, 부릴 만한 백성이 아니면 부리지 아니하여, 세상이 다스려지면 나아가고 혼란하면 물러가서 나쁜 정사가 나오는 곳과 나쁜 백성들이 거주하는 곳에는 차마 거처하지 못하였으며, 향인들과 거처하되 마치 조복(朝服)과 조관(朝冠)으로 도탄(塗炭)에 앉은 듯이 생각하였는데, 주왕 시기에는 북해 가에 살면서 천하가 맑아지기를 기다렸다. 그러므로 백이의 풍도를 들으면 완악한 지아비는 청렴해지게 되고, 나약한 지아비는 뜻을 세우게 되었다.'고 하였다.[孟子曰, 伯夷, 目不視惡色, 耳不聞惡聲, 非其君不事, 非其民不使, 治則進, 亂則退. 橫政之所出, 橫民之所止, 不忍居也. 思與鄕人處, 如以朝衣朝冠, 坐於塗炭也. 當紂之時, 居北海之濱, 以待天下之淸也. 故聞伯夷之風者, 頑夫廉, 懦夫有立志.]"라는 내용이 있다.

5) 우임금 땅: '우전(禹甸)'은 우임금이 일궈놓은 땅이라는 뜻이니, 《시경》 〈소아·신남산(信南山)〉에 "길쭉한 남산은 우임금이 다스렸도다. 갈고 일군 언덕과 진펄을 증손이 경작하도다.[信

고사리 캔들 어찌 주나라 백성[6]과 섞이겠는가?	採薇寧復混周餘.
우리들 속마음이 서로 비추는 것과 같으니[7]	吾生心膽如相照,
시원하고 맑은 바람 두 옷자락에 불어오리.[8]	颯爽淸風襲兩裾.

彼南山, 維禹甸之. 畇畇原隰, 曾孫田之.]"라고 하였는데 주희가 우임금이 개간한 땅을 이른다고 하여 후세에 중국의 땅을 가리키게 되었다.

6) 주나라 백성: '주여(周餘)'는 주나라의 남은 백성을 말하니, 《시경》 〈대아·운한(雲漢)〉에서 "주나라의 남은 백성들이 찌꺼기도 안 남으리라.[周餘黎民, 靡有孑遺.]"고 하였다.

7) 속마음이 서로 비추는 것과 같으니: '간담상조(肝膽相照)'를 말하니, 진심으로 정성껏 서로 만나보는 것을 비유한다.

8) 시원하고 맑은 바람 두 옷자락에 불어오리: '청풍습양거(淸風襲兩裾)'는 청렴한 벼슬살이를 형용하는 말이다. 두 옷소매에 맑은 바람이 있을 뿐 가진 재산이 없음을 말한다.

계주[1]

薊州

풍토 기후 강하다고 사람 모두 전하나니	風氣剛强世共傳,
강한 군대 옛날부터 유연[2] 땅을 꼽았네.	甲兵從古數幽燕.
태평함에 부질없이 동관 험함[3] 말했건만	時平謾說潼關隘,
적이 옴에 끝내 즉묵[4] 보전 못했구나.	寇至終無卽墨全.
까마귀 우는 저녁 숲에 전사 해골 많고	鴉噪晩林多戰骨,
해 지는 긴 들녘에 인가 연기 드물구나.	日沉長野少人煙.
도성 밖에 깊은 도랑 넘실넘실 흐르는 물	深溝城外溶溶水,
도리어 오랑캐 말 먹이는 물이 되었구나.	還作胡兒飮馬泉.

---

1) 계주: '계주(薊州)'는 어양(漁陽)의 옛 이름이다.

2) 유연: '유연(幽燕)'은 유주장사(幽州長史) 이광필(李光弼) 장군이 이끄는 병사들의 용맹함을 말한다. 유연(幽燕)은 옛 지명으로 지금의 하북(河北)의 북쪽과 요녕(遼寧) 지역이다. 당나라 이전에는 유주(幽州)에 속했고 전국시대에는 연나라에 속했으므로 붙여진 이름이다. 당나라 장수 이광필(李光弼)은 영주(營州) 유성(柳城), 곧 지금의 요령성 조양 사람으로 거란족 출신이었는데, 756년에 하동절도부사(河東節度副使)로 있다가 759년 8월에 유주장사(幽州長史)와 하북절도사(河北節度使)를 겸임하면서 안녹산(安祿山)과 사사명(史思明)의 난을 평정하는 중임을 맡았다.

3) 동관 험함: '동관(潼關)'은 변방 요새 이름으로 옛날에는 도림새(桃林塞)라고도 하였고, 동한(東漢) 때 동관(潼關)이라고 하였다. 지금도 섬서성(陝西省) 동관현(潼關縣) 동남쪽, 섬서(陝西)·산서(山西)·하남(河南)의 요충지에 옛터가 남아있는데 지세가 험한 요새이다.

4) 즉묵: '즉묵(卽墨)'은 산동 반도 서남쪽에 있는 도시 이름이다. 전국시대 연(燕)나라의 침공으로 즉묵의 성 안에 포위되었던 제(齊)나라 전단(田單)이 성 안의 소 천여 마리에게 용의 무늬를 그린 붉은 비단옷을 입히고 뿔에는 예리한 칼을 묶고 꼬리에는 기름 적신 갈대를 매어단 뒤, 성의 수십 곳에 구멍을 뚫어 밤중에 꼬리에 불을 붙인 소를 적진으로 내몰고 장사 5천 명을 소의 뒤를 따르게 하여 승리를 거둔 일이 있었다.

망해정[1] 두 수

望海亭 二首

축대 쌓은 신이한 공력 하늘[2]까지 닿고	版築神功接杳冥,
성문에서 높은 파도 부서짐이 잘 보이네.	快看關鍵截層溟.
용왕은 깜짝깜짝[3] 바다 경계 알려주고	龍王辟易輸疆界,
물귀신[4]은 분주하게 문 안까지 들어오네.	水帝奔忙入戶庭.
해와 달[5]은 세상 구르는 두개 바퀴통이요	二曜世間雙轉轂,
구주 땅[6]은 물결 타넘는 한낱 부평초이네.	九州波際一浮萍.
평소 구름 뚫고 오를 용기[7] 적지 않더니	平生未少凌雲氣,

1) 망해정: '망해정(望海亭)'은 산해관 남쪽 문밖 장성 근처에 있는 누정으로, 징해루(澄海樓)라고도 하였다. 《계산기정(薊山紀程)》에 1804년 2월 11일에 지은 〈복로(復路)〉에 보면, "징해루(澄海樓)에서: 각산(角山)에서 드디어 망해정(望海亭)을 향해 가니 이곳에서 20리 된다. 산해관(山海關) 북문으로 들어갔다가 남문으로 나와서 곧바로 만리장성으로 향해 가니, 성이 다한 곳에 따로 3리의 성을 쌓아 비스듬히 만리장성과 합쳐졌다. …… 돌사다리를 수십 계단 지나니 바닥에 모두 벽돌을 깔아 펀펀하게 넓은데, 그 높이가 장성과 가지런하였다. 층층 누각을 그 위에 세웠는데, 이것이 이른바 징해루(澄海樓)이니 누각의 옛 이름은 망해정(望海亭)이다. 험악하게 높은 산 밑에 지어 발해(渤海)를 임하니 하늘빛과 물빛이 한 색이며, 파도가 치솟아 벽력같은 소리를 냈다. 참으로 천하의 장관(壯觀)이었다."라고 하였다.

2) 하늘: '묘명(杳冥)'은 아득한 하늘이나, 아주 높고 먼 곳을 가리킨다.

3) 깜짝깜짝: '벽역(辟易)'은 놀라서 물러나거나, 피해 달아나는 것이다.

4) 물귀신: '수제(水帝)'는 물의 신인 전욱(顓頊)이 수덕(水德)으로 왕이 되었으며, 죽은 뒤에는 북방 수제가 되었다고 한다.

5) 해와 달: '이요(二曜)'는 해와 달을 말한다.

6) 구주 땅: "구주(九州)'는 중국 고대 하(夏)·상(商)·주(周) 시대의 지역구획을 가리키는 명칭으로, 이후 중국을 지칭하는 일반적인 용어가 되었다.

7) 구름 뚫고 오를 용기: '능운기(凌雲氣)'는 구름을 뚫고 치솟을 만큼 용기(勇氣)가 대단함을 이른다. 한나라 사마상여(司馬相如)가 〈자허부(子虛賦)〉를 지었는데, 무제(武帝)가 읽고 말하기를, "휘날리고 휘날려서 능운(凌雲)의 기개가 있다."고 하였다.

오늘에야 망해정을 나는 듯이 오르는구나. 今日飛登望海亭.

오랜 옛날[8] 음양의 문[9] 처음으로 열리더니 鴻荒開闢坎離門,
갈석산[10]과 곤륜산[11]이 좌우 양쪽 웅크렸네. 碣石崑崙左右蹲.
손 내리면 정말로 해를 붙잡을 것 같더니 垂手恰堪扶日轂,
몸 기울여 지금 벌써 하늘 별[12]을 밟네. 側身今已躡天根.
산을 끼고 바다 넘음[13] 어려운 일 아니요 挾山超海非難事,
범 때려 잡고 강 건너뜀[14] 말할 것 없네. 暴虎憑河不足論.
해질 무렵 세찬 바람 만 리 밖에 불어오니 落晩長風吹萬里,
눈가에 오나라 초나라 물결 속에 번득이네. 眼邊吳楚浪中翻.

---

8) 오랜 옛날: '홍황(鴻荒)'은 태고(太古)의 혼돈한 시대를 말한다. 또는 아주 먼 변방을 뜻하기도 한다.

9) 음양의 문: '감리(坎離)'는 물과 불, 곧 음양을 말한다.

10) 갈석산: '갈석산(碣石山)'은 하북성(河北省) 산해관(山海關) 근방의 만리장성이 시작되는 산을 가리킨다.

11) 곤륜산: '곤륜산(崑崙山)'은 중국의 전설에 나오는 산으로 아름다운 옥이 난다고 한다.

12) 하늘 별: '천근(天根)'은 별이름으로 동방의 세 번째 별인 저수(氐宿)를 가리키니, 네 개의 별을 말한다.

13) 산을 끼고 바다 넘음: '협산초해(挾山超海)'는 산을 옆구리에 끼고 바다를 건너뛰는 것으로 실현하기 어려운 일을 비유하는 말이다. 《맹자》 〈양혜왕상(梁惠王上)〉에 "태산을 옆에 끼고 북해를 뛰어넘는 것을 사람들에게 말하기를, '내 불가능하다.'고 한다면 이는 진실로 불가능한 것이다.[挾泰山以超北海, 語人曰我不能, 是誠不能也.]"라고 하였다.

14) 범 때려 잡고 강 건너뜀: '폭호빙하(暴虎憑河)'는 맨손으로 범을 잡고 맨몸으로 강을 건너는 것으로, 용맹하지만 지혜가 없는 무모한 사람을 비유한다. 《논어》 〈술이(述而)〉에 자로가 공자에게 만약 삼군을 움직인다면 누구와 함께 하겠냐고 묻자, "공자가 말하기를, '맨손으로 범을 잡고 맨몸으로 강물을 건너려고 하다가 죽어도 후회하지 않을 사람은 나는 함께 하지 않을 것이니, 반드시 일에 임하여 두려워하며 미리 계획하기를 좋아하여 성공하는 사람과 함께 할 것이다.'[子曰, 暴虎憑河, 死而無悔者, 吾不與也, 必也臨事而懼, 好謀而成者也.]라고 하였다."는 내용에서 나온 말이다.

여양[1]을 지나며

過閭陽

시력이 가물가물 아직 물가 보이지 않고	目力茫茫未見涯,
긴 들판이 넓고 멀어 가는 노정 느릿느릿.	長郊澶漫路逶遲.
버려진 터 뽕나무밭 마을마다 보겠건만	遺墟桑柘村村是,
옛날 성채 성터는 곳곳마다 낯 설구나.	古戍城隍處處疑.
산해관[2]의 북방 기운에 바람이 일고	楡塞朔氛風欲起,
버들 둑에 봄소식 새가 먼저 아는구나.	柳堤春意鳥先知.
갈림길에 들어서서 양주처럼 울지 않고[3]	臨歧不作楊朱泣,
고향 전원 돌아갈 날 손꼽으며 기다리네.[4]	得返田園指日期.

1) 여양: '여양(閭陽)'은 지금의 요녕성(遼寧省) 금주시(錦州市) 북진시(北鎭市)에 속한 여양진(閭陽鎭)에 있다.

2) 산해관: '유새(楡塞)'는 유관(楡關)과 같은 말로 산해관을 말한다.

3) 갈림길에 …… 울지 않고: '양주읍(楊朱泣)'은 양주읍기(楊朱泣歧)의 준말로, 전국시대 양주(楊朱)가 갈림길에 서서 반걸음만 잘못 지나쳐서 가게 되면 천리 길이 어긋나게 된다면서 슬피 통곡하였는데, 기구한 세상길에서 갈림길을 잘못 들어설까 근심하며 마음에 부담을 갖거나, 갈림길에서 이별하는 감정을 나타내는 말로 사용하였다.

4) 손꼽으며 기다리네: '지일(指日)'은 기약한 날이 멀지 않음을 이르는 말이다.

남사하보[1)]

南沙河堡

반평생 벼슬살이 오랜 생을 그르쳤고	半生簪弁誤長身,
간 곳마다 떠돌이로[2)] 늘 슬픈 마음.	隨處蓬萍合愴神.
산해관에 쌓인 음기로 해 보기 어렵고	楡塞積陰難見日,
계주 관문 먼 노정에 사람 만난 일 없네.	薊門長路不逢人.
소와 양 방목하는 교외 들녘 저녁이요	牛羊散牧郊原夕,
새와 참새 다퉈 우는 바닷가의 봄이라.	鳥雀爭啼海岱春.
노쇠하고 머리 세어 가 길 가기 괴로운데	衰白轉深行役苦,
반듯한 논밭 조금 지나자 또 나루터 있네.	版田纔過又滄津.

1) 남사하보: '남사하보(南沙河堡)'는 요녕성 요양시(遼陽市) 수산(首山) 기슭의 수산보촌(首山堡村) 근처에 있다. 이요(李㴭)의 《연도기행(燕途紀行)》 1656년 11월 22일에 적은 〈일록(日錄)〉에 의하면, "사시에 남사하보(南沙河堡)에 도착하여 냇가에서 점심을 먹고 낮잠을 잤다. 성은 허물어지고 사람만 있었다. 수산(首山) 남쪽에서부터 비로소 한(漢)나라 때의 돈대(墩臺)가 있는데, 간혹 허물어지기도 하고 간혹 남아 있기도 하였다."라고 하였다.

2) 떠돌이로: '봉평(蓬萍)'은 쑥이 바람에 날리고 부평초가 물에 흐르는 것처럼 정처 없이 떠돎을 말한다.

어리석음[1]

朱愚

본디 오만하여 매이는 걸 잊고　　素嫚忘繩撿,
어리석게 숨어 삶[2] 좋아했네.　　朱愚愛隱淪.
조정[3]에선 쓸데없이 일 많을 때[4]　　廟堂多事日,
사방으로[5] 돌아다녀 얽매이지 않았네.　　湖海不羈身.
텃밭을 도니 꽃잎이 신에 달라붙고　　遶圃花粘屐,
처마 밑 걸으니 달이 사람을 따르네.　　巡簷月趂人.
산골 마을 막걸리에 마음이 넉넉해져　　山醪饒意緒,
싱숭생숭한 터에 긴 봄날을 시 읊네.　　撩我占長春.

---

1) 어리석음: ‘주우(朱愚)’는 지혜가 부족해서 우매한 것을 말한다. 《장자》 〈경상초(庚桑楚)〉에 “지혜가 없으면 사람들이 나를 어리석다고 말할 것이고, 지혜가 많으면 도리어 나 자신을 괴롭힐 것이다.[不知乎, 人謂我朱愚, 知乎, 反愁我軀.]”라고 하였다. 여기서 주(朱)는 주(侏)와 통한다.

2) 숨어 삶: ‘은륜(隱淪)’은 신선을 가리키는 말로, 세상을 피하여 은거하는 것을 말한다.

3) 조정: ‘묘당(廟堂)’은 임금이 신하를 조회하여 정사를 의논하는 전당이니 곧 조정을 말한다.

4) 쓸데없이 일 많을 때: ‘다사(多事)’는 사고가 많다는 뜻으로, 쓸데없는 일을 하거나, 해서는 안 될 일을 한다는 말이다.

5) 사방으로: ‘호해(湖海)’는 호수와 바다를 아울러 이르는 말로 사방 각지를 말한다.

칠월 초열흘날 달밤에

七月初十夜月

고운 하늘 막 개이니 가는 먼지 그치고	璇空初霽絶塵纖,
달그림자 스름스름 단청 처마에 옮겨가네.	素影離離轉畫簷.
벽에 비친 달빛 문득 운모병풍[1] 펼치고	映壁乍張雲母障,
창 너머엔 새로이 수정 문발 매달았네.	隔窓新綴水晶簾.
빈숲에 희미하게 은빛 나뭇잎 나부끼고	空林隱約翻銀葉,
먼 산에 어렴풋이 뾰족한 봉 드러나네.	遠峀依微露玉尖.
난간모퉁이 밤이 깊어 뭍움직임 적적한데	欄角夜深羣動寂,
이 늙은이 시 재미는 한결같이[2] 더해가네.	此翁詩趣一般添.

1) 운모병풍: '운모장(雲母障)'은 운모병풍(雲母屛風)이니, 운모석(雲母石)으로 장식한 병풍을 말한다.

2) 한결같이: '일반(一般)'은 한결같음을 말한다. 송나라 소강절(邵康節)은 〈청야음(淸夜吟)〉에서 "달이 떠서 하늘 한 가운데 자리하고, 바람이 때마침 물 위로 불어오네. 한결같이 청정한 재미를 지녔거늘, 미리 헤아려 아는 이가 드무네.[月到天心處, 風來水面時. 一般淸意味, 料得少人知.]"라고 하였다.

고향집을 꿈꾸다

夢鄉庄

꿈에 고향 마을 낚시터를 찾아가니	夢向鄉村訪釣磯
한 뙈기 솔과 대 사립문을 지키누나.	一區松竹護柴扉.
계곡바람 잠깐 불어 수풀 꽃잎 떨어지고	溪風乍拂林花落,
산비 오다 금방 개니 밭에 보리 통통하네.	山雨纔晴壠麥肥.
밖에 나가 맘껏 노니[1] 바야흐로 으쓱으쓱	放去天游方得得,
꿈을 깨니 고향 경물 점점 더 아른아른.	覺來雲物轉依依.
봄 강의 갈매기 해오라기 비웃을 테지	春江鷗鷺應嘲笑,
전원 돌아간다 하고 못 간 지 오래구나.	謾說歸田久不歸.

1) 맘껏 노니: '천유(天游)'는 《장자》 〈외물(外物)〉에 의하면, 마음에 구애되는 것이 전혀 없이 천지자연 속에서 맘껏 노니는 것을 말한다.

동지[1]

長至

장지 되와서 짜른 햇빛[2] 좇아 돌아	長至還從短景回,
많은 시름 이내 쫓고 일양[3]을 맞네.	千愁仍逐一陽來.
곱하고 나누는[4] 인간사 다하지 않고	乘除不盡人間事,
빼앗겼다 되찾는[5] 율관 재[6] 재촉해.	剝復頻催琯裏灰.

1) 동지: '장지(長至)'는 낮이 가장 긴 하지(夏至)를 이르거나, 밤이 가장 긴 동지(冬至)를 이른다. 동지는 낮이 가장 짧고 밤이 가장 길어 음(陰)이 극도에 이르지만, 다시 양(陽)의 기운이 싹트면서 낮이 길어지기 시작하는 절기로 회생의 의미로 생각하고 경사스럽게 여기는 풍속이 있었다.

2) 짜른 햇빛: '단영(短景)'은 해 그림자나, 낮이 짧음을 말한다.

3) 일양: '일양(一陽)'은 일양절(一陽節)이니 동지(冬至)에 양기(陽氣)가 처음 생기므로 일양시생(一陽始生)이라고 한다. 음력 11월로 《주역》의 〈지뢰복괘(地雷復卦)〉에 해당한다.

4) 곱하고 나누는: '승제(乘除)'는 인간사의 흥망성쇠를 비유하는 말로 《주역》에 의하면, "수에는 더하고(加) 빼고(減) 곱하고(乘) 나누는(除)는 법칙이 있는데, 굴신승강(屈伸升降)하는 것은 가감승제(加減乘除)하는 이치이며, 가감승제(加減乘除)함은 굴신승강(屈伸升降)하는 수가 된다."고 하여 인간사에 비유하였다.

5) 빼앗겼다 되찾는: '박복(剝復)'은 《주역》에 나오는 상구(上九) 일양(一陽)의 〈산지박괘(山地剝卦)〉와 초구(初九) 일양(一陽)의 〈지뢰복괘(地雷復卦)〉를 말하니, 쇠퇴하는 형세와 회복하는 형세를 말한다. 또한 박극필복(剝極必復)이라 하여 난세(亂世)가 극도에 달하면 치세(治世)가 되어간다는 뜻이기도 하다.

6) 율관 재: '관리회(琯裏灰)'는 회관(灰琯) 또는 회관(灰管)이라고도 하며, 옛날에 기후 변화를 헤아리던 기구로서 갈대 줄기의 얇은 막[葭莩]을 태운 재를 12율려(律呂)에 해당하는 관[律管] 속에 넣어두었기 때문에 붙여진 이름이다. 또는 시서(時序) 및 절후(節侯)를 가리킨다. 《한서》 〈율력지(律曆誌)〉에 "절후를 살피는 법이 있는데 갈대 속의 얇은 막을 태워 재로 만든 뒤에 각각의 율려(律呂)에 해당되는 옥관(玉琯)에 넣어 두면 그 절후에 맞춰서 재가 날아가는데, 동지에는 황종(黃鐘) 율관(律管)이 비동(飛動)한다."라고 하였고, 《진서(晉書)》 〈율력지(律曆誌)〉에 "그 때의 해가 해 그림자에 맞추고 땅의 기운이 회관에 영향을 주기 때문에 음양이 조화하여 햇빛이 이르고 12율려(律呂)의 기운이 응하여 재가 날아간다."[叶時日於晷度, 效地氣於灰管, 故陰陽和則景至, 律氣應則灰飛.]고 하였다.

궁중 실 수놓아[7] 공교하게 절기 알고　　宮線繡紋工測候,
초나라 팥죽 풍속[8] 재앙을 물리치네.　　楚糜遺俗解禳災.
처마 도는 이 해에 숨은 양기 보이나니　　巡簷此日看陰伏,
봄기운이 살금살금 이미 매화 이르렀네.　　春意沾沾已到梅.

---

7) 궁중 실 수놓아: '궁선(宮線)'은 옛날 황궁에서 실을 사용하여 해 그림자를 측량하여 시간을 계산했던 것을 말하며, 《당서(唐書)》 〈율력지(律曆志)〉에 "궁중에서 여공[길쌈]으로 해가 길고 짧은 것을 측정하였는데, 동지가 지나면 실 한 가닥[一線] 만큼의 여공이 늘었다."고 하였다.

8) 초나라 팥죽 풍속: '초미유속(楚糜遺俗)'은 중국의 《형초세시기(荊楚歲時記)》에, "공공씨(共工氏)의 망나니 아들이 동짓날 죽어서 역신(疫神)이 되었는데, 그 아들이 평소에 팥을 두려워했기 때문에 역신을 쫓아내기 위하여 동짓날 팥죽을 쑤어 악귀를 쫓아냈다."고 하였다.

작은 누각

小閣

작은 누각 시원하게 푸른 녹나무 그늘지고
등나무 자리 기대어 삼복더위[1] 보내누나.
머리 이미 대머리라 새벽 빗질 잊어버렸고
관복 모두 내던지고 아침 조례 그만두었네.
지는 해가 숲 덮으니 붉은 빛 번쩍거리고
저문 산이 난간 대하니 참나무 쪽빛이로다.
북쪽 창 아래[2] 편안히 진단 잠[3] 빌리니
늘그막 한가한 삶 오로지 달콤하구나.

小閣輕凉蔭翠楠,
偃身藤簟度庚炎.
頭顱已禿忘晨櫛,
袍笏全抛廢曉叅.
斜日翳林紅閃爍,
暮山當檻碧棱藍.
陶窓穩借陳摶睡,
投老閒居一味甘.

---

1) 삼복더위: ‘경염(庚炎)’은 불꽃과 같이 무더운 삼복(三伏) 더위를 말한다.

2) 북쪽 창 아래: ‘도창(陶窓)’은 도잠(陶潛)의 창으로, 진(晉)나라 도잠의 〈여자엄등소(與子儼等疏)〉에 “오뉴월 중에 북쪽 창문 아래에 누워 있으면 서늘한 바람이 이따금씩 불어오곤 하는데, 스스로 오랜 옛날 복희씨의 사람이라고 이른다.[五六月中, 北窓下臥, 遇凉風暫至, 自謂是羲皇上人.]”고 하였는데, 희황상인(羲皇上人)은 복희씨(伏羲氏) 이전의 사람이라는 뜻으로 세상일을 잊고 한가하고 편안히 숨어사는 사람을 이르는 말이다.

3) 진단 잠: ‘진단수(陳摶睡)’는 송나라 은사(隱士) 진단(陳摶)의 고와(高臥)를 말한다. 진단은 자가 도남(圖南), 호가 희이(希夷)인데 송 태종이 지어준 것이다. 주돈이(周敦頤)의 태극도(太極圖)의 남상이 되는 선천도(先天圖)를 남길 정도로 학문이 높았는데, 일찍이 무당산(武當山)을 비롯하여 화산(華山)의 운대관(雲臺觀)과 소화(少華)의 석실(石室) 등지에 은거하였다. 여기서 진단수(陳摶睡)는 벼슬 하지 않고 속세를 벗어나 산림에 숨어사는 것을 말한다.

게으른 성품

懶性

게을러 문 닫고 사람 보지 않으니
겨우내 갓 두건 갖출 일 없었네.
숲에 비단 안개 두르니 과분하지 아니한가?
뜰에 이끼 동전 쌓이니 가난하지 아니하네.
산골 술 빚으니 금방 익은 천일주[1]요
붉은 꽃 또다시 한 해 봄을 좇는구나.
행복하게 속세 밖을 내 멋대로 떠도니
내 삶에 이 몸 둔 것 스스로 대견하네.

懶性關門不見人,
經冬渾廢整冠巾.
林圍霞綺寧非僭?
庭疊苔錢未是貧.
山釀乍濃千日酒,
紅花又是一年春.
陶然漫浪風塵表,
自詑吾生有此身.

1) 천일주: '천일주(千日酒)'는 옛날 전설에 중산(中山) 사람 적희(狄希)가 천일주를 잘 만들었는데, 이 술을 마시면 천일 동안 취해있다고 하여 붙여진 이름이다.

곡구[1] 시권에 짓다

題谷口詩卷

중원[2]의 깃발과 북[3] 그 뉘 당하리?	旗鼓中原較孰當?
금석[4] 여덟 악기[5] 모두 쟁쟁 쟁쟁.	八音金石總鏘鏘.
덜고 보탬은 은이 하에 말미암으니[6]	從知損益殷因夏,
송이 당만 문장 못하다 누가 말하랴?[7]	誰說文章宋不唐.

1) 곡구: '곡구(谷口)'는 지금의 섬서(陝西) 순화(淳化) 서북 지역의 옛 지명이다. 서한 말기의 고사(高士) 정박(鄭璞)은 자가 자진(子眞)으로 성제 때에 외척 왕봉(王鳳)이 예의를 다하여 불러도 응하지 않고 곡구에 살면서 호를 곡구자진(谷口子眞)이라 하였다. 곡구경(谷口耕)·곡구진(谷口眞)이라는 말이 있는데, 정박이 곡구에 은거하면서 농사짓고 수신하며 스스로 지킨 삶을 가리킨다. 여기서 말하는 '곡구'는 누구인지 자세하지 않다.

2) 중원: '중원(中原)'은 중국 한족(漢族)이 일어난 황하(黃河) 중류의 양쪽 기슭 지역으로, 지금의 하남성(河南省)과 산동성(山東省) 서부, 하북성(河北省)의 동부를 포함한다. 또는 보통 '넓은 들판의 가운데'라는 뜻으로 쓰이며, 정권 따위를 다투고 겨루는 곳을 가리키기도 한다.

3) 깃발과 북: '기고(旗皷)'는 깃발과 북으로 옛날 전투할 때 군사를 지휘하던 기구이다. 기고상당(旗鼓相當)이라는 말이 있듯이 양쪽 군사가 대적할 때 쌍방의 역량이 서로 막상막하임을 비유하는 말로 쓰인다.

4) 쇠와 돌: '금석(金石)'은 종과 경쇠 종류의 악기를 가리킨다.

5) 여덟 악기: '팔음(八音)'은 고대 여덟 가지 종류의 악기 이니, 금(金)·석(石)·사(絲)·죽(竹)·포(匏)·토(土)·혁(革)·목(木) 등 여덟 가지의 재질로 만든 악기를 말한다.

6) 덜고 보탬은 …… 말미암으니: '손익은인하(損益殷因夏)"는《논어》〈위정(爲政)〉에 의하면, "자장이 '열 왕조 뒤의 일을 알 수 있습니까?'라고 묻자, 공자는 '은나라는 하나라의 예에 말미암았으니 덜고 보탬이 되는 것을 알 수 있으며, 주나라는 은나라의 예에 말미암았으니 덜고 보탬이 되는 것을 알 수 있다. 혹시라도 주나라를 계승하는 자라면 비록 백세 뒤라도 알 수 있을 것이다.'라고 하였다.[子張問, 十世可知也? 子曰, 殷因於夏禮, 所損益可知也. 周因於殷禮, 所損益可知也. 其或繼周者, 雖百世可知也.]"라고 하였다.

7) 송이 당만 문장 못하다 누가 말하랴?: '문장송부당(文章宋不唐)'은 당나라 문장가 한유가 한 말로, 원나라 오징(吳澄)은 〈별조자앙서(別趙子昻序)〉에서 "사람이 천지의 기운과 더불어 통틀어 한 기운이 되나니 오르내림에 문장도 뒤따른다. 주역을 그리고 문서를 만든 이래로 사문에 대대로 그러함이 있었으니 송대는 당대만 못하고, 당대는 한대만 못하고, 한대는 춘추

이 세상에 진정 걸출한 이[8] 없었다면	天下若眞無駿骨,
북두 견우 사이에 보검 광채[9] 있었겠나?	斗間何得有龍光.
내 이미 늙어 나라 큰일 맡기[10] 어렵고	吾生已老難扛鼎,
수레 기대어[11] 그대 보니 홀로 우뚝하네.[12]	憑軾看君獨擅場.

전국만 못하고 춘추전국은 당우삼대만 못하니 늙은이가 젊음을 회복하지 못하는 것과 같다. [人與天地之氣, 通爲一氣, 有升降而文隨之. 畫易造書以來, 斯文代有然, 宋不唐, 唐不漢, 漢不春秋戰國, 春秋戰國不唐虞三代, 如老者不可復少.]"라고 하였다.

8) 걸출한 이: '준골(駿骨)'은 걸출한 인재를 비유한 말이다. 《전국책》 〈연책(燕策)〉에 의하면, 연(燕)나라 소왕(昭王)이 부왕의 원수를 갚고자 하여 스승 곽외(郭隗)에게 인재 선발을 부탁하였더니 곽외가 말하기를, "옛날에 어떤 임금이 천리마를 구하려고 무척 애를 썼으나 몇 년이 지나도록 구하지 못하였습니다. 어느 날 하급 관리가 와서는 천금을 주면 천리마를 구해 오겠다고 하여 그에게 천금을 주고 기다렸는데, 죽은 천리마 머리뼈를 오백 금이나 주고 사왔다고 하자 임금이 연유를 물었더니 말하기를, '천리마는 귀한 말이라 모두 집안에 숨겨두고 내놓으려 하지 않습니다. 만약 전하께서 죽은 천리마 뼈를 오백 금에 샀다는 소문이 난다면 천리마를 가진 사람들이 가만히 있지 않을 것입니다. 조금만 기다리시면 천리마를 가지고 있는 사람들이 전하 앞에 줄을 설 것입니다.' 하였는데, 과연 그 말대로 천리마를 가진 사람들이 임금 앞에 몰려들었답니다. 또 그 관리가 말하기를, '그리고 저를 오백 금에 사십시오. 그러면 천하의 영재들이 소문을 듣고 앞 다투어 전하 앞으로 달려올 것입니다.' 말하였습니다."라고 하니 소왕이 곽외의 말을 듣고 그대로 행하니 악의(樂毅)·추연(鄒衍)과 같은 인재들이 찾아와 그들과 함께 나라를 일으키고 제나라에 원수도 갚았다고 한다. 이 고사는 매사마골(買死馬骨) 또는 천금시골(千金市骨)이라고도 하며, 진심으로 현인을 구한다면 현사들이 소문을 듣고 이를 것임을 비유한 것으로, 정성을 들여야 자기가 바라는 바를 성취할 수 있다는 말이다.

9) 보검 광채: '용광(龍光)'은 비범한 풍채나 황제의 풍채를 가리키는데, 여기서는 북두성과 견우성 사이에서 비치는 광망(光芒)을 말한다. 옛날 전설에 의하면, 용천(龍泉)과 태아(太阿)라는 두 보검이 땅속에 묻혀서 자기(紫氣)를 하늘의 북두성과 견우성 사이로 쏘고 있다가 마침내 발굴되었다고 한다.

10) 큰일 맡기: '강정(扛鼎)'은 솥을 든다는 뜻으로, 국가의 정권을 빼앗거나 큰 인재가 무거운 임무를 맡음을 비유한다.

11) 수레 기대어: '빙식(憑軾)'은 빙식방관(憑軾旁觀)의 준말로 수레 앞 가로나무에 기대어 바라보기만 하는 것이니, 몸을 세상일 밖에 두는 것을 말한다.

12) 우뚝하네: '천장(擅場)'은 기예가 무리에서 뛰어남을 말한다. 곧 강한 자가 약한 자보다 뛰어나서 오로지 한 마당을 차지하는 것이다.

청음[1] 상국의 옛 집을 지나가며

過清陰相國舊庄

겹겹 포위 뚫은 울음 오랑캐도 놀래키고	哭徹重圍虜亦驚,
흰 머리로 중국 옥 갇혀서도 생명 보전했네.	白頭燕寄却全生.
나라땅 지킴은 도리어 나머지 일,	江河不廢還餘事,
세상에 길이 남을 것 큰 이름이네.	天地長留是大名.
모두들 우러르니 저승길이 대낮 같고	咸仰暝途昭白日,
문득 보니 화려한 집[2] 산소[3] 되었네.	遽看華屋落佳城.

1) 청음: 김상헌(金尙憲, 1570~1652)은 자가 숙도(叔度), 호가 청음(淸陰)·석실산인(石室山人), 본관이 안동이다. 어려서 윤근수(尹根壽)에게 글을 배웠으며, 1590년에 진사시에 합격하고 1596년 문과에 급제하여 통례원 인의(引儀)가 되었다가 예조좌랑·시강원사서(司書)·이조좌랑·홍문관수찬 등을 역임하였다. 1611년 승지로 이언적(李彦迪)·이황(李滉)의 문묘종사를 반대하는 정인홍(鄭仁弘)을 탄핵했다가 좌천되고, 1623년 인조반정 후 대사간으로 공서파(功西派)의 전횡에 맞서 〈간원팔점차자(諫院八漸箚子)〉의 글을 올려 이들을 비판하면서 청서파(淸西派)의 영수가 되었다. 1636년 병자호란 때 주전론(主戰論)을 주장하다가 청나라에 항복하자 안동으로 돌아가서, 1639년 청나라의 출병 요구에 반대하는 상소를 올린 이유로 청나라로 압송되었다. 1645년에 소현세자를 수행하여 귀국하고, 효종이 즉위한 뒤 좌의정·영돈령부사를 지냈다.

2) 화려한 집: '화옥(華屋)'은 화옥산구(華屋山丘)의 준말로, 덧없는 인간의 흥망성쇠를 뜻한다. 진(晉)나라 재상 사안(謝安)은 평소에 생질인 양담(羊曇)을 사랑하였는데, 사안이 죽자 양담이 다시는 사안이 살던 서주(西州)에 가지 않다가 크게 취하여 자신도 모르는 사이에 타던 말이 서주의 문에 이르러 따르는 사람이 서주의 문에 왔다고 하자 양담은 슬픈 감회를 이기지 못하여 말채찍으로 문을 두드리며 "살아서는 화려한 집에 거처하더니 죽어서는 언덕으로 돌아갔구나.[生存華屋處, 零落歸山丘.]"라는 조조(曹操)의 〈공후인(箜篌引)〉 구절을 읊으며 통곡하였다고 한다.

3) 산소: '가성(佳城)'은 묘지의 영역을 비유한 말이다. 한나라 등공(滕公)이 말을 타고 가다가 동도문(東都門) 밖에 이르자 말이 울면서 나아가지 않고 발로 땅을 구르기에 사졸(士卒)을 시켜 땅을 파게 하였더니 땅 속에 석곽(石槨)이 있고 그 안에 "가성(佳城)이 울울(鬱鬱)하니 3천 년 만에 해를 보도다. 아! 등공이여, 이 석실에 거처하리라."라는 글이 새겨져 있었다고 한다.

이제 와서 더 애절하게 하염없이 눈물 흘리니　　今來倍切無從涕,
이곳에서 일찍이 반갑게 맞아주셨기[4] 때문.　　此地曾蒙倒屣迎.

4) 반갑게 맞아주셨기: '도사영(倒屣迎)'은 신발을 거꾸로 신고 나와 맞아준다는 뜻으로, 반갑게 사람을 맞이하는 것을 말한다. 후한(後漢) 말에 왕찬(王粲)이 장안(長安)에 사는 채옹(蔡邕)을 방문하자 채옹이 신발을 거꾸로 신고 문밖으로 나와 맞이해주었는데, 그때 왕찬의 나이가 어린 데다 외모도 왜소했으므로 그곳에 모인 빈객들이 모두 놀랐다는 고사가 있다.

되는대로 읊조리다[1)]

謾占

읍성 남쪽 풍악소리에 하루해 저물고	城南鍾皷了朝昏,
늙은이 시골집에 몸져 홀로 있네.	此老柴荊病獨存.
많은 말이 달리던 곳 자취 없어지고	萬馬馳塲拚斂跡,
소울음 들리는 곳[2)] 발길[3)] 막혔네.	一牛鳴地阻登門.
영화 쇠락 늘 보아온 끝없는 일이요	榮枯慣見無窮事,
수레 삿갓[4)] 으레 그런 맹랑한 말.	車笠從知孟浪言.
다만 여생을 스스로 놓아 즐기다가	但把餘年甘自放,
예전에 들었던 소문[5)]에 다시 놀라네.	向來齒頰尙驚魂.

---

1) 읊조리다: '점(占)'은 구점(口占)을 가리키니 즉흥적으로 입으로 읊조려서 시를 짓는 것을 말한다. 구호(口號)'라고도 한다.

2) 소울음 들리는 곳: '일우명지(一牛鳴地)'는 일우후지(一牛吼地)와 같은 뜻으로, 소 울음소리가 들릴 정도로 가까운 거리를 비유한 말이다.

3) 발길: '등문(登門)'은 상문(上門)과 같은 말로, 상대방이 사는 곳에 찾아가는 것이다. 여기서는 등용문객(登龍門客)의 준말로 중망을 받고 있는 현자에게 인정을 받는 것을 말한다.

4) 수레 삿갓: '거립(車笠)'은 귀천과 부귀에 상관없이 사귀는 깊고 도타운 우정을 비유하는 말이다. 《태평어람》 〈풍토기(風土記)〉에 의하면, "월(越)나라 사람들의 풍속은 솔직하고 소박하여 마음으로 친해져서 좋아하게 되면 머리의 두건을 벗고 허리의 칼을 풀고 사귀는데, 친족에게 절하고 부인에게 무릎 꿇어 처음부터 예의가 있었다. …… 서로 축원하며 말하기를, "그대가 비록 수레를 타고 내가 삿갓을 썼더라도 훗날 서로 만나면 수레를 내려 인사하고, 내가 비록 걸어가고 그대가 말을 탔어도 훗날 서로 만나면 그대는 수레를 내려야 하리라."[越俗性率朴, 意親好合, 卽脫頭上手巾, 解要間五尺刀以與之爲交, 拜親跪妻, 初定交有禮. …… 祝曰, '卿雖乘車我戴笠, 後日相逢下車揖, 我雖步行卿乘馬, 後日相逢卿當下.'"] 했다고 한다.

5) 소문: '치협(齒頰)'은 입으로 하는 이야기를 가리킨다.

섣달 뒤에 매서운 추위

臘後苦寒

모두들 지난 밤 세밑 지났다는데	共傳殘臘過前宵,
병골은 따뜻함 아직 먼 것만 걱정.	病骨偏愁煖尙遙.
땅 터진 끝추위[1] 채소 싹[2] 막고	裂地窮陰封菜甲,
문발 새 찬 햇살 고드름에 번쩍이네.	入簾寒日閃冰條.
매화는 눈발로 꽃 피우기[3] 어렵고	梅因雪勒難粧額,
버들은 바람 매워 가지 흔들지 못하네.	柳爲風尖未拂腰.
골목 북쪽 얼른 와서 지팡이 잡혔더니	巷北倩來懸杖債,
산골 술 한 병 담비가죽 맞먹네.	一壺山釀敵華貂.

1) 끝추위: '궁음(窮陰)'은 한해가 다 가는 겨울의 마지막 시기의 추위를 말한다.

2) 채소 싹: '채갑(菜甲)'은 채소가 갓 자란 싹을 말한다. 당나라 두보(杜甫)의 〈유객(有客)〉 시 "自鋤稀菜甲, 小摘爲情親."에 보인다.

3) 꽃 피우기: '장액(粧額)'은 매화꽃이 미인의 이마에 떨어져서 장식함을 말한다. 남조 때 송나라 무제(武帝)의 딸 수양공주(壽陽公主)가 일찍이 함장전(含章殿) 처마에 누웠는데 매화 꽃잎이 공주의 이마 위에 떨어져 다섯 개의 꽃잎이 됨에 공주가 손으로 쳤으나 떨어지지 않자 황후가 그냥 두라고 하여 그 뒤부터 매화장(梅花妝)이라는 말이 생겼으며, 여인들이 이마에 매화꽃을 그려서 꾸미는 풍습이 생끼게 되었다. 송나라 진여의(陳與義)의 〈욕리균양이우부지서팔구기하자응(欲離均陽而雨不止書八句寄何子應)〉에서 "매화를 대하고 앉으니 화장한 이마에 비친다.[坐對梅花映妝額.]"라 하였고, 원나라 공성지(貢性之)는 〈궁매도(宮梅圖)〉에서 "떨어진 향긋한 자개 몇점 이마를 장식하네.[零落香鈿點糚額.]"라고 하였다.

거원[1]이 해임되어 전원으로 돌아갔다는 말을 듣다
당시 금산[2]에 제수되었으나 부임하지 않았다

聞巨源解任歸田 時除錦山不赴

귀거래[3] 노래한 동생 도연명 닮아서	賦歸吾季似陶君,
남쪽 밭에서 즐겨 지팡이 꽂고 김매네.[4]	南畝唯甘植杖芸.
노자는 신선 같은 사람 좇지 못했고[5]	盧子不曾隨若士,
설선이 어찌 주운을 벼슬시켰겠는가?[6]	薛宣郝得吏朱雲.

1) 거원: 윤순지의 동생 윤징지(尹澄之, 1601~1663)를 말한다.

2) 금산: 오늘날 충청남도 금산군이다.

3) 귀거래: '부귀(賦歸)'는 귀거래를 노래한다는 것이니 도잠의 〈귀거래사(歸去來辭)〉를 말한 것이다.

4) 지팡이 꽂고 김매네: '식장운(植杖芸)'은 《논어》 〈미자(微子)〉에 "자로가 따라가다가 뒤에 처졌는데, 지팡이를 짚고 대바구니를 둘러맨 장인을 만나 자로가 묻기를, '노인은 우리 부자(夫子)를 보았습니까?' 하니, 장인이 말하기를 '사지를 부지런히 하지 않고 오곡을 분별하지 못하니 누구를 부자라고 하는가?' 하고 지팡이를 꽂아놓고 김을 매었다.[子路從而後, 遇丈人, 以杖荷蓧. 子路問曰, '子見夫子乎!' 丈人曰, '四體不勤, 五穀不分. 孰爲夫子?' 植其杖而芸.]"고 하였다.

5) 노자는 …… 못했고: '노자(盧子)'는 노오(盧敖)를 말하니, 《회남자(淮南子)》 〈도응훈(道應訓)〉에 의하면, 노자(盧子)가 일찍이 북해(北海)를 유람하면서 태음(太陰)을 지나 현관(玄闕)에 들어가고 몽곡산(蒙穀山)에 올라가서 한 선비를 만나 그와 사귀려 하자 그 선비가 웃으며 말하기를, "나는 남쪽으로 망량(罔兩)의 들판에서 노닐고, 북쪽으로 침묵(沈默)의 고을에서 쉬며, 서쪽으로 요명(窅冥)의 마을을 다니고, 동쪽으로 홍몽(鴻濛)의 앞을 꿰뚫고 구해(九垓) 밖에서 한만(汗漫)과 함께 하기로 기약하였기에 오래 머무를 수가 없소."라 하고는 팔을 들고 몸을 솟구쳐 구름 속으로 들어가니 노오가 우러러보며 말하기를, "나를 그대에 비기면 마치 홍곡(鴻鵠)과 양충(壤蟲) 같구려."라고 하였다. '약사(若士)는' '그 사람'이라는 말과 같은데 신선 같은 사람을 가리키는 말이 되었다.

6) 설선이 …… 시켰겠는가: '주운(朱雲)'은 한나라 성제(成帝) 때 충직한 신하로, 황제의 스승인 장우(張禹)를 죽여야 한다고 간언했다가 도리어 성제의 노여움을 받고 끌려 나가면서 대궐의 난간을 잡고 간언하다 난간 둘레나무를 부러뜨렸다. 주운은 그 뒤로 더 이상 관직에 나아가지 않고 호현(鄠縣)에서 후학을 가르치며 살았다. '설선(薛宣)'은 자가 공군(贛君)으로 권세가

숨어 살 때[7]엔 그저 술 좋아하고　　沉冥仍愛盃中物,
잘나다보니[8] 고개 밖[9] 문장 많네.　　豪健還多嶺外文.
늙은 나 또한 이곳 떠날 생각하니　　老我亦思從此逝,
온 강 안개 낀 달빛 둘로 나뉘네.　　一江煙月要中分.

왕봉(王鳳)의 추천을 받고 장안영(長安令)이 된 뒤에 높은 관직을 역임하며 장우(張禹) 후임으로 승상이 되었는데, 벼슬을 그만둔 주운을 만나 자기 집에 머물러 줄 것을 청하자 주운이 더 이상 관리가 될 뜻이 없음을 밝힌 것을 말한다.

7) 숨어 살 때: '침명(沉冥)'은 그윽하게 살면서 자취를 숨기거나, 숨어사는 사람을 가리키거나, 기분이 꿀꿀하고 침울한 것을 말한다.

8) 잘나다보니: '호건(豪健)'은 아주 잘나고 굳센 인품을 말한다.

9) 고개 밖: '영외(嶺外)'는 중국의 남방 오령(五嶺) 밖으로 유배지를 뜻한다. 송나라 소식(蘇軾)이 해주(海州)·혜주(惠州)·황주(黃州) 등의 영외 지방에 유배되어 지내면서 지은 시문이 많은데, 이때에 문장이 더욱 좋아져서 명문을 남기게 되었다 한다.

계량[1]을 생각하다 신최 공

懷季良 申公最

부평초 행적 줄곧 쓸쓸하고	萍跡仍寥寂,
가난한 집[2] 사람 발길 없네.	蓬門斷往還.
조각구름 분 강물 위 생겨나고	片雲生積水,
외로운 달 켜켜 산봉에 숨었네.	孤月隱層山.
훌훌 털고 사는 날 위로했는데	撫我拚踈放,
오래 갇혀 일 없는 그대 딱하네.	憐君久屛閒.
용천검[3] 뽑아도 벨 일이 없어	龍泉無計斲,
멀리 북두 견우성 사이만 바라네.	長望斗牛間.

1) 계량: 신최(申最, 1619~1658)는 자가 계량, 호가 춘소(春沼), 본관이 평산(平山)이다. 할아버지는 영의정 신흠(申欽)이고, 아버지는 동양위(東陽尉) 신익성(申翊聖)이며, 어머니는 선조의 딸인 정숙옹주(貞淑翁主)이다. 1635년 진사시에 합격하고, 1648년 정시문과에 병과로 급제하여 승문원에 보임되고 검열·주서(注書)를 거쳐 1650년 봉교로 임명되어 춘추관 기사관을 겸임하며《인조실록》편찬에 참여하였다. 그 뒤 전적(典籍)·낭천현감을 거쳐 1656년 함경도사로 나갔다가 죽었다.

2) 가난한 집: '봉문(蓬門)'은 쑥대로 문을 만든 매우 가난한 집을 가리킨다.

3) 용천검: 용천(龍泉)은 보검 이름으로 용연(龍淵)이라고도 한다. 용천(龍泉)과 태아(太阿)라는 보검이 밤마다 북두성과 견우성 사이에 상서로운 기운을 냈다는 전설이 있어 훌륭한 인재가 나옴을 비유하는 말이 되었다.

입춘
立春

새론 나물 상 오르고 버들 내 흔들며	菜甲登盤柳拂煙,
섭제[1] 별 한밤중에 이미 하늘 돌았네.	攝提中夜已回天.
음력[2]이 3일 남는다[3] 누가 말했나?	誰言舊曆餘三日?
문득 오늘 아침 새로운 해 깨닫네.	忽覺今朝又一年.
꿈 속 세월 쏜살 같이 빠르나니	夢裏光陰如箭疾,
세상 시름번뇌 실처럼 이어지네.	世間愁惱若絲連.
덧없는 인생백년 끝내 멀지않으니	浮生滿百終非遠,
늙은 나이 따져보니 마음이 허전해.	坐筭頹齡意索然.

---

1) 섭제: '섭제(攝提)'는 별이름으로 항수(亢宿)에 속하며, 모두 여섯 개의 별이다. 《사기》〈천관서(天官書)〉에 의하면, 대각성(大角星) 양쪽에 세 개씩 위치하여 솥의 발처럼 갖춰지니 좌섭제(左攝提)와 우섭제라고 부른다고 하였다. 청나라 아계찬(阿桂纂)의 《순만수성전(旬萬壽盛典)》〈가송(歌頌)·만수축(萬壽祝)〉에 "태주는 동풍이 율에 드는 처음이 되고, 별자리 자루가 섭제를 가리키면 이는 북두성이 하늘을 도는 시작인 것이다.[太簇爲東風入律之初, 柄指攝提, 是北斗回天之始.]"라고 하였다.

2) 음력: '구력(舊曆)'은 하력(夏曆)으로 농력(農曆), 곧 음력을 말한다.

3) 3일 남는다: '여삼일(餘三日)'은 3일이 남는 것을 말하는데, 윤달은 역일(曆日)과 계절이 서로 어긋나는 것을 막기 위해 끼워 넣은 달이다. 이형상(李衡祥)의 《병와집(甁窩集)》〈답학자문목(答學子問目)〉에 "해에는 12개월이 있고 달에는 30일이 있으니 360일은 1년의 상수이다. 그런데 해가 하늘과 만날 적에는 5일과 940분의 235일이 더 많아 기영(氣盈)이라 하고, 달이 해와 만날 적에는 5일과 940분의 592일이 적어 삭허(朔虛)라 한다. 기영과 삭허를 합하면 10일과 940분의 827일이 되니 1년의 윤율(閏率)이다. 3년을 계산하면 마땅히 32일과 940분의 601일을 얻는다. 3년에 윤달을 한번 두어 29일을 빼면 3일이 남고 601일이 된다."고 하였다.

아침에 일어나 벽에다 쓰다

朝起書壁上

가비얍게 가는 세월 말릴 수 없으니	輕薄年華去不禁,
이 세상 사는 재미 모두 시들하구나.[1]	世間生趣揔灰心.
여윈 몸 일으키려니 산이 누르는 듯	羸形欲起山疑壓,
잠 깨어 눈 뜨면 안개 금시 가라앉네.	睡睫纔開霧便沉.
번민 풀려 해도 시 지을 힘 없고	撥悶已知詩力退,
술로 달래려도[2] 술잔 채울 걱정.	澆愁還怕酒盃深.
사는 집[3] 쓸쓸히 찾는 사람 없고	楊居冷落人無顧,
늙음 병듦 어찌해 나날이 스미는지?	衰疾因何日日侵?

1) 시들하구나: '회심(灰心)'은 죽은 재와 같은 마음으로 생기를 상실하여 의기가 소침한 것을 말한다. 또는 도를 깨달은 마음을 가리키니, 외물에 움직이지 않고 고요하여 죽은 재와 같기 때문이다.

2) 술로 달래려도: '요수(澆愁)'는 술을 마셔 우울한 마음을 달래는 것이다.

3) 사는 집: '양거(楊居)'는 서한(西漢) 양웅(揚雄)의 거처를 말한다. 진(晉)나라 좌사(左思)의 〈영사(詠史)〉 시에 "적적한 양자의 집이여, 문 앞에는 경상의 수레가 없구나.[寂寂楊子宅, 門無卿相輿.]"라고 하였다.

늘그막에

晚途

늘그막 붕새 날개 청운[1]에 접혔으며	晚途鵬翮限青雲,
정력은 지난 몇 해 어느 만치 줄었네.	精力年來減幾分.
머리 인 눈 봄 되니 더욱 희끗희끗	頭雪入春猶颯颯,
눈동자 섣달 넘겨 갑자기 어릿어릿.	眼花凌臘劇紛紛.
맘 굳어[2] 늘 막혀 시름 깨기 어렵고	城堅每困愁難破,
집 좁아 되레 좋아 술에 쉬 취하네.	戶窄還甘酒易醺.
나이 이제 다행히도 큰 늙은이[3] 되었으니	齒筭幸今成大老,
몸이 옛날 장군[4]된다 해도 무방하리라.	不妨身作舊將軍.

1) 청운: '청운(青雲)'은 높은 허공을 가리키는 말로, 고관현작(高官顯爵)을 비유하거나, 높은 지위를 취하는 길을 비유하거나, 원대한 포부와 지향(志向)을 비유한다.

2) 맘 굳어: '수성(愁城)'은 시름과 고통을 해소하기 어려운 심경을 말한다.

3) 큰 늙은이: '대로(大老)'는 덕이 높고 신망이 무거운 노인을 말한다. 곧 사람들에게 존경받는 어진 노인을 말하니, 《맹자》 〈이루상(離婁上)〉에서 "두 늙은이는 천하의 대로이다.[二老者, 天下之大老也.]"라고 하여 백이(伯夷)와 태공(太公)을 가리켰다.

4) 옛날 장군: '구장군(舊將軍)'은 난세에 등용되어 활약하던 장군이 태평성세가 되어 등용되지 않음을 나타낸 말로서, 윤순지 자신의 처지를 비유한 것이다. 당나라 잠삼(岑參)의 〈송우림장손장군부흡주(送羽林長孫將軍赴歙州)〉에 "새매 깃발은 새로운 자사요, 범의 칼은 옛날 장군이라.[隼旗新刺史, 虎劍舊將軍.]"라고 하였다. 원(元)나라 무명씨(無名氏)의 〈잠괴통(賺蒯通)〉에서는 "태평시대에는 옛날 장군을 쓰지 않는다.[太平不用舊將軍.]"라고 하였다.

감회를 적다
紀感

심문[1] 받고 일찍이 옥졸 존엄에 놀라고	置對曾驚獄吏尊,
두루 엄한 견책 받고 도성 문[2]을 나왔네.	旋從嚴譴出脩門.
갖은 고생에 오히려 원사의 술 마시고[3]	風霜尚保袁絲飲,
우레 비[4]에 초나라 나그네 혼 불렀네.	雷雨俄招楚客魂.
두 왕[5]에게 벼슬 받아 헛되이 녹 먹었으니	軒冕 朝虛祿食,
사나 죽으나 오늘까지 모두 임금 은혜라네.	死生今日揔君恩.
소동파 이미 춘파의 꿈 이야기[6] 깨닫고	蘇公已悟春婆夢,
술맛 보아[7] 다시 다니 대보름날 되었구나.	蒭酒還甘作上元.

1) 심문: '치대(置對)'는 죄인을 대질하여 심문함을 말한다.

2) 도성 문: '수문(脩門)'은 원래 초나라 도성인 영(郢)의 성문으로, 도성의 문을 가리키는 말이 되었다.

3) 원사의 술 마시고: 원사음(袁絲飮)은 매일 술을 마시면서 일에 관여하지 않음을 말한다. 원사(袁絲)는 초(楚)나라 원앙(袁盎)으로, 자가 사(絲)이다. 《사기》 〈원앙조착렬전(袁盎晁錯列傳)〉에 의하면, 원앙은 직간(直諫)을 잘하였으며, 제상(齊相)과 오상(吳相)을 역임했다. 원앙(袁盎)이 오나라 재상으로 옮기려하자 조카 원종(袁種)이 "오나라는 교만하기 짝이 없고 신하들이 간사하니 숙부님은 직언할 생각은 말고 날마다 술만 마시면서 다른 일에 절대 간섭하지 말라."고 하여 그렇게 했더니 오나라 왕이 좋아했다고 하였다.

4) 우레 비 : '뢰우(雷雨)'는 우레를 나타내는 진괘(震卦)와 물을 나타내는 감괘(坎卦)로 이루어진 뇌수해괘(雷水解卦)는 우레가 울고 비가 오는 형상으로 군자가 허물과 죄를 용서함을 상징하니, 곧 임금이 허물 있는 신하를 대하여 용서하는 것을 말한다.

5) 두 왕: 조선 제16대 왕 인조(仁祖, 1623~1649)와 조선 제17대 왕 효종(孝宗, 1649~1659) 연간을 말한다.

6) 춘파의 꿈 이야기: '춘파몽(春婆夢)'은 춘몽파(春夢婆)를 가리키니, 영화와 쇠락이 한바탕 봄날의 꿈과 같다는 뜻이다. 소식(蘇軾)이 벼슬이 낮아졌을 때 우연히 한 노파(老婆)를 만났는데 소식에게 이르기를, "내한(內翰)에서 보낸 지난날의 부귀영화는 일장춘몽이야."라고 말하자 마을 사람들이 이로부터 이 노파를 춘몽파라고 불렀다.

7) 술맛 보아: ‘추주(篘酒)’는 술을 거르기 전에 술맛을 보는 것을 말한다. 추(篘)는 삽추(揷芻)라고 하여 술맛을 보는 도구를 가리킨다. 옛날에 막걸리를 만들 때 술맛을 미리 보기 위해 갈대 대롱 같은 것을 술독에 꽂고 입으로 빨아 시음했던 일이 있다.

동산을 거닐며 되는대로 읊다

涉園謾吟

태평성대 높은 벼슬 사람 그르칠 수 있으니 昭代簪纓解誤人,
반평생 어리석은 꿈 속 속세에 분주했구나. 半生癡夢走紅塵.
높은 하늘 꼭대기에서 날갯죽지 지탱하느라 層霄一鎩扶搖翮,
늘그막에 잠깐씩 총애 수모 번갈아 받았네. 末路俄成寵辱身.
쑥대 옛 오솔길 덮어도 한스럽지 않으나 不恨蓬蒿埋舊徑,
생강 계피[1] 매운 맛 남아있어 가련쿠나. 尚憐薑桂有殘辛.
동산의 꽃과 버들 의지할 데 없는데도 東園花柳還無賴,
궁한 시름 무릅쓰고 이미 봄을 맞았네. 觸忤窮愁已得春.

1) 생강 계피: '강계(薑桂)'는 사람의 본성이 강직한 것을 비유한다.

초정에 대해 짓다

題草亭

맑은 위수 근래 들어 온통 경수에 흐려지고[1]　　清渭年來渾濁涇,

세상의 고운 비단 옷에 모두 비린내 나네.　　世間羅綺揔膻腥.

벼슬자리 가장 귀한 것[2] 아님 알았으니　　從知軒冕非良貴,

진창길[3] 가잖고 홀로 깨어남[4] 싫다하랴?　　不向泥塗厭獨醒?

연나라 돌[5] 하얀 옥[6]으로 속이길 많이 하니　　燕石已多欺白璧,

야광주[7] 어찌 청평검[8] 잡고 노려봄을 면하랴?　　夜珠寧免按青萍?

---

1) 맑은 위수 …… 흐려지고: 《시경》〈패풍(邶風)·곡풍(谷風)〉에서 “경수로써 위수가 탁해지니, 맑고 맑은 그 물이로다.[涇以渭濁, 湜湜其沚.]”라고 하여 경수(涇水)는 탁하고 위수(渭水)는 맑아서 경위(涇渭)가 분명하다고 했는데, 청탁이나 우열이나 시비 등이 아주 분명한 것을 비유한다.

2) 가장 귀한 것: ‘양귀(良貴)’는 가장 귀한 것이다. 《맹자》〈고자상(告子上)〉에서 “사람이 귀하게 여기는 바는 참으로 귀한 것이 아니다.[人之所貴者, 非良貴也.]”라고 하였다.

3) 진창길: ‘이도(泥塗)’는 낮은 지위나, 더럽고 흐림, 또는 재난이나 곤고한 경지를 비유한다.

4) 홀로 깨어남: ‘독성(獨醒)’은 혼자 맑게 깨여있는 것을 말하니, 이욕에 눈먼 속세 사람들과 같지 않음을 비유한다. 굴원의 〈어부사〉에서 “온 세상이 모두 혼탁한데 나 홀로 깨끗하며, 많은 사람들이 모두 취했는데 나 홀로 깨였으니 이 때문에 쫓겨났도다![擧世皆濁, 我獨清, 衆人皆醉, 我獨醒, 是以見放!]”라고 하였다.

5) 연나라 돌: ‘연석(燕石)’은 연나라 산에서 나는 옥과 비슷한 돌을 말한다.

6) 하얀 옥: ‘화씨벽(和氏璧)’을 말한다. 초나라 사람 화씨(和氏)가 옥을 얻어 초나라 왕에게 두 번 바쳤다가 두 번 모두 월형(刖刑)을 받고 세 번째로 왕사가 옥을 다듬어 백옥(白玉)을 이루어 완벽한 벽(璧)을 만드니 이것이 화씨벽이다. 백벽삼헌(白璧三獻)은 선량한 재주를 알지 못하거나 재주를 품고도 불우한 것을 비유한다.

7) 야광주: ‘야주(夜珠)’는 야광벽(夜光璧)이니, 밤이나 어두운 곳에서 밝은 빛을 내는 구슬을 말한다.

8) 청평검: ‘청평(青萍)’은 옛날 보검의 이름으로 칼을 가리키는 말이다. 안청평(按青萍)은 안검(按劍)의 뜻이니, 안검(按劍)은 칼로 치려는 형세를 예시하는 것으로, 사람들이 까닭 없이 미워함을 뜻한다. 《사기》〈추양열전(鄒陽列傳)〉에, “명월주(明月珠)와 야광벽(夜光璧) 같은

남은 인생 오로지 참된 성품 기르는 데[9] 둘지니 餘生尙有頤眞處,
세 오솔길에 고운 경치[10] 펼쳐진 초정 하나 있네. 三徑煙花一草亭.

좋은 보배를 암암리에 길 가는 사람에게 던져 주면 칼자루를 잡고 노려보지 않을 사람이 없으니, 그 이유는 까닭 없이 자기 앞에 보배가 떨어졌기 때문이다."라고 하였다.

9) 참된 성품 기르는 데: '이진처(頤眞處)'는 진성(眞性)을 기르는 곳을 말한다.

10) 고운 경치: '연화(煙花)'는 연화(烟花) 또는 연화(煙華)와 같은 말로, 남기나 안개가 자욱한 것과 같은 번화한 꽃을 가리키거나, 안개 속에 핀 봄꽃을 가리키니 아름답고 고운 봄날 경치를 말한다. 남조 양(梁)나라 심약(沈約)의 〈상춘(傷春)〉에 "아름다운 봄빛이 금원에 들었고, 안개 봄꽃 켜켜 굽이를 둘렀도다.[年芳被禁籞, 煙花繞層曲.]"라고 하였다. 이백의 〈황학루송맹호연지광릉(黃鶴樓送孟浩然之廣陵)〉에 "옛 친구가 서쪽으로 황학루를 떠나가니, 아름다운 봄날 삼월에 양주로 내려가도다.[故人西辭黃鶴樓, 煙花三月下揚州.]"라고 하였다.

포저 조상국[1]의만시

浦渚 趙相國 翼輓

한 시대 어느 누가 사직 신하[2] 감당할까?	一代誰堪社稷臣,
지난날 원우[3] 연간 덕 갖춘 이[4] 있었네.	向來元祐有完人.
때에 따라 출처하며[5] 마음잡음[6] 확실하고	隨時顯晦操存確,

---

1) 조상국: 조익(趙翼, 1579~1655)은 자가 비경(飛卿), 호가 포저(浦渚)·존재(存齋), 본관이 풍양(豊壤)이다. 김육의 대동법 시행을 적극 주장하였고, 성리학의 대가로서 예학에 밝았으며, 음률·병법·복서에도 능하였다. 예조판서·대사헌·좌참찬·우의정을 거쳐 좌의정에 이르렀다.

2) 사직 신하: '사직신(社稷臣)'은 국가의 안위(安危)에 관계하는 중신(重臣)을 말한다.

3) 원우: '원우(元祐)'는 송나라 철종의 연호(1086~1093)로 고려 선조 연간이다. 송나라 철종은 제6대 황제 신종(神宗)의 여섯 번째 아들로 태어났는데, 본명은 조후(趙煦)이며, 15년 재위 기간에 선인태후(宣仁太后)의 수렴정치가 행해진 전기와 철종이 친정을 행한 후기로 구분되니 신법과 구법의 투쟁이 계속된 시대였다고 할 수 있다. 전기는 소위 원우갱화(元祐更化)로 불리는 구법파의 시대이고, 후기는 소술(紹述)의 정(政)이라고 불리는 신법파의 시대였다. 1093년 선인태후가 사망하자 철종의 친정이 시작되면서 구법을 버리고 신법을 채용하여 재상에 장돈(章惇)을 임명하 신법파 관료가 등용되었다. 송나라 철종 연간에 장돈(章惇), 채경(蔡京) 등이 결탁하여 현신(賢臣) 사마광(司馬光)·문언박(文彦博)·정이(程頤)·소식(蘇軾) 등 왕안석(王安石)의 신법(新法)에 반대한 학자 및 문인 309인을 간당(奸黨)으로 몰아 유배시키고 금고한 일이 있었다.

4) 덕 갖춘 이: '완인(完人)'은 덕행이 완미(完美)한 사람이다. 송나라 영종(英宗)의 황후 선인(宣仁)은 철종(哲宗)이 등극하자 섭정을 실시하여 왕안석(王安石)의 당파를 물리치고 사마광(司馬光) 등을 등용하여 원우(元祐) 연간의 치세를 이룸으로써 여자 요순(堯舜)으로 불렸다. 여기서는 조익을 말하는 것이니, 조익은 1611년 김굉필·조광조·이언적·정여창들을 문묘에 배향할 것을 주장하다가 좌천되어 웅천현감을 지내었다. 이어 인목대비가 유폐되는 사태가 벌어지자 벼슬을 그만두고 고향인 광주(廣州)로 은거하였다가 충청도 신창으로 옮겨 살았다.

5) 출처: '현회(顯晦)'는 벼슬에 나아가거나 은거함을 비유한 말이다.

6) 마음잡음: '조존(操存)'은 마음을 굳게 잡아 잃지 않게 하는 것이다. 《맹자》 〈고자상(告子上)〉에 "공자가 말하기를, '잡으면 존재하고 놓으면 잃으니 출입함이 때가 없고 그 향할 바를 알지 못하나니 오직 마음을 이름이로다.[孔子曰, '操則存, 舍則亡, 出入無時, 莫知其鄕, 惟心之謂與!]"라고 하였다.

정사 잡고[7] 세운 공업[8] 명실[9] 서로 맞았네.	秉軸猷爲望實均.
만년 절조 바둑 같아 고수 두는 형국이요	晩節似棊高着局,
청렴 가문[10] 물과 같아 본래 티끌 없었네.	淸關如水本無塵.
그대 죽음[11] 다만 선비 아플 뿐이 아니고	云亡不但儒林痛,
큰 집 들보 부러지니 임금님[12]도 슬퍼했네.	大廈樑摧愴紫宸.

7) 정사 잡고: ‘병축(秉軸)’은 정사를 잡음을 말한다.

8) 세운 공업: ‘유위(猷爲)’는 공업(功業)을 세움을 말한다.

9) 명실: ‘망실(望實)’은 명성과 실제, 또는 명실이 상부한 사람을 가리킨다.

10) 청렴 가문: ‘청관(淸關)’은 청렴함 가문이나, 고귀한 문제(門第)를 말한다.

11) 그대 죽음: ‘운망(云亡)’은 죽음을 말한다.

12) 임금님: ‘자신(紫宸)’은 당나라 때 궁전인 자신전으로 여기서는 임금님을 가리킨다. 상합(上閤) 또는 내아(內衙)라고도 불렀으니 궁궐 안에 첫 번째 궁전은 함원전(含元殿)이니 대조회(大朝會)를 보았고, 두 번째는 선정전(宣政殿)이니 정아(正衙)라고 했으며, 세 번째 궁전은 자신전(紫宸殿)이니 내아(內衙)라고 했다. 자신전의 대문 옆의 쪽문 앞에서 신하들이 엎드려 임금에게 상소를 올린다고 하여 복합(伏閤)이라고도 하였다.

용산에서 박중구[1])를 방문하다

龍山訪朴仲久

지난 몇해 계속해서[2]) 장사로 나가[3])	向年鱗次出長沙,
서쪽 변방 남쪽 황야[4]) 이별한 아득.	西塞南荒別恨賒.
거문고와 술로 헛되이 꿈꾸던 나날	平日琴樽虛有夢,
늘그막에 떠돌다[5]) 겨우 집에 돌아왔네.	晩途萍梗得還家.
섬곡으로 배 타고 가서 안도를 찾았으며[6])	移舟剡曲尋安道,

1) 박중구: 박장원(朴長遠, 1612~1671)은 자가 중구(仲久), 호가 구당(久堂), 시호가 문효(文孝), 본관이 고령(高靈)이다. 1627년 생원이 되고 1636년 별시문과에 을과(乙科)로 급제했다. 병자호란 때 외조부 심현을 따라 강화도로 피난했다. 1639년 검열이 되고 정언(正言)으로 춘추관 기사관이 되어 《선조수정실록》의 편찬에 참여하였다. 1653년 승지로 있다가 당파에 밀려 경상도 흥해(興海)에 유배되었다. 1658년 상주목사가 되고, 1664년 이조판서가 되었다. 이후 공조판서·대사헌·예조판서·한성부판윤을 역임하고, 개성부유수(開城府留守)로 자청하여 나갔다가 재직 중에 죽었다.

2) 계속해서: '인차(鱗次)'는 비늘이 잇닿은 것처럼 차례(次例)로 잇닿은 것으로, 인비(鱗比)라고도 한다.

3) 장사 지방으로 나가서: '출장사(出長沙)'는 서한(西漢)의 가의(賈誼)가 장사로 귀양 가서 장사왕(長沙王)의 태부(太傅)가 된 것에 의거하여, 멀리 귀양 가는 것을 말한다.

4) 서쪽 변방 남쪽 황야: 윤순지는 1654년 이원구(李元龜)의 옥사(獄事)를 신속히 처리하지 못한 일로 황해도 연안으로 유배되었고, 박중구가 1653년에 경상북도 영일군 흥해(興海)로 유배된 일을 말한다.

5) 떠돌다: '평경(萍梗)'은 물 위를 떠다니는 부평초(浮萍草) 가지(斷梗)로 여기저기 떠돌아서 행지(行止)가 불안정한 것을 비유한다.

6) 섬곡으로 …… 찾았으며: 섬곡은 중국 절강성(浙江省) 조아강(曹娥江) 상류인 섬계(剡溪) 지방을 말한다. 진(晉)나라 왕자유(王子猷)가 눈 내리는 밤에 산음(山陰)의 섬계(剡溪)에 사는 벗 대안도(戴安道)가 생각나서 작은 배를 타고 찾아갔다가 정작 그곳에 도착해서는 문 앞에서 다시 돌아오기에 그 까닭을 물었더니, "내가 본래 흥에 겨워 왔다가 흥이 다하여 돌아가는 것이니, 대안도를 보아 무엇 하겠는가?"라고 하였다 한다. 왕휘지(王徽之)와 대규(戴逵)의 고사이다.

용산에서 모자 떨어뜨리곤 맹가 마주했네.[7]	落帽龍山對孟嘉.
늙어버린 대신 떠도는 발길도 달가워	老去近臣甘浪跡,
대문 밖이 하늘 끝이라 감히 말하네.	敢論門外是天涯.

7) 용산에서 …… 마주했네: 진(晉)나라 맹가(孟嘉)가 중구일(重九日)에 환온(桓溫)이 베푼 용산(龍山)의 주연(酒宴)에 참석했다가 술에 흠뻑 취한 나머지 바람에 모자가 날아가는 것도 깨닫지 못했다는 고사가 있다.

북막[1]으로 부임하는 계량[2]을 전송하다

送季良赴北幕

막좌[3] 원래 부관[4]이니	幕佐原儲相,
남아 어찌 매달린 표주박이랴?[5]	男兒豈繫瓢?
수레 가벼워 발걸음 절로 이르고	車輕行自到,
몸이 건강해 노정이 멀지 않구나.	身健路非遙.
도끼라면 먼저 베지[6] 않도록	斤斧防先伐,
솔과 대는 뒤에 시들어야 하리.[7]	松筠要後凋.
시계바늘[8] 떨어짐 좋아하지 말고	休耽金鑿落,
아울러 동교요[9]를 멀리 하시게나.	兼遠董嬌嬈.

1) 북막: '북막(北幕)'은 함경북도 경성(鏡城)에 설치된 북병영(北兵營)의 별칭이다.

2) 계량: 신최(申最, 1619~1658)를 말한다.

3) 막좌: '막좌(幕佐)'는 막부의 참모 및 보좌관을 말한다.

4) 부관: '저(儲)'는 부(副), 보좌(輔佐)의 뜻으로, '저상(儲相)'은 저리(儲吏)나 저좌(儲佐)의 뜻이다.

5) 매달린 표주박이랴?: '계표(繫瓢)'는 한곳에 매여 있는 표주박을 말하니, 공자가 한곳에 정착하지 못하고 떠돌아다닌다고 자로가 불평을 함에 공자가 큰 뜻을 펴치는 대장부의 의지를 자로에게 깨우쳐주며 한 말이다.

6) 먼저 베지: '선벌(先伐)'은 《장자》 〈산목(山木)〉에 "곧은 나무가 먼저 베어지고, 물맛 좋은 우물이 먼저 고갈된다.[直木先伐, 甘井先竭.]"고 하여 쓸모 있는 것이 먼저 희생되며 쓸모가 없는 것이 오래 장수한다는 뜻이다.

7) 뒤에 시들어야 하리: '후조(後凋)'는 후조(後彫)와 같은 말로, 바른 도를 지키며 구차하지 않게 절개를 지님을 말한다. 《논어》 〈자한(子罕)〉에 "해가 추워진 뒤라야 소나무와 잣나무가 뒤늦게 시듦을 아느니라.[歲寒然後, 知松柏之後彫也.]"라고 하였다.

8) 시계바늘: '금착(金鑿)'은 전(箭)으로, 옛날 물시계 병[時器漏壺] 아래에 사용하던 시각을 가리키던 물건을 말한다. 여기서 시계바늘이 떨어짐을 좋아하지 말라는 말은 시간만 보내는 태도를 갖지 말라는 경계의 의미로 보인다.

9) 동교요: '동교요(董嬌嬈)'는 명나라 이정(李禎, 1376~1452)이 쓴 《전등여화(剪燈餘話)》에 나오는 미인 이름이다.

장릉[1]을 지나며

過 長陵

해 이어 궁궐[2]에서 모시고	連歲金門侍,
오래도록 품계석[3]에 나갔네.	長從玉陛趨.
중도 잡아[4] 말씀 절실하셨고	執中言切實,
신하 대함 기쁜[5] 낯빛이셨네.	臨下色敷腴.
무젖은 은혜 보답하기 어렵고	涵泳恩難報,
멋진 필체 어찌 흉내 내겠나?	揄揚筆豈摹?
옛 신하 흰 머리만 남았으니	舊臣餘白首,
어찌 차마 창오[6] 지나려나?	那忍過蒼梧?

1) 장릉: 인조(仁祖)와 인열왕후(仁烈王后) 한씨(韓氏)의 능(陵)으로 경기도 파주시 탄현면 갈현리에 있다.

2) 궁궐: '금문(金門)'은 금마문(金馬門)의 준말이니, 한나라 궁문 이름으로 학사(學士)들이 부름을 대기하던 곳이다.

3) 품계석: '옥폐(玉陛)'는 대전(大殿) 앞의 품계석 또는 조정을 가리킨다.

4) 중도 잡아: '집중(執中)'은 중용의 도를 잡는 것이니, 《서경》 〈대우모(大禹謨)〉에서 "오직 정성스럽고 오직 한결같아야 진실로 그 중도를 잡느니라.[維精維一, 允執厥中.]"이라 하였고, 《맹자》 〈진심상(盡心上)〉에서 조기(趙岐)의 주에 "중화를 잡아야 성인의 도에 가까워진다.[執中和, 近聖人之道.]"라고 하였으며, 〈중용장구서〉에서는 "군자가 때에 맞게 하는 것이 곧 중도를 잡는 것을 말한다.[君子時中, 則執中之謂也.]"라고 하였다.

5) 기쁜: '부유(敷腴)'는 기뻐하는 모양이다.

6) 창오: '창오(蒼梧)'는 땅이름으로, 구의(九疑)라고도 하는데, 순(舜) 임금이 즉위 39년에 남쪽으로 순수(巡狩)하다가 창오(蒼梧)의 들에서 붕(崩)하여 강남(江南)에 장사 지냈다고 한다.

또

又

나라에 중흥 융성 두셔도	國有中興盛,
임금께선 오히려 굵은 베옷[1].	王猶大布衣.
항상 해[2] 드리워 비추며	恒垂黃道照,
백등산 포위[3] 잊지 않으셨네.	不忘白登圍.
백성들 바람 따라 눕고	民草隨風偃,
하늘군대[4] 해를 좇네.	天戈指日揮.
시름 고생 끝 힘든 세상 마치시니	憂勞終厭世,
오랑캐 쫓던[5] 일 끝내 어긋났네.	夷夏事終違.

1) 굵은 베옷: '대포(大布)'는 아주 굵고 거친 베를 말한다. 춘추시대 위나라 문공이 검소하여 굵은 베로 만든 옷을 입고, 국가의 경제를 염려하여 농상에 힘 쓴 데에 빗대어 인조의 치적을 칭송한 것이다.

2) 해: '황도(黃道)'는 태양을 말한다.

3) 백등산 포위: 한나라 고조(高祖) 유방(劉邦)이 군사를 이끌고 흉노의 묵특(冒頓)을 치기 위해 출정했다가 평성(平城) 부근의 백등산(白登山)에서 7일 동안 흉노의 30만 대군에게 포위를 당했던 일을 말한다. 여기서는 청나라 군대가 남한산성을 포위하고 굴욕적인 강화를 요구한 것을 말한다.

4) 하늘 군대: '천과(天戈)'는 제왕의 군대를 말한다.

5) 오랑캐 쫓던: '이하(夷夏)'는 중국과 주변의 오랑캐로, 중국을 숭상하고 오랑캐를 배격하던 자세를 가리키는 말이다.

성천[1]에 태수로 가는 사람을 전송하다

送人宰成川

받자온 벼슬 봉역[2] 완연히 별천지[3]이니	官封宛爾大羅天,
사또[4]는 어찌하여 이곳과 인연 맺었는가?	明府因何此結緣.
봉도[5] 신선들 망령되지 않을 뿐이요	蓬島神仙非妄耳,
무릉[6]의 개닭 또한 자유로이 다녔네.	武陵雞犬亦翛然.
전별자리에서 나는 양임하[7]를 아쉬워했고	離筵我惜楊臨賀,
멀리 벼슬 가는 그대는 갈치천[8]과 같구나.	游宦君同葛稚川.

1) 성천: 평안도 성천(成川)을 가리킨다.

2) 벼슬 봉역: '관봉(官封)'은 임금이 명 내린 관작(官爵)과 봉역(封域)을 말한다.

3) 별천지: '대라천(大羅天)'은 도교에서 칭하는 바 36천 가운데 최고의 일중천(一重天)으로, 선계·선경·별천지를 말한다.

4) 사또: '명부(明府)'는 고을 태수(太守) 및 현령(縣令)을 가리키는 말이다.

5) 봉도: '봉도(蓬島)'는 신선들이 산다는 삼신산(三神山)의 하나로, 봉래산(蓬萊山)을 가리킨다.

6) 무릉: '무릉(武陵)'은 도잠의 〈도화원기(桃花源記)〉에 나오는 무릉도원(武陵桃源)으로 이상경을 말한다.

7) 양임하: '양임하(楊臨賀)'는 당나라 양빙(楊憑)을 말하니 친구를 가려 사귀고 기절(氣節)을 숭상하여 많은 사람들로부터 부러움을 샀다. 그가 경조윤(京兆尹)으로 있다가 탄핵을 받아 임하위(臨賀尉)로 폄직되자 찾아가는 사람이 없었는데 오직 서회(徐晦)만이 남전(藍田)까지 가서 위로하고 전별하였다. 이에 당시 재상 권덕여(權德輿)가 묻기를, "그대가 임하(臨賀)를 전송한 것은 잘한 일이지만 그대에게 누가 되지 않겠는가?" 하니, "내가 포의(布衣)로 있을 때 임하가 나를 알아주었는데 지금 와서 어찌 차마 버릴 것인가?" 하였다. 권덕여는 그의 충직에 감탄하여 이 사실을 조정에 알려 감찰어사(監察御史)가 되었다. 서회가 그를 찾아가서 자기를 추천한 까닭을 물으니, "그대가 양임하를 배신하지 않았으니 나라를 배신할 리가 있겠는가?" 하였다는 것이다.

8) 갈치천: '갈지천(葛稚川)'은 진(晉)나라 갈홍(葛洪, 283~343)을 말하니, 자가 치천(稚川), 자호가 포박자(抱朴子)이며, 양생술(養生術)을 익혀 단약(丹藥)을 구운 것으로 유명하다. 구루영(句漏令)을 지내다가 그만두고 나부산(羅浮山)에 들어가 도술을 닦았다. 일찍이 "다시 고향으로 돌아와 보니 남녀는 모두 바꾸어졌는데 오직 녹수(綠水)와 청산(靑山)만 옛 모습

덧없는 세상 바삐바삐 뜻 다하기 어려워	浮世忽忽難盡意,
헤어짐에 부질없이 요조채찍[9] 주었네.	臨分空贈繞朝鞭.

그대로 변하지 않았다."고 하였다.

9) 요조채찍: '요조편(繞朝鞭)'은 요조책(繞朝策)이라고도 하는데, 춘추시대 진(晉)나라 사회(士會)가 진(秦)나라로 달아나자 진(晉)나라 사람들이 진(秦)나라에서 사회를 쓸까봐 걱정하여 계책을 써서 사회를 진(晉)나라로 돌아오게 하였는데, 사회가 돌아오려고 할 때 진(秦)나라 대부 요조(繞朝)가 사회에게 채찍을 주면서 말하기를, "그대는 우리 진(秦)나라에 인물이 없다고 여기지 말라. 나는 계책을 쓰지 않은 것이다."라고 하였다. 이에 요조책(繞朝策)은 선견지명(先見之明)이 있는 모략을 말한다.

신축년 정월 초하루

辛丑元日

인생백년 앞으로 몇 년이나 남았나?
갑자기 오늘 다시 오래 살라 [1]하네.
세월 감에 거울 속 추한 모습 새롭고
손님자리 술동이 옆 친구 자리 비었네.
이 한 몸 의지할 데 없음 깊이 깨닫고
태평성대에 오르내림 상관하지도 않네.
어여쁜 꽃과 버들 그림자가 한들한들
생기가 새록새록 새순 반쯤 나오누나.

百歲前頭隔幾秋,
忽聞今日又添籌.
年華鏡裏增新醜,
客位樽邊乏舊遊.
深識此身無藉在,
不妨昭世任沉浮.
笑他花柳依依影,
生意沾沾已半抽.

1) 오래 살라: '첨주(添籌)'는 해옥첨주(海屋添籌)의 준말로, 사람의 장수(長壽)를 축원하는 말이다. 바다 위의 신선(神仙)이 사는 집에 선학(仙鶴)이 매년 산가지[籌]를 물어 온다는 전설(傳說)에서 나온 말이다.

신백거[1] 천익 만시

愼伯擧天翊輓

긴 대나무 지팡이에 시골어부 도롱이로	一笻脩竹一漁蓑,
강물가와 시내 언덕 왔다 갔다 하였네.	來往江沱與磵阿.
이미 뵈잖는 큰새[2] 북쪽바다 옮겨갔으니	已斷鵾鵬移北海,
비바람이 남쪽가지[3] 흔들어도 상관없구나.	不關風雨鬧南柯.
막걸리동이 매일 당겨 전원생활[4] 훈훈했고	樽醪日引桑楡煖,
한해 농사 가을 수확 귤과 유자[5] 많았구나.	歲計秋收橘柚多.
늘그막 벼슬살이[6]에 크게 깨달았으려니[7]	末路行藏眞大覺,

1) 신백거: 신천익(愼天翊, 1592~1661)은 자가 백거(伯擧), 호가 소은(素隱), 본관이 거창(居昌)이다. 1612년 증광문과에 을과로 급제, 1615년 홍문관 정자를 거쳐 이조참의가 되었는데 광해군 때 사직하고 전라남도 영암에 은거하였다. 인조반정 이후 홍문관·사간원의 요직에 제수되었으나 나아가지 않다가 1654년에 홍문관 부제학을 지내고 대사간·이조참의가 되었다. 1659년에 이조판서 송시열이 종2품 관직에 인물이 부족하다 하여 그를 추천하여 이조참판에 서임되고, 이어 한성부우윤에 특제(特除)되었다.

2) 큰새: '곤붕(鵾鵬)'은 전설 속의 큰 새 이름이다. 《장자》 〈소요유(逍遙遊)〉에 나오는 새로, 곤(鯤)이라는 큰 물고기가 변하여 곤(鵾)이라는 큰 새가 되었다고 하였는데, 여기서 곤붕(鵾鵬)은 재능이 특이하고 원대한 경지나 세계를 지향하는 사람을 비유하는 말이다.

3) 남쪽가지: '남가(南柯)'는 남가일몽(南柯一夢)으로 덧없는 인생에 비유하는 말이니, 여기서는 신천익의 죽음을 말한다.

4) 전원생활: '상유(桑楡)'는 뽕나무와 느릅나무에 지는 해가 걸린다고 하여 저녁 또는 늘그막을 비유하거나, 전원에 은거함을 비유하는 말이다.

5) 귤과 유자: '귤유(橘柚)'는 조선 후기에 박재철(朴載哲)의 《학어집(學語集)》에 의하면, '귤유(橘柚)'는 작고 푸른 것을 귤이라 하며, 크고 누런 것을 유자라 하니 모양이 줄 갔으나 냄새가 향기로운 까닭에 제사와 손님을 대접하는 사이에 많이 쓰인다[小靑曰橘, 大黃曰柚, 形縛而臭香故, 多用於祭祀賓客之間.]고 하였다.

6) 벼슬살이: '행장(行藏)'은 출처를 말하니, 세상에 나서고 집에 있는 일을 말한다. 《논어》 〈술이(述而)〉에 보면, "공자가 안연에게 말하기를, '등용되면 도를 행하고, 버려지면 몸을

역사책[8] 접여노래[9] 이어갈 만 하리라. 汗靑堪續接輿歌.

숨겨야 하니 오직 나와 너만이 이것을 하겠구나!'라고 하였다.[子謂顔淵曰, '用之則行, 舍之則藏, 唯我與爾有是夫!']"는 데서 나온 말이다.

7) 크게 깨달았으려니: '진대각(眞大覺)'은 불교용어로 대각(大覺)과 원각(圓覺)과 정각(正覺)을 아우른 경지를 말한다. 석가모니가 6년 고행 끝에 중인도(中印度) 마갈다국(摩竭陀國)의 도성인 가야성(伽耶城) 남쪽 보리수 아래 금강좌(金剛座) 위에서 대각(大覺)을 이루었다.

8) 역사책: '한청(汗靑)'은 옛날 대쪽[竹簡]에 기록할 때 먼저 푸른 대나무를 불에 쬐어 수분이 땀처럼 나오게 한 다음에 썼다고 하여 한청(汗靑)이라고 하며, 저술 완성을 가리키거나 역사책을 말한다.

9) 접여노래: '접여가(接輿歌)'는 성인의 공덕(功德)을 노래한 것으로, 《논어》〈미자(微子)〉에 "초나라 광인 접여(接輿)가 노래를 하며 공자 곁을 지나가며, '봉이여! 봉이여! 어찌 덕이 쇠하였는가? 이미 가버린 자는 탓하지 않거니와 오는 자는 좇을 수 있을지니, 그만두리라! 그만두리라! 지금 정치를 좇는 자는 위태로우니라.[楚狂接輿, 歌而過孔子曰, 鳳兮鳳兮! 何德之衰? 往者不可諫, 來者猶可追, 已而已而! 今之從政者殆而.]"라고 한 것을 말한다.

전한[1] 이유안[2] 수인에게 부치다

寄李典翰幼安 壽仁

한 골짜기[3] 돌아가니 눈썹 살짝 검어지고	一壑徑歸眉髮青,
영주에서 남쪽 보니 바닷물이 아득아득하네.	靈州南望海冥冥.
하늘나라 신선 행렬[4] 멋진 수레[5] 이어지고	仙班天上聯華蓋,
인간세상 귀양 장부[6] 바로 세성[7] 대로구나.	謫籍人間是歲星.
꽃 아래 띠풀 깔고 백사[8]를 열었으며	花底重茅開白社,
책상머리 새로운 말 현경[9]을 쓰는구나.	案頭新語草玄經.
푸른 강물 갈매기와 해오라기 오명가명	滄江鷗鷺通來往,

---

1) 전한: '전한(典翰)'은 조선시대 홍문관(弘文館)의 종3품 벼슬로 문한(文翰)을 맡아 보았다.

2) 이유안: 이수인(李壽仁, 1601~1661)은 자가 유안(幼安), 호가 성암(惺菴), 본관이 연안(延安)이다. 1624년 생원시와 진사시에 합격, 1638년 저작박사·전적이 되고, 이어 감찰·병조좌랑·정언을 지냈다. 1642년 전적에 제수되었으나 사은(謝恩)을 마치고 바로 고향 전원으로 내려가 학문에 열중하였다. 1648년 지평을 제수하자 서울로 올라와 임금을 뵙고 귀향할 뜻을 담은 글을 올리고 사직을 청하였다.

3) 한 골짜기: '일학(一壑)'은 일구일학(一丘一壑)의 준말로, 한 언덕과 한 골짜기이니 은자가 사는 곳을 가리키거나, 속세를 떠나서 산림의 생활을 즐기는 것을 말한다.

4) 신선 행렬: '선반(仙班)'은 천상(天上) 선인(仙人)의 행렬이나 선인의 무리를 말한다.

5) 화려한 수레: '화개(華蓋)'는 제왕이나 고귀한 관리가 타는 수레의 일산 덮개로, 고귀한 사람이 타는 수레를 말한다.

6) 인간세상 귀양 장부: '적적(謫籍)'은 하늘에서 귀양 내려온 사람의 행렬을 가리킨다.

7) 세성: '세성(歲星)'은 《사기》 <천관서> 주에 의하면, 목성(木星)으로 이 별이 비치는 곳에는 백성이 복을 받는다 하여 복성(福星)이라고도 하고, 이 별이 순행(順行)하면 태평시대가 된다고 하는데, 궤도대로 잘 운행하면 군주(君主)가 복이 있고 농사가 잘되며, 그렇지 못하면 백성들이 질병이 많다고 한다.

8) 백사: '백사(白社)'는 고고한 선비가 숨어사는 곳을 말한다.

9) 현경: '현경(玄經)'은 한나라 양웅(揚雄)의 《태현경(太玄經)》이나 노자의 《도덕경》을 가리킨다.

떼풀언덕 시골집[10] 밤에도 문 안 닫네. 莎岸柴荊夜不扃.

10) 시골집: '시형(柴荊)'은 섶나무로 만든 간소하고 누추한 문이나, 섶나무 담을 두른 시골집을 가리키는 말이다.

임당[1]과 기재[2] 여러 공의 시운에 차운하다

次林塘 企齋諸公韻

한 언덕[3] 솔밭대밭 숨어 살기 흡족하고	一丘松竹愜幽居,
누워 사니 세상인연 날로 점점 멀어지네.	卧覺塵緣日漸疎.
문발 밖 작약 섬돌에 바다갈매기[4] 머물고	簾外藥階留海鶴,
난간 옆 연꽃 연못에 강물고기들 불어나네.	檻邊蓮沼種江魚.
동산에서 만나기만 하면 술 마셔 취하니[5]	東山秖合頻中酒,
궁궐에다 어찌 자꾸 번거롭게 글 올리랴?	北闕何煩更上書?
문 밀어 읍성 안 저자거리 내려다보니	推戶俯看城市裏,
이 몸이 되레 허공 걸터앉은 듯 하네.	此身還似跨空虛.

---

1) 임당: 정유길(鄭惟吉, 1515~1588)은 자가 길원(吉元), 호가 임당(林塘), 본관이 동래(東萊)이다. 1544년 이황(李滉)·김인후(金麟厚) 등과 함께 사가독서(賜暇讀書)하였고, 교리와 직제학 등을 거쳐 도승지·대제학을 역임하였다. 1567년 진하사(進賀使)로 명나라에 다녀왔으며, 시문에 뛰어나고 서예에도 능하여 임당체(林塘體)라는 평을 받았다.

2) 기재: 신광한(申光漢, 1484~1555)은 자가 한지(漢之) 또는 시회(時晦), 호가 낙봉(駱峰)·기재(企齋)·석선재(石仙齋)·청성동주(青城洞主), 본관이 고령(高靈)이다. 할아버지는 영의정 숙주(叔舟)이며, 아버지는 내자시정(內資寺正) 형(泂)이다. 1507년 사마시에 합격하고, 1510년에 식년문과에 을과로 급제하였다. 기묘사화가 일어나자 조광조의 일파라고 탄핵 받아 삼척부사로 좌천되고 이듬해 파직되고 다시 여주로 추방되어 18년 동안 칩거하였다. 인종 때 대제학을 거쳐 명종 초에 우참찬이 되어 윤원형(尹元衡) 등이 을사사화를 일으키자 소윤(小尹)에 가담하여 공신에 책록되고, 정헌대부(正憲大夫)에 올라 영성군(靈城君)에 봉해졌다.

3) 한 언덕: '일구(一丘)'는 일구일학(一丘一壑)의 준말로, 한 언덕과 한 골짜기이니 은자가 사는 곳을 가리키거나, 속세를 떠나서 산림의 생활을 즐기는 것을 말한다.

4) 바다갈매기: '해학(海鶴)'은 바닷새의 이름이나, 갈매기를 말한다.

5) 술 마셔 취하니: '중주(中酒)'는 술을 마셔 반쯤 취하는 때를 말한다.

저자 **윤순지(尹順之)**

1591(선조 24) 生 ~ 1666(현종 7) 沒
해평윤문 백사 윤훤의 장자.
시집으로만 이루어진 문집 〈행명재시집〉 전 6권에 전생애의 시작이 실려있다.

초역 책임자 **조기영**

강원대학교 한문교육과 졸업
연세대 국문과 문학박사

초역 연구원 **이진영**

고려대학교 교육학과 문학박사
독서당고전교육원 교수

초역 연구원 **강영순**

연변대학교 조선어학부 졸업
서울대학교 철학과 박사과정 수료
고려대학교 교육학과 박사과정 재학

교열 **윤호진**

성균관대학교 문학박사
경상대학교 한문학과 교수

교열 **윤덕진**

연세대학교 문학박사
연세대학교 명예교수
독서당고전교육원 원장

역주 행명재시집 3

2021년 2월 8일 초판 1쇄 펴냄

저　자 尹順之
역　자 독서당고전교육원
발행인 김흥국
발행처 보고사

책임편집 이경민
표지디자인 손정자

등록 1990년 12월 13일 제6-0429호
주소 경기도 파주시 회동길 337-15 보고사
전화 031-955-9797(대표)
02-922-5120~1(편집), 02-922-2246(영업)
팩스 02-922-6990
메일 kanapub3@naver.com / bogosabooks@naver.com
http://www.bogosabooks.co.kr

ISBN 979-11-6587-138-3
979-11-6587-135-2 94810 (세트)

정가 25,000원